U0691321

缘行神州

沈裕慎

著

山西出版传媒集团
山西人民出版社

图书在版编目（CIP）数据

缘行神州 / 沈裕慎著 . — 太原 : 山西人民出版社，
2023.7
ISBN 978-7-203-12639-3

Ⅰ . ①缘… Ⅱ . ①沈… Ⅲ . ①游记－作品集－中国－
当代 Ⅳ . ① I267.4

中国国家版本馆 CIP 数据核字（2023）第 096125 号

缘行神州

著　　者：沈裕慎
责任编辑：冯灵芝
复　　审：贾　娟
终　　审：梁晋华
装帧设计：谢蔓玉

出 版 者：山西出版传媒集团·山西人民出版社
地　　址：太原市建设南路 21 号
邮　　编：030012
发行营销：0351 - 4922220　4955996　4956039　4922127（传真）
天猫官网：https://sxrmcbs.tmall.com　电话：0351-4922159
E - mail：sxskcb@163.com　发行部
　　　　　sxskcb@126.com　总编室
网　　址：www.sxskcb.com

经 销 者：山西出版传媒集团·山西人民出版社
承 印 厂：三河市元兴印务有限公司

开　　本：660mm×960mm　　1/16
印　　张：20
字　　数：285 千字
版　　次：2023 年 7 月　第 1 版
印　　次：2023 年 7 月　第 1 次印刷
书　　号：ISBN 978-7-203-12639-3
定　　价：59.80 元

如有印装质量问题请与本社联系调换

我们被"缘行"这个美妙的词
召唤，保持一分真情，在广袤的天地
上，走过山川、河流、城镇，用大爱书
写出自己献给岁月的情怀！

沈裕慎

序 | 随他走那一程山水

魏丽饶

旅行是灵魂的自我放逐，是心灵之于自然的守望或回归。旅行就是摸得到山、见得到水、记得住乡愁的一种诗意，它在我们生命过程中得以永恒。在自然的环抱里，每个人都是赤子，与云水相拥，与天地相伴，与山河相依，不为稻粱谋，不为名利累，不为人事苦，足之所至，心至所抒，岂不快哉！

徐霞客少年时便立志朝碧海而暮苍梧，誓要踏遍三山五岳，寻访江河源头。凭着对锦绣山河的热爱，三十多年历经千辛万苦，用双脚踏遍华夏江山大川，用游记描绘所到之处的地质风貌、风土人情。而当今沈裕慎先生颇有徐霞客的气概，专注游记文学四十多年，游遍名山大川，行走山水，解读山水，不知不觉间，天地精华浸润笔端、刻进容颜，他也成为山水的一部分，先后创作游记散文集6部，着实令人敬佩。

读沈先生的游记，总让我想起七年前在青岛散文笔会上的初见。海边的沙滩烧烤晚会上，志趣相投的文友，各自成团。沈先生递给我一张名片，亲切地说，我从小生活在花桥镇，咱们是昆山老乡。波光灯影下，站在面前的是一位温和谦逊、沉稳大气的长者，眉宇间带着风尘仆仆的神色，我后来才明白，那是他行走神州留下的印迹。

《缘行神州》，收录了沈裕慎先生自20世纪80年代以来创作的近300篇游记散文中的56篇。通读这本游记散文集，我想起陈荒煤先生在为中国散文学会会长林非先生所著《林非游记选》的序里说过的话："一般的游记，为写景而写景，流于纪实而缺乏内涵和情趣，或故作矫情，则华而不实。难得的是因景生情，真有所感，发自心声，使读者的情感，随着作家的情感起伏、激荡，好像伴随着作家一同进入了一个既熟悉又陌生的景域里漫游起来，共享乡土情、祖国情、种种美好的友情、无比壮丽的大好河山的豪情。林非的许多游记，就有此魅力。"在我看来，沈裕慎先生的许多游记散文，也是有此魅力的，读他的散文犹如跟随作者的脚步远走天涯，每一寸山河，都令人回味无穷。

沈先生的游记，有几个与众不同的特点，给我留下了深刻的印象。

大气象与微景观相结合。沈先生在写景的同时，总镶嵌进一个标志性物件或一些代表性人物，通过这些人物故事和精神，赋予一方土地更加强韧的生命力，使山川河流的宏观景象蓬勃起来。如在《夜游娘子关》里，夜色下的一丝若无若有的蚊翅翕动般的嘤嘤声响，让他联想到兵马啸嚣，车炮滚滚，奋战关山的万马千军。夜阑人静，战声远去，心绪渐宁，他又将英姿飒爽的大唐女将平阳公主与一颗微弱星辰相互观照，巍峨雄奇的娘子关顿时变得柔情婉转，"那湿润的残月，灿烂的繁星，熠熠闪亮的篝火，默默的关楼和无限的眷恋，深深地烙在了我的记忆深处里"。《窑洞里的陕北》中，炕头的那盏小油灯，闪烁着延安精神的光芒。在王家坪、在杨家岭，毛泽东等老一辈无产阶级革命家蛰居在简朴的土窑洞中，就着一盏小油灯，点亮了一篇篇决定国家命运的光辉著作，窑洞里汇聚着革命的热血，涌动着革命的思想；而《荒凉的西部影城》，似是写西部影城，实则更多的笔墨落在了西部影城的发现者与开创者——中国著名作家张贤亮身上，走进一片荒凉，走近一个颇具传奇色彩的人物，谱写一个人与一座城，以及他所打造的文化传奇。大漠孤烟、长河落日的塞上风光，在岁月长河里沉淀下来的空寂苍凉，反而衬托出人类精神世界的充沛丰盈。

历史与现实相结合。沈先生每到一处，在观光之余，总要深入挖掘其背后埋藏的深厚历史，将历史与现实结合起来游览名胜，通过现实看历史，对现实的理解更加深刻，景点的内涵也越发厚重。漫步于平遥古城巷道，寻找 2800 多年的历史文化，"我和平遥一起追忆，追忆那一条条的辙印。辙印里，那些辉煌的梦想与揪心的思念绕成串串风铃，摇于八方，响于异域，依然高高悬挂。晋商——一个如雷贯耳又悄然失落的名字。漫漫商途上，艰难地行走着他们倔强的身影，从明初到清末，一直走进民国暮色里"。在黄河边，"拾起一块黄泥色的碎片，掂掂分量，挺沉，在地上敲敲，很硬。这是万千年前黄土高原的使者，我嗅到的空气中满是弥漫着泥土醇香的气息。霎时，一种隽永、一种陶醉、一种唯与云天对话才能够拥有的旖旎，是那么强烈地走进了我的心扉"……正是岁月深处的历史，让眼前的一面砖墙、一块黄泥变得凝重而深沉。

　　情与景相结合。沈老游历山水，从不是以一个局外人的角度去游览，而是深深地扎进去，用心用情去体悟、去品味，与山河对话，与星月长谈，与一株草耳鬓厮磨，与一棵树握手相拥。他的游记散文情景交融，引人入胜，让读者不知不觉沉醉其中，感受他的山川风韵、大地哀愁。他在《庐山的云雾》中写道："我望着眼前这云海奇观，简直有点目瞪口呆。我恍如读了庐山赠给我的一首回旋委屈、曲曲传情的长卷，它忽开忽合，忽奇忽正，忽缓忽急，忽实忽虚，展开了一幅眼花缭乱的画面。"身在庐山，仿佛自己也成为一抹云雾、一句诗词，变幻莫测，缥缈山中。在《长城抒怀》中又如是写："此时，我缓缓地张开双臂，拥抱着群山，拥抱着长城，觉得自己同样被长城拥抱着，像是置身在母亲的怀抱中……登攀一次长城，绝非仅仅是充当一次好汉，而是游子扑进慈母怀抱的一种甜美，一种境界，一种情操的陶冶，一种亲情聚首的享受。像站立在一首辉煌的史诗面前，华夏文明的光彩扑面而来。"这是一种怎样的真挚啊，人与景互为主体，又互为客体，彼此拥抱，彼此拥有。深情，豁达，我由衷佩服他的文学功力和文字驾驭水平。

　　《缘行神州》是一本游记，无疑也是一本出色的文化散文集。书中内容集史实性、知识性、哲理性和趣味性于一体，引经据典，感情真挚，引人入胜。文字淳朴、明快、畅达、跳荡，是以口语为"基本原料"，辅以精练的语言，他笔下的丽江、厦门、岳阳、酒泉等地，无一不是摆脱了刻意为文的思想束缚的结果，无一不是摒弃了心有万仞的主观臆造的结晶，不让造化服从情感的驱遣，不使山水迁就意趣的剪裁，如摄影、录像般反映人文景观的"嵌进心底的印象"。可以毫不夸张地说，读沈裕慎先生的游记散文，能够感受到他"以文作画"，"画中有诗，诗中有哲理"，悉出至诚，娓娓道来，不板滞、不繁缛、不矜持的写作风格，让人体会到他散文的自然美、画面美、节奏美、情趣美，从而得到美的享受。

行走使人快乐，我们"随他走那一程山水"也很开心。一个人的阅历、学识，通常会毫无遮拦地写在他的脸上，沈裕慎先生定是在旅行中汲取了天地灵气、日月精华，才得以在时光里一直和蔼可亲，容光焕发，走过一程又一程的山山水水，写下一篇又一篇游记散文，取得了令人艳慕的成绩，获得了不少奖项，其中《风荷忆味》一书，写了全国各地的很多美食，获得 2018 年上海市作家协会年度优秀散文集奖。

沈裕慎先生曾是一名记者，又是一位作家，在他辽阔的文字生涯中，两驾马车并驾齐驱，相得益彰，成绩斐然。作为文学道路上的一名后来者，我期待他未来能在自己文学上的一亩三分地，深入进去，源源不断地挖掘出更多瑰宝珍奇，为广大读者奉献更多、更美、更妙的散文精品！

2022 年 3 月 16 日于上海

（魏丽饶，山西襄垣人，现居江苏昆山。中国作家协会会员，中国散文学会会员，著有《净土》《从一个故乡到另一个故乡》等散文集。曾获第八届冰心散文奖、第三届丝路散文奖、首届浩然文学奖、第三十届"东丽杯"孙犁散文奖等。）

目录

缘行神州

避暑山庄散记

　　清代画家的著名山水长卷《避暑山庄全图》，在我眼前展现出了翡翠的世界，那独具塞外特色的山庄七十二景，像颗颗明珠在绿海里闪闪发光。当身临其境时，你就会感到，那无限动人的、富有活力的美，是艺术家所难以穷尽的。

　　避暑山庄，又称"承德离宫"或"热河行宫"，位于河北省东北部的承德市，距离北京 200 多千米，是我国现存最大的古典皇家园林。《中华世纪坛青铜甬道铭文》曰："公元 1703 年……清圣祖康熙四十二年始建承德避暑山庄，历五年初步建成。"避暑山庄之大，完全超出了我的想象。避暑山庄占地 8400 多亩，相当于 2 个颐和园或者 8 个北海公园。它不仅规模宏大，而且在总体规划布局和园林建筑设计上，充分依傍了自然山水的景观特点和有利条件，吸取了唐、宋、明历代造园的优秀传统和江南园林的创作经验，加以综合、提高，把园林艺术与技术水准推向了空前的高度，成为中国古典园林建筑的最高典范，承德也成为清王朝盛世时期的陪都。

　　当年，康熙皇帝为何要在此开辟园林，修建离宫？据说其初衷是"木兰秋狝"的需要。清朝皇帝每年秋天，都要到"木兰围场"狩猎。承德处于京城与"木兰围场"的中途，便于大队人马休息，康熙决定在此建造避暑山庄，钦定七十二景。他曾夸耀这里的景色："自有山川开北极，天然风光胜西湖。"

（一）

康熙怎么会选中热河这块地方？此处活脱脱就是中国地形地貌的缩影，东南低，西北高，西北部多山峦，东南部平野上多河流湖泊。为此，康熙定下的调子不是修什么宫、什么城，就是建个"山庄"。依山顺势，以朴素淡雅的山村野趣为格调、自然山水为本色，汲取江南塞北之风光，然后再移天缩地，"招天下之美，藏古今之胜"。经康熙、雍正、乾隆三朝，耗时90余年，建成了一个中国占地最大的古代帝王宫苑，山中有园，园中有山，名胜集全国于一园，文化融华夏五千年。

避暑山庄的建筑布局，大体可分为宫殿区和苑景区两大部分，苑景区又可分为成湖北区、平原区和山峦区三部分。我步入山庄南部被称为七十二景第一景的丽正门，只见门上高悬着一块康熙书的匾额，上书四个遒劲有力、体丰骨劲、浑厚敦实的大字：避暑山庄。这块匾额，系用满、蒙古、汉、藏、维吾尔五种文字书写，这是我国统一的多民族国家巩固和发展的一个历史见证。院内，两旁列着八旗的营旗。这组所谓的"前宫"，是清朝皇帝在避暑时处理朝政的地方。穿过宫殿群，而后是峰峦叠秀的山区、景色秀丽的湖区，"山中有湖，湖中有山"。北部尚有一片宽阔的草原，建着十多个蘑菇形的蒙古包，简直是内蒙古大草原的缩影。山庄胜景，令人难忘。

碧波粼粼的塞湖有着迷人的魅力，尽管没有谁把这儿命名为山庄一景，可是，它是绿中之绿，好似镶嵌在翡翠画屏上的一颗晶莹的碧玉，光彩熠熠。

我沿着湖区散步，犹如置身于江南的西湖。山庄的上湖、下湖、澄湖、镜湖、如意湖组成的塞湖，紧紧相依，如银盘环抱十数岛屿，那是千翠竞秀、万景争艳的世界。从金山往北有一座木桥，原为"香远益清"的遗址，现有古松依然。

闻名的热河泉就在澄湖的东北隅。泉自石隙流出，热气腾腾，活活泼泼而清澈见底，这真让我大吃一惊——想不到如此著名的热河，竟是比我家乡草篓井大不了多少的泉眼，可它影响所及，却使几千平方米的湖面经冬不冻，滋养出大片绿莹莹的荷叶，在九、十月间，依然鲜花盛开，争奇斗艳，香飘北国。

湖上的早晨是迷人的，轻纱笼罩的湖水温柔、清澈，朝霞似乎等不及水面上轻柔的白纱散尽就把霞光倾注在湖中了。这时，水绿得像碧玉，霞红得像胭脂，碧玉般的绿和胭脂般的红交融在一起。绿水拥抱着红霞，胭脂尽情地在碧玉上流丹。当人们为这湖上的奇观陶醉时，太阳又把它的光芒射向湖面，微风乍起，细浪跳跃，搅起满湖碎金。当湖水恢复平静后，那乱真的倒影，把山庄的胜景摄进了湖中，于是，塞湖上出现了那奇妙的"水中天"了。以正宫的正殿"澹泊敬诚"领衔的宫殿群，在湖中排列着。康熙三十六景中的"烟波致爽"和皇后寝宫"云山胜地"，挺拔高耸，自然成趣，清晰地在湖面上伫立。这时，我仿佛听到了细细的鼓乐声，眼前仿佛出现了清王朝的康熙和乾隆皇帝在"澹泊敬诚"殿接见蒙古、藏、维吾尔、高山等少数民族王公及外国使节的场景……

由盛及衰，是任何一个王朝都难以突破的规律。康熙在亲笔书写"避暑山庄"的大匾时在"避"字右半边的"辛"字下多写了一横，被称作"天下第一错字"，但他错得有说辞，错出了大名堂，说这多出一横的避是避暑的"避"，有别于逃避之"避"。雍正甚至因避暑山庄的存在，竟将古已有之的"热河"更名为"承德"，取"承先祖德泽"之意……无论"盛世君主"活得多精致、多有学养，他们的文字游戏终究无法让盛世永固，最终康熙生造的避暑之"避"，还是成了逃避之避、避难之避。

1860 年 8 月，英法联军侵入北京，咸丰和慈禧仓皇逃进避暑山庄，在山庄里一避就是两年。丧权辱国的《天津条约》《北京条约》，咸丰就是在这里点头同意的。乌苏里江以东 44 万平方千米的大好河山，正是在这里由咸丰拱手送人的，不仅使国家蒙难，也让这位不走运的国君羞愧难当，不久他就命丧黄泉。影响中国历史进程的辛酉政变，亦发端于此。在云山胜地，慈禧诛杀肃顺等八大臣，开始了历史上有名的垂帘听政。这水中静静的宫殿啊，好似一部活的史书，清清楚楚地记载着清王朝由盛而衰的历史。

（二）

如意湖是富有诗意的，那挺拔葱郁的古松、那苍翠欲滴的山峦、那千山万壑中闪光的明珠——"梨花伴月""南山积雪""锤峰落照"，都在这里留下了自己的剪影。

辽阔的澄湖似乎更为多情，她不光把湖畔的"金山亭""万树园""甫田丛樾""莺啭乔木"都拢进了自己的怀抱，且把山庄外远山上的普乐寺、伊犁庙、磬锤峰、蛤蟆石，也邀进了镜中。

这里，洲岛错落，层峦叠翠，风光旖旎。沿湖，既有北方特色的亭台楼阁，又有仿建江南的著名园林。康、乾两帝曾多次察访江南，对江南的山水园林极为钟爱。避暑山庄的湖区，就是江南山水园林的缩影。湖上的"芝径云堤"是仿西湖"苏堤"而建，"金山岛"仿镇江金山寺，"烟雨楼"仿嘉兴南湖鸳鸯岛上的"烟雨楼"，"六合塔"仿南京报恩寺琉璃塔和杭州六和塔。

最能体现江南风情的，我觉得还是苏州园林。建成于乾隆三十九年的"文园岛十六景"，就是仿苏州狮子林而建，是山庄内著名景点之一。1757年乾隆下江南时，见到狮子林里奇妙的假山叠石，非常喜爱，便命人绘制了苏州狮子林图，在圆明园仿建。九年后，乾隆四巡江南时，又到狮子林游览，仔细观察假山曲径和幽深洞壑后，认为圆明园的狮子林只是形似，没有倪瓒苏州狮子林的神韵，于是决定在承德避暑山庄再建狮子林，既仿倪瓒《狮子林图》中的意境，又加进圆明园狮子林的若干景点。承德狮子林建成后，乾隆非常喜欢，除了亲题匾额外，还赋诗一首："文园塞北此时开，移得江南粉本才。狮吼一声大千变，悟知无去亦无来。"

除了移植狮子林，康熙还把苏州的沧浪亭搬到了避暑山庄，不过将名字改为"沧浪屿"。"沧浪屿"在如意洲的西北部，是仿苏州名园沧浪亭建造的一组小巧玲珑、静谧雅致的小园林，院内有若干亭台楼榭，布局紧凑。不过，从房屋建造风格看，沧浪屿采用了北方的红墙灰瓦，而不是照搬苏州的粉墙黛瓦。我觉得，这很像我们伟大祖国锦绣河山之缩影，西北峰峦挺拔高峻，东南波光洲岛相映，山水间也有一片开阔的草原，熔南北风格于一炉。

而湖上胜景，更是独具魅力。但令我陶醉的还是红柱彩檐的"水心榭"。1709年（康熙四十八年），在出水闸上建榭三座，以分割水面，也可作为观赏小憩之所。水心榭旁，还有一组建筑，就是临湖的三间门殿——静奇山房、莹玉堂和冷香亭，素有月色湖声之意境。这夜，圆月慢慢爬上东山，皎洁的月光映照着来自热河泉的湖水，山庄内万籁俱寂，只有溶溶的湖水在轻轻地叩击着堤岸，发出富有节奏的沙沙声。我迈着缓慢的步伐，边走边观赏这静谧凉爽的山庄湖色的月夜之美。

这避暑山庄，处处让我感到水的活力，几乎无处不有水的踪迹，就是藏《四库全书》的文津阁前，也有小巧玲珑的"月牙湖"呢。避暑山庄，名不虚传啊。

（三）

更引人注目的，是建造在山庄宫墙外东北麓的十二座藏式、汉式寺院，统称"外八庙"。它们外形金碧辉煌，雍容华贵，在阳光的照射下，射出炫目的光。这些寺院，是把各民族的建筑艺术有机地统一起来的精心杰作，也是我国园林建筑史上绝无仅有的奇迹。俗称小布达拉宫的普陀宗乘之庙，最为宏大，占地面积22万平方米，围着大红台的60余处建筑依山就势，布局灵活，庄严肃穆。其他几座，也都有各自的来历，如弥福寿之庙，实为班禅行宫；普乐寺形同北京天坛祈年殿；普宁寺是为平定噶尔丹叛乱而建，以示庆祝胜利。寺中供有世界上最大的木雕佛像，是一个千手千眼的观音菩萨，身高22.28米……这些寺庙，是清王朝强大统一的象征，也是两百多年前劳动人民智慧和才华的结晶。

如果把避暑山庄比作一顶精雕细琢的皇冠，那么，"外八庙"就是皇冠上的八颗明珠，如众星捧月般护佑着山庄，与山庄珠联璧合，形成"合内外之心，成巩固之业"的宏大格局，吸引着国内外无数的游客和贵宾。

避暑山庄真避暑，百姓都在热河中。说起山庄的避暑功能，那是不言而喻的。今年七月，我从北京启程时，室外温度是32℃，而避暑山庄仅28℃。晚上下了一场大雨，第二天上午最高温度只有20℃，许多游客冷得用双手抱住了胳膊。幸亏有文友的提醒，我带了长袖衬衫，才免受山庄之寒。

康熙皇帝在如意洲专门修了一座"无暑清凉殿"，亲题匾额并题联"南陆微薰送午凉，西山浓翠迎朝爽"，可见夏日避暑山庄的凉爽与舒适。难怪很多皇帝在此居住达半年以上，接见外使，处理政事，避暑休闲，其乐融融，承德俨然成为大清帝国的陪都。

这座中国古典造园艺术的巅峰之作，称得上是一个时代的象征。它蕴含着帝王思想、名匠智慧，凝聚着中国历史上重要的政治情结和一代宗匠大师巧夺天工的技艺及才能。随着足迹的游移，我越来越被山庄内外那无处不在的丰厚文化底蕴、饱满历史内涵、优美园林艺术所征服，并浮想联翩，发出对历史事件与人物的由衷感叹。一座山庄，半部清史，这正是它的文化魅力之所在。

避暑山庄，承德的骄傲，在这儿旅游，收获颇丰。因为，这座由中华优秀儿女用心血和汗水凝成的神奇宫苑，是中国园林史上的一座辉煌的里程碑，是中国古典园林艺术的精品，更能激发人们强烈的观赏欲望，在这里人们用自己的眼睛发现历史，用心灵感悟人生。

（1989年10月6日初稿，2014年8月27日改定）

旖旎的九寨沟

一条条神秘的山沟，一个个奇异的藏寨，一道道秀丽的景观，一汪汪艳丽的池水，联袂打造出一处处风景名胜，推出一个旅游品牌：九寨沟。

九寨沟，位于南坪、平武、松潘三县交界的万山丛中，是嘉陵江的源头。它是一个 Y 字形的狭长山谷，因为沟内居住着九个藏族村寨，所以称为九寨沟，是国家级自然保护区、5A 级旅游景区。主沟长 30 多千米，最高海拔达 4500 米以上，叠瀑和沟海组成了五彩缤纷的人间仙境。今年九月上旬，到九寨沟旅游，它美到骨子里的景色和淳朴多彩的文化气质让人由衷感叹。

（一）

我从成都乘坐旅游大巴西行，一路行驶九个多小时，经都江堰、汶川、茂县等地直抵九寨沟。九寨沟，对她我曾梦萦魂牵、朝思暮想，今终为她的清美而醉，微醺在她的怀抱。感谢大自然的馈赠，感恩天地的恩泽。

进入景区，就像进入了一个童话世界。一座座雪峰插入云霄，峰顶常年不化的积雪在阳光照耀下银光闪闪。从沟角到峰顶，遍布着原始森林，使她更增添了几分神秘与美丽。坐在观光车往里走，能看见大大小小的"海子"，水清澈见底，让人无法知道它有多深。天晴时，蓝天、白云、雪峰、森林倒映在湖水中，构成了一幅五彩的图画。

说九寨沟神奇，因为她不仅有气势恢宏的湖（海）、沟、河、滩、瀑，也有温文尔雅的溪、流、泉、潭……造山运动和喀斯特作用造就的阶梯式地形，使得从森林、雪山源源不绝流下来的溪水，由高而低，几经起落，跌宕有致。三道沟谷像三条小白龙欢呼着，飞舞着，跳跃着，奔腾向前，在广袤的土地上，形成了珠串玉连的河中湖群，数不清的急流飞湍、群瀑争鸣奇观。水天倒映，静中有动，变幻万千，如影似真，好似蒙上了一层神秘的面纱。

在充满阳光的寨沟里，成群结队的游客络绎不绝，观光大巴弯弯绕绕，缓缓行驶，爽朗的笑声回荡在山水间。我沿着瀑布旁的栈道环湖徜徉，留下了心旷神怡的悠然记忆。

九寨确有众多沟：扎如沟、日则沟、则查洼沟、树正沟……主沟有盆景滩，树正瀑布、诺日朗瀑布奔流直泻。则查洼沟长 18 千米，乘车上山越过海拔 2905 米的天鹅湖，尽头为绝壁千仞的剑岩，在连绵的山峰中，映衬着层峦叠嶂的倒影美景。

（二）

九寨的海子多，美名也多：芦苇海、五花海、金铃海、孔雀海、雪花海、熊猫海、箭竹海、天鹅海、芳草海、卧龙海、犀牛海、珍珠海、老虎海、双龙海、镜海……

名为海，其实与湖差异不大，唯长海海拔最高，湖水最深，面积最大，海拔 3000 米以上。这 108 个海子，犹如 108 块碧玉，镶嵌在这深山幽谷之中，由绿树、银瀑相连，让景区围上了一条翡翠项链，把湖、泉、瀑、溪、河、滩连成一体，它们或雄阔秀丽，或恣意绚烂，或婉转柔媚，变幻莫测，静谧幽雅。沟中古木参天，阵阵山风吹来，泛起彩色浪花，晶莹剔透。游览一整天，虽很累，却大饱眼福。每一个海子都是人间仙境，各有特色，各有其惹人喜爱的地方，充满诗意，我陶醉其中，流连忘返，百看不厌。

九寨沟的神韵在于水，灵魂在于水，其美也在于水。九寨沟的沟多，水也多。那水，多色彩、多层次、多元素，形成了独特的水韵，美得原始、美得宽阔、美得粗犷、美得壮烈、美得苍茫，仿佛一块块通透莹润的美玉。在Y字形沟内，点缀着很多当地人叫作"海子"的大小湖泊，共108个。海子面积最小的不足半亩，最长的是长达4350米的长海。沿着铺在水上的木板栈道，穿行在茂密的原始森林中，我们领略到一片又一片"海"的风姿。

九寨沟的水澄蓝清澈，蓝得出奇，蓝得醉人。和我同行的人说九寨沟蓝得有点"妖"（出格出奇之意），对此种看法，我不敢苟同。九寨沟确实蓝，但它不是三亚海水那种蓝，那样深而碧，蓝得使人震撼、使人战栗；它也不是小三峡那种清澄湛蓝，蓝得能荡涤人的五脏六腑。它是一种特别的蓝，蓝中带青，蓝中带绿，蓝中微黄。它的蓝用艺术的话来说，像一个纯洁无瑕少女眼中的秋水；用白描的语言来表达，就是果农喷洒葡萄用的绿矾深入水后的那种蓝。

九寨的水，蓝得俏皮，蓝得纯粹，蓝得丰富，蓝得醉人。湖水宛如一颗颗蓝宝石，镶嵌在高山峻岭中。高山俯视着河水，湖水环绕着高山，朵朵白云，穿梭其中，如画，如诗，如梦，把大自然的美，慷慨无私地奉献给了人类，倾倒了多少骚人墨客啊！

九寨沟的水美，水中的倒影犹如佳人，侧面、背影也别有韵味。起伏的山头、粗大的树木、湖边的栏杆，甚至穿红着绿的游人，映在澄澈的水里，或明晰，或叠影，或晃动，无一不是景致。湖畔的树木随季节变化呈现出不同色彩，倒映在水中，波光树影交相辉映，谱写出一曲斑斓的水韵。

九寨沟风景迷人，魅力无穷。五彩池，是九寨沟精华中的精华。说是五彩，可能大多数人会想象成五彩斑斓的池子。五彩池呈深浅不一的蓝色，以孔雀蓝色调为主，呈现出鹅黄、墨绿、深蓝、藏青和火红等不同的颜色，或色泽分明，或相互间杂，就如同无数块奇珍异宝聚在一起，色彩缤纷，仪态万千，成就了五彩池。一个季节，多重色彩。九寨沟的水，赋予了季节更丰富的韵味。

五彩池中生长着许多草木植物，五彩斑斓，清澈透明，同一湖泊里，有的水蔚蓝，有的湾浅绿，有的汊绛黄，有的泉粉蓝……变幻莫测，在阳光照射下，闪耀出五彩光芒，荡开一圈圈金红、金黄和雪青的涟漪，分外妖艳妩媚。多么美丽、多么神奇的画面呀！

九寨沟景色最为迷人的是长海。长海深藏在层峦叠嶂的山谷之中，湖的两岸树繁叶茂，一眼望去，水似平镜，巍巍雪峰沐浴在蓝天白云下，壮观奇丽。长海水是深蓝色的，显出一股大将风范，深受人们喜爱。镜海犹如它的名字，平静通透，倒影独特，有着"鱼在天上游，鸟在水底飞"的奇幻景象。火花海野花盛开，团团簇簇，姹紫嫣红，花上露珠晶莹剔透，闪闪发光，与海中火花相映成趣，瑰丽恬静，韵味十足，演奏着天地间最辉煌的乐章，使人心情振奋，胸襟开阔，充满青春的活力。

（三）

九寨沟的水，静逸在湖泊，跃动在大大小小的瀑布中。瀑布从蜿蜒的泥崖上滑落，瀑帘阔大而雄壮，粗犷中带着点轻巧，气派中蕴含秀气。以珍珠滩、诺日朗、树正等为代表的瀑布，囊括了九寨沟瀑布的精华。若说一座座的湖泊恍若安逸悠闲的仙子，那瀑布则犹如俊美刚强的男子，撞击出清脆悦耳的旋律。我站在这流银飞玉的瀑布潭边，确有"滚滚银花脚下踩，万顷珍珠涌入怀"的感觉！

密林深处是厚厚的落叶，踩在上面十分松软。这里是百鸟争鸣的乐园，杜鹃、八哥、画眉、红嘴鸟和不知名的金翅雀，都飞聚到这片幽静的世外桃源来了。它们啁啾着，欢跃着，扑腾着，一种回归自然的愉悦在我心田荡漾。那原始、质朴的美，把人世间的一切烦恼忧愁驱赶得无影无踪。

白天或乘车，或爬山，晚上享用美食。几天来，我们吃了四川串串香、四川火锅，还有现切现烤的牦牛肉。在上海，我们吃火锅蘸的调料有沙茶味、海鲜味啥的，在这里就一种调料——在一种油里加上蒜末、葱末和香菜做成的调料，把麻辣火锅里的菜啊肉啊，在油料里蘸一蘸，不仅能解辣，还能增加香味，保留食物原有的味道。藏族的青稞酒、牦牛肉、烤羊肉、酥油饼、手抓饭、虫草、奶茶、羌绣、歌舞、哈达以及水晶、刀具、服饰和金银工艺品等，均具有浓厚的民族风情，而藏语"扎西德勒"（吉祥如意）则四处皆闻。

黄山归来不看山，九寨归来不看水。一路下来，景色虽有不同，但都离不开"山"和"水"。而九寨沟美的精髓在一个水字。九寨沟的水，仿佛融入了天下之水的各种韵味，并有水的不同灵性，令人向往。

美丽的九寨沟风景多多，遗憾的是时间有限，匆匆一次难以尽兴。我与文友约好下次再来——也许这就是九寨沟魅力之所在，让人梦牵魂绕，来过之后还想再来。这里，森林是动情的诗，海子是美丽的画，瀑布是高亢激越的歌。九寨沟的美，令人心醉，它的一切都给我留下难以忘怀的记忆！

（2013 年 9 月 11 日）

春染婺源

一个城市是一本大书，一个地区犹如一部厚重的画册。喧哗之后、欲望过后，人的心总是要走向平和与宁静。翻开一本好书、欣赏一部精美的山水画册，也许就是使心灵从喧哗走向平和与宁静的最好方法。

婺源，就是这样一本读之有味的好书、一部使观者神往的山水画册。

（一）

杏花未败，桃花又开，油菜花芳香四溢……仿佛听到一声脆响，红的、黄的、白的、粉的花儿，便炸满整个山乡，婺源的春天扑面而来，撞得游人满目满心都是。

爱上一个地方真的不需要理由，婺源的花海这么灿烂迷人，满山的红杜鹃、满坡的绿茶香，还有未全怒放的油菜花，染遍了婺源的山水村落，染遍了整个春天，染遍了赏花人的灵魂。

婺源，位于赣东北，毗邻黄山市，是一颗镶嵌在赣、浙、皖三省交界处的"绿色明珠"。婺源县建于唐朝的开元年间，距今有1300多年的历史。

之所以称她是"绿色明珠"，是因为婺源的山"青"到了人们的心里。到了婺源，放眼望去，忽然发现，青山已经将我们团团簇拥，呼吸在此刻也前所未有的顺畅自然，有种心静气和的沉淀感。据介绍，婺源的山不仅植被覆盖率高，而且层层叠叠，绿荫浓密。这样的景色，其他的地方即使有，也很少像婺源这样的，走在被青山环抱的天地间，仿佛进入了一个桃源仙境、画里乡村……

或许，在被欲望缠身的现实中，人只有在这样的环境里，才能恢复思考和反省的能力。平日在钢筋水泥丛里，思考和反省不是一件易事。这满山的青色如同一面镜子，丑陋在镜中无处躲藏，欲望在这里灰飞烟灭。

"古树高低层，斜阳远近山。林梢烟似带，村外水如环。"清代齐彦槐的《冲麓村居》，写的是故乡婺源，几座屋舍，一座石桥，两只小木舟互相依偎，有烟云在村落环绕。远景中几抹青山、几树林木，淡笔青花扫出。每座山岭都有其独特的神韵，每处村落都有其自己的荣耀，每处农田都有摄人魂魄的秀美风光……这样的婺源，有天地烟云，也有人间烟火，时光仿佛慢了下来，在这青山绿水中沉淀……

相约，便去了。汽车在蜿蜒起伏的丘陵公路上奔驰，放眼窗外，但见无尽头的高坡低谷，层层梯田，委婉弯曲，绿茵绕山而砌，麦田间夹杂着油菜地，地中开着金灿灿的花，山风吹过，麦浪波动，菜花起舞，绿黄相间，缤纷翻卷，美丽极了。

记不清是几时听说，婺源称得上是"中国最美的乡村"。旅友告诉我，婺源要比周庄美，比周庄更有一分素雅、恬淡之美。从那时起，我在梦里几次梦到婺源。虽说美丽是自己想象的，但去过婺源后，便心生感慨：有生如此，夫复何求？有一天你对尘世的喧嚣感到疲惫不堪，那就去婺源走走吧，同时别忘了带上一把漂亮的雨伞。

最美不过婺源清晨。在我看来，婺源这美，不仅因为远处是数不尽的青山——郁郁葱葱，蜿蜒起伏，一直铺向天边；还有这"徽文化"的活化石——古村落。山青田绿，流水清澈，房屋雅致如仙居，太阳洒下来时万草千花万紫千红，一幅江南山水奇景展现在眼前。画由天赐，人在画中，生活在这里的人们太有福了。

婺源，是一把散了的珍珠，落入山的皱褶。汽车一接近婺源，徽派建筑渐渐密集起来，错落有致，像极了一幅幅写意的水墨画。我发现，这里的民居和别处的民居有很大不同，首先它是清一色的黛瓦、白墙、飞檐、翘角，高高低低，古香古色，彼此用巷道与台阶连着，一群群静静地伫立。草地如绿毯一样，环绕着民居。因为植被丰厚，空中没有一点灰尘，真是人间仙境、世外桃源！

村头随处可见那些从未见过的大树，随便一棵，至少有上百年的历史，有的达到千年。这里最多的是樟树，最大的一棵要四个人合抱，巨大的树冠覆盖了小半个村子。还有很多的古柏树、古梅树、古槐树等。村旁有河环扣，水极清，平缓如镜，温润透彻。想起沈从文给新婚妻子信中的话："我就这样，一面看水，一面想你。"河水依着婺源，一腔柔情，也是不息不绝。

印象最深的是两侧高耸的墙。一路上，我都在观察那些呈阶梯状上翘的墙，发现大部分都是三阶的墙。其实，在徽派建筑中，还有五阶、七阶墙，五阶被称为"五岳朝天"。把墙砌得如此之高，是为了在密集的房屋中隔离火带，因此叫作"封火墙"。我以为，徽派建筑之美，全在一阶一阶的墙上，在行进的车上远眺这鳞次栉比的封火墙，那建筑也就有了韵律和动感。

（二）

若想细细品味婺源，最好选择徒步旅行。印痕深深的青石古道，古朴精美的房屋雕刻，青苔满满、重叠粗砺的马头墙，即使不起眼的一棵古树、一枝老藤、一段断壁、一眼深井，都可能蕴涵着一个古老而又美丽的传说。四通八达的巷道，更造就了一种"斜阳照墟落，穷巷牛羊归"的幽邃境界，加之"狗吠深巷中，鸡鸣桑树颠"的实景，徜徉其中，你会将所有烦恼抛之脑后……

一到此地，我就向当地人打听：为什么江西的婺源会有这么多的徽派建筑？他们很热情，争着告诉我：中华人民共和国成立以前，婺源是隶属徽州的，"我们都保持着安徽的生活习惯，我们可不是江西老表"。看他们的神情，似乎对回归安徽还是很向往的。

婺源，几乎所有的事物，诸如田野、青山、石墙、烟囱，都是吸光物，质地有些粗糙，风儿吹过，会有涩涩的感觉。婺源不属于那种夺目的地方，这里没有一处是鲜艳的，它的色泽是岁月给的，并因符合岁月的要求而得以持久。它像一位谦卑的长者，把自己深隐起来。延村、思溪、长滩、清华、严田、庆源、晓起、江湾、汪口、理坑……层层叠叠的村庄，在山的皱褶里散布着，像散落的米粒，晶莹、饱满、含蓄，难以一一捡拾。这些独特的徽派古村落依山傍水，绿荫匝地，到处是古意扑面，让人仿佛走进了一个童话梦幻世界。

　　走过青石路的曲径小巷，深入古村落，你会发现这里暗藏着很多高堂华屋，从一扇小门进去，没想到我闯入了明代某位尚书（比如南京尚书卿余懋学、吏部尚书余懋衡）的客厅。进入此地，我被梁枋槅扇排山倒海的雕花所震慑；层层叠叠的宅院，在徽商们手下相继建起，不同时代的房屋，像迷宫一样交织和连接。

　　明清老房子，是婺源一大看点。除了尚书第外，还有三省堂、大夫第、一县六府、敦伦堂、铜绿坊……在朝为官者，尔虞我诈累了，辞了官，归隐到婺源这方世外桃源；也有衣锦还乡的商贾，建起的宅院。信步打开一扇门，就会掀开一页历史、触动一个朝代。房屋都很精致，是真正的艺术品，一根椽、一道窗，无不精工细琢。"喜上眉（梅）梢""合（荷）和（鹤）美好""鹿（禄）鸣幽谷"，寄寓着美好祈愿的砖雕、木雕，经历了岁月的烟尘，散发出冷冷的色泽，没有一丝欲望的气息、俗世的刺目和嚣张，呈现出一种古典大气的美。每幢房屋，都有好几个敞开的入口，我把那些开启的门，当作公开的邀请函，随意进入，参观那构思精巧、自然得体的堂屋、轩斋、天井、花园、庭院、回廊、厨房甚至卧室，从而使我有了接近婺源的绝好机会。

　　我发现，村落内几乎每处民宅的大门上都贴着手写的春联，在城市中渐渐远去而模糊的年俗背影在婺源依然清晰。民宅的墙上、屋内多是雕梁画栋、精美细致的雕刻，图案丰富多彩，蕴意丰富。民宅外墙上的雕刻有的已破损，有的甚至被水泥覆盖，让人感到一丝痛惜。好在，婺源独具一格的村落，越来越受到人们的重视。2005年，婺源县人民政府进行了第三次大规模文物普查盘点，并本着"修旧如旧"的原则，维护修缮古民宅，力图重现昔日的辉煌。

（三）

古树浓荫、水倚田园、蜿蜒老巷、参天古树、悠长古驿道，都在向人们诉说着那渐行渐远的传说。婺源山多地少，婺源人历史上就有外出经商的传统。当地民谚曰："前世不修，生在徽州，十二三往外一丢。"被丢出去的婺源人，游走天下，闯荡江湖，靠自己的聪明才智和辛苦打拼，将赚来的银子源源不断地运回家乡，藏富于祖籍乡间，使这个贫瘠山区，变成了风华绝代的富庶之地。

婺源之所以被称为中国最美的乡村，我想，还有一个重要原因是婺源还是个"书乡"。婺源的房屋是黑、白两色的，白墙黑瓦，宋代哲理学家、教育家朱熹从这里走了出去，明代篆刻家何震、清代大音韵学家江永、闻名世界的近代铁路鼻祖詹天佑也从这里走了出去……并且吸引来李白、黄庭坚、宗泽、岳飞这样声名显赫的访客。婺源的古民宅也随处可见进士第、尚书第、司马第、天官上卿的匾额。读书，奋进，祖上文脉赓续绵延，仅一个小小的李坑村，几百年间，七品以上的官员就有38人。自宋至清，婺源全县考取进士者552人，历代文人学士著作被收入《四库全书》的竟达3000多部。他们曾怀揣远大的抱负，肩背简单的行囊，跨过村口的小桥，翻过山，越过岭，涉过溪，走出群山，走向更加广阔的天地。他们在山外成就一番大业后，衣锦还乡，盖起这画一样的白墙和黑瓦，建起一道道的牌坊，建起高大森严的祠堂。

如今，这些屋子虽已破旧，但它曾吸引了无数访客，收获了很多赞叹。光阴流转，岁月轮回，人去楼空，它们寂寞地面对流淌的岁月。那青春年少的欢声笑语、金榜题名的志得意满、独守空房的哀愁、挑灯夜读的刻苦，穿越时空，在我的耳边静静地流淌。

我在民居的书摊上，挑了一本徽商的书，仅书中收录的有名有姓的徽商，就有600人之多。事实上，清康熙后期，仅汪口的徽商就有1000多人。可是，在中国几千年的儒文化中，商人不仅登不了大雅之堂，也是入不了史书的。在婺源，到处可以看到富庶的宅院，因而，徽商和徽派建筑是同步发展的，如果没有徽商的崛起，也就不会在这片土地上留下如此多的古建筑遗产。商人们又何尝不是在书写着历史呢！

　　在婺源，我发现自己已完全融入这座美丽的乡村。婺源的美，美在她的精神。这是一本为精神而作的大书，是一本潜入我心灵的大书，让我忘却喧哗和欲望，剩下的只有平和与宁静。这种宁静，实际上成了我们幸福的重要组成部分。

　　婺源是当今盛世的缩影，更是江南水乡小家碧玉梳妆打扮后的重新亮相。她那娉娉婷婷、婀娜多姿的风韵，一定会让你有"五岳归来不看山，婺源归来不看村"的感觉，一定会让到此做客的嘉宾乐不思蜀……

　　而今，历经千年文化洗礼的婺源人，一如那清新隽永的婺源，依然执着地守护着那份淡泊、宁静、坦荡和自然。是的，我喜欢婺源，喜欢婺源的生活，平平淡淡，默默无闻，朴素、真实、生动。

　　婺源之春，不仅美在百花的点缀，更因为青山绿水与古老村庄相得益彰。当美丽成为中国梦的最亮底色，当家园成为人们追寻的心灵归宿，梦一下变得多彩起来。婺源，美丽的中国乡村，向世人展示着她的无穷魅力。离开婺源的时候，我感觉自己心中装着一片绿色，望着那漫山遍野的郁郁葱葱，一阵惆怅涌上心头：这样美妙的地方，什么时候才能再来呢？

（2013年2月27日）

观赏吉林雾凇

雪是冬天的魂魄，雪让北国的冬天有了生机和活力。因为有雪，北国的冬天并不缺少欢乐与激情；因为有雪，北国的冬天便增添了生机与活力。

冬日的清晨，漫步在吉林市的松花江边，你会沉醉在这神话般的冰雪世界里：江面，流水潺潺，雾气氤氲；岸上，银装素裹，雪柳轻摇。千姿百态的凇花，编织成一簇簇春花夏草、秋果冬树，令人感叹造化之功；千枝银柳、万株雪松，形成透明晶莹的自然景观，似冰非冰，似霜非霜，犹如玉树琼枝，奇异多姿，妩媚动人，这就是与泰山日出、黄山云海、钱塘大潮一起被称为中国四大气象奇观的吉林雾凇。

（一）

北国江城与雾凇的缘分，似乎是上天注定的，因为有了一条松花江——一条源自长白山天池的江，吉林人就独享了这造化的神奇。"松花江"是满语的音译，意为"天上的江"。"吉林"也是满语，沿江的意思。松花江蜿蜒曲折，呈反"S"形穿城而过，造就了"四面青山三面水，一城山色半城江"的都市风韵。

"雾凇"一词，最早出现于南北朝时期吕忱所编的《字林》里，其解释为："寒气结冰如珠，见日光乃消，齐鲁谓之雾凇。"彼时，雾凇大概如白霜的出现一样稀松平常。宋代曾巩在《冬夜即事》诗中也有记载："香清一榻氍毹暖，月淡千门霜凇寒。闻说丰年从此始，更回笼烛卷帘看。"而最玄妙的当属"梦送"这一称呼。宋末黄震在《黄氏日钞》中说，当时民间称雾凇为"梦送"，就是因其停留短暂，让人珍惜它的美好。直至三百多年前，张岱《湖心亭看雪》一文中写道："雾凇沆砀，天与云与山与水，上下一白。"

如此胜景，张岱也不过才遇到了两位喝酒的金陵客，要是放到现在，不知道要惊动多少访客和游人。吉林雾凇毛茸形、疏松体、水晶状，当地人形象地称之为"雪柳"。

为什么在严寒冬季，吉林市会出现雾凇呢？据文友介绍，吉林市地处北国，纬度较高，冬季气候严寒，一抹如镜的松花江，冰冻如铁，离市区约30千米上游是小丰满水力发电站，常年倾泻出带有"体温"的水流，汩汩而下，形成了近百亿立方米的松花湖水，湖水容易表面结冰，冰层下面几十米深的水里，仍能保持4°C的水温，和地表温度相差在30°C左右，巨大的温差使江水产生雾气，江面上白雾袅袅，久不消散，并急剧凝结，附着在树木等物体上。源源不断的江水，提供充足的水蒸气，使得"雾凇"越积越厚，才形成松花江两岸壮观美丽的雾凇这一自然景观。吉林雾凇，是自然与人力共同作用的结果。

"今冬看雾凇，可真不太容易，一冬天也没出现过几次。"随行的老瞿说。来得早不如来得巧。我到吉林市时，正赶上吉林市举办中国吉林雾凇冰雪节。

上午七点半，我驱车赶到松花江桥头。前面十几米开外的地方，是莹白的树、莹白的草、莹白的山岭，一时间，我恍若置身于玄幻小说中的冰雪森林。那一棵棵、一株株树上，开着一团团、一串串晶莹剔透的花，形成了一个绚丽无比的童话世界。身旁这株婀娜多姿，仿佛是个冰清玉洁、轻歌曼舞的少女；那边一棵憨态可掬，好像是位身披白氅、银发飘飘的仙翁；这株如古朴典雅的白兰，开出玲珑剔透的花瓣，仿佛还散发着迷人的清香；那棵节节连接处，毛茸茸的，很像圣洁高雅的白梅，怒放着坚贞不屈的花蕾；那边树枝上绽放着端庄的"银菊"，这边柔条上摆动着飘逸的"芦花"……那些雾凇随状赋形，有的像鹿茸，有的像柳絮，有的像珊瑚，有的像星星……

（二）

雾凇，因美丽皎洁、晶莹闪烁，所以被称为"冰花"；因凌霜傲雪，斗寒盛开，又被称为"傲霜花"；因色如白玉，状如蝴蝶，晶莹剔透，寓意美好，又被誉为"琼花"；又因附着于草木之上，轻盈洁白，清秀雅致，被称之为树挂（或雪挂）。雾凇的形成需要两个条件：一是气温很低，二是水汽充足。也就是说，雾凇是雾中无数零摄氏度以下尚未凝结的水蒸气，随风在树枝等物体上不断积聚冻粘的结果。

沿江筑起的十里长堤，银装素裹，垂柳依依，松柏苍劲挺拔，纤细的柳枝染上一层冰霜，在微风中摇曳，使人如同进入冰清玉洁的神话世界。一对对情侣、一群群游客，扛着摄像机、照相机，穿梭于雾凇丛中，选准位置，把这人间奇景一一摄入镜头，留下美好的回忆。

据文友介绍，冬日的夜晚，行走在江边，一片江雾笼罩在江面，雾气随着水的流向迎面袭来，能见度不足几米，令人有一种踏雾而行的错觉。每当这时候吉林人就知道，明天早晨肯定要起雾凇了。

几乎没有人看到过雾凇凝结的全过程，但有心人却能领略"忽如一夜春风来"的意境。有雾凇的日子，恰是最寒冷的时候，然而人们却看到了"千树万树梨花开"的景象，这是季节的错位，还是上天的游戏？我徜徉在这用雾凇构建的冰雪世界里，时常会产生似梦似幻的感觉，"处处路通琉璃界，时时身在水晶宫"。这奇特的世界，宛如人间仙境，令人不知身在何处，禁不住发出天上人间的慨叹。

太阳出来的时候去看雾凇，看到的又是一番特殊的景致。在阳光的照射下，那凇变得晶莹剔透，那晶变得温馨可人，那雪变得松软绵润……那一刻，一切都是那么清静、洁白和安宁。穿行在雪柳凇枝间，凇花纷纷扬扬、潇潇洒洒飘然而下，似雪不是雪，似花不是花。滴在唇间，是一分滋润；洒在脸上，有一分清凉；落在身上，我便与这银色的世界融为一体了。

（三）

　　要欣赏最美的雾凇，我觉得还是应去雪凇岛。今年，我就是为了吉林雾凇而来的。雾凇岛坐落在曾通村，属松花江的一个小岛，是一个满族人聚居的小村庄，有200多户人家。我第一次看见那么多神奇洁白的雾凇，在雾气中若隐若现。沿江走去，江水清清。我看见几枝妙趣横生的散落的红叶，看见像芦花一样雪白、形象逼真的玲珑冰花，看见气象万千的银色垂柳，看见雾气中扑朔迷离的森林。大树之上绽放的冰枝生机盎然，我走在小道上，欣赏繁密世界的优美雾凇，感受琳琅满目的繁盛景象。我在一树悬挂的琥珀前，想象醒目灿烂的生命真谛，眺望远处房屋之上那些高大伸展的凇枝，展现它们的优雅和美丽……

　　雾凇岛在松花江的怀抱之中，流动的江水扬起的雾比别处大，气温又偏低，岛上榆树、柳树、杨树等既高又大，雾凇生成条件得天独厚。那附着在树木上的雾凇轻盈洁白，宛如琼树银花，形体婀娜多姿，让人不由想起"出屋横斜千万朵，赏心悦目二三枝"的诗句。我沉思着，这洁白似玉、晶莹如雪的雾凇，它的形成恐怕要经历比雪复杂百倍的物理变化吧？雾凇非冰非雪，它是雾的化身、云的精灵，它在严寒中孕育出纯洁和壮丽，在浓雾中练就自己的眼力和胆识。气温稍稍升高，风力微微改变，美丽的雾凇就消失了。

　　古人为这一现象，造了一个漂亮上口的字：凇。冬天的北国本是寒滞的，而吉林人却因为有了雾凇而过得热火朝天、丰富多彩，雾凇给他们太多的情趣、太多的灵感。放下生活的重负，走出暖洋洋的屋子，走进冰天雪地的大自然，你的心灵会变得纯净起来，禁不住童心大发，将自己融进这冰雪的天地里。接着，便会有诗，有画，有歌，有舞……都是关于雾凇的。人们用最美的语言形容它，用最艺术的手段展现它，用最隆重的形式欣赏它，用最真诚的情感赞美它。于是，这里举办了享誉海内外的雾凇冰雪节，吸引各地游客来一次雾凇之旅……

吉林的雾凇因为厚度大、密度小、结构疏松，显得格外晶莹剔透，她婀娜俏丽的动人姿态，让人心驰神往。它不像北方其他地区偶尔出现的雾凇那样结构紧密、密度大，挂在树木、电线和建筑物之上，会产生一定的破坏力。吉林雾凇，对附着物没有破坏力，且对人类有不小的益处，是天然的空气清洁工。因此，我观赏玉树琼枝上的雾凇时，会感到空气格外清新舒爽，这是因为雾凇吸附了空气中的尘埃物质，净化了空气，而且散发出大量新鲜的氧气。

这里有一条北国不冻的江，这里有闻名世界的雾凇奇观；而吉林是一座充满激情和活力的城市，吉林因雾凇而靓丽，雾凇因吉林而自豪。中国优秀旅游城市、中国魅力城市、中国十大美丽城市、中国十大特色休闲城市……这些城市殊荣又有哪一个不是因为吉林与雾凇的结缘呢！

美哉，吉林雾凇！

（2013 年 2 月 5 日）

窑洞里的陕北

清凌凌的延河水，流淌着中华先烈的血脉；宝塔山下的凤凰山，奠基了中国革命的伟业。

"几回回梦里回延安，双手搂定宝塔山。"老诗人贺敬之的《回延安》激励着我们踏上革命圣地延安，去读那本丰厚的红色历史教科书。

置身于陕北的黄土高原时，眼前是苍茫的北国风光，这里沟壑纵横，山峁迭起，像海浪一样，涌向天际，焕发出原始的生命力。面前的这片黄土，孕育着华夏土地上独特的居住文化，遍布在黄土高原沟沟壑壑上的窑洞，便是这种文化的直接体现。生活在这里的乡民们，修房建屋不像辽阔的草原搭建毡房和蒙古包，也不像广袤的平原修建瓦房和四合院，更不像江南水乡临水建造别致的阁楼，他们利用自然山形地势，因陋就简挖掘窑洞。在陕北，带着浓烈黄土情怀的窑洞，让黄土地充满美丽和神奇，富有诗和远方。

（一）

大红枣、宝塔山、黄土高坡、窑洞，一切都是那么的淳朴、那么的自然。延安之行，感受陕北，品味窑洞里的陕北，用陕北的苦与朴，铸就一分旷世的超脱。当年，经过两万五千里的艰苦跋涉后，毛泽东看着杨家岭一座破落的窑洞，对工作人员说："此处甚好！"甚好之处，堪称"陋室"，然"山不在高，有仙则名；水不在深，有龙则灵"，一代伟人，虽身居陋室，却胸怀天下，运筹帷幄，在昏黄的油灯下，不仅写出了许多指导革命的鸿篇巨制，更用盖世的气魄铸就了挽救民族、建立新中国的巍峨丰碑！

窑洞，是中国西北黄土高原特有的民居形式，具有十分浓厚的民俗风情和乡土气息，也是一种古老的民居，其渊源可追溯到原始的居穴。《诗经》曾云："古公亶父，陶复陶穴，未有家室。"经过了千年的演化，人们创建了被称为绿色建筑的窑洞，创造人类穴居文明的典范，使窑洞成为中国五大传统民居之一。陕北人习惯于修建并居住窑洞，这种习惯究竟始于何朝何代，迄今还没有准确的定论。大约先祖们从天然的山洞里走出来，从大树冠中迁下来，来到这千沟万壑的深山中，便开始寻找安营扎寨、遮风避雨、繁衍生息的场所了。可以想象，那时人类的生产力和劳动技能极其低下，山里条件十分艰苦，想找一个居住的地方实属不易！他们苦思冥想，最终在雨水长期冲刷形成的山崖前豁然开朗，于是就在经过亿万年堆积、不软不硬的黄土残塬断壁上，仿照山洞的样子掘洞而居，随着时间的推移，当初的人掘山洞逐渐演变成我们今天看到的窑洞建筑。

陕北窑洞建筑类型多样，由最初的黄土、焦土窑洞，发展到接口石窑、接口砖窑和生墩石窑、生墩砖窑，乃至里方外圆的仿真窑洞。土窑洞虽然简陋，但挖起来容易，省工省钱，往往是光景不好的穷苦人的无奈之选；光景稍好一点的庄户人家为了好看耐用，便用石头或烧制的青砖在土窑洞的窑面砌上一层，再压上遮雨的青石板窑檐，名曰接口窑洞；光景再好一些的人家便纯粹用石料或砖仿制。可见，窑洞是黄土高原的产物，既得益于黄土直立性强的特点，又得益于高原干燥的气候，它与周围的自然、人文环境密切地契合在一起，不仅是人们的居所，更是一种文化和艺术，衍生出了很多与此相关的民俗，如独具风格的窗花，便是用来装饰窑洞的。

我常常想，陕北的黄土是有根、有灵魂的，要不，窑洞里为什么源源不断地飞出信天游、道情皮影、陕北说书、剪纸、泥塑、布堆画、鞋垫垫，并薪火相传，延续至今。窑洞是孕育文化的，并且文化生根似的常驻，这正是窑洞的另一番神秘所在。我不止一次地驻足窑洞前问自己：对于融入黄土深处的陕北窑洞，我们到底读懂和掌握了多少？

不论哪种类型的陕北窑洞，都有窗户，但窗户有大有小，有半圆的，也有正方形的，其中以半圆窗户居多。圆窗下根据门的所在位置，在门口边配有对称的小方窗或小单窗。门窗一般采用的是当地适生的杨树、榆树、柳树等上等木料，经过木匠精心加工制成方格子窗户，有的庄户人家，还让技艺高超的匠人将窗棂子套成美观的图案，然后在靠窑里的一面糊上白麻纸，一方面起到遮挡风沙的作用，另一方面又能通气透光。逢年过节的时候，人们还会把剪纸贴在窗户上。一张红纸剪出来的一个个简朴生动的小窗花，让窑洞里的年节格外喜庆。

（二）

穿行在陕北的群山叠翠中，驻足在遗存百年之久的一孔孔土窑洞前，我能感觉到这源于黄土深处的窑洞的顽强生命力。在南方或者国外游客眼中，窑洞的存在是一件不可思议的事情。

遥想当年的陕北窑洞里，英才云集。戍守关塞、抵御外敌的一代名将蒙恬，"先天下之忧而忧，后天下之乐而乐"的范仲淹，伟大的科学家、《梦溪笔谈》的作者沈括，曾在这里的土窑洞里居住过，至今都让陕北人引以为傲。闯王李自成，农民领袖高迎祥、张献忠等从土窑洞里横空出世，揭竿而起，书写了惊天动地的历史传奇。西北革命元老、陕北文化导师李子洲，中国工农红军高级将领刘志丹、谢子长、习仲勋等革命志士在陕北的窑洞里曾经熬过了无数个不眠之夜，他们坐在土炕上促膝长谈，探求救国救民的真理。

陕北的窑洞，简朴中孕育着乐观，闪烁着"延安精神"的光芒，矗立着历史的丰碑。在王家坪、在杨家岭，毛泽东等老一辈无产阶级革命家的窑洞处所，空间狭小，光线昏暗，陈设简陋，条件艰苦，可它却是中国革命的圣地。窑洞里的小油灯，点亮了一篇篇决定国家命运的光辉著作。窑洞壁旁绑着铁丝的床，顶起为信仰坚贞不屈的脊梁。窑洞窗户上悬挂着的串串红辣椒、黄玉米，那是南玉湾屯垦的成果。革命年代的陕北一排排的土窑洞里汇聚着革命的热血，涌动着革命的思想。

窑洞虽小，气场却大；油灯虽弱，光芒四射。看，当年多少优秀儿女、仁人志士，被陕北窑洞所吸引，投奔光明，追求真理，从此踏上了抗日救国、解放全中国的革命之路。用窑洞改建的抗日军政大学，培养出了数万革命干部、众多精兵强将，成为中国革命的中流砥柱。七大会议，让毛泽东思想大放光芒。

在延安，那漫山遍野的窑洞，就是它的名片。透过窗户，外面便是那壮丽的陕北黄土高原。窑洞里的陕北，是平凡的世界，但它秉承了淳朴、敦厚、隐忍的性格，敢于面对一切苦难的锤炼，可以承载一切生活的重负。我记得，陈嘉庚先生曾将重庆的豪华公馆与延安的简陋窑洞做对比，并下结论说：中国的希望在延安！白求恩大夫当年与毛泽东彻夜深谈后赞叹：这个人是一个巨人，他是我们世界上最伟大的人物之一！周恩来诙谐地说：毛主席在世界上最小的司令部里，指挥了世界上最大的人民解放战争。

（三）

当年，在陕北这片贫瘠荒凉、生产力落后的红色根据地上，共产党依靠人民军队和广大老百姓，艰苦奋斗，前赴后继，凭着小米加步枪、靠着农村包围城市的思想，终于打败了穷凶极恶的日本侵略者，以及拥有先进美式装备的国民党部队，这简直是一个奇迹，一个不可复制的中国奇迹！

陕北窑洞冬暖夏凉，很适宜人居住。陕北乡下人不像城里人住的是楼房，睡的是床铺，取暖用的是暖气，他们住的是窑洞，睡的是土炕，取暖用的是煤炭或者柴火。他们早在打土窑时就在靠窑掌处留下一个高一米左右的土台子,作为盘炕的地方。平整的土台子上横着挖开三条炕洞,三条炕洞的两头交会在一起,一头连着灶膛,一头通向烟囱,做饭烧水的时候,灶口的火焰通过炉膛,穿过炕洞,会将土炕烘热,最后蹿上烟囱。人们躺在铺了席子、毛毡和被褥的土炕上,与大地母亲零距离接触,睡得舒心踏实,睡得香甜酣畅!

陕北的窑洞,一头牵着农家,一头系着党和国家,在华夏建筑史上、在中国革命伟大进程中,书写了浓墨重彩的一笔。直至当下,人们一提起窑洞,仍倍感亲切温暖,万千思绪便会油然而生……那天夜里,我遥望影影绰绰的宝塔山,枕着清波粼粼的延河水,在窑洞里回味艰难岁月,聆听雄壮旋律,感受那璀璨灯光,心里反复回荡这么一首歌:

　　　　窑洞留下我的梦,信天游带走我的情,

　　　　天上星星一点点,思念到天边……

窑洞是黄土高原的产物、陕北劳动人民的象征;窑洞创造了陕北文化,使得陕北文化有了黄土的深厚、大漠的宽广和黄河的奔腾。我相信,窑洞在未来,同样会给陕北人民带来巨大的财富。

这次陕北之行,让我读懂了苦难,读懂了当年扎根黄土的革命。我更明白,在这块贫瘠的红色热土上,人们之所以生生不息,就是因为窑洞里有一种生生不息、不屈不挠的力量!

泰山看日出

在看到的所有景色之中，最令我难忘的，要算是泰山的日出了。

泰山，古称"岱山"，又称"岱宗"，春秋时始称泰山，居我国五岳之首。又因其地处东方，为"万物终始之地，阴阳交泰之所"，众山所宗，故有"五岳独尊"之称，又名东岳。

泰山，在中华文化中是一座神圣的山、圣洁的山、神奇的山，巍然矗立于齐鲁大地上，幽谷深邃，峰峦叠翠，四季景色变化万千，誉满天下。

（一）

泰山，面积2.42万公顷，主峰玉皇顶海拔1545米，山势峻拔，素有"泰山天下雄"之誉。传说盘古自东岳开天辟地，秦皇汉武在此封禅，乾隆十一次祭祀，孔子登泰山而小天下……泰山的巍峨、泰山的厚重，已融入了中华民族的灵魂深处。

作为一个中国人，尤其是一个中国文化人，怎能不敬仰泰山，怎能不为见到泰山而激动呢？这座有深刻文化底蕴，庄严、厚重、雄伟、阳刚的山，最壮观的是日出。在泰山极顶观日出，这是人们的向往，更是人生的乐趣。

我去泰山的那天，为了看日出，清晨4点16分起了床，于匆忙之中摸黑登峰。一路上，山风呼呼作响。此时正是九月天，山下的泰安热得人人冒汗，可我们这些登山者却都穿上了军棉大衣。尽管如此，我们还是冻得瑟瑟发抖。登上峰顶，找好自己的位置，大伙儿在悬崖边上找了个屁股大的"平地"坐着，下面即万丈深渊。这时，离太阳露脸还差半个多小时，但风刮得更凶更猛了。"木秀于林，风必摧之"，何况耸立在平原之上的泰山主峰！整个平原的风，几乎都倾泻在直插云霄的泰山主峰上了，因为泰山在平原之上直指云霄，因而泰山日出才为人所向往。

这时，远远望去，济南的灯光像无数钻石熠熠发光。星月还没有安眠，大地还在酣睡，东方显出熹微的晨光。山下夜浓，山上微明，明暗相衬，饶有奇趣。

俯瞰脚下的城市，略含薄雾，灰蒙蒙的，好像一幅水墨图。天际，群山逶迤，壮美如波涛起伏。天色微明的东方，云霞翻涌变化着，红紫橙金，如一匹绸缎，斑斓交织着这镂彩揸丝的华丽铺垫，就等尊贵的君王莅临。酝酿，挣扎，喷薄而出……要在黑暗中奋斗多久，才能迸发出光明的箭镞？

随着时间一分一秒地流逝，早已登上山顶翘首以待的人们有些不安了，小声嘀咕起来。我也有些担心，生怕太阳从云雾上而不是从地平线上显露出来。

突然，东边天地衔接处，慢慢泛起浅浅的红色，我的精神为之一振，眼睛紧盯着东边，唯恐错失了日出的精彩一刻。

黎明，拥有一天中最纯澈、最鲜泽、最让人激动的光线，那是生命最受鼓舞、最能给人以信心和热望的时刻，也是最让人青春荡漾、幻想勃发的时刻，它像含有神性的水晶球，唤醒了我们对生命的向往，唤醒了我们体内某种沉睡的细胞，使我们看到远方的事物，看清了险些忘却的东西，看清了梦想、光明、生机和道路……

（二）

4点50分，不知谁喊了一声："看！快看呀！"好似听到命令似的，人们的脚跟一齐踮起，眼睛注视着东方。随着旭日露出的第一缕晨光撕破黑暗，天幕由漆黑逐渐转为鱼肚白、淡黄、橘红，仿佛一位红装的少女害羞地用薄纱掩住了面孔。那血红色渐渐扩大，变成了月牙形，又渐渐变成了半球形。

这时，奇迹发生了，只见千万道金光从云雾后喷薄而出，人们顿时眼前一亮，原来低垂在天边的灰白的雾气立刻镀上了一层金边，勾画出了雄伟的地平线。天空中金色的云越聚越多，宛若许许多多的金龙在欢腾……

"出来了，太阳出来了！"

刹那间，一个金子般的大火球喷薄而出，掀开云幕，冉冉上升，金焰四射！此时的太阳像一个伟大的生灵，而世间万物都离不开这个伟大的生灵，它很快就像一个神通广大的化妆师，给一切生命都带来生机，带来温暖，带来色彩和希望。美丽的云霞延伸扩展，群峰绚丽，众树妩媚，云海舒展并充满亮色……

看着这瞬间把整个世界照亮的奇迹，我惊呆了，这是怎样的光和热，这是怎样巨大的能量！世界有哪样景色可以与之相比？我相信，这一刻，将深深地刻印在我们每个观看者的记忆里。

迎接日出，不仅仅让人感官愉悦，更让人精神升华；不仅仅是人对自然景观的欣赏，更是大自然以其神奇力量对人类生命的一次撞击。这意味着一场相遇，让我们有机会和生命完成一次对视，有机会认真地打量自己，获得对个体更细腻、更真实的感觉。它意味着一次洗礼——一次被照耀和沐浴的仪式，赋予生命以新的索引，新的知觉，新的灵感、启示与发现……

太阳继续上升，光芒万丈，犹如无数支金箭，射向一座又一座山头。顿时整个泰山山脉群峰生辉，谷明溪亮，千岩万壑五彩缤纷。沐浴在初升的阳光下，我的心也变得亮堂起来。大家纷纷举起相机，争相摄下这美好的景观，希能留下这难忘的记忆。

日出，就像一个技艺高超的魔术师，在瞬间变幻出千万种多姿多彩的画面，让人喜出望外；而人在山顶，又会不由自主生发出"会当凌绝顶，一览众山小"的豪情，这也许就是人们愿意观看日出的原因之一。观日出对我而言，已不是第一次——我曾经观赏过广袤的淮北大平原上的日出、东海的日出、华山的日出、青海湖的日出……其实，每个地方太阳喷薄而出时的情形都大同小异，只是观日出的地方不同，感觉自然迥异，于是，人们笔下的日出有着无穷的韵味。

站在山顶，我想，世界上人们最熟悉的莫过于太阳了，可是为什么人们偏偏还要不顾道路崎岖，奋力攀岩，冒着清晨的寒风来看日出呢？人们寻求的到底是什么？

答案只有一个：人类对太阳的崇拜。埃及人把太阳当作"光明之父"，波斯人心中的太阳是一个翩翩美少年，希腊人雕塑了太阳神阿波罗的神像，玛雅人神庙里的太阳神是一位慈祥老者。一首意大利民歌《我的太阳》，已经成为人类对太阳的热情赞颂。

人们喜欢看在经过漫漫长夜之后，太阳怎样奋力地挣脱黑夜的大网，冲破地平线的束缚，向上一跃而起的壮观景象；喜欢看太阳如孩子般红着脸，充满活力、朝气蓬勃地成长，把自己的光和热无私地奉献给人们，奉献给大地，奉献给万物，这是一种内在力的凝聚，这是一种伟大精神的升华，这也是一种时时都有希望的光明之源！

（三）

泰山的天空正敞开着坦荡的胸怀，天地正昭示着生命的张力，孕育着向上的力量。一缕阳光正从我的心上流过，温暖而明亮！太阳出来了，我家乡的田地一定还和往昔一样葱茏，一定还有许多改变在悄无声息地进行。我想，我那勤劳、质朴、向上的兄弟姐妹、父老乡亲们，一颗颗心正在暗中积攒着能量，让那心中的憧憬在满头的汗水间起舞。我有足够的理由相信，一切会变得越来越好！

"为了看看阳光，我来到这世上。"这是巴尔蒙特在《我的太阳》

一书中的格言。能生活在"中国梦"的今天，是一种幸福。每个人都应当亲近太阳，因为我们需要有一副蓬勃健康的身体和一种明亮清爽的心境。

我眯起眼，静静接受阳光的洗礼，又深深吸了口气，向着太阳喊——早上好啊！缠缚于心的烦乱情绪，纷纷遁去。山在，水在，岁月在，日月星光在，还求什么？

这世界，一个太阳、一个月亮的世界，十分美丽，我们怀着一颗童心去看，去行走……一如大海，那沙和水，濯出我们美丽的童心，濯亮你我心灵的童话。

世上的风景，在阳光下轻唱，如此美好——旅行的美好，是生活的美好。

啊！泰山，美在自然，美在原始，美在神奇。泰山日出，将永远铭刻在我的记忆中。

（2012 年 10 月 11 日改定于风荷苑）

别样美的丽江

门前一条丽江河，江水几长歌几多。山歌落在河水里，挑来家中泡茶喝。一口清茶一首歌，口口唱着美生活……听着这首优美的民歌，我来到了美丽的南国边陲古城——云南丽江。

古道、古桥、古屋……丽江古城沉浸在浓浓的古典色彩当中。我来丽江，是因为人们告诉我，丽江是上帝遗落在人间的一处仙境。果然，丽江瑞云缭绕，祥雾笼罩，鸟儿在蓝天白云间鸣啭，牛羊在绿草红花中徜徉，人们在古桥流水边休闲，阳光照耀着生命的年轮，雪山溪涧洗涤着灵魂的尘埃。在那里，只有聆听，只有感悟，只有凝视，人与自然相处的那种和谐、那种柔情、那种依恋叠加在一起，就是丽江，别样美的丽江。

（一）

丽江，一个多么神奇诱人的地方，它因美丽的金沙江而得名。它位于云南西北部，金沙江中游，青藏高原和云贵高原的连接部，海拔2400米。古城依山势而建，顺水流而设，原名大研镇，始建于宋末元初，为古纳西王国的心脏，是著名的文化名城，也是中国历史文化古城。

出于对丽江美丽的依恋，很多知名的摄影家、画家、导演，把最奇的构图、最美的瞬间、最斑斓的色彩凝固，表现在他们的摄影中，画面上、银幕里；很多散文家、小说家或诗人，把最感人、最丰富的想象及最华丽的文字奉献给读者。游过丽江的人，不会忘记她的秀美；无缘见她的人，心里充满渴望与期待。

按捺着莫名的兴奋，穿过墙上的拱门，我们进入了具有 800 多年历史的古城街道。街道依山而建，街面很窄，最宽处也不过能容三四人侧身而过。脚下是形状不一、颜色各异的五花石路面，路面上图案清新淡雅，虽年代久远，仍明晰可辨。道边，一线溪流时隐时现，柠檬油一样的浮萍幽幽地漂浮。抬头望去，巷道与溪流，逶迤蛇行，深不可测。道路两旁全是仿宋结构的瓦屋楼房，挨挨挤挤，绵延起伏。虽然木楼构造简单，但雕绘华丽细腻，外拙内秀，玲珑轻巧。一家家廊檐下，一串串红灯笼随风起舞，舞着舞着，盎然的古意便携带着厚重的历史气息扑面而来。

当我走在那古老的泛着青光的五花石铺就的丽江小巷里，把脚轻轻落在千百年不老的石板上，每一步都仿佛叩响了历史，每一块砖瓦都仿佛在诉说着古老。我知道，几百年前，丽江就以其神奇吸引了大旅行家徐霞客，他称赞丽江"宫室之丽，拟于王者""民房群落，瓦屋栉比"（《木府通论》第 5 卷，黄乃镇著，云南大学出版社 2019 年版）。丽江至今保持着宋元以来的历史风貌，处处融汉、白、彝、藏、傈僳、苗、彝、普米等民族和摩梭人的文化精华，并具有纳西族独特的风采，因此有"活着的古城"之誉。在我国城镇中，只有丽江与山西平遥被联合国教科文组织列入世界文化遗产名录。世界遗产委员会评价曰：

> 古城丽江把经济和战略重地与崎岖的地势巧妙地融合在一起，真实、完美地保存和再现了古朴的风貌。古城的建筑历经无数朝代的洗礼，饱经沧桑，它融汇了各个民族的文化特色而声名远扬。丽江还拥有古老的供水系统，这一系统纵横交错、精巧独特，至今仍在有效地发挥着作用。

初到丽江，我发现这座古城既有江南水乡之容，又有高原山城之貌。

它与其他古城最大的不同之处，就是没有围墙。关于丽江自古就不修筑围墙的说法有很多，一说是丽江世袭土司姓木，忌修城墙，因为修筑城墙之后"木"字就变成"困"字；又说丽江四周盘踞着的藏、彝、白等大族，觊觎它的富庶，因此相对弱小的纳西族先民，干脆不修城墙不设防，成为一座中立城市。一条宽阔的青石路官道，横穿古城，几个世纪以来，行走于其上的马帮商队，将这条石板路踩得错落有致。我想，也许丽江古城不修城墙是为了更好地做生意，毕竟这一座没有界限、姿态包容、宽广的商城，从古至今一直在迎接着八方来客。

古城中心，由整条繁华的铺面围成一块方形街面，被称为四方街。四方街在明清时代已是滇西北商贸枢纽，是茶马古道上最重要的集散中心，历来以清水洗街日中为市、薄暮涤场的独特街景而闻名遐迩。

四方街四周的街道依山就水，随缘就势，呈辐射状散开，街巷相连，四通八达。四周商铺毗连，贾商云集，宽阔的街面上，各色人等比肩而立。店铺里风味美食、玛瑙玉石、物什小件，琳琅满目。游客鱼贯而入，蜂拥而出。每条巷道，均由五花石铺就，显得光滑平整。青石铺垫的大街小道，蜿蜒曲折，光亮整洁。交结盘错的街道，狭窄幽深，与古朴的建筑相映成趣。古城的路很多，密密麻麻，实在找不着东南西北，恰到好处地点缀着街道以及街道四周的景色，清晰地流露出纳西族东巴文化崇尚自然、开放包容的特质，令人赞叹不已。

这次到丽江，我从古城的东边进入，首先到达的是品茶馆。坐在充满民族风情的茶馆里，让滇红的水果香、普洱王的芳香以及雪藤的浓香，依次在我口中流连，真有种说不出的沁人心脾。品了茶，沿着穿城而过的溪流，我来到了李家大院。据介绍，李家大院是典型的纳西族建筑，历经沧桑依然完好无损，其建筑之牢固，由此可见一斑。

古时，纳西族的皇帝称土司，他不允许普通百姓把家建造得像土司府一样豪华，除非经他批准。因李家的祖先为土司做出过巨大贡献，李家大院才获批得建。

刚跨进李家大院，就有一位李氏家族的老人热情地接待了我，带着我依次参观了院内各处景点。一楼的天井、二楼的厅堂都极具特色，但我印象最深的是三楼的一个房间，该房间里面还是古时候的摆设，据老人介绍，这里的每件物品都有一段故事。看着这写满厚重家族史的物件，听着那一段段承载家族奋斗史的故事，我忽然间有了一种穿越时空的感受，只觉得历史的烟云就像那一层薄纱……在望月台看整个古城，古城尽收眼底，城内明清建筑鳞次栉比，青瓦白墙、烟柳石桥、炊烟流云，一派古旧气象，连远方的土司府都能看得清清楚楚。李家大院，真是一个美丽而又神秘的地方，离开那里时，我还有点依依不舍。

（二）

古城还是一座水中之城。清泉从四周山麓的岩石中喷涌而下，还有玉河水、东河人工水，让丽江清泉在房前屋后自由穿梭。有一部分水，是从海拔5510米的玉龙雪山上流下来的，纯净而又美丽，她带来了雪山的神秘和圣洁、吉祥和美好。

丽江的水醉人心。一条条小溪，是一根根脉管，分布在古城那丰韵的肌体里，有动脉，有静脉，也有毛细血管。水，碧蓝碧蓝，清澈如镜，让你看到真实的自我；水，汩汩而流，似在欢笑，似在歌唱，似在诉说，但只有有心人才能听明白。轻轻掬一捧，濯去满身的尘埃，濯去心灵的杂念，进入童话般的世界。

水，古城的灵魂。水让古城鲜活，水让古城不老。其实，还有一些事物像水一样，也在点缀着古城，为古城增辉，为古城注入活力。我循着叮叮咚咚的溪流声，走进了古城新华街。与江南水乡水的平静不同的是，古城的水是湍急的，尽管水流急，但河岸很低，两岸绿树婆娑，垂柳依依。街头的老人坐在和煦的阳光下，听哗哗流水声在耳边轻鸣，老人饱经风霜的脸上的每一条皱纹，都透溢出悠闲。

有水就有桥。古城有大小桥354座，平均每平方千米93座，有廊桥（风雨桥）、石拱桥、石板桥、木板桥等，大者如大石桥、万千桥、锁翠桥、仁寿桥、马鞍桥……最简易的小桥，是木板搭的桥。大石桥为古城众桥之首，位于四方街东向 100 米处，由明代木氏土司建造，因从桥下河水中可看到玉龙雪山倒影，又名映雪桥。桥系双孔石拱桥，拱圈用板岩石支砌，桥长 10 余米，桥宽近 4 米，桥面用传统的五花石铺砌，坡度平缓，便于两岸往来。走在桥上，抬头看山，低头看水。阳光下，水上一座桥，桥上一行人，水下一座桥，桥下一行人，虚虚实实，相映成趣，我仿佛置身于一幅清幽柔美的水墨画中。难怪许多国际学者在考察丽江后便不想走了，一住就是二三十年，怕是被古城之韵勾去魂了吧？

到了阿余灿至大石桥一段街道，快步走上大石桥的桥头，往南眺望，古城北面的玉龙雪山直指苍穹，发出炫目的银光，使古城显得迷离而神奇。当调整视线往桥下看时，我惊呆了：河水中有雪山的倒影。抬起头，眼前景色使我又醉了：河道上，一座古栗木板桥离河面很近，掩藏在绿柳草丛中；河水碰撞岸堤，溅起水花，洒在桥板上，增添了桥的鲜活情趣。就在这时，一曲空灵飘逸的纳西古乐从不远处漫了过来，流遍我全身，沁入我肺腑。

古朴典雅、清丽空灵的纳西古乐，如同一条清清的溪流，不知流过多少春秋，魅力依然，热情未减。随着乐声，我踅进一家古乐馆，找了个临窗见河的位置坐下，一边喝着清茶，一边聆听着台上十多位年逾古稀的乐师演奏具有 600 多年历史的纳西古乐。"山坡羊""浪淘沙""步步桥""水龙吟"，那些如今只在古典文学中才能见到的词牌，被这些耄耋老人演奏得声名远扬。细细品味，身子越来越轻，最后飘到遥远又神奇的王国。

独树一帜的东巴文化，更让人称绝。纳西民族，是一个具有创造力的民族，奇迹般将东巴经书、东巴古典舞蹈、东巴音乐，以及当今世界上唯一仍在使用的象形东巴文字等完整地保存下来。这是岁月沉淀下的文化精品，谁也无法复制，它就像一只只精灵，飞入一双双慧眼中，然后飞遍世界各地。

明净的雪水，潺潺流淌，滋润了纳西姑娘那芙蓉般的肌肤。她们水灵灵的眼睛，就像幽潭，望一眼，让你销魂，让你沉醉，让你难忘。她们似水的柔情似一场春雨，浇开游客唇角的微笑，浇开古城灿烂的日子。纳西姑娘，人间仙子！

（三）

丽江古城，美在民俗的多元化上。丽江是一个包容的城市、多元化的城市。据我所知，全国56个民族，云南省就有27个，而丽江就居住着18个。这么多民族，居住在同一个屋檐下，各个民族的风情、风俗、文化、语言等等，自然构成了一个多彩的民族大舞台。在这个大舞台上，他们用不同民族的风俗，充实了丽江的文化内涵；他们用不同的语言，合成了丽江的多声部大合唱。在这个大舞台上，各个民族的同胞，表演着各自精彩的民族文化，展现着他们的生活方式，展现着他们的淘金技能，展现着他们的生存方式……

别样美的丽江古城，吸引我的还有历经时间打磨的青石板路面，那磨光的石面，居然由不同颜色的角砾岩（五花石）铺就，雨季不泥泞，夏季无尘土，凹凸不平，颜色深浅不匀——原来，这里曾是茶马古道，频繁的马帮往来，声声马蹄，踩出了平滑光亮的路面。

踏着千年不变的步伐，丽江伴着音乐缓缓入夜。夜晚的丽江，更显得风情别致了。闻名遐迩的酒吧，就在四方街以西，在这里人们似乎可以找寻到那种稍稍不同于传统丽江的气息。尽管人们对酒吧一条街出现在丽江古城有不同看法，但似乎很多历史文化名城都有此"殊荣"，阳朔西街如此，丽江古城亦然。街上，悬挂在廊檐下和树杈上的灯笼，密密麻麻，满眼透红，倒映进溪水，远望，恰似一幅夕阳晚照的图画。此时，徜徉在丽江，"小桥流水人家……"的诗句不绝于耳。酒吧里的歌声，由远而近，我忍不住也想加入进去，喝几杯，吼几句。于是掉头，我来到华灯高照的广场。

舞会开始了，人山人海。来自天南地北的人们，手挽手，就着熊熊燃烧的篝火，一圈，两圈，三圈……与纳西姑娘一起，踩着音乐，翩翩起舞。没有人在意你的舞姿，或优美，或笨拙；也没有人在乎你的舞步，或娴熟，或生疏。在音乐的节拍中、在跳动的旋律里，人们似乎忘记了自己，忘记了时间，将欢乐尽情挥洒，让笑容尽情绽放。我融进了那份美丽的异域风情里。

这时，天又下起雨来，雨点打在身上，像为我洗尘，又像为我洗礼。对我来说，古城之行，不就是一场文化洗礼吗？雨中飘着的纳西古乐，显得更加悦耳、更加醉人。

望着这美丽的丽江古城，我不禁感叹：巍巍中华，悠悠历史，还有多少这样的历史名城分布在祖国四面八方啊！在接下来的日子里，我一定会继续追寻这一路文明。

丽江，一个美丽的南国边陲古城……你何以让人如此痴迷？人与自然的和谐——纳西族文化，赋予人们心理的满足和精神的安慰。来这里，一个月太短，一年不长，就是一辈子也不嫌久。

或许可以说，丽江是世上唯一完美的古城。

（2007 年 6 月 21 日）

长城抒怀

啊，长城……

你是多么雄伟巍峨，又是多么壮丽磅礴！多少人向往你啊，在你那平坦的城道上，留下了来自世界的脚印，重重又叠叠！

长城，你是历史深处的一只巨臂，你是别在祖国胸前的一枚徽章，是中国创造的最美建筑之一。

长城，你是一座艺术成就非凡的建筑古迹，你不仅建造在中华大地上，更建造在人民的心里。

（一）

在一个初秋晴朗的日子，我怀着敬慕之情，登上了八达岭，一览长城雄姿。"不到长城非好汉"，想起毛主席的这一著名诗句，我心潮澎湃，充满喜悦和激动。我伫立在那里，极目远眺，视野所及，难见尽头。城堡多建在高山深处，高大坚固，险要处由城堡、墙台等构成，气势巍峨，宏伟豪放。

我缓缓地张开双臂，拥抱群山，拥抱长城，觉得自己同样被长城拥抱着，像是置身在母亲的怀抱中。遥望天南地北的中华儿女，无边的遐思穿越过早已尘封的时空。长城是历史的丰碑、人类的奇迹、世界的瑰宝，登攀一次长城，绝非仅仅是充当一次好汉，而是游子扑进慈母怀抱，感受亲情的伟大，进行情操的陶冶，感受聚首的喜悦。像站立在一首辉煌的史诗面前，华夏文明的光彩扑面而来。

长城，是中华民族性格与力量的象征，它用自己特有的方式向世界言说。漫漫长路，东起鸭绿江的虎山，从辽宁、河北、北京、山西、陕西、宁夏，一直到甘肃的嘉峪关，在祖国绵延起伏的崇山峻岭中，筑起一条军事防御工事。它依山而建，峭壁深堑，宛如一条巨龙，穿大漠，攀贺兰，越太行，自燕山而下，经辽西走廊，蜿蜒而来，引颈入海，高高低低，弯弯曲曲，险峻陡立，跃向天边，我不由为长城的雄、宏、博、奇、险而震撼。作为人类伟大建筑工程的长城，成为中华民族宝贵的文化建筑遗产，是继埃及金字塔后又一世界奇迹。

长城是我们伟大祖国悠久历史的见证，也是史上许多重大事件的见证者：秦始皇东临碣石之后，从当地取道大同，再驾返咸阳，在这个地方仰天长叹；萧太后巡幸、元太祖入关皆路经此处；元顺帝夜走黑松林，在此泣别；明成祖五次北征蒙古，横扫塞北，在这儿指点江山；康熙三征噶尔丹，又在此运筹帷幄；直至八国联军侵占北京，慈禧太后逃到此处，站在石头上回望京城，留下"望京石"一景。帝王将相在历史的光影中，分别在辉煌与黯淡中远去。

长城，诞生于公元前 3 世纪。先辈们在弱肉强食的环境中，筑起一道保家卫国的壁垒。著名长城学家罗哲文这样描述长城的历史："起春秋，历秦汉及辽金，迄元明，上下两千多年，有多少将帅元戎、戍卒吏丞、百工黔首，费尽移山心力，修筑此伟大工程。坚强毅力、聪明智慧、血汗辛勤，为中华留下丰碑国宝。"（罗哲文：《罗哲文文集》，华中科技大学出版社 2010 年版）今之长城，是世界上最长、最完备、最壮观和最伟大的军事防御屏障。墙体和通道，均由整齐巨大的条石铺就，虽历经风雨冲刷，但依然坚固异常。城高三丈到四丈五尺多，宽一丈五尺到两丈一尺，若用其全部砖石修成高、宽各一米的建筑，可绕地球两周有余！

（二）

在山坡和峡谷间修建如此浩大工程，在古代世界史上是罕见的。沿长城南北，设许多城堡、烽燧，以观察敌情，白天燃烟，夜晚点火，通信联络虽原始，亦算考虑周到。同时，分设九个防守重镇，镇设总兵把守。试想，当年没有起重机械等装备，就凭肩膀、双手，将这些砖石搬运到城墙，真是不可思议！它的确是智慧、血汗和民脂民膏之堆砌。岁月早已逝去千年，那不惜一切代价修筑城墙的举动，给人民带来了防护，也给人民带来了深重的灾难。

旧人已去，山川依旧，那些还没有完全沉没于时间海底的遗痕，残留着人们对往昔的最后记忆。一个个高耸的烽火台兀立着，仿佛岁月中的坚硬残片。当宫墙内的权贵们沉入香梦，黑夜却在目睹苦役、杀戮与死亡，鲜血和尸体成了砖石的黏合剂。由于工程坚固，至今大部分保存完好，这就是遗留至今的万里长城。

嘉峪关、山海关和北京延庆境内的八达岭（居庸关），为万里长城的三个重要的关隘。居庸关地扼要冲，是北京的天然屏障。自居庸北望，丛山连绵，一条溪流似利剑，将万仞山岩劈为两半，沟壑岩洞，雾霭烟岚，奇石胜景，遍布于此，以其形势之险、山峰之奇，素有"居庸叠翠"的雅称，为燕京八景之一。当此，十月的天气，金风送爽，红叶迎秋，我登上了八达岭上最高的烽火台。居高临下，只见万山丛中那"头连东海，尾扫昆仑"的长龙，翻山越岭，层峦叠嶂，迤逦东向。风吹疏树，似龙尾摇曳；日照城墙，像龙鳞跃金；眼界胸襟，顿时开阔。

万里长城东部的山海关，号称"天下第一关"，被人们称为"两京锁钥无双地，万里长城第一关"。它位于华北通向东北的咽喉地带，北枕山势险绝的燕山，南临波涛汹涌的渤海，扼山海之间，十分险要。长城自山上蜿蜒而下，与关城相接，形成了"锁关金锁接长城"之势。再向南伸展直入大海。

长城西部止于嘉峪关，坐落于嘉峪关之西的山坡上，始建于明洪武五年（1372）。此关南临祁连山，北依嘉峪山，深藏固闭，险峻天成，既为军事要塞，又是沟通东西文化技术交流"丝绸之路"的必经之途。登关远眺，长城似游龙，浮动于戈壁瀚海，忽隐忽现，在天与山的交界处逐渐消失。长城雄伟、坚韧、牢固，凝聚了国人的智慧和力量，也向全世界展示了中国的强大和雄伟。长城不仅是我国古代一项伟大的建筑，更是国人心中一首永恒的歌。

是的，长城是一个伟大的建筑，反映了中华民族的沧桑和气概，熔铸成中华民族精神的象征。在我们的心中，那是一种震撼，一种鼓舞，一种力量。在黑暗的年代，看见了长城，我们就听见了历史前进的脚步声。在被沦为奴隶的年代，我们想起长城，便冒着敌人的炮火前进。而当我们在征途上奋勇前进的时候，想起长城，就更志不可摧……

（三）

长城，就像祖国腰带上缀着的明珠，闪闪发亮，缭绕着一段段历史，从由远到近，腾跃，跨越，矗立，峥嵘；万里长城，如一双明亮的眼睛，俯瞰上下五千年，阅尽风云八万里，用文明牵动进步，用团结促进富强；万里长城，用亿万块青砖砌成，每一块青砖都是无语的生灵，都闪耀着人类的智慧，都记载着战斗的胜利！

长城，这个古战场拼杀之地，一个个高峻的险隘关口都有一个个动人的历史故事，它经历了一次次战火的洗礼、一次次艰苦的修复，如今，却换了人间。望长城内外，"浩浩乎，平沙无垠"的战场，已种满牧草，嘹亮悠扬的牧歌代替了战马的嘶鸣。富饶赶走了贫困，欢笑抹去了愁容。羌笛无须怨杨柳，春风已度玉门关。人们正用勤劳的双手和挥洒的汗水，把千年来长城脚下的古战场，变为富饶美丽的北国江南。

游走在长城上，我想起冰心的话：我们每一个人都是一块厚厚的砖，让我们把我们的身体紧紧地靠在一起。是啊，我们紧紧地靠在一起，万众一心，这样方可构筑起一座现代化的国防新的长城。

长城是一个伟大的奇迹，长城是一道旷世的奇景；长城是一个民族的灵魂，长城是一部旷世绝伦的无字字典……

啊，长城……

千年的岁月长河里，冲走了多少王朝，而永远留存的，只有你啊，长城——我们的民族精神与气魄！

啊，长城……

站在这古老的城堡上，我手抚这方砖，心头充满热血，多少情思遐想，随着头上片片云彩，飘向四方……

啊，长城……

你不但永远屹立在祖国的大地上，更永远屹立在我们的心中。我深信，在浩瀚的世界之林中，你将更加壮丽、更加巍峨！

那时啊，我将为你献上一支新的歌！

（1989 年 10 月 11 日）

雨中沈园

　　阳春三月，披着细细密密的杏花雨，在绍兴的沈园我怎么也走不出来了，心总是在诗人陆游和他表妹唐婉的那两阕《钗头凤》的词句间潮湿而又沉重地深陷着。那个雨天，我擎着一把伞走进了沈园，好像跨进了时光的隧道，恍惚间仿佛回到了那"半壁河山传烽火，一腔义愤怅绿云"的南宋时江南的春天里。不知为什么，当时我感到自己对沈园的一切好像早就熟悉，仿佛我曾经来过这里，或者这里的一草一木曾经在我的梦境里真实地出现过。而现在我来到了沈园，迈出的每一步，都好像在寻找和追忆梦境。不经意间，我看见了郭沫若先生手书的遒劲隽秀的"沈氏园"匾额——这里便是当年陆游魂牵梦绕的沈园。

　　沈园在绍兴禹迹寺南，之所以长留于世间，为人敬慕，其实并不在于它的建造艺术与规模，而在于一个亘古传诵的爱情故事。据说，现在保存下来的沈园并不大，仅为南宋时之一角。碑刻前、小桥边、亭台上、古井旁，游人的七彩雨伞，或聚或散，或行或止，从雨伞上传来的细雨声，密集地轻叩着我的心，使我感到笼罩着沈园的迷蒙烟雨就是从唐婉凝望的那个黄昏开始飘落的，那场淅淅沥沥的雨，在送走了黄昏之后，便隐入了夜晚，隐入了历史，隐入了缠缠绵绵的宋词。

　　许多年前，我在诵读那两阕《钗头凤》时，就记住了绍兴的沈园。在我的印象中，沈园是个美丽而又令人感伤的地方，所以我认为，沈园就应该笼罩在这样的烟雨里。在那个宋词浸透的夜晚，我轻轻翻动书页的手指，感受到了来自沈园的一种湿意和悲情。其实，沈园看起来与我所见过的别的园林极为相似，似乎没有什么不同，那为什么会这么吸引人呢？我想，可能就因为这里发生过才子佳人凄美的爱情故事，从而引得后人们寻踪走访。

（一）

陆游二十岁那年与唐婉结婚。唐婉是陆游舅舅的女儿，她与陆游犹如林黛玉之于贾宝玉。唐婉的外祖父唐介做过宰相，所以唐婉生于高门望族。和陆家一样，唐家为避战乱从中原迁到江南的山阴，唐、陆两家人往来密切，唐婉和陆游两小无猜，青梅竹马。唐婉风姿绰约，文静秀美，冰雪聪明，陆游爱上了唐婉，唐婉也爱上了陆游。二人恋爱的情形，大约也类似于宝哥哥和林妹妹，情节丰富。

陆游娶唐婉，婚姻幸福，"伉俪相得""琴瑟甚和"。据南宋周密《齐东野语》记载，两人婚后不久，陆母便不喜欢这位儿媳妇，也许是因为看不惯小两口在她的眼皮底下黏黏糊糊，她对唐婉没个好脸色。终于由于婆婆强势，婆媳两人到了相处不下去的地步，于是陆游另置宅子安置唐婉，小两口偷偷见面，缠绵不肯分手。

崇尚孝道，是我国古代突出的文化特色之一，"孝"的观念，通过礼乐教化根植于民众心中，对人们特别是士大夫产生了深远的影响。就算一切回到从前，既读书又入仕的陆游，敢违逆母命吗？恐怕也是长歌当哭，徒叹奈何耳！"西风多少恨，吹不散弯眉"，陆母对唐婉的偏见妒恨，注定了这场爱情悲剧的发生。陆游终因母命难违，迫于无奈，与唐婉分手。一对有情人，天各一方，万分痛苦，但彼此把对方，深深地埋在了心里。

拆散了也就拆散了。谁曾想八年后的1155年春，已经被拆散了的鸳鸯，有一天相逢在沈园。

这是怎样一种重逢啊。陆游偶游沈园，意外邂逅唐婉。虽然一个再婚，一个改嫁，但两目相对，没有怨，唯有情。陆游悲戚万分，唐婉也感慨不已。陆游黯然神伤，唐婉夫妇置酒，款待陆游。

偏偏是春天，偏偏在沈园。陆游怅然很久，情之所至，悲从中来，往事重忆，百感交集，捧着那杯唐婉送来的酒，眼含热泪，遂在墙上，用苍劲有力的草体，写下了一阕千古绝唱《钗头凤》：

> 红酥手，黄滕酒，满城春色宫墙柳。东风恶，欢情薄。一怀愁绪，几年离索。错、错、错！
>
> 春如旧，人空瘦，泪痕红浥鲛绡透。桃花落，闲池阁。山盟虽在，锦书难托。莫、莫、莫！

陆游这首词之用语，据南开大学王达津教授考证，完全受当年从军到陕西凤州的影响。据《凤州县志》记，宋时凤州就有"三绝"驰名：即女子手、名酒及杨柳，并有淳熙年间当时凤州太守傅子平写下的一首诗为证："珍珠不见小槽红（酒），遐想柔荑剥嫩葱（手）。惟有万条罗带绿，年代依旧舞春风（柳）。"

这真有趣，陆游用他记忆里的"三绝"，来写自己的前妻，以示对她的爱意和内心伤感的情怀，巧妙得很！

相爱的人，擦身而过，默默相对，无以言表。咫尺天涯，情何以堪！无可奈何，只好用词来达心中那无限的歉意，还有那满腹的叹息！

（二）

陆游的文字，或许太凝练，太具有穿透力，唐婉见词，愁肠百结，万种情怀，缠绵悱恻，牵动了她的寸断柔肠，因此以俏丽柔媚的行书，用原调和了一阕词：

> 世情薄，人情恶，雨送黄昏花易落。晓风干，泪痕残。欲笺心事，

独语斜阑。难、难、难！

　　人成各，今非昨，病魂常似秋千索。角声寒，夜阑珊。怕人寻问，咽泪装欢。瞒、瞒、瞒！

　　墨迹在，情爱熊熊燃烧，唐婉看一回，伤心一回。日暮冷雨，落花断魂，长夜无眠，泪残独语，昨是今非，而心事向谁诉？她只能强颜欢笑，将痛苦深埋心底。不想这次会面，竟成了永诀。三个月后，唐婉终因忧伤囿心，香消玉殒，留下千古遗恨。是谁的一滴眼泪，缠绵悱恻了整个南宋文学史？

　　"人生自古有情痴，此恨不关风与月。"唐婉，好一位情深义重的女子！我想，若是没有这样一位有情有义的女子，没有这位女子留下的这首诗，沈园的美，会让人如此梦萦魂牵吗？

　　唐婉死后，入仕的陆游辗转任职，数十载浪迹天涯，书剑飘零，最为系心的仍是故园残梦。他毕生数访沈园，步履踏破故地，常沉浸于追忆之中而流连忘返。还忆当年，沈园相见，桥下春波，惊鸿照影，断肠无奈，泉路人远，无计独向钗头频觑。陆游在 75 岁垂老之时旧地重游，又勾起了万般思绪，不能胜情，痛吟两首《沈园》诗。读这两首诗，其实需要合着两首《钗头凤》，放在一起对照着读，才能读懂、读尽最美情诗里的人生况味。

　　其一诗云：

　　　　城上斜阳画角哀，沈园非复旧池台。

　　　　伤心桥下春波绿，曾是惊鸿照影来。

　　其二诗云：

　　　　梦断香消四十年，沈园柳老不吹绵。

　　　　此身行作稽山土，犹吊遗踪一泫然。

陆游对唐婉真挚的感情流露于字里行间，真可说日愈久而情弥笃。84岁时，即在逝世的前一年，陆游最后一次到沈园，带着追念、怅惘、失落、痛苦的心情，写下了《春游》一诗：

> 沈家园里花如锦，半是当年识放翁。
> 也信美人终作土，不堪幽梦太匆匆。

年轻时亲自手刃自己的婚姻，这足以让陆游痛苦一辈子了。这情、这爱，因被活生生地拆散了，才更显得炽烈浓厚，凄绝难当。就像一枚螺丝，随便怎么用力踩也不会踩坏它，但如果把它放在铁轨上，让飞驰而来的火车迎头碾压，它就有可能瞬间被碾压成一把锋利无比的尖刀，一辈子戳在你的心间。

后来，人们爱用"沈园柳老""柳老无绵"来感叹零落成泥的人生悲哀。

春色年年，梅花依旧，只不见身影，甚至连梦中也不肯来见。而记忆深处，多年前的梅花已暗淡了颜色，那抹流金溢彩的黄棠，却越来越刻骨铭心。终其一生，陆游在思念中度过，而沈园也成为他寄情所至——人已远，无语怨东风，独把情埋葬。园中至今留有"问梅槛"与"孤鹤轩"之迹，问梅即"问妹"，用意不言而喻。

这里，因为园壁上曾经题写过两阕《钗头凤》的词句，使它有别于其他的江南园林，从此一代代地流传下来。

（三）

陆唐悲风，千古长存，历尽沧桑，长兴不废，我觉得走近它便走近了那段历史。陆游出生于风光旖旎的山阴（今绍兴）乡间，当时强敌压境，山河坼裂，他自幼研读兵书，练习击剑，立志从戎。28岁赴临安应进士试，因"喜论复国"而受到秦桧的忌恨，复试竟被除名。秦桧死后，陆游虽被赐进士出身，终因坚持恢复中原的政治主张而不得重用，仕途一直坎坷不平，几度被罢官削职，但他仍参加军幕，铁马秋风，豪雄飞纵，壮志不减当年。以至于最终不为当局所容，罢官归居故里，怀着一腔遗恨，"心在天山，身老沧州"！陆游的一句"位卑未敢忘忧国"，多少年来成为激励人们倾心社稷的至理名言。

唐婉的词里也说"欲笺心事，独语斜阑。难、难、难"，"怕人寻问，咽泪装欢。瞒、瞒、瞒"。这里固然有对红尘的无奈，但也有对陆游的解释，努力与陆游达到情感的共鸣，而这种努力正可以反证出陆游词中那种孤愤的情绪。

这种情绪在唐婉死后，尤其是知道她是思念自己，为情而死后，陆游产生了巨大的心理负罪感。而这种负罪感让陆游背负了一生。

沈园的青草依旧，亭堂依旧，斜阳依旧，只是在淡淡的昏黄的余光里，听着那城头上悲凉的画角，独自站在那伤心桥下，想起玉人那惊鸿一瞥，斜阳与画角声，眼中景，耳中音，无限悲凉。

唐婉，一个如水的女子，她是那样的温婉，那样的美丽。最初，她和陆游在沈园相约，一个文采风流，一个温婉多情。两情相许，一回眸便是千百年；两情相悦，一抬头，便情醉意迷。

如果说唐婉是把生命给了陆游，那陆游就是把沈园相遇之后五十年的沧桑岁月回赠给了唐婉。因为清纯的表妹和那片小小的沈园，是陆游生命中的不能承受之重。错、错、错！难、难、难！

也许因为我是个喜爱诗词的人，在走进沈园时，我便情不自禁地默诵起诗人的词句。从那绽放的桃花、泛绿的垂柳、细密的雨丝中，我多少能体会到诗人在词句里所表达的那种心境。我想，在那个南宋的春天里，也开着这样的桃花，下着这样的细雨，当时缭绕在诗人心头的那一怀愁绪，一定像我眼前正弥漫的雨雾一样，怎么也消散不去。我知道，历史中的许多人和事，最后都会消失在岁月的浩渺里，唯有真爱在人世间永存。

走在沈园的雨中，不管你打不打伞，被雨水最先淋湿的，不是衣襟，而是心。

从那个南宋的春天开始，沈园的烟雨已飘洒了千百年，爱情的悲剧已流传了千百年。当站在那两阕《凤头钗》的碑刻前留影时，我感到，千百年好像只是一瞬，而一瞬也已成为永恒。

（2003 年 4 月 13 日）

桃花潭记

四月的每条河流，都通往色彩，通往快乐，通往友情。应该说，四月是一种心情。

就在这连蓝天白云都感到舒心的时刻，连小河流水都忍不住要歌唱的美妙氛围中，我沿着美丽的青弋江而上，终于来到 1300 多年前融入李白情谊的桃花潭，不由想起他那首不加修饰、朗朗上口的诗句：

李白乘舟将欲行，忽闻岸上踏歌声。

桃花潭水深千尺，不及汪伦送我情。

是谁在吟咏那首千年古诗呢？我听到了水面上有些声音，平平仄仄，殷殷切切……

尚未走时，桃花潭已在我神往之中了。每每由凝思进入幻境，将自己化作李白、汪伦，或岸边，或泛舟，一样的别情依依。

（一）

桃花潭，又名玉镜潭，位于安徽省宣城市泾县城西南约 40 千米处，是青弋江流经翟村至万村间的一段水面，呈南北流向，可谓备尽其美矣。桃花潭是一个有着千年文明的文化古镇，南邻旅游胜地黄山，西接著名佛教圣地九华山，是具有浓厚文化底蕴的人文景观。盛传这里有过"十里桃花""万家酒店"，至今岸边尚存旧迹"踏歌古岸"，四周群山环抱，层峦叠翠，潭影清碧，烟云缭绕，山光映带，重檐飞翘，古往今来，吸引了多少文人墨客来此寻幽探胜啊！

我真的到了桃花潭，在一个桃红柳绿的四月。面前是泾县翠绿的峰谷间逶迤流去的青弋江，翡翠的浪脉，着实令人爱怜。在这样的江上旅行，俯察鱼藻，仰看云鸥，是人生极大的享受。遗憾的是，驰骋于高速路上的轿车，早已成为交通的利器，且与陀螺一般飞快旋转的现代生活极为合拍，所以颇受世人的青睐，而优哉游哉的水道，不再为游人所向往。

此刻，站在桃花潭畔的我，已见不到篷舟帆影、桂楫兰桡了，江岸陡峭，怪石嶙峋，峭壁上的老枝藤萝，散发着久远的历史信息。桃花潭不见潭，见到的竟是河，当地人叫黑水河，是青弋江的支流。据说当年李白登船的地方，后人造了一个桃花阁，很粗糙，陈旧而寂寞。但我仍羡慕李白能够无拘无束地伫立船头，用他略含幽默的蜀音，与摇橹的艄公，一边闲聊，一边欣赏皖南那秀美的山山水水。

传说，唐天宝十四年（755）间，李白在安徽池州的秋浦河漂泊，经过皖南泾县以西80里地的桃花潭。这里民风淳朴，风光旖旎，名士汪伦在泾县当地，有人说他是一位文人，有人说他是村民乡佬，但据唐代李白研究专家郁贤皓考证，汪氏实为泾县县令，为初唐歙州都督、越国公汪华后裔，唐知名人士，与李白、王维交好，常以诗文往来赠答。卸任后，归隐桃花潭东之"别业居"。据袁枚《随园诗话补遗》记："汪伦乃泾川豪士，为人热情好客，倜傥不羁。"他仰慕李白，听说李白旅居南陵族叔李阳冰家，欣喜万分，遂致函相邀，曰："先生好游乎？此地有十里桃花；先生好酒乎？此地有万家酒店。"

李白接信，欣然溯江而来。桃花、酒店，诗酒人生，正是李白日常生活中须臾不离的。李白来了一看，并非信中所言，所见相去甚远。汪伦笑着据实相告：先生维舟之处，叫十里铺，岸边一株桃花正艳，正是十里桃花；为先生接风洗尘的这家酒店，主人姓万，不就是万家酒店吗？

此时的李白，已摆脱京都被谗、赐金放还的阴影，与朝堂的一番戏耍，终以不告而别逃遁自放收场。他寄情山水，曾多次接受好友的邀约。汪伦虽非同道中人，但他的热诚好客，李白是感觉得到的。因此，李白听罢，为汪伦的浪漫大笑，不以为忤，反而非常欣赏汪伦的才智与盛情。酣游数日，桃花潭果然没让他失望，景色秀丽，古岸渡口、怀仙阁、义门等均古意盎然，为外界所未见，恍如仙境一般。又有好友带着玩，想必李白早已心驰神迷。

　　我站在岸边，想着千年之前，一个天刚蒙蒙亮的早晨，李白立在江南那种特有的小小的梭子船船头，眼睛里有一滴雨一样润的泪珠。临别时，汪伦"赠名马八匹、官锦十缎"，再赠名酒两坛。看来，王伦是个有相当产业的泾县豪放任侠之士。他郑重其事，以曾经县官的身份，召集乡民在水东村东园古渡口，踏着欢快的鼓点，唱着一首当地的民歌，为李白送行。他们身边，江水悠悠地流淌，桃花灿烂地盛开，小雨牵肠挂肚地下着。李白被汪伦的爱贤好客所感动，再也忍不住了，那首情深意真的《赠汪伦》诗，就信口吟出。桃花潭水虽然没有千尺深，这首诗却平平仄仄、脍炙人口地流转了千载。

　　桃花潭不仅是一首流传千百年的诗，更是一方满是灵性的山水。桃花潭水，像块晶莹剔透的碧玉，潭面水光潋滟，碧波涵空。潭岸怪石耸立，古树青藤纷披，桃花似火如霞，飞阁危楼隐约其中。桃花潭四周，点缀着众多的自然人文景观，屹立千年的垒玉墩，深藏奥妙的书板石，李白醉卧的彩虹岗，踏歌声声的古岸阁……桃潭烟波使人醉，桃林春色让人留恋，移步皆成景，四时景宜人。偶尔一叶扁舟泛起，一篙新绿，微波涟漪。泾县县志中的《桃花潭记》有"层岩衍曲，回湍清深""清泠皎洁，烟波无际""千尺桃光九里烟，桃花如雨柳如绵"之词句。

　　这些年，我到过不少地方，看过很多名胜古迹的介绍及旅游册，令人遗憾的是，文字老套，少有新意，这就更使我敬佩汪伦了。他发出的邀请李白的信函，既没引经据典，也无鸿篇大论，却别出心裁，又字字真实，比那些宣传名胜的牵强附会的故事、传说不知要高明了多少呢！

（二）

"桃花潭水深千尺"，这在当时只不过是李白的夸张而已，然而今天却成了事实。从桃花潭步行半里许，就可看到一座大水库——陈村水库。水库拱形坝高近百米，是人民征服自然力量的象征。

巧的是，我在湖上碰到一位年过四十的中年人，是水库的建设者，听说我要到水库里去看看，他便热情地给我当导游。于是我们乘小船，泛舟其上。

湖水如镜，水天一色，小船徐徐前进，碧波微荡涟漪，两岸青山相对而出，青山绿水，相应碧澄。此去数十里，可直抵太平县。现在，人们把这山光水色冠之以"太平湖"，称为尚未雕琢的翡翠。

"真是个好地方！"我不禁脱口而出。那位中年人笑盈盈地说："别看现在这么好，要在过去，哪有人来？只有新四军才来！"

"你了解新四军在这一带的活动情况吗？"我问。他一听要谈新四军的情况，兴致勃勃地说："不瞒你说，我的父亲就在新四军兵站干过。"他告诉我，在抗日战争的艰苦岁月里，新四军军部在云岭，就把兵站设在这里（当时叫度川），云岭离这里20里，全军的物资，都由乌筏来运送，他的父亲就是撑乌筏的。

说着，他从身上拿出一个塑料皮夹，从里面取出一张周恩来和叶挺站立在乌筏上的合影，递给我看。他深情地说："周总理当年到新四军军部，就是乘我父亲撑的乌筏去的。"

我久久凝望着这张珍贵的照片，它记载了周恩来风尘仆仆来新四军军部，传达党中央指示的艰难征程。水库建成，人们并没有停止前进的脚步，又在桃花潭下行十余里的溪口截流，筑起了一条拦河大坝。拦河大坝的右侧，沿山开凿了一条人工运河，可灌溉近百万亩农田。江对岸是蓝山，我见上面有李白"放歌台"的旧址。

这引起了我的极大兴趣，听人说，这是明代的放歌台，也叫踏歌楼，为纪念李白到此一游而建。我即乘渡船去对岸，登楼远眺。夕阳下的青弋江，似乎还流淌着唐朝天宝年间的澄碧；波浪的褶皱里，似乎还跳跃着李白听过的歌声。此时此刻，我沉浸在美好的想象中。然而，眼前的村落、小巷、残破的石板路，不会有诗仙的印痕，却为桃花潭储藏了诗情，千年万年都未散去。而汪伦早躺在西岸的荒草丛中——他送走了一代人的骄傲！

"故人何在，烟水茫茫。"泾县汪伦因《赠汪伦》而青史留名，桃花潭因《赠汪伦》而成泾县胜景。我们还游览了潭边留下李白和汪伦令人遐想的遗迹，如钓隐台、怀仙阁、汪伦墓……还有纪念李白的文昌阁。文昌阁，建于清代乾隆年间，阁的外形与北京的天坛相仿，内有浮雕、碑记等物。《赠汪伦》这首歌颂文友相亲、吟唱真善美的温馨诗篇，千古流传，也让我们记住了泾县的汪伦。

（三）

傍晚，我游兴未尽，又爬上水坝，鸟瞰桃花潭夜景。过去的"万家酒店"，现在是万家灯火，熠熠生辉；当年沉寂、偏僻的山村，如今变成人烟繁华的城镇了。回望潭面，烟波轻罩，呈长长的纱带状，飘逸而去……

我伫立在桃花潭畔，身后是五星级度假村别墅，一字排列，错落有致，如同一件艺术符号，呈现着古色古香的禅意。面前，是滚滚不息的桃花潭水，一层波浪卷着一层波浪，气势非凡地向前。一座栈桥横波卧架，桥上霓虹灯放射着耀眼的光柱，把流水辉映成五彩琉璃。恍惚间从李白乘舟吟诗的梦境又走进了一个新的梦时代。

此人，此事，此诗，最可贵之处就是情真，也就是由此表现出来的人与人相处的真性情。明代唐汝询在《唐诗解》中说得好："伦，一村人耳，何亲于白？既酿酒以候之，复临行以祖之，情固超俗矣。太白于景切情真处，信手拈出，所以调绝千古。"（王琦注：《李太白全集》，中华书局1977年版）

此景、此情、此梦，使我记起了陈毅元帅 1941 年在皖南写的一首诗，后两句是："李谢诗魂今在否？湖光照破万年愁。"我想，如果李谢能活到今天，一定会为桃花潭山光水色的巨变大为惊叹的，也一定会在"放歌台"上为创造奇迹的建设者大唱赞歌！……返沪时，掬一捧桃花潭水，装进随身的水杯，轻轻地放入车中，然后把整个桃花潭装进心里。

桃花潭，蓝色的水，绿色的树，黑白相间的村落，远处是一层雾蒙蒙的烟云……古风已不存在，逝者如斯，文化的穿越和历史的变迁，让我的思绪愈发迷离和缥缈，仿佛置身于历史的那一瞬间。百年千年后桃花潭将会怎样，还有怀古思今的过客来来往往吗？

（1996 年 5 月 28 日）

边城好风光

多年前,读沈从文先生的小说《边城》,枯藤老树城墙,溪边白色小塔,小桥流水人家,沈老先生以家乡凤凰古城为背景,把一副古老边城的好风光,展现在我们眼前。于是,我不止一次地在梦里勾勒凤凰古城的风景,更猜想能不能在凤凰城里找到小说中的主人公翠翠,假如能找到,她肯定变成了一个比她爷爷年龄还大的老大娘了,肯定也落伍啦!

(一)

凤凰城,地处湖南湘西自治州南部,为我国历史文化名城,也是湘西世界级的名片。凤凰城历史悠久。据《凤凰厅志》记载:"凤凰之名因山受。"县城以西五十里有一名山,处于群峰之中,形状若鸟,昂首展尾,人们称为凤凰山。凤凰的历史,可以追溯到唐朝。县志记载:唐垂拱三年,设渭南城。其间历经无数风雨,城始建于清康熙四十三年(1704),历经三百年风雨沧桑,古貌犹存。现东城楼和北门城楼尚在。城内青石板街道、江边木结构吊脚楼以及朝阳宫、天王庙、万寿宫、大成殿等建筑,无不具有古城特色。

我们一行人一下飞机,就上了面包车,开始了凤凰之行。车子转过一道又一道弯儿,目之所及,都是山。路窄了一点,窗外的青山绿水让人目不暇接,浮想联翩。更让我惊讶的是,这里的盘山公路是各种客车在陡峭的山路上盘上转下，来来往往，车走了近四个小时，才到凤凰。在我的印象里，凤凰古城才算是湘西。沈从文先生说，凤凰不过是黔北、川东、湘西极偏僻的一个小点，这一点也称边城。

进入边城，我被眼前的景色震撼了。古城依山傍水，清浅的沱江穿城而过，江流舒缓，江面如镜，舟行款款，如滑动在玻璃之上。红色砂岩砌成的城墙伫立在岸边，日夜守望着沱江；南华山映衬着古老的城楼与连接两岸的虹桥。城楼还是清朝年间的，锈迹斑斑的铁门，依稀能看出当年威武的模样。古城、廊桥，连同身后的青山一起，倒映在沱江清澈的波光里，和谐、淡雅。我进入古城才六点，古城正在黎明中苏醒，赶早的旅游团游客们已经遍布街头巷尾。勤劳的边城百姓，有的做起了早饭，有的开门做生意，有的在清扫街面。

我坐在虹桥北岸的店堂里，品尝着当地最具特色的早点——米豆腐和绿豆面，静观被旭日染红的沱江南岸的夺翠楼。据说，那个地方就是沈从文先生笔下翠翠经常玩耍、欣赏沱江风光的地方，我不大信。又闻，此处后来成了著名国画大师黄永玉的画室。东眺万名塔，西观廊桥，下俯碧清如玉的沱江及江上飞行的舟船，确为奇妙佳处也。那一刻，霞光漫过天际。

清晨的江面，波无痕，水无影。沱江的桥也是我见过的桥梁中最具特色的，几乎不能被称为桥了，就是一个个石墩矗立在哗哗的水流中，人一个挨一个地往前走，面部表情有点僵硬，一不留神就能被河水冲走吧！

凤凰古城的吊脚楼，是凤凰人最具想象力的杰作。它像空中神符的诅咒，又像时间板结中脱落的歌声，弥漫着深奥古拙的原始气息。吊脚楼因河的繁华而繁华。昔日，水手粗犷的船工号子，引来了一群群俊美的女子住进楼里。于是，在吊脚楼里，演绎了一幕幕或凄美或浪漫的爱情故事。

当看见房子仅仅靠几根木柱立在河旁时，我不禁为之捏了一把汗。乘着小船在凤凰古城的母亲河——沱江划过，我看见了古城百姓最朴素的生活——上游洗菜，下游洗衣；老婆婆在河岸边用棒槌使劲敲打衣服。船家的汗水顺着脸颊滴入母亲河中，我不禁想起了一个词——饮水思源。

（二）

有了沱江，凤凰人就有了一个个湿漉漉的日子。横亘的大山，阻隔了陆上交通，却使这座湘西小城的江河故事不断丰富起来。他们把故乡出产的竹、麻、染布、水银、朱砂、生漆、白蜡，用船运进城，又从城里载回布帛、钟表、罐头、白糖、火柴、纸烟。靠近江河就是靠近诱惑，船筏则牵出了凤凰人一个个甜蜜的生活细节。端午节赛龙舟、赶鸭子的风俗，一直为凤凰人津津乐道，那热闹的场景延续至今。凤凰的水是平和的，一如今天凤凰人平静的生活；凤凰的水是清澈的，似乎又与凤凰人形成一种永恒的心灵映照。

的确，凤凰的美，是那种透着灵秀与文化沉淀的醇厚之美，出生在这座古城的国画大师黄永玉先生曾经这样评价它。古城山灵水秀，人杰地灵。文学巨匠沈从文、抗英名将郑国鸿、南北大侠杜心武、民国时期政治家熊希龄、著名歌唱家宋祖英……宛如一颗颗璀璨的明珠，在这座古城的上空熠熠生辉。古城的魅力，除了深厚的湘西文化韵味，还有心灵手巧的人们打造出来的精美银器、编制的土家织锦、熬制的美味姜糖等等，琳琅满目，无一不让人流连。

到了古城，我在街上寻找当年翠翠常年享用的鱼虾。狭窄的古街旁，各式各样土得掉渣的餐馆招牌，首尾相衔，随便找家坐定，便可专点当地产的土菜。沱江的水产品真的很袖珍，虾似米粒，蟹如豆瓣，鱼同拇指，全被厨师下锅的辣椒淹没。我觉得我不是在吃，准确地说是在嚼，连壳带刺全部嚼烂，和着唾沫，送这些虾兵蟹将入肚。我真想知道，当年翠翠吃的鱼虾，是不是这般袖珍？出了餐馆，看到两艘穿梭在沱江上的电渔船后方才明白，为何这里的鱼虾都这么小。凤凰人在感谢上苍保留了300多年的古城时，理应维系它的生态。

沱江吊脚楼已经没了当年翠翠淳朴腼腆的韵味，改建成了"根据地""流浪者""情人苑"等小酒吧，成为孤独者和结伴人的天堂。与"神七"同步的年轻人，完全超越了翠翠那个年代，成双结对地来古城，宣泄心头的忧郁和孤独，寻找快乐、自由。吉他、电贝司、爵士鼓，还有姑娘、小伙涨红了脸声嘶力竭地歌唱，让古城充满活力。

同样充满活力的，还有沿街的银器店。雪亮灯光下，苗族人在小巷里表演他们制作银饰的专有技术供人欣赏。经不起诱惑的姑娘们纷纷解囊，买下了银饰品，久久不愿放入背包，争相试戴，相互比画，发出一阵阵满足的笑声。我们的导游——苗族姑娘小宋还说客人们买得不多，她自己嫁人时所戴银饰有整整 25 斤。我想，当年翠翠要是也能够像今天的姑娘这样随便挑银戴饰，自由地嫁老二，那《边城》里的摆渡船、水碾房、吊脚楼，就不再是她戏中薄薄的凄凉。今天，这些不满 10 岁的凤凰女孩，也学着当年的翠翠，用虎耳草编织花环，用芦叶编织蚂蚱，以一元一只的价格兜售给游人，把自己融入市场经济的大潮里了。一切像沈从文笔下的凤凰，却又不像，在似与不似之间。

祖国三十年的改革开放，把翠翠梦里的歌声已完全化为现实。这里有平坦的公路，临近城市有高铁站、飞机场。一座通四海天涯、迎八方游客的古城，肯定是沈从文当初写《边城》时始料未及的，更是你梦里无法想象的。

再看看沱江的夜，夜晚的江水静静地流着，黑暗中摇曳着霓虹的灯光。

（三）

白天感受它的古老，夜晚感受它的现代。

晚上的古城，与白天又截然不同。一过南华门，我不由得惊叹起来。站在桥上望去，沱江两岸是一片灯光世界。夜凤凰的灯光世界，比上海的外滩还要有光彩。彩色的灯光下，沱江两岸风情更浓，意趣盎然。我坐在岸边临街的店里，一边喝绿茶一边看江景，心却坐上船摇橹出江了。

061

凤凰，原本入夜是静谧的，此时被喧嚣搅得心浮气躁。想到云南的丽江，今夕一样被年轻人的歌声唱得脸红酽酽的，一副欲醉将醉的模样。哎，凤凰，比起白天，尤其是下雨天，少了些许清秀、淡定、从容。当然，凤凰自身是高兴的，沉寂太久，她要凭借灯光照妩媚，借助歌声抒胸臆。而我，今晚却要反其道而行之，沉思默想她的前世今生，希望可以悟出一点什么。

街上满大街的夜排档，游客熙熙攘攘，在昏暗的灯光下淘宝。酒吧的喧闹声、小贩的吆喝声，把整条街搞得有声有色。夜晚的凤凰是个不夜城，每座房子几乎都用色彩斑斓的霓虹灯装扮起来，沱江上花灯飘。据导游小宋介绍，放花灯就是为了许个好愿，许好愿后把花灯放入河中就行了。在沱江的夜色中，月挂高楼，河的两岸尽在灯火辉煌中，好一派歌舞升平的夜景啊！我心中有些恍惚，难道是误入桨声灯影的秦淮河了吗？

邻座的朋友去唱歌了，我移位靠近窗前，虽一座之隔，风景却大不一样。我看对岸灯影勾勒出的建筑轮廓，再细看眼下的瓦片，在白炽灯的照射下次第抽出一丝丝肌理纹路，甚至颗粒状的碎屑也不再婆娑，只有灯光的倒影在水中摇曳。潺湲的涟漪远道而来，虽不能兴风作浪，也要努力吹皱一河沱江水。室内引吭高歌，窗外孤芳自赏，追求不同，则选择有别。良宵夜景，而我闲坐一凳，品绿茶一杯，足矣。

置身凤凰城，我思考着，如何著文记趣。在这个天下闻名的沈从文故里，我不敢造次，但也想写出我的惆怅、我的歌，写出只有我内心世界才有的一己之文章。

迪斯科音乐响起来了，人群躁动，我心动人不动。把头探出窗外，我欲将沱江比丽江。水多山少又何妨？木窗上，挂满了旅人的心笺，写不尽对凤凰安谧的钟情和眷恋。我自忖：再回来，不知是何夕，就此写一篇羁留天涯的拙文吧，它会一直想念今天的凤凰，也追怀远古那个与世隔绝的凤凰，包括现在被搅乱和融化了的凤凰。

虽然夜凤凰已完全不同于沈从文笔下那宁静古朴的凤凰城，但我们没有因怀旧而排斥它。毕竟时代不同了，社会有了新的发展需要，灯火勾勒的色彩，也实实在在给人一种别有的愉悦。再说，也合凤凰城的含义，凤凰便是在大火中涅槃腾飞的。

凤凰古城不大，但很美，那是一种透着灵秀与文化沉淀的浑厚之美。那清澈的沱江水，古老的吊脚桥，青石板路，古色古香的客栈、商铺，还有那淳朴的凤凰人，这一切，适合你去慢慢品读，无论老街、小巷或者河畔，慢慢地走，无须说话，不必表达，你会与她慢慢融为一体，思绪也会变得空灵、悠远。

凤凰的旅游广告上写着：为了您，我已等候千年。有着沧桑岁月的凤凰古城，我不能尽述她的点点滴滴，无论如何，我曾走过，留下了我的足迹，把这么多的感动，深深地烙在我的心里。正如一位诗人所写："天空没有痕迹，但鸟儿已经飞过。"

（2008 年 4 月 23 日）

春来琅琊美如画

　　"春来琅琊美似画，醉翁亭前人如织。"阳春三月，风和日丽，我来到滁州琅琊山游览时，仍能感受到欧阳修、范仲淹等古代改革家那坚定的信念、蓬勃的锐气和浩然的正气。

　　900多年前的欧阳修，以其《醉翁亭记》的开篇"环滁皆山也"，把安徽滁州秀美的地貌特征完整地呈现在世人眼前。滁州离上海不远，过了南京，在宁洛高速上行车半小时即可抵达。清晨，我踏上琅琊古道的石板路，一不小心就走进了诗境。

（一）

　　滁州之美，美在秀丽的琅琊山。琅琊山，位于滁州城西南，属淮阳山地的东延余脉。东晋之前本无名，当地人统称其摩陀岭。相传，西晋末年琅琊王司马睿避乱时，曾驻跸于此，后司马睿成东晋之帝，此地借帝王之光，沾上灵气。

　　至唐代大历六年，滁州刺史李幼卿在此兴建宝应寺（即今之琅琊寺），将此山改名琅琊山。

　　琅琊山风景区总面积240平方千米，进入琅琊山景区，只见峰峦环抱，势极奥曲，清风徐来，榆树送香，山谷幽深宁静，溪水潺潺逐欢。峰谷山涧，"汩汩"涌出泉水。旁边的石壁上刻着"让泉"两个大字，正是当年欧阳修非常喜爱的泉水。此泉水温终年变化不大，始终保持在16℃左右，而且水质甘甜纯净，是煮茶上品。如果随身带有水瓶，可千万别错过，喝上一口。那股清新甘甜的气息，会在身体的每个细胞扩散，令人浑身清爽舒坦，像醉翁一般醉在其间。"红树青山月欲斜，长郊草色绿无涯，游人不管春将老，来往亭前踏落花。"正是当年欧阳太守描绘的美景。

"滁之山水得欧公之文而愈光"，所谓"欧公之文"，乃北宋欧阳修之《醉翁亭记》也。欧阳修于北宋庆历五年（1045），在河北都运按察使任上时遭谪贬来滁任知州。欧阳修在滁游山时逗留于开元禅寺的住持僧智仙为他建造的亭中，琴一张，棋一盘，酒一壶，欣赏山水之丽，怡然自乐，答应了他作记之请。于是，他似醉非醉地写下这烛照千秋的大家名篇《醉翁亭记》，才有了醉翁亭等古迹，使琅琊山成为后来的游览圣地。

琅琊山，有着江南的婉约、恬静、淡雅，逶迤起伏。山上有很多枫、槐、杉、栗等树木，还有苍苍数百年的古榆，参天而立。空气是那样的新鲜，有一种桂花的香味。一场雨后，山林云雾缭绕，石阶苔藓湿漉漉的，仿佛走进了仙境。穿越于水墨画中，仅是一点古拙的小石桥，视野开阔了，醉翁亭便到了。

"翁去八百载醉香犹在，山行六七里亭影不孤"，今之醉翁亭院门上的砖刻楹联，娓娓倾诉着令人沉醉的往事；幽森花丛，亭台水榭，危崖石壁上的方方诗刻，散发着昔日浓烈的醉香。这些不同年月的石刻，虽历经沧桑，风雨剥蚀，但铁画银钩，依稀可辨，浓情深意，溢于石上，宛如艺术长廊，展示历史画卷，令人醉心悦目。

醉翁亭和北京先农坛的陶然亭、湖南长沙的爱晚亭、浙江杭州的湖心亭齐名，居我国四大名亭之首，初建于北宋仁宗庆历年间。不过，亭看上去很平淡，但布局紧凑，小巧别致，具有江南园林特色。亭为歇山式，吻兽伏脊，飞檐翘角，十六根柱子分立四周，青梁黛瓦，古色古香。亭柱之上的对联吸引了我："人生百年，把几多风月琴樽，等闲抛却；是翁千古，问尔许英雄豪杰，哪个醒来。"尤其奇特的是，亭子四周木靠栏的中间，还装有四个小桌几。与我国其他的亭子相比，这种造型可谓独一无二。我坐在亭子里欣赏风景，仿佛看到了欧阳修当年与宾客觥筹交错的情景，确乎是人生的一大享受。

醉翁亭东山坡，有一块巨石上刻有南宋篆书"醉翁亭"三个大字，每字三寸见方，十分吸人眼球。它像一个似醉非醉的人，斜靠在山壁上，姿势非常逼真。但那不是人工凿出来的，而是百分百的纯天然造型，和醉翁亭呼应得恰到好处，令人叫绝。据我所知，东坡先生是以草书见长，一生没留其他字体，为表达对老师欧阳修的敬仰，北宋祐六年（1091），他应时任滁州知府王诏邀请书写《醉翁亭记》并刻碑，其字"潇洒纵横，如绵裹铁"，文秀墨华，璀璨夺目，珠联璧合的"欧文苏字"使醉翁亭更名扬天下，让琅琊山名声大震。

（二）

春天，醉翁亭有一件宝贝是绝对不能错过的，那就是欧阳修亲手所植的一棵古梅树。穿越岁月的风风雨雨，近千年后古梅仍枝繁叶茂，兀然傲立着，与杏花同时开放，所以就叫"杏梅"。这时正是这株古梅树开花的季节，只见苍劲古朴的枝干上，梅花开满枝头，粉中带白，微风吹过，小小的花瓣像雨一样，飘洒在人身上，空气里尽是悠悠的香气，感觉特别浪漫。它与湖北黄梅的晋梅、浙江天台的隋梅、云南昆明的唐梅被并称为"中国四大梅寿星"。

然而，醉意却在幽林中更多的碑刻上溢散，看到"有时醉倒枕溪石，青山白云为枕屏。花间百鸟唤不觉，日落山风吹自醒""春云淡淡日辉辉，草惹行襟絮拂衣。行到亭西逢太守，蓝舆酩酊插花归""青山能觅醉，逸兴不关春"等诗句，我感觉诗人们低吟、长歌、狂笑的醉态浮现于眼前。尤其醉翁亭东坞，一丈余长的石人，横卧在石罅林荫中，上刻"一醉千秋"四个大字，似醉酒老汉酣睡未醒，泉声潺潺，从侧畔飘过，犹似他香甜的鼾声。加之"亭中何日不醉客，一醉千秋呼不起"的诗句刻在一旁，真是趣味无穷，令人流连，连苏轼畅游醉翁亭后，也久久不能忘怀，直到辗转湖北黄州时，还吟出了"闲说滁山忆醉翁"的诗句，以示怀念之情。

醉翁亭因《醉翁亭记》而闻名。《醉翁亭记》文字生动，语言精美，既赞琅琊山"林壑尤美，望之蔚然而深秀"，又因一句"醉翁之意不在酒，在乎山水之间也"而成千古绝唱，传诵至今。这里，重重青山，叠叠翠岭，簇拥古城，远看"若屏蟑，若列箏，若兰蕊飘馨"，明代著名散文家宋濂赞它"山之横者、拱者、拔地而起者、断而续者、去向若背者，如禽之翔，如兽之斗，如笋之进土，如笔之书空，雄献秀错，列杖而立，目不胜揽，绝景佳地也"。或许，醉翁之意不在亭，在于心心相印间。中国古亭有虚有实、有棱有角，无论是游玩还是从亭冥想，都能让人进入一种淡定虚无的境界。它虽经历史沧桑，然屡废屡兴，生生不息。

欧阳修纪念馆位于醉翁亭西400米处，分东、西两院，以亭廊相连，馆名由郭沫若先生题写。馆内，有欧阳修塑像和介绍欧阳修生平的30幅壁画。馆内设有琅琊山动植物标本展览，其中鸟类特别多，可见琅琊山环境保护得非常好。最后到野芳园。"野芳园"名取自《醉翁亭记》中"野芳发而幽香"。该景点为苏州园林建筑风格，亭堂轩廊相连，假山曲径通幽，植有枫树、桂花、紫荆绣球花木，疏密错落有致，四季飘香，景色宜人。碑廊集中收集整理了与琅琊山、醉翁亭文化有关的珍贵诗文，并征集了名人书法墨宝200多篇，镶刻于此。步入野芳园，不仅可以欣赏园林美景，更是了解琅琊山、研究琅琊山的好去处。

在醉翁亭里，我遇见一位鹤发童颜的老者正在用欧体抄写《醉翁亭记》，字体劲挺洒脱，铁画银钩，颇有欧公遗风。触景生情，使人发思古之幽情，更让人为身处当今这个大力提倡改革的时代而振奋。琅琊山脚下，曾是改革的试验田，小岗村率先拉开了中国农村改革的序幕。如今，在中华大地上，人们已日益达成了这样的共识：不改革就无法发展。在改革先行者的带领下，全社会共担改革之责正当其时。

看过醉翁亭，不能不到琅琊寺。不仅仅因为醉翁亭是琅琊寺的和尚所建，更因为琅琊寺本身也是琅琊山的"主角"。

（三）

琅琊山景之绝，在于雄奇，也在于峰峰岭岭都有动人的神话传说。醉翁亭后矗立云天、一峰独特的丰山，相传是刘邦在垓下大败项羽后驻兵之所在，当时滁地大旱，民无水灌稼，兵无水饮马，刘邦跪在山顶，为兵民求雨，结果大雨至，霸王灭，滁田丰，丰山因此得名，现高皇求雨祠遗址尚在；琅琊山虽因东晋琅琊王司马睿避八王之乱潜居山中，后司马睿称帝而得名，但建筑庙宇被辟为圣境，是在唐代宗即位时（762）。据说刺史李幼卿和法琛和尚，绘制图样，献给皇上，请求建寺。适逢李豫南柯一梦，梦游一山寺，形势制度，与所进献图样吻合，李豫很高兴，朱笔御批，寺庙落成，现寺内所藏碑记，叙述了这个神奇的故事。而吴道子画观音自在菩萨像，则为稀世至宝。

登上108级台阶，就进入了天王殿。步出天王殿，是放生的明月池。向上走，可进入神圣的"大雄宝殿"，其里面的规制，与一般寺庙并无不同。琅琊寺还有一宝是别的寺院没有的，那就是这里有1000尊神态各异的玉佛像，全是用上好的缅甸玉雕琢出来的，让人大饱眼福。在琅琊寺里，就连供游人休息的石桌石凳，都是唐朝文物。这些石桌、石凳全是麻花造型，据说很多现代工匠想仿造，但都失败了。坐在这些唐朝石凳上，周围是唐朝的树、唐朝的泉水，再听着从唐朝敲到现在的钟声，让人感觉好像真的穿越了时空，回到了古代一样。

出琅琊寺右拐上300多级台阶，就可到南天门。沿着山道缓行，有一条台阶路通向山顶，要想把琅琊山的美景看个够，这条台阶路是非走不可的。抬头望去，山上树木的嫩枝绿叶层层叠叠，云雾仿佛一条轻纱缭绕其中，就像一幅天然的水粉画。两边的山坡上，各种各样的野花姹紫嫣红，空气中树香花香混在一起。山林静谧幽深，山鹰常在其间嘶鸣。淙淙泉水自山上流下，似一古筝藏于山间，泠泠悦耳；水并非惊心动魄，宛若仙女裙间一条回旋曲折的银色绸带，飘然而下。走着走着，突然撞见一湖——深秀湖，像女子的美目，清澈透明，又无限柔媚，我似乎看见欧公飘逸的身影，临水唱和，与众人谈笑风生，一派闲适清凉自在之情形。

登上南天门，青峰黛岭，大片大片的苍绿起起伏伏，给人以诗意的安静。极目远眺，只见长江如带，钟山如罗。俯视琅琊山，绿荫如盖，云雾缭绕。难怪欧公视宦海浮沉为云烟，山山水水间，把心灵沉淀得恬淡闲适，才会有淡雅婉转的《醉翁亭记》。文以山丽，山以文传。是欧阳修赋予了琅琊千古生命，是千年文化底蕴激活了琅琊山水的灵气。

下山后，我们又回到了醉翁亭。此时此刻，盼能穿越时光隧道，回到太守的年代。于是，大家忍不住在"醉翁亭"旁饭店入座。酒是当地的"醉翁酒"，菜是地方土菜——"九大锅"，锅里全是游弋在琅琊山泉里的淡水鱼，加上山上的野菜和菌菇，妙不可言。人们猜谜划拳，喝酒吃菜，放松自在。

欧阳修知滁两年又四个月，时间不长，却在琅琊山留下诸多人文事迹，还有流传千古的不朽诗文；而他政声卓著，在滁期间，"不见治迹，不求声誉，宽简而不扰，故所至民便之"，使百姓安居乐业，更给滁人留下不可磨灭的记忆。

欧阳修开封府前任为以威严著称的"铁面老包"包拯，而欧公仍行"宽简之策"，照样把开封府治理得井井有条。清代有人在开封府衙东西两侧各立一座牌坊，一边写着"包严"，一边写着"欧宽"。

"宽简之策"乃欧阳修一生为政的风格，深得民心。他的政绩与他的不朽诗文一样，被人们代代传颂，以至于今。

"酿泉之水三千丈，不及醉翁传世情。"离滁时我真有点依依不舍。"美景养眼，美文怡神，琅琊山真是名不虚传，皖东第一！"感谢清幽的琅琊山带给我生命丰富的安静，禅境一般。

（2013 年 5 月 30 日）

秋的济南之晨

　　济南，古往今来有很多人为之唱过赞歌。上学的时候，我在课本上读过老舍先生的《济南的冬天》，对其产生向往。济南的冬天，真像老舍先生描写的那样充满诗情画意吗？后来我又在《老残游记》里，看到了"四面荷花三面柳，一城山色半城湖"的独特自然景观，那时，便对济南产生热烈的向往。前不久，看到了《泉城纪游》，欣欣然竟一气读完全册，跟着 20 多位作者，攀登青山，涉足名泉，荡舟明湖，一时间，心往神驰，恨不能一睹为快。

　　我去济南时不是冬天，而是时值深秋。迎着十月的阳光，漫步在大明湖畔、趵突泉边。登上千佛山顶，一览泉城的山湖秋色，公园内黄花竞放，木樨飘香；山上枫叶如丹，层林尽染；路旁垂柳依依，泉水淙淙。我是以一个游客的身份，去看那城、那泉、那山，去看那真实而秀美的济南。

（一）

　　济南，作为国家历史名城，也是中华文明的重要发祥地之一，文化渊源久远。单从济南的街道上看，一经一纬，有点有线，像张网，将城区定在那里，由它慢慢生长，将根的触角伸向纵深的地方。这些老街，算不上宽阔，两边是高大的悬铃木，柏油路面磨得溜光。在夏天，燠熟的风吹过来，悬铃木的浓荫就遮一遮，挡一挡，风的温度就降下来了，稍稍收起风头，从路面溜过去，把柏油的气味带起来，洒到空中。街道的两旁是胡同。胡同里透出一种市气，这种特殊的气味，是城市特有的。

据史书记载，早在春秋时期，这里是齐国的泺邑。到汉代，因它在古济水之南，故名济南。宋时建立济南府。元朝设山东省后，济南一直是全省的省会，是全省的政治、经济、文化、科技、教育和金融中心，也是国家批准的副省级城市和沿海开放城市。济南依山傍水，风景秀丽，北跨黄河，南依泰山，津浦、胶济两条铁路在这里会合，是国家园林城市和优秀的旅游城市。

济南泉水甲于天下，确实名不虚传。济南地处山地与平原交界处，是泰山的余脉，高峻的地势由南向北，倾斜成坡。地下多空隙的石灰岩大量储水，形成地下潜流。水临近济南城区，同地下北来的火成岩相遇，潜流前进受阻，便冲开薄薄的地壳，形成众泉。这样涌滚的泉水，就喷吐于市内中心区域，流过济南街坊井巷千百年，也流过那厚厚的历史，济南就有了"泉城"的美称。

泉水是城市的灵魂。据记载，济南遍布1000多处天然涌泉，光有名的就有72处之多。仅济南老城区就分布着趵突泉、黑虎泉、珍珠泉、五龙潭等四大泉群。每个名泉、每个泉群，名字中都有很多文化意蕴。除此之外，还有近百处甘泉，泉眼之多、泉流之大、泉景之美，令人赏心悦目。其中，最著名的是趵突泉。

趵突泉位于济南市中区，南靠千佛山，东临泉城广场，北望大明湖，享世界特色园林之美誉。该泉位居济南72名泉之首，被誉为"天下第一泉"，也是最早见之于古代文献的济南名泉。历史上一度有"槛泉""温泉""瀑流水""三股水"等几种不同的名字，直到宋代曾巩任济南太守时，为其取名为"趵突泉"。趵突泉是济南的象征与标志，与千佛山、大明湖并称为济南三大名胜。

"趵"是跳跃之意，"突"乃"猛冲"之思，以"趵突"形容泉水，可见泉水从地下奔涌而出的情势是如何的神奇。它的三大泉眼，井口般粗的泉水涛涌汹涌，争先恐后，让人感觉这是大地的灵感，汩汩缕缕；这是大地的文字，洋洋洒洒，反映了趵突泉在迸发时喷涌不息的特点。北魏的郦道元在《水经注》中这样写道："泉源上奋，水涌若轮。"蒲松龄赞美趵突泉是"海内名泉第一，齐门圣地无双"。

趵突泉的泉池，呈方形，四周石栏相围，凭栏远观，清泉三股，喷涌而出，如白雪慧展美丽，如莲花尽显妖娆，如玫瑰漫散芬芳，又如车轮滚滚不息，自然地成就了一幅"趵突腾空"之盛景。中华人民共和国成立后，园林工人巧夺天工，把趵突泉周围的金线泉、漱玉泉、柳絮泉、皇华泉、杜康泉、白龙泉等30多个名泉组成一园，这就是今天向游人开放的趵突泉公园。

值得一提的是，趵突泉公园的南大门布置得富丽堂皇、雍容华贵，大门上的横匾"趵突泉"三个大字，蓝底金字，是清朝乾隆皇帝的御笔。有人誉趵突泉公园南大门为中华园林"第一门"，一点儿也不为过。趵突泉边，立有石碑一块，上题"第一泉"，其色为墨绿色，为清同治年间历城王所题。

（二）

济南是泉城。走进济南，就仿佛走进了一个神奇的泉的世界。那么多的泉，除了特别知名的，其他的也是难得一见。它们散布在城市里，也许在某个不起眼的犄角旮旯里，欢快地流淌着，诉说着些济南的老典故。明朝洪武四年建成的护城河，不知流过了多少泉水，济南的灵性因它们而来，千百年来一直如此。它们不舍昼夜地欢唱，歌声是收敛的，配合着城市心跳的律动，市气在泉水妙灵的歌声里，荡涤洗濯，显得爽朗了，纯净了。老舍先生曾言，假如没有趵突泉，济南就失去了它的妩媚。这是真的。泉水滋养着这个城市，也浸润着这个城市的心事。是不是因为这流动的泉水，使得济南少了些喧嚣的戾气，多了些湿润明亮的气质呢？"家家泉水，户户垂柳"，试想：天下哪有这样的地方呢？

第二天的清早，朝阳升起，树梢敷染一层金光，露水在草尖闪闪发光。济南城在喧闹中露出了笑脸。我乘公共汽车到英雄山下的八一广场，希冀寻找作者们的游踪。车厢里拥满了人，人们打扮得很光鲜——年轻的女人穿着得体而不花哨的衣服，举止优雅；年轻的男子穿着白衬衣，打着领带，皮鞋一尘不染，头发刻意打了摩丝，看上去头发有些湿，却清爽得很。

透过玻璃车窗往外看，那些高楼大厦被低矮的楼群簇拥着，铜墙铁壁似的，有种牢不可破的壁垒的表情；济南大街上的行人，好像永远是不多不少，车辆也开得不紧不慢，无轨电车在浓荫的街道上开过时，头上的"辫子"轻轻地划过去，不留痕迹；人们从家里出来去上班，也是不慌不忙，神清气闲，和着城市的节奏，把城市的喧嚣打下去了一半的气焰。所以，在济南的街上，我时时都会感觉到，那喧嚣总是跟人隔了一层似的，虽有感觉，却并不那么恼人。

广场这一带的马路宽阔平展，枝繁叶茂的四排法桐，交错覆盖，形成了不见尽头的绿色广厦，给人一种庄严的美感。晨风中抖动着军号的余音，马路上奔驰着各种车辆，勤奋的小学生大声背诵着英语单词，青年工人们一路讨论着摩擦系数的问题……

这时，好多人都沿着经十路向东走，我也信步追随人群来到纬一路南端。一道绿树形成的南北长廊直通英雄山下，在长廊的尽头，英雄山的顶端，巍然屹立着革命烈士纪念塔，那巨型的塔身上毛主席亲笔题写的"革命烈士永垂不朽"几个鎏金大字在晨曦中熠熠发光，犹如烈士精神的光华，永照人间。山坡上密集地生长着一排排青松，山上山下，到处是人，有练太极拳的，有击剑的，有打羽毛球的……人们在先烈们开创的幸福环境中，锻炼身体，蓄积力量，准备以饱满的精神投身于小康社会的建设中。

山腰传来了悠扬的笛声，树丛中有人引吭高歌。一位年轻的妈妈牵着蹒跚学步的娃娃，拾级爬山，口中喊着"一、二、三……"。我一口气爬上山顶，在烈士塔前凭栏俯视，一幅奇异壮观的画面立即呈现在眼前：一组组楼房建筑，一排排绿色树木，那 M 形的南山，直插云天的电视塔，气魄非凡的电报大楼，都隐隐显露出它们的倩影和轮廓，使得这画面高低错落、疏密相间。整个城区，犹如一幅浓淡相宜的山水画镶嵌在银色的绢带之中。这使我不由得联想起"云横九派浮黄鹤"那高远壮阔的意境，想起杨朔笔下美丽虚幻的海市蜃楼……

"眼前景色虽美，可也有遗憾之处，到中午，那雄踞市北的洛口桥、奔腾喧啸的黄河、画着弧线的火车，都隐约可见，那才叫有气势哩！"有人在一旁评论。

早上来时，大明湖一片迷蒙，像缭乱的炊烟，人说那是秋之气。深吸一口，那气息瞬间就把肺叶淘洗一遍，清爽得让人想喊。还真有人喊，只一嗓子，就将大明湖的早晨喊开了。水升腾着烟，烟袅绕着柳，柳撩拨着水，辨不明那色彩到底是青灰、淡蓝还是浅绿。阳光从云层里放射出来，将云雾穿成一个隧洞，而后又穿成一个隧洞。雾气弥散，照在柳上，柳瞬间成了闪电，爆裂出不同的形与势。

（三）

济南的新区自然是高楼林立，洋溢着浓烈的现代气息。而那些小街小巷，氤氲着浓浓的市井味道。我悠悠地走在小巷里，有两个汉子赤裸着上身，坐在门前喝酒，一拨拨人从他们面前走过，他们不顾不理，有滋有味地喝着，那份淡定，是从骨子里散发出来的，不由你不敬佩。不知道从哪里突然涌出一股清水，汨汨而去，让你激动得不知做什么好。

人托山水而寄情，山水因人而增色。泉城不仅是座风景城，还是人们智慧的象征。文化名泉，滋养出文化名士，以孔子为代表的鲁文化儒家学说和以管仲为代表的齐文化重商传统，在这里交汇融合。在数千余年的历史绵延中，名人辈出，群星荟萃。宋代著名诗人李清照、辛弃疾是济南人；名君大舜，神医扁鹊，名将秦琼，名相房玄龄，著名诗人李白、杜甫、曾巩、黄庭坚、苏轼、元好问都曾在济南留有印迹……今人更多，老舍、胡适、柳亚子、叶圣陶、郁达夫及徐志摩……都在济南留下了身影。"济南名士多",这构成了泉城文化的重要特色。还有我党第一代革命家王尽美、邓恩铭,他们是济南的骄傲和光荣。历史推进到新世纪的今天,济南人民又在为小康社会的宏图而努力着。你看,在晨辉中,人们行色匆匆,奔赴自己的工作岗位。

我想,这就是济南,在这里,天空、楼房、行人、车流,看起来那么般配,那么令人难忘。

忽然,高音喇叭传来了男高音歌唱家李光羲那振奋人心的《祝酒歌》:"……待到理想化宏图,咱重摆美酒再相会……"

想到未来,我心中升起一种民族时代自豪感,我不禁在心中欢呼:前进吧,美丽的泉城!相信在不久的将来,你一定会变得更加山明水秀、湖碧泉涌!希望济南以泉为笔,写出更为美好的济南梦。

(2002 年 11 月 9 日)

宏村：中国画里的乡村

在安徽黄山西南麓的群山里，有个古老徽派建筑艺术宏村。这个黄山脚下始建于南宋的古老山村，唐人的诗情、宋人的画意，俯拾皆是。不同季节、不同气候，景色各不相同，人、建筑、山水相融，享有"中国画里的乡村"之美称。2000年11月，被联合国教科文组织列入"世界文化遗产名录"。

从前只在电影、戏剧、书画、影集中见过江南古村，竟施施然出现于我的眼前，粉墙黛瓦，长街曲巷，碧波荷韵，云蒸霞蔚，在如烟如织的细雨中，化为一幅精美绝伦的中国画。多少诗人的绝妙好词，不足以形容其一，这样宁静、端庄、秀丽，真可谓"处处是景，步步如画"，果然是不浪虚名的"桃花源"人家。

（一）

我抵达时，宏村正做着午后小梦。微风拂动南湖水面，抖起一片涟漪，四周山色与白墙黑瓦，倒映湖中，与大自然融为一体，好似一幅徐徐展开的山水画卷，简略而不缺乏生动，古朴而犹见神韵，是典型的徽派建筑艺术标本，让人感受到徽州历史文化的浓郁古韵，催我去探寻宏村的古老与神秘……

宏村，古称弘村，取弘广发达之意，清乾隆年间改名为宏村。村落，依山傍水，既有水的灵性，又有山的幽趣。它北有雷岗可抵御北面之风，东南面常年不息的山溪河流占地 28 公顷，是古黟县桃花源里堪称中华一绝的古水系牛形村落。据清秀的女导游介绍，该村最早为唐初越国公汪华后裔的聚居地，至今已有 900 余年历史。它北倚黄山余脉，东西环山，整体呈背山面湖之势。清代诗人胡成浚云：

何事就此卜邻居，月沼南湖画不如。
浣汲何妨溪路远，家家门前有清渠。

据说，全村 500 来户人家，牛肠小溪，绕屋穿户，九曲十弯，贯通月沼和南湖，长流不息，至今保持着完整的明清时期村落原型格局，整体构筑精巧，空间层次丰富，人文景观与自然景观和谐统一，因此，宏村的美是遗世独立又婉约细腻的，诚如陶行知先生所说："世界上只有瑞士可与我的家乡相媲美。"

走近宏村村口，老树、古宅、画桥，在碧蓝的湖水映衬下，十分迷人，令人陶醉，恰似走进了一湾小桥流水徽风古韵的诗意画境。一泓清波上架着一座石拱桥，这是进入宏村的必经之路。村庄入口处，立着一株千年古树，斑驳的肌理、华盖般苍翠巨大的树冠，像一朵祥云飘在半空中，把村口数亩地笼罩在绿荫之中。阵阵微风吹动树叶，像在轻声讲述着一个个久远的历史故事。

过拱桥，我来到村前。左折，走不足百米，见一门，门头墙色斑驳，上书"汪氏旧居"。跨过门槛，眼前一块小院，长方形，清清爽爽。砖地上青色苔痕淡薄一层，是光阴的印记，散发着丝丝缕缕、清清淡淡的凉意。数十盆景摆放于院中，精巧玲珑，整齐紧挨着，聚成一片葱茏绿意，让人不由联想起无边密林在旷野中迎风摇曳。

穿过院落，来到正房，迎面是正方形堂屋，不满 10 平方米。正中一张旧时圆桌，桌面无一杂物，干干净净——是那种素朴的干净，是被岁月揩抹出来的，悦眼，但并不夺目，安静得如一口深井。靠墙一条老式长桌，排放着笔筒、纸墨、砚台……各色旧物品，它们共同簇拥着两帧老人画像，画像黑白分明，想必是汪氏祖上。陈旧光阴，歇满老宅，留驻不去，它们层层相叠，老宅就此暗淡下来，恍恍惚惚，半醒半梦，像似老者入寐——那一片安详，我不忍打搅！

眼前的南湖，是仿西湖平潭秋月式样而建的，湖呈弓形，湖畔古树参天，烟柳依依，素有"黄山脚下小西湖"之美称，清代诗人汪彤霞在《南湖春晓》中云："无边细雨湿春泥，隔雾时间水鸟啼。"又称："春来桃红染湖水，夏日绿荷映碧天。"很多学生坐在湖边写生，一笔一画地勾勒，一幅幅古风美景跃然纸上。湖对面的南湖北院，远处的青山、近处的小桥流水人家，构成了比画还令人心醉的图景，即使不会画画的我，也跃跃欲试，想画上几笔呢！

绕着偌大的月沼缓行，欣赏着风格鲜明的建筑遗存。宏村现存鳞次栉比的 140 余幢明清徽派民居建筑。古民居以正街为中心，层楼叠院，街巷弯弯，蜿蜒曲折，路面用一色青石铺成。两旁名居，静静伫立，没有多余的色彩，就是黑与白，白的墙、黑的瓦，被时间涂画出斑驳的线条，更有了凝重的效果；还有书院、牌坊和家祠，在家族意识渐渐淡薄的今天，已经很少有人能够清楚祠堂的含义了，但是在过去，宗族祠堂却是维持宗族关系、唤醒家族意识的桥梁。正如《寄园寄所寄》里所记："聚族而居，绝无一杂姓搀入者，其风最为近古。出入齿让，姓各有宗祠统之，岁时伏腊，一姓村中千丁皆集，祭用朱文公《家礼》，彬彬合度。"宏村能够在较长的时间里保持长盛不衰的发展，能够涌现众多的文人与徽商，是与宏村人的宗祠制度和家族观念分不开的。

宏村的发迹，大概是在明末到清末的 300 多年间。这一时期，徽商崛起，高官、文人涌现，徽州当真是人才辈出。为了光宗耀祖，衣锦还乡的宏村人便开始在这里修祠堂、建宅院、挖渠塘、铺街巷，宏村也便渐渐从普通的皖南乡村发展成了如今的规模。

（二）

宏村是典型的徽州村落，民居便体现出浓郁的徽派特点。与北方建筑的质朴和京城建筑的宏大不同，那是一种婉约与大气并存，又充满着诗意气质和人文情怀的建筑形式。

走进民居，我感受最深的是这里的房屋大多高大庄严，曲巷幽深，于独特的风格布局中，处处显露出古韵浑然天成的钟灵之气。这些建筑大都为砖木结构，内部砖雕、石雕、木雕装饰，精致纤细，天井、回廊、厢房错落有致，彩绘人物栩栩如生，石雕漏窗、门罩门额无不精雕细琢，有"民间故宫"誉称的承志堂及其大院，有古朴典雅的敬修堂，有气势恢宏的东贤堂、三立堂以及多个私家园林式小院，还有月塘北畔居中的汪民崇祠的叙仁堂……

这些建筑，风格大同小异，而砖雕、石雕、木雕，则各有各的刀法和立意，形态各异，精美绝伦。巷门幽深，可谓步步入景，处处堪画，相传明朝江西状元罗洪先来宏村访友时，把宏村誉为神仙居住的地方。1997 年 10 月，世界建筑大师贝聿铭游览宏村时，对这里的古建筑和古水系设施等评价极高，并在承志堂内题词："黟县宏村建筑文物是国家的瑰宝。"

宏村的美，好像不如以前了，尤其是有些新的建筑，破坏了它的古典之美！我觉得这里有个古典美和现代建筑相协调的问题，也许是因为年龄的增长，眼光深沉了，岁月的流逝苍白了我的灵感，我只好去寻求它的内涵美。眼前见到的清清圳水，九曲十弯，静静地流淌了 500 多年！但我真的不希望，宏村又是下一个渐去渐远的世外桃源。

山因水青，水因山活。宏村的水脉，源于一眼清泉。古宏村人匠心独运，开仿生学之先河，建造出堪称"中国一绝"的人工水系，围绕牛形做活了一篇水文章。苍翠的雷岗山为牛头，参天古木是牛角，由东而西错落有致的居民群宛如牛的身躯。以村西北浥溪河水拦河建石坝，用石块砌成数米宽的人工水渠（即水圳），利用地势落差，把一泓碧水引入村中，1200 米水圳绕屋过户，汇入一口斗月形的池塘，形如牛肠和牛胃，水最后注入村南的湖泊，俗称牛肚，村边河流上的 4 座木板桥似牛的蹄子。这种慧心独具的村落水系设计，曲曲弯弯，静静流淌，流到每家每户，不仅科学地解决了消防和生活用水问题，而且赋予村落以灵气。弯弯绕绕的水脉，更具备过滤系统，而且是纯天然的。所以它的清凉活水，流淌近千年依然洁净而未被污染，足见我们古人治水方面的聪颖和智慧。其设计如此精确而超前，不由不令人敬佩。

据传，当年开挖月塘时，很多人主张挖成一个圆月形，而当时的汪氏七十六世祖汪思齐的妻子胡重娘坚决不同意，她认为"花开则落，月盈则亏"，所以最终只能挖成半月形，因此成就了月塘"半个月亮爬上来"的经典造型。

宏村人家，男人外出谋生，一张圆桌，女人只用半张，待得男人回来，再拼齐另外半张，变成完整台面吃团圆饭。这桌菜有臭鳜鱼、毛豆腐、刀板香、一品锅，男人大半年在外颠沛流离的辛苦也尽慰藉于这一桌徽菜之中了。

我想，这祠堂前的月沼平常夜里肯定没有人的影踪。村里家家晚上都闭了门户，月沼旁的徽式民居马头墙呈朝笏形，在月光下呈浓墨的剪影。月沼的塘水无一丝波纹，黑暗又静寂，天上的弦月印在沼中，明亮极了，正像女人盼望丈夫回家、盼望月盈的心情。如果有一只飞禽从村口栖息的大树飞来，也会害怕此处的寂寞而远翔。

沿着青石铺路的小巷，我缓缓而行。村庄里错落有致、极具特色的徽派民居，尽收眼底。墙头几根藤蔓调皮地探头探脑，绕着屋瓦延伸出绿意。饰着飞禽走兽的屋脊飞檐，在村中的街头巷尾抬头可见，偶尔有几棵柿子树，挂着红灿灿的果子映入眼帘，为这个烟雨蒙蒙的晚秋增添了几分暖意。村中不少人家的院中都有亭台水榭，建造精美别致，摆放了许多盆景花草，令人感到既古典又生机勃勃。

弯弯绕绕的石板路，不知会延伸到哪一个出口或入口。我渐渐走出了村庄，村外街道上有几家酒坊，卖各种水果酒，有野猕猴桃酒、杨梅酒、珍珠糯米酒等。这里祖传的徽州木雕、竹雕，非常精巧灵秀，最具特色的是雕刻着宏村徽派民居的竹木工艺品。村里人家还卖桂花饼、御膳饼和龙须糖，香甜可口。土布围巾、披肩、衣服和饰品，价格也极为便宜，很受游客欢迎。

（三）

　　徽派建筑形制多以堂屋为中心，大堂梁柱、斗拱、廊道，皆为卯榫契合的木质结构。这里不能不提宏村最具特色的几栋徽建：月沼北畔之"乐叙堂"，为汪氏宗祠，宏村八景之一，亦为宏村现存唯一的明代建筑。正门三层飞檐，檐角处有鳌、龙头、鱼尾等图案，宽阔的门槛和圆柱间悬挂着大红灯笼若干，正堂则供奉着三位汪氏先祖像。整座建筑格局轩敞，各种建筑构件雕工精美，基本保持了历史原貌。还有承志堂，建于清咸丰五年（1855），是大盐商汪定贵的住宅。整栋建筑为木质结构，内用砖、石、木雕装饰，富丽堂皇，建筑面积约 3000 平方米，为宏村之冠。房屋共 60 余间，天井 9 座之多，厅堂、厢房、花园、回廊等一应俱全。花门及窗棂的木雕，刀法细密，层次丰富，且人不同面、面不同态，足见工匠们技艺之精湛。徜徉其间，可以想见主人当年豪宅美眷、轻裘肥马的阔绰和讲究。

　　如果说前两处建筑皆和汪氏家族有关，那么宏村的南湖书院则事关当年村人子弟的教育福祉。书院原为明末兴建的六座私塾，称为"倚湖六院"，至清嘉庆年间合并重建，由志道堂、文昌阁、启蒙阁、会文阁、望湖楼、祇园六部分组成，所承续的，仍为重教宗文、耕读传家的遗风。古老的乡村，不仅是游子的故乡和人生进退的依托，也是传统人伦社会的基本聚居形态。其实，宏村的山光水色，又何尝不折射出当代人的乡关之思？

　　夕阳西下，一个人慢慢地融入太阳的余晖，好似我也成了眼前山水画中的一个角色，这画面让我感觉优雅而又有一丝淡淡的留恋。留恋，是因为心中的那点点遗憾，因为没能前往梓路寺。听说梓路寺背靠象鼻峰，左面山脉似青龙，右面山脉似白虎，正前方山脉有四层屏峰和两座卧佛峰。寺庙建在象鼻上，周围群峰起伏，环境清新幽雅。不过，有遗憾才会有期待，希望下次能去梓路寺聆听佛音，静下心来，体验一下这处绝佳的禅修胜地。

宏村不大，却深刻。它是我们古老文明一个遥远岁月的缩影。它的外在美和内存美，无不彰显出一个古老民族的远大理想和美好梦境。它又是一张无愧于我们古老文明的生动名片。它，不仅仅属于黄山，也不仅仅属于安徽，它更属于中国和世界。

夜色渐渐降临了，宏村在月光的照耀下静静地横亘于南湖之畔，银光闪闪的水面微微泛着涟漪，使整个村庄显得既庄严又神秘。偶尔有狗吠声从村中院落传来，传递着朴素的温情。南国有佳人，绝世而独立。宏村之美，犹如一位布裙荆钗的世外仙姝，虽然久居黄山脚下，但难掩其高雅恬淡的美。我就这样信步徜徉，宏村那古树落的韵致，已经入画，人在画中，画在心中，心在天地间……

一步一惊喜，一步一感叹。这里是那样的平静，人们是那样的知足，大约这才是生活的真谛。走出宏村，不经意间一回头，蓦然想起汤显祖的诗来："一生痴绝处，无梦到徽州。"我敢肯定，这位不附权贵的明代大文学家倘若在世，必定会追梦到宏村，做一个真正的"清远道人"。

（2013 年 8 月 12 日改定于风荷苑）

蓝天下的沙海

    大漠、高山，占尽西北风光之雄奇。长河、绿洲，尽显江南景色之秀美。这是沙坡头，中国宁夏大名鼎鼎的沙坡头。

    黄河九曲八折，自西向东来到宁夏的沙坡头，拐了一个弯儿，弯成了一个太阳似的圆，犹如一条巨龙，裹挟着一身王袍，向东直泄而去。从这个拐弯处的岸边，登上沙土高坡，就是浩瀚的腾格里大沙漠。这沙河相依的旷世奇观，让人惊叹，让人跪服。塞外风情，浸染人心境。

    沙坡头，地处宁、内蒙古、甘三省交界的宁夏中卫市城西 16 千米处，是黄河第一入川口，也是古丝绸之路的必经地。这里南靠重峦叠嶂、巍峨雄奇的祁连山余脉香山，北连沙峰林立、绵延千里的腾格里大沙漠，中间被奔腾而下、一泻千里的黄河横穿而过，在沙与河之间，有一片郁郁葱葱、滴翠流红的古朴园林——童家园林。沙坡头旅游区就是以黄河两岸的山水田园及北部腾格里沙漠为核心。沙与河这对本不相融的矛盾体，在沙坡头却被大自然鬼斧神工地巧妙融合在一起，沙堤高耸，河水奔流，相得益彰，和谐共处。沙坡头现已是世界垄断性的旅游资源，被誉为"中国十大最好玩的地方"之一。

（一）

    我从银川到中卫，不过三个多小时，沙坡头就在中卫西南的鸣沙山上。

沙坡头景区的大门，由横竖几根大木梁木柱组成，简洁而宏伟。大门之前，有一尊颇具流动感的黄河飞女塑像。景区分南区、北区，南区可在黄河上乘着羊皮筏子去漂流，北区则可骑着骆驼或坐着"冲浪车"去沙漠。我选择了去沙漠。虽然从课本中、电视里、画册上，对沙漠多少有些概念的认知，但对真正的大漠我几乎没有任何直观的感受。我知道沙漠荒凉的美景，现在身临其境，不得不承认它名副其实。

大家换上色彩不同的防沙鞋套，等着五六只一组连着的骆驼驮着我们，走向沙漠深处。这些被称为"沙漠之舟"的骆驼，已经被驯养得十分温顺，随着主人的口令，一下子倒地，又一下子站起，一惊一乍中，我们开始在一望无垠的沙漠里踏沙。

坐在不停颠簸的双峰驼背上，在大漠中踯躅前行。一路驼铃，悠哉游哉，怡然自得。我们的身前身后，无论是月牙形的沙坡还是绵绵的沙地，黄色的细沙在骆驼脚下喃喃轻语，风儿吹来也不溅起一粒黄沙。就这样，不到20分钟，我们被送到了一个空旷的场地，在这里我们即将开始下一站的"沙漠冲浪"。

茫茫沙漠，除了黄沙，还是黄沙，不掺一点儿假。那细如粉末的黄沙，在阳光照耀之下，灿烂出光闪闪的鱼鳞纹。一种颜色看久了，眼睛累得慌；光闪闪的沙子看久了，眼睛刺得生疼。焦渴已久，我的目光舍不得离开黄沙，但眼睛不听使唤，累了、疼了，它就想换个角度。于是，我把目光投向了天空。没想到，孤烟远去，烟尘却时飘时散，让我心中早已搭建起来的那首不必引述的诗，翻腾着久违的诗境。那诗境，在我看来，是壮美的、是孤寂的，也是刚毅的、是豪迈的，而透过诗境，则是两种文化在大漠的冲突、两种文化在大漠的融合！

沙漠中，我们乘坐专用的越野车去征服山丘，征服一个又一个高低不同、陡峭不匀的沙山。司机不时询问我们当中有没有心脏不好的人，想必沙漠冲浪一定很惊险、很刺激吧！"冲浪车"向着沙坡前进，车速一会快一会慢，像是吊我们胃口似的。当飞速而驰的车子冲上沙坡顶，又像自由落体般下坠，既惊险又平稳，车内的人情不自禁地尖叫起来。

车停下来后，我站在高高的沙丘之巅，往北望，沙丘连绵起伏，与蓝天连接在一起，沙坡间或点缀着一株或几株黄绿色的"骆驼刺"；朝南望，长长山脉下，河流在绿洲中缓缓流淌，显现出一片人间天堂景象。当落日西临黄河源头，当沙漠中升起一缕极稀罕的炊烟，就更显得辽阔荒凉了。

沙坡头的山顶上，立有唐代大诗人王维的雕像。诗人面朝前方，远望沙海，手握诗卷，蓝天下显得很有气派。他曾写下"大漠孤烟直，长河落日圆"的名句。为什么孤烟会直？你坐在家里是想象不出来的，只有到了大漠，只有在那万籁俱寂的环境中，只有点燃起驼粪，那种烟，才会袅袅直上。

下沙坡头，不再骑骆驼，不过可以乘车，也可以滑沙。没有什么能让人更快乐，除了滑沙。滑沙，能滑去你的浮躁，滑去你的沉重，滑去你的烦恼。在滑沙的过程中，可以尽情地释放你的心情。若在滑沙过程中翻车了，千万不要气馁，因为在这里，你可以从头再来。

滑沙，一个陌生的词、一个新鲜的词，刺激着我去尝试。文友介绍说，天气晴朗的时候，气温很高，人从沙坡向下滑，沙坡内便发出"嗡嗡"的轰鸣声，悠扬洪亮，犹如金钟长鸣，曾获"沙坡鸣钟"之誉，是中国四大响沙之一。

（二）

这是一道十分平整宽阔的沙面，斜坡，100多米长，七八道滑槽比邻而居，从上而下延伸至地面，在此滑沙的人，络绎不绝。我不知如何滑沙，也搞不清楚如何快速滑下，站在后面看人家滑。滑沙的人坐一块宽一尺、长二尺许的滑板，滑板两旁各有一根铁杆扶手，做调节和刹车之用。

看别人一个个滑下去，自己坐上去还是有点忐忑，怕身体侧倾，甚至担心半途翻跟头。我在滑板上坐稳，两手撑在板壁上，双脚蹬住前边，身体微向前倾，下滑时自然流畅，如从天降。随着惯性加大，速度不断加快，感觉两耳生风，转眼间就冲到了山坡下。下滑时，果真隐约听到座下发出的"嗡嗡"轰鸣声。"百米沙坡削如立，碛下鸣钟世传奇。游人俯滑相嬉戏，婆娑舞姿弄清漪。"这首诗道出了沙坡头滑沙的妙趣。

这时，沙漠上下起了雨。这里的雨不同于江南烟花四月那霏霏不绝的黄梅雨，朝夕不断，夕月绵延，也不同于那滔天的雷暴雨，滂沱地扑来，强劲的闪电忐忑忑忑，弹动屋瓦的惊悸，仿佛欲从顶掀起。沙漠里的雨，总是来无影去无踪，突然间就风云乍变，一瞬间又蓝天白云，只有细细体会空气中变化的温度，才能感觉到它的存在。

沙漠里的雨是珍贵的，因为往往很多时候雨还没有落到地面上，就已经被那酷热的高温所蒸发。沙漠里的雨何时来临，可能会决定许多生命的生与死。沙漠中的雨也是慈爱的，正是因为有沙漠之雨的存在，沙漠里才会有一方绿洲，才能有葱郁的树、浓厚的香、甘甜的水，才能洗去跋涉者的疲劳，为饥渴的路人奉献水和食物，为远行的旅行者提供休息的港湾。

荒凉的沙漠，因为沙漠里的雨变得有些生机了。在干燥的沙子底下，只要挖得再深一点，就能够发现潮湿的沙子。雨使沙漠变得潮湿，在它干枯的内心里注入了生命的源泉。而这些沙子中的水分，足以滋养并茁壮植物。虽然开不出娇嫩的玫瑰、水灵的荷花，但是这里会生长出挺拔的仙人掌。面对皑皑广袤的沙漠，看着沙中那微弱的绿色，一种对自然的敬畏和对生命的敬重感，油然而生。

在这茫茫沙海的壮景前，我被深深地震撼了。脚下连绵起伏、一望无际的赭黄沙丘，犹如大海汹涌的波涛，波澜壮阔地向着遥远地平线一泻千里。置身于这天高地远、一览无余的沙地，心胸随着视野一下子豁然开朗。"大漠孤烟直，长河落日圆"的壮丽、"平沙茫茫黄入天""风头如刀面如割"的苍凉、"心随长风去，吹散万里云"的怅然、凡俗的一切喜怒郁积，都应也都已忘却，心胸被涤荡得空明而敞亮。

（三）

茫茫大漠，无边无际，除了几株干瘪的野草苟延残喘着，偶尔一只被烈日烤焦的甲壳虫发出金属蓝光，别无他物。但沙漠并不单调，大风吹得云飞跑，太阳似蒙太奇一样移动，行云流水地抚过起伏的沙丘，这边才暗下去，那边又金灿灿地亮起来。笔触像一点点晕染的水墨，色调如凝重醇厚的油画。这里的天黑得晚，晚上八点多，太阳才恋恋不舍地往沙里坠，血红的夕阳透过云层射出一道道金光，将天分成两半，一半暗蓝，一半橙红。沙丘像层层叠叠的山峦，圆滚滚的火盘正沿着黄河的走向缓缓地向中华大地坚定地前行……

当落日在西边的沙漠上很低的时候，我们才骑着骆驼归来。一路上听着驼铃富有节奏的响声，沉默不语。风在不停地吹，但听不到风声，看不到扬起的细沙。沙漠此刻异常寂静，当斜阳把冷冷的夕光投在我们身上时，低处沙坡上井然有序地出现了我们骑着骆驼剪纸般的疏疏投影。此时，我感受到了大漠的孤独冷清，联想到古时长长的商人驼队，他们走在这荒无人烟的大沙漠上，是何等的凄凉！

倘若说踏沙悠闲松散，带着几许诗意，那滑沙便是有惊无险，夹杂了几分快意。上车时，掏出口袋中的手机，屏幕上蒙上了一层细沙，这儿的沙比沙湖边的沙细小多了，无孔不入，此时嘴咂一下，便觉口中沙沙作响。看过这儿的风景，我才真正体验到了什么是沙漠。

而今，黄河一路凯歌，在绵延横亘的华夏大地上接受着我们的膜拜。是黄河的滋润，养育了黄河岸边沙坡头人的智慧和聪颖，他们是亿万中华儿女的缩影，他们用最淳朴的生活方式，传承着古老的文明。

伫立在黄河北岸，在沙坡头，直起来的不仅仅是那一面沙坡，还有我们的胳臂和腰身。而头顶上那一轮圆圆的太阳，正沿着黄河的走向，缓缓地向中华大地坚定地前行。

人生其实就像一场旅行，而旅行就是体味不同的人生。对每个人来说，生命就是一场盛大的旅行，而日子就是你路途中经过的每一站风景，或美丽，或温暖，或忧愁，或喜悦。当然，我不过是一个过客，和千千万万喜欢沙坡头的朋友一样，偶尔驻足一下，然后慢慢回忆和品味。在我看来，旅行的意义就是体验不同的地理和文化，体验别样的生存方式，感受别样人生所构建的多姿多态的世界。

离开沙坡头回银川的路上，那孤烟、落日、长河，那大漠、青山、绿洲，那朝阳、晚霞、星空，那沙棘、红柳、芨芨草，还有那羊皮筏子、沙漠舟，哪个都让我感慨万分，让我思绪难以平静；哪个都让我神醉情驰，想矜持也矜持不起来。

归来后有人问我："你不久前刚登上敦煌鸣沙山，现又去攀沙坡头，两者相比，感觉如何？"我回答说："不下高低，各具特色，各有千秋！鸣沙山、沙坡头，都是集天地之秀、纳百川之灵，都是华夏大地的美丽奇葩，都那么让人眷恋、令人向往……"

（2013 年 5 月 2 日于风荷苑）

喜登鹳雀楼记

带着普救寺被爱晕染的思绪，我们乘车直奔蒲州城西，于下午五时许到达永济市蒲州古城西的黄河东岸，那座始建于北周，几经湮灭，被后世传诵千年，古往今来令很多人为之倾倒的鹳雀楼。

车子在宽敞的路上行驶，文友指着窗外说西边屹立于绿色平原的就是鹳雀楼。远远望去，那茫茫的平原上伫立的楼影，翘起的楼角凌空欲飞，没有到跟前，已经感觉到它的厚重。

鹳雀楼——此行目的地，晋、陕、豫三省闻鸡鸣之处到了。我看了看，地方是老地方，楼却是新楼。老楼早已倾圮，20世纪90年代重建。楼高70余米，甚为壮观。从外观看，为三层四檐，而内部则有九层使用空间。

名篇就是名篇，人人会背：白日依山尽，黄河入海流。欲穷千里目，更上一层楼。二十个字，尺幅千里，让登高才能望远的朴素哲理，拥有了余韵千年的诗意。一首诗传诵千载，让蓄积着激情才思的鹳雀楼，长久地留在视线里。

（一）

走进山西永济市蒲州古城，正是"白日依山尽"的傍晚时分，远远望去，黄河岸畔的鹳雀楼更多了一分诗意。登楼凭栏，极目远方，襟怀山河的舒畅瞬间将我带入诗中的意境。此时，夕阳给河岸滩涂，铺洒着温暖柔和的光晕，荡漾的河水凝成金色的波痕。大河汤汤，荡气回肠。近处，苍翠的中条山静谧安详，让飞檐高耸的楼阁有了稳固的屏障与依托。远处，河对岸深黛的华山，凝重雄浑，起伏着悠远的苍茫。据说，"中华"二字正来源于这两山间。黄河岸边，眼前的这一片土地，古称蒲坂，曾为尧舜都城，正是中华民族文明的发祥地。回想起曾在这片土地上描绘出的一幕幕波澜壮阔的历史画面，我不禁感慨……

一进鹳雀楼门口，我们立刻被眼前的雄伟建筑听震慑，古鹳雀楼的雄姿依然在，没有丝毫之退减。楼前一湖，平面呈鹳雀翱翔之形，故名鹳影湖。湖面正中，有三孔石拱桥连接，桥面约5米宽，两边是汉白玉栏杆。站在桥上，前面有一广场，颇有特色。广场呈轴线对称，饰以棋盘色的几何图案。图案之中，采用中国传统的唐代图案，如莲花纹、石榴纹、如意纹、蝴蝶纹等，使广场显得规整而大气，就像王之涣的诗一样。

这座"凌空白日三千丈，拔地黄河第一楼"的鹳雀楼，建筑风格别具一格。一楼大厅，绕过大厅中央的红梅屏风进入西面展厅，这里有一个硕大的古代永济的全景模型，再现了大唐蒲州盛景，有《清明上河图》的韵味。而楼则在城外的黄河边上，楼下是滔滔奔涌的黄河，正如北宋科学家沈括在《梦溪笔谈》中所记："河中府鹳雀楼三层，前瞻中条，下瞰大河。"又如文友说的那样，它"立晋望秦，独立于中州，前瞻中条山秀，下瞰大河奔流，紫气度关而西入，黄河触华而东汇，龙踞虎视，下临八州……"

从图画上可见，古时黄河东岸与河中的绿岛上架有木桥，至于是否是蒲津渡大桥，无从知晓。河中有大片可以耕种的滩涂粮田。文人墨客与官吏雅士可以登临高楼赏景吟诗，而农民则可以跨过木桥，去耕耘那片由河水冲积而成的田地。西面墙上有一幅巨大的壁画，再现了王之涣、王昌龄和高适等诗人《旗亭画壁》的故事。

二楼展现的是中华民族的祖根文化——黄河文化辉煌成就，有女娲补天、舜耕历山、大禹治水、嫘姐养蚕等历史传统典故，介绍了武圣关公、一代文宗柳宗元、司马光、秦晋历史名人，使华夏文明特别是盛唐景象得到了充分的展示。到三楼，我们眼前出现了大幅的劳动场景雕塑：农夫夫妇挎着箩筐在高大的桑树林中采摘桑叶，然后去养蚕、缫丝、纺织，将丝绸生产的全过程展现无遗。还有酿酒的劳动场景塑像，中间有红红火火的冶铁和制盐场景。那正在耕地的黄河大铁牛，"沧桑未改牛脾气，进退还凭铁骨头"，正是铁牛的精神写照。浏览了四楼的名人字画和各级领导视察的照片后，我直奔五楼"震古烁今"的鹳雀楼模型前，留影纪念。

（二）

登上最高一层，出门外，见西南角有青铜塑像一尊，真人般大小，不用说，那便是王之涣了，而这儿，正是他当年站立之处。顺其视线望去，华山、中条山历历在目，还有广袤的旷野、田畴，黄河在此拐了一个弯儿，东流而去……

王之涣，头戴乌纱，身穿长袍，呈站姿，身子稍后仰。他右手握笔，左手执纸，书写"白日依山尽，黄河入海流。欲穷千里目，更上一层楼"。诗人时年35岁，眉清目秀，逸兴横飞。命运多舛的他，也许只有全身心地投入创作，写出得意之作，神情才会显得如此豪放。

王之涣所以能写下《登鹳雀楼》这首唐代五言诗的压卷之作，与环境有关：壮阔的黄河、绚烂的落日、开阔的视野、邈远的空间震撼了诗人，给了他灵感。后人评价说："作诗最要眼界开阔，鹳雀楼……前瞻中条，下瞰大河，已极壮观，而之涣此作亦遂写煞。"（霍松林主编：《万首唐人绝句校注集评》，山西人民出版社1991年版）诗人在鹳雀楼不断登高、望远，所见之景愈奇美、愈开阔，灵感倏然来袭……

自古代以来，鹳雀楼是此处平地上唯一的高层建筑，历代文人墨客爱在此登高望远，吟诗作赋。看了太多的平庸之作，心气甚高、胸有豪气的王之涣，也许早就想写篇令人耳目一新的作品来。经过长时间思量，甚至是焦思苦想，在亲临鹳雀楼之际，他心胸豁然开朗，落笔便成超越时空的绝唱。

王之涣之雕像放置于此，得其所哉！游人至此，无不肃立观赏。这首诗虽朴素，却曾在无数人的内心激荡起向上之力——这虽是一个人的塑像，却将山川自然、天地风云、诗人襟怀、大唐气象等融为一体，为中原大地平添了一股灵气！

鹳雀楼，又名鹳鹊楼，与黄鹤楼、岳阳楼、滕王阁一起被誉为我国的四大历史文化名楼。据《蒲州府志》记载："鹳雀楼旧在城西河洲渚上，周（按，即北周，公元557—581年）宇文护造。"筑为层楼，因时有鹳雀栖其上而得名。鹳雀楼楼体壮观，结构奇特，高台重檐，黑瓦朱楹，加之区位优势，景色秀丽，立晋望秦，独立中州，前瞻中条山秀，下瞰大河奔流，吸引了历代名流登临作赋，在唐代已是登高胜地。"鹳雀楼西百尺樯，汀洲云树共茫茫。汉家箫鼓空流水，魏国山河半夕阳。"唐代诗人李益的诗句，生动描绘了鹳雀楼"遐标碧空，影倒横流"的秀美景色。唐代李翰在《河中鹳雀楼集序》中，也记载了该楼建造情况以及其备受文人骚客青睐的情形。

鹳雀楼穿越古今，彰显着文化魅力。现实中，它历经岁月风霜，从北周，到隋、唐、宋、金，700余年后，1222年（金元光元年），金兵与元兵争夺蒲州，"夜半攻城以登，焚楼、橹、火照城中"。鹳雀楼毁于战火，仅存故基。元代文学家王恽在《登鹳雀楼记》中写道："至元壬申（1272）三月，由御史里行来官晋府，十月戊寅，按事此州，获登故基，徙倚盘桓，逸情云上，虽杰观委地，昔人已非，而河山之伟，云烟之胜，不殊于往古矣。"
（孙年法主编：《运城古中国游记 诗词歌赋篇》，山西人民出版社2015年版）
此后，因黄河泛滥、河道迁移等原因，鹳雀楼故址难以寻觅。据记载："明初时，故址尚可按，后尽泯灭，或欲存其迹，以西城楼寄名曰鹳雀。"其间，虽仍有慕名而至登临作赋者，但文字中已不见昔日王诗中那种积极进取、热情洋溢的"盛唐气象"。正如清代诗人所道："千里穷目诗句好，至今日影到西楼。"

（三）

　　故事里的故事，说是也是，说不是也不是，导游讲得滔滔不绝，天花乱坠，信与不信，另当别论，但毫无疑问，它丰富了我们的精神旅游，即所谓"看景不如听景"之谓也！现在我们亲临其境，自然各有观感。王诗人大概也没上过鹳雀楼，就算他上来了，写的诗和实景对不上也没关系，苏东坡还没到过赤壁呢，照样写赤壁。诗是诗，景是景，各有各的好，不同于测量房间米数，一五一十，还有小数点。

　　你没看到白日依山尽的落日吗，你看到河入海了吗？你哪个都没看到，是因为站得还不高，不是楼不高、身不高，是心不高。王之涣心高胸阔，他就"看"到了黄河入海、落日依山，依的那个山，老远老远，藏在地平线下，跟东边的海隔了小半个地球也说不定。不管怎么说，都是黄河牵的线，别总在这儿小组讨论，赶紧，往近了走，亲手捧一掬黄河水。

　　本想待夕阳西下时，再感受一下"白日依山尽"的情景，可时不待人，天色辉煌，暮鸟归巢，虽无大漠孤烟直，依然长河落日圆。再见了！鹳雀楼！晚霞中，看大河向东又一片苍茫的关中平原，摸一摸王之涣的诗页，我目光落在了蒲州新城。在下楼的那一瞬间，我仿佛听到了被绿荫覆盖的新城内崭新的学堂里学生在反复吟诵：

　　"白日依山尽，黄河入海流。欲穷千里目，更上一层楼！白日依山尽，黄河入海流……"

　　清澈、激越的童音一浪高过一浪。是啊！这千古绝句正以无限的魅力与美，熏陶着我们的下一代！这种清音不绝于耳，鼓励人们放开眼界，志存高远。

（2019 年 9 月 12 日于上海）

丝绸古道访酒泉

祖国的山川之美，可用"壮丽"二字来概括。北方多"壮"，南方多"丽"。纤细秀丽的江南风光固然美，而雄浑古朴的北方山川也是一种美，只是美的风格不同罢了。

去年五月间，我到地处甘肃省河西走廊的酒泉走了一趟。这条路上，并没有江南的杏花春雨、小桥流水，但这里的山川风貌、文物古迹，没有任何人工的雕琢，处处给人有一种古朴自然的美感！

（一）

乘车从兰州出发西行，翻越了山势壮观、犬牙交错，在蓝天下呈青灰色的乌鞘岭，就进入了长达千余千米的河西走廊。这是一条古道，两千多年前开辟的著名丝绸之路，就经过这里；同时也是一条新路，兰新铁路的修建，也才是 20 世纪 50 年代的事情。

透过车窗往外看，大漠漫漫，黄沙如云。有"万年雪原"之称的祁连山脉，绵亘千里，云雾之间，巅雪如花。雪线之下，峰如刀刃，色似眉黛，给人远在天边、深奥莫测的感觉。考"祁连"二字，乃匈奴呼天之称。透过车窗往北看，从东往西，依次是龙首山、合黎山、马鬃山。它们如蜡象驰原，似群驼争奔，各展雄姿，好像"欲与天公试比高"。这南北两面的大山，夹峙而成一条通道，这就是河西走廊。

河西走廊，也叫甘肃走廊，意思是黄河以西的大通道。公路像一条飞箭的轨迹，划过荒漠的戈壁滩，汽车毫无阻拦地向前滑行。放眼望去，苍茫浑厚，一片沙石。大风过处，沉沉黄沙，兀兀磷磷，拔地而起，汹涌奔突，如鼓如雷，汪洋恣肆，横无际涯，浑然一幅"黄沙远上白云间"的史诗长卷。除了偶尔出现的骆驼和羊群外，大地是寂静的。像我这样久住城市的人，看见如此景象，真有"久在樊笼里，复得返自然"之情，也激起我"天高海阔，任意翱翔"之感。

汽车在公路上飞快地奔驰着。这里雨水稀少，山上自然难见植被。但听当地文友说，这里的雨水一年比一年多。这真是件大好事，也足以证明，自然生态正在好转。直到傍晚，绿树和炊烟点缀着点点灯火在地平线上出现，生命仿佛又重回了大地，我多少体会到一点古代商旅看见人烟时的那种兴奋心情了。

酒泉，古名肃州，地处河西走廊的西段，远古的西凉国曾建都于此，丝绸之路的咽喉重镇，也是西汉河西的四郡之一。西汉的张骞、东汉的班超，出使西域，均走马于此。唐代的玄奘法师西游取经，也经过这里。13世纪的威尼斯商人马可·波罗，也曾到达这里。他曾在《东方见闻录》中，对肃州（酒泉）的历见所闻，大加赞扬，令人难以忘怀。

（二）

公元前121年，汉将霍去病在河西两败匈奴，汉分河西为武威、酒泉二郡，后十年，又增设张掖、敦煌二郡，这就是著名的古代河西四郡。据说霍去病为了通西域，在"破万骑，出陇西"，平定匈奴之后，曾率20万兵马驻扎在这里，汉武帝赐御酒犒赏，霍去病爱惜将士，认为功在三军，便倾酒入泉中，与全体将士共饮。于是，便有了"酒泉"之名。

此泉今尚在，被辟为酒泉公园。酒泉公园又称泉湖公园，顺着东大街，乘市内1路公交车可抵达。进入园内，顾不上欣赏两旁依依垂柳、参天白杨和葡萄架长廊，只见月门里面亮出了直书的"西汉酒泉胜迹"的石碑。石碑后面，便是一个底座圆形、上有八角水磨石围栏的一潭清碧，这就是古金泉，即酒泉。清凌凌的水面上，半浮着一个比脸盆还要大一些的酒杯，扑扑地在喷冒串串珍珠般的水泡。泉水向北涌流，汇成了一个天趣的小湖。湖中巧藏着亭台楼榭、假山及小舟，可惜因为不会喝酒，我不能细细地品尝。回身前，我发现在泉旁刻有李白的一首诗："天若不爱酒，酒星不在天；地若不爱酒，地应无酒泉。"

这真是劝酒者的趣语、嗜酒者的宣言。此处能看到清代的"西汉酒泉胜景"和"汉酒泉古郡"石碑及左宗棠手书"大地醍醐"匾额。因此，酒泉逐渐被大家认为是"城下有泉，其水若酒"的地方，成为游客酒泉必游之地。

酒泉城创建于东晋永和二年（346），迄今已有1600多年的历史了。酒泉著名的钟鼓楼，初建于十六国时期的前凉国时期，现鼓楼底部长100米，高26米，砖木结构，是光绪年间重建的。楼下有十字形的通衢，各有一门通往东南西北，门楣匾上横书"西达伊吾"四个大字，"伊吾"就是哈密，意为出门西去即可到达新疆。由于钟鼓楼底下四面有门，好奇心促使我绕楼一周，见其他三面高题着"东迎华岳""南望祁连""北通沙漠"，略一回味，顿觉鼓楼身价倍增，更觉其巍峨雄伟。

登楼四望，北边的巴丹吉林沙漠和南边的祁连山脉，尽收眼底。向西，是通向哈密和中亚细亚的大路。向东极目远眺，虽然千里迢迢，中华大地的巍巍群山，也似乎簇拥迎来。境内有石器时代的文化遗存，有大片汉晋墓葬群和汉、唐、元、明的古城及古建筑，光受国家保护的重点文物单位就有25处之多。唐代诗人王翰有首著名的《凉州曲》：

葡萄美酒夜光杯，欲饮琵琶马上催。

醉卧沙场君莫笑，古来征战几人回！

词中所说的夜光杯，就是酒泉驰名世界的工艺品。汉代东方朔所著《海内十洲记》中说："周穆王时，西域献夜光常满杯，杯是白玉之精，光明照夜。"也就是说,倾酒入杯,对月明照,色呈雪白,反光发亮,味甘美香,故而名之。玉也是石,陆游诗中"花如解语还多事,石不能言最可人",就表达了对石虽不能言却传神的感悟。这玉石光影,勾起了我的联翩思绪和欢喜情怀。玉文化作为我国最古老的文化之一,延续至今,是世界文化的一部分,中国人爱玉、敬玉,赋予玉石以丰富的情感甚至生命的内涵,完璧归赵的典故、《红楼梦》里"通灵宝玉"的故事,家喻户晓。

西域的玉石,早在两千年前就闻名于世。丝绸之路开通后,史书上常提到西域诸国使臣和商贾运玉入中原,离酒泉不远的"玉门关"也就因此而得名。

(三)

酒泉设有一个专门生产夜光杯的工艺美术厂,工艺大为发展,有仿古的齐口平底杯,有西式大小高脚杯,还有各种雕花杯、金丝边杯、银丝边杯,以及独具特色的吊壶、人物、动物……成为传统工艺精品。来这里的中外游者,赞不绝口,争相选购。我十分喜欢那墨玉夜光杯,迎光一照,半透明的,呈墨绿色,注入葡萄酒,杯满却不外溢。这种杯子,我爱不释手,但终因价格不菲,囊中羞涩,只得作罢。看看周围的人都在选购,我想了想,选购了一对祁连山玉石杯,价格也不贵,聊作纪念。

玉石料场那翠绿、鹅黄、羊脂玉、黑晶的祁连山玉石,奇彩绚丽,美不胜收。负责采玉的师傅说,他们每年五月进山,十月回来,就在祁连山海拔5500米的高峰上野营生活半年。他们每年要采运近20吨玉石才够用。这个美术工艺厂不仅制作夜光杯,还生产独具特色的吊壶、人物、动物……行销国内外。

逛酒泉夜市时,我的目光被小摊上一些墨绿色的石头杯子所吸引,热情的摊主介绍这是夜光杯。我大惊,这难道就是传说中价值连城的夜光杯?摊主诚恳地解释:夜光杯取材于当地出产的一种"萤石",这种萤石墨绿似玉，最适合雕琢成酒杯，斟满酒后，在月色微光中，会隐隐发光，这就是所谓的夜光杯了。因为它的产量很大，所以价格也相对便宜，已不是传说中的华贵珍玩，而是人人买得起的寻常之物。

酒泉，这个逐渐现代化的城市，许多机关单位、宾馆饭店的名称均与钢铁、航天有关，街上跑的车多挂军用牌照，也许这是酒泉对外来游客的另一种诱惑。酒泉卫星发射中心位于巴丹吉林沙漠的一片绿洲上，在这里，中国的第一颗人造卫星"东方红"飞向太空，我国第一枚洲际导弹发射成功，11位宇航员搭乘神州飞船叩问苍穹……这个十分神秘的地方确实生产了无数人间奇迹。随着改革开放的继续深入，航天事业仍和千年不朽的胡杨一样，顽强扎根在干旱的黄色戈壁、弱水河畔。不过，能有限度地接待外来游客，已让人激动不已了。

激动生诗意，诗意生联想。酒泉城豪迈地走出《凉州词》，巍然屹立在兰新线上，同发射塔、炼钢炉、古长城一起，十分神气地接受祖国大西北的检阅……离开酒泉时已是傍晚，驱车西行，不远便是长城西端的嘉峪关。明天，我又将出关西行，继续探访丝绸古道上的今日之风貌。

（2013 年 5 月 30 日于风荷苑）

绚丽迷人的天山瑶池

汽车开出乌鲁木齐市区不久，就看到从茫茫大平原升起的太阳，蔚蓝色天空下的篷帐、骆驼和奔驰的马群。在大城市里住久了的我，每天看到的都是鳞次栉比的楼房，突然看到这么辽阔的原野，真是感到有说不出的惊讶和喜悦！

汽车很快就穿过似乎望不见边际的平原，开始在一座座山岭上盘旋起来，与千峰绿涛、蓝天白云相呼应。不久，又进入一条长长的峡谷。溪水从岭上冲泻过来，在陡峭的山壁底下跳跃、奔腾，然后跌落在一堆堆乱石上，发出轰隆隆的声响，像是招呼我这个远方的来客；它溅出的雪白的浪花，像闪动的明亮的眼睛，在催促大家去攀登更高更峻的山岭。

（一）

向远方仰望，看到了高达 5445 米的博格达峰（蒙古语"博格达"即灵山、圣山之意），它披着满身的冰雪，耸入深蓝色的天空，如诗似画，似天公的神来之笔，像是要与亮晶晶的蓝天比赛，看谁更美丽；也像集体起舞时维吾尔族少女的珠冠，银光闪闪。那富于色彩的不断变幻的山峦，像孔雀正在开屏，绚丽迷人。

沿着奔腾的小溪，沿着一排排挺拔的白杨树，我们的汽车正往天池盘旋。回头眺望刚走过的路，就像一条挂在悬崖峭壁上的弯弯曲曲的细线。原来，我们已经越过了这样惊险的路途，看起来多少有些惊心动魄，却又充满了吸引力，因为人活着，就应该去征服那些艰难险阻啊！

汽车又飞快地驶上了另一座山头。一片旷野立即展现在大家面前，而它的旁边，天池正静悄悄地躺在那里。

天池在天山上，是个天然高山湖泊，是个美丽而神秘的地方。据说，它是两百万年前第四纪冰川活动中，冰川和泥石流堵塞河道而形成的高山冰碛，现为世界著名的高山湖泊，四周雪峰上消融的雪水，汇集于此，成为天池源源不断的水源。1982年，被列为第一批国家重点风景名胜区。

天池东侧的博格达峰，冰峰林立，直插云天，云雾缠绕，气象万千；皑皑雪岭下，片片塔松，葱茏茂密，茁壮挺拔，宛如撑天巨伞，遮天蔽日。微风掠过时，就摇曳和吟唱起来，像是从古琴的弦索上弹出清冽的声响，使天池显得更幽更静了。

天池湖面呈半月形，湖水清澈，晶莹如玉，四周群山环抱，绿草如茵，繁花如锦，风景如画，享有"天山明珠"之誉。湖上，清澈透底的湖水，游艇轻轻驶过，搅碎了倒映的天光云影、山形松姿。来自国内外的游人，或三五成群，漫步湖滨；或走进松林，爬上雪峰，采摘肥美的松蘑和珍贵的雪莲；或独坐湖边，静静垂钓……冬季，天池结成厚冰的湖面又是我国少有的天然高山冰场，吸引着滑冰健儿。近年来，我国速度滑冰的全国纪录，有许多是在这里创造的。

天池不仅风光美，名字也美。它的名字是从清代乌鲁木齐都统明亮立在天池附近的一块碑文里取"天境""神池"的首尾两字拼接而成的，只有200年左右的历史。这以前，人们把天池叫过"海子""龙潭""冰池""神池"，我国古籍里称"瑶池"。

传说天池是王母娘娘居住的瑶池。据《穆天子传》记载，周穆王驾八骏西巡，曾在瑶池之畔，与王母娘娘欢筵对歌，留下千古佳话。神话传说中的瑶池，有人考证就是今日的天池。似乎是与此相佐证：民间传说中，西王母在她的诞辰日，会在瑶池畔举办蟠桃盛宴。很奇特的是，天池地处天山北麓，是人们印象中的高寒之地，但天池周围却真的盛产蟠桃。蟠桃是天池所在的阜康市当地特产，名列新疆"四大瓜果之王"。或许那种种神奇传说，当真有一点历史的影子。《西游记》中的蟠桃大会，曾进入我儿时美妙的梦境。唐代诗人李商隐曾写道："瑶池阿母绮窗开，黄竹歌声动地哀。八骏日行三万里，穆王何事不重来？"

天池从空中俯瞰，有点像道教视为神物的葫芦。不过据介绍，它更像一只手掌。西王母祖庙，就兴建在手掌的无名指位置，在天池东岸的高处。上次来此是在冬天，当我爬上有耸入云霄之感的西王母祖庙台阶时，那雪下得正紧，后山据说是西王母修道成仙的山洞建筑笼罩在一团雪雾之中。冬季游客少，环山寂寂，瑶池如镜，雪落有声，一个人冒雪艰难登上半山腰的西王母祖庙殿堂前，恍然中如登临仙庭。

古老的神话固然是动听的，但当我望着柔美的天池时，却很想听一些崭新而瑰丽的故事。我知道，天池是远古冰川泥石流堵塞河道而成，这是天池形成的真正原因。天池属于高山堰塞湖泊，大约形成在第四纪大冰期以后。

（二）

天池从地理学上讲，是一片冰碛湖。南来的天山雪水，被天然形成的一片冰碛坝所阻，形成了这一天山明珠。按理说这里应该是雪飞冰封的极寒地带，但很奇怪，尽管雪花飞舞，这里的温度并不低，慢悠悠爬到山上，竟然会全身冒汗。有位同行的小伙子，一身单薄的内装，全程游览了天池。在天池北岸的水边，还长有一株印象中并不十分耐寒的榆树，令我很感神奇。它也因此被赋予神话色彩，说它是西王母当年镇妖灭怪的"定海神针"。

迷人的天池风光，很早就引起了人们的注意。唐太宗时曾在这里设过"瑶池都护府"。元代长春真人丘处机西来讲道时，挥毫写下了一首诗："三峰并起插云寒，四壁横陈绕涧盘。雪岭界天人不到，冰池耀日俗难观。岩深可避刀兵害，水众能滋稼穑干。名镇北方为第一，无人写向画图看。"

这首诗，描述了这里的绮丽景色。但那时因交通不便，食宿困难，人们要游览天池，不知要付出多大艰辛。比唐僧早23年去西天取经的法显，在自传中写到在新疆的感受："行路中无居民，沙行艰难，所经之苦，人理莫比。"为此，我一直将瑶池想象成一片不毛之地的死水，认为它只是曾风光过一阵子而已。

中华人民共和国成立后，党和国家为了让各族人民和国际友人来这里游览，沿阜康三工河谷，专门修了一条盘山公路，直通天池。随后又在池边修建了招待所、亭台，天池增设了游船、汽艇，如今，从乌鲁木齐乘班车东行100多千米，即可到达天池，非常方便。

在天山山沟，清溪两旁，耸立着大片大片一人合抱抱不过来的云杉杨柳，绿深荫浓，与我家乡的江南风光无异。天山北坡海拔1800米处有个小池塘般的绿湖，传说是王母娘娘的洗脚池，娇巧玲珑，深不见底，翠碧如玉，水面有木排漂流，置身于重峦叠翠怀抱，显得分外妖娆。因此，每到假日，这里游人熙熙攘攘，车马不断，成为赏心悦目的"山岳公园"。

盛夏的雪山，与千峰绿波、蓝天白云、碧波银浪相搭配，如诗如画，似天公的神来之笔。在天池市场上，我第一次见到了碗口大而奇香的雪莲，紫蕊白瓣，新鲜得仿佛仍在枝头盛开。中午，在一家饭店品手抓饭，维吾尔语叫作"朴劳"。手抓饭里有羊肉、洋葱等，油亮生辉，香气四溢，我用三根手指，从盆子的边缘处，把饭向中央聚拢，再捏紧，然后送进嘴里，真是风味独特，别开生面。

天池西岸的雪岭云杉密林中，有被称为"西北第一高观"的福寿观。这座寺观，同样是为纪念丘处机这位著名道教人物万里西行后来兴建的。清朝乾隆年间庙宇重建，因用青砖砌墙、铁瓦覆顶，故俗称"铁瓦寺"。以后博格达峰被清廷赐名"福寿山"，寺观重建时更为现名。尽管丘处机未必真到过今天福寿观这个地方，但后代的名流贤达游览天池，多下榻于此，留下了深厚的历史记忆。

铁瓦寺的西南，平坦坦的草地上，兀立着一座雄伟的石山，那就是灯杆山，奇特得可与承德避暑山庄的磬锤峰比美。这附近有个形似锅底的锅底坑，牧草丰美，没有蚊蝎，是一片迎风凉爽、降水充沛的夏季牧场，堪称天外有天。

（三）

天池深沉、高雅、端庄、幽静。的确，天池非常美，但奇怪的是，这里并不是没有游人的喧哗，也不是没有呼啸的树声和啁啾的鸟鸣，但这一切似乎都被这山和湖所吸收了，让人感觉静得连一点声音也听不见，如果用一个字来形容天池之美，那就是静。从铁瓦寺沿天池西岸向南，还有一处名为"伟人憩所"的所在。中华人民共和国成立后的许多名人，曾在这里小住。郭沫若就在这里，写下了一首诗：

里加游览忆当年，此地风光胜似前。
歌舞水边迎贵客，云笺天上待诗篇。
一池浓墨盛砚底，万木长毫挺笔端。
更喜今晨双狍子，盛筵助兴酒如泉。

沿前人足迹登至山顶，有小亭一座，名为"揽胜"。伫立亭头，下临碧水，于扑面而来、莹莹点点的雪光中，南望洁白耀眼的博格达峰，东看对岸雪雾弥漫的西王母祖庙，神话与真实历史、与现实编织成一组天堂般胜境，伴随着轻轻吹来的风，清晰地呈现在我们眼前。

天池，这面晶莹的明镜，一定会记下人们想听的这些非常美好的传说和故事，高高兴兴地向我们倾诉吧——当我们再来的时候。

从遥远的上海来到这西北边陲的天山天池，一路上问候了祖国多少壮丽的山川，我的心自然是不平静的。不少人都蹲在天池边上，用双手掬起水，又一滴滴地再洒进去。听说就是在盛夏季节，这里的水都是很凉爽的，现在自然是刺骨冰心了。不过，人们仍旧不停地掬着水，也许是因为埋藏在心底的感情太炽热了吧。

都塔尔悠扬,葡萄园邈远,胡杨林深邃,坎儿井水香甜,少女舞姿婀娜,天山雪莲晶莹……这是一块美丽的土地,她不仅是共和国国土面积六分之一的组成,有我国最大的盆地——塔里木盆地,有世界最长的内陆河之一——塔里木河,有世界上离海洋最远的城市——乌鲁木齐……每个到过新疆的人,都情不自禁被它深深打动。地处亚洲腹心的新疆,是无数人心中的梦幻之地,于我而言,尤为如此。

游天池,恍如梦境,边走边吃又大又甜的蟠桃,潇洒得忘乎所以。这时,我真想唱一曲《我们新疆好地方》,留恋的意绪骤起。

(1997年6月19日于天山君邦饭店)

神秘的月牙泉

"就在天的那边，很远很远，有美丽的月牙泉。它是天的镜子、沙漠的眼、星星沐浴的乐园。"每当听田震歌唱的《月牙泉》时，我的心就被震撼，思绪被拉回到从前，回到那遥远的敦煌，仿佛又一次置身于月牙泉，又一次感受大自然的神奇和力量——地球上着实罕见这样的泉。

甘肃河西走廊西端的敦煌地区，不仅有举世闻名的莫高窟，更有许多自然风貌和人文景观。其中，鸣沙山月牙泉风景名胜区，就是敦煌诸多自然景物中最为壮观的景象之一。

（一）

月牙泉，是赫赫有名的沙漠奇观，周围被沙山环抱。这座山叫鸣沙山，山为流沙，沙子由红、黄、绿、白、黑米粒状沙砾堆积而成。这种五色沙粒，细软滑圆，不管踩上多少脚印，风一吹，便平复如镜。沙山下环绕的一块绿色盆地中，有一泓碧水，犹似一弯新月，因而得名。《元和郡县图志》称之为"沙井"，说它"绵历古今，沙填不满，水极甘美"。月牙泉有"沙漠第一泉"之称，数千年像梦如谜，天地神韵，造化神奇。岸上左公柳、月泉古柳、沙柳等古树名木，郁郁葱葱，彰显着久远的历史。

月牙泉中，碧波荡漾，鱼翔浅底，水草丰茂，水声潺潺，水质甘洌，澄清如镜，味道甘甜。流沙与泉水之间不过数十米，虽终年遭遇烈风，然泉源从不被流沙吹落、淹没，又地处戈壁，为什么"泉映月而无尘，沙不填泉，泉不涸竭"？这引起了我的极大兴趣。

这次，我到敦煌莫高窟时，顺道去了鸣沙山，终于有机会走近神往已久的月牙泉。月牙泉永远充满着神秘，它可以一尘不染静静地沉浸在茫茫大漠中，千年不变地流动在变幻莫测的鸣沙山里。据说，鸣沙山是八卦形的，典型的金字塔沙丘，但身在其中的人感觉不出。走在柔软的细沙里，细细寻觅传说中那泓神秘又神奇的泉水。美丽无比的月牙泉，正好处于四周大山山脚的会合点，映照着这沙山的深谷，又像汹涌沙海中一弯新月的倒影，深深印在其中，倒影真真切切。于是，鸣沙山与月牙泉，相映成趣，令人叹为观止。

月牙泉是祖国锦绣山河中一颗熠熠生辉的蓝宝石，它位于鸣沙山的北麓，东西长300余米，南北宽50余米，水深约5米，因泉的形状酷似一弯新月，故名月牙泉。鸣沙山东西绵延约40公里，南北宽30公里，最高处海拔1700余米。月牙泉和鸣沙山，共存一处，融为一体，水光山色相映生辉，形成了奇异的地理风光，自汉朝起即为"敦煌八景"之一。我在泉边掬一口水，只觉得甘洌清爽，透人心脾。让人惊异的是，它在沙丘的环抱里，娴静地淌了几千年，虽然常受到西北狂风的袭击，却依然碧波荡漾，水声潺潺。

登上鸣沙山峰，静立远眺，库姆塔格沙漠，一望无垠。南面沙海起伏，波峰林立，与蓝天白云相接。朝脚下望去，月牙泉像绝代佳人的媚眼，那么清纯，那么美丽，那么动人，又像窈窕淑女的嘴唇，那么神秘，那么温柔，那么诱人。太阳西斜，我仿佛望见了张骞西行的背影、玄奘法师踽踽独行的脚印……

（二）

月牙泉，沙漠中一道风景，它如梦幻般神秘，为人类捧出自然奇观，为沙漠奉献生命之源，不惧风雨暑寒，不论季节变换。它是泉中翘楚，是上苍赐予人类最好的礼物，它是泉中之泉。它不干不涸，不疲不倦，不急不缓，清心悦心，静心净心，纤尘不染。

不到月牙泉，你断然不知寻常的沙子这么美，铺天盖地，满目金灿，蔚为壮观。调皮的沙子，竟如此乖巧，无论风多大、怎么刮，这沙子呀，老实地守候着一弯月牙泉。

沙漠出清泉，有两个原因：据地理学家勘测、考证，月牙泉水源是祁连山上的积雪，通过地下砂岩间的缝隙，汩汩流入月牙泉，因有源源不断的大山的积雪作保障，尽管当地年降水量约 37 毫米，蒸发水量却高达 2486 毫米，地下雪水却大量长期"潜伏"，不断向泉中补充，是月牙泉几千年水量充沛之源。

至于沙患问题，据充当导游的文友介绍，月牙泉四面沙山环抱，山坳随着泉的形状弯成月牙状。吹进这里的狂风，由于空气力学原因，会向上旋转，于是，月牙泉周围山上流下的沙子，又被送回鸣沙山的另外一侧，这就使得泉水不会被黄沙掩埋。2000 多年来，正是因为这种特殊的地理和气流运动，才使泉水和沙山看似矛盾，实则很和谐，始终处于长久共存、亘古相安的和谐状态，川流不息，久雨不溢，久旱不涸。这种沙泉共生、沙泉共存的奇妙景观，给人一种神秘感，也使其成了独一无二的一道风景。

月牙泉草木茂盛，鸟语花香，它是那样的美妙与清澈，光可鉴人的泉面倒映着群山，让人看到了辽阔的天空和游动的白云。泉边舞摆的小草，折射出七色的光彩。有人说，月牙泉很浅，据记载，它深不过 5 米，但我却认为，月牙泉很深很深，因为它藏着千年沧桑。还有人说，月牙泉很小，因为在连绵雄伟的沙山下，在茫茫天地间，它小得像一颗水珠，可我却分明感受到月牙泉的宏伟，因为整个天际、沙漠变更的过程，都写在它的脸上。月牙泉十分纯洁，在那纯净的水中，流淌着几千年的文明。月牙泉神圣而又神秘，因为至今人们都无法知道这清亮的泉水，它从何处而来，又要流向何处。

脱下鞋子走在泉水里，小鱼儿咬起了脚板。走进明亮的月光，是否也是一种冒犯？回到沙里，脚被烫得不得了，在赶快跑向胡杨树的途中，我听到树叶哗哗地笑了。

静静地站在月牙泉边，我不禁感慨万千。多少年来，亘古及今，沙丘堆成了沙山，沙山又无数次改变形状。人世间，随时都在发生着天翻地覆的变化，只有这月牙泉历经狂风暴沙的袭击，依然是一湾清泉，水声潺潺，涟漪萦回，碧如翡翠，蔚为壮观。月牙泉与莫高窟辉煌艺术一样，都是永恒的民族艺术瑰宝。

（三）

茫茫大漠中怎么会有此一泓清泉，满目荒凉中怎会有此绿洲一景？它深得天地之韵律、造化之神奇，显得分外美妙动人、风韵楚楚，令人神醉情驰。正如古人有诗唱曰："晴空万里蔚蓝天，美绝人寰月牙泉。银山四面沙环抱，一池清水绿漪涟。"

如果说观赏月牙泉景区，是一种悠闲的享受，那游览鸣沙山则让人感觉刺激。当地不少居民已捷足先登，登上了高高的沙丘，他们有的在山上呼喊，有的兴奋地挥舞着手中的旗子，一幅激动人心的画面。此刻，天空中传来了轰鸣声，一架载着游客的直升机出现在我们的视线之中，紧接着两架坐着游客的滑翔机先后从我们头上一掠而过，在蓝天翱翔，俯瞰丝绸古镇的绿洲景色。沙漠的山坡上，有一支由年轻小伙子和大姑娘组成的登山队，他们举着红旗，在沙山上艰难跋涉，向顶峰登攀。而已经爬到半山腰的游客已摆开阵势，坐上滑沙板向山下疾驰滑行。游客驾驶着越野车或卡丁车驰骋在沙海之中，穿梭往来，感受探险的刺激和乐趣。被誉为"沙漠之舟"的骆驼队，由导游带队，载着游客，五头骆驼一组，排着长队前行，形成了一支浩浩荡荡的骆驼队伍，从山脚下一直延伸到山顶，远远望去，场面壮观。很多人说从来没有滑过沙子，这次登上滑板，从山上滑沙而下，可算是过了瘾。

"看那，看那，月牙泉。想那，念那，月牙泉。每当太阳落向，西边的山，天边映出月牙泉。每当驼铃声声，掠过耳边，仿佛又回到月牙泉。我的心里藏着忧郁无限，月牙泉是否依然。如今每个地方都在改变，她是否也换了容颜……"（罗泽燕：《多彩的梦》，甘肃教育出版社2015年版）

两千多年来，月牙泉如梦一般令人沉迷，不为流沙所淹没，不因干旱而枯竭，沙山和泉水保持着矛盾而又和谐的天然共生共存状态。尽管风沙肆虐，月牙泉依然碧水粼粼。"鸣沙山怡性，月牙泉洗心"，这一对孪生姐妹，相辅相成，构成了这神奇的美景！

不知道过了多久，月亮从东边的山顶上露出了一抹亮色，然后露出半边身子，最后完全升了起来，大半个山谷都沐浴在奶白色的月光下。圆圆的月影刚好落在月牙泉的牙尖上，水里的月亮和天上的月亮交相辉映，闪闪发光，"静影沉璧，此乐何极"。

我们当中的有心人，从酒泉带来了夜光杯，斟满葡萄酒，大家举杯遥对月华，飘飘欲仙。

月牙泉，一个大自然的传奇，一段美丽的故事，一幅耐人寻味的天然画卷，一个迷人的地方！一湾月牙泉哟，明亮澄澈，活力非凡，魅力依然，美妙了大西北的风光。

（2002年7月29日）

宜昌的三游洞

初春时节，我到宜昌时，当地的同行邀我去游三游洞。我去过宜兴的善卷洞、张公洞、慕蠡洞及太极洞、瑶琳仙境等地，因而对游洞兴趣不大，但他们说这里与众不同，是湖北省著名的名胜古迹，硬是把我拉上车，向城西北行驶 15 千米，最后驶过了横架在下牢溪上悬空缆索般的大桥，停靠在三游洞旁。

（一）

三游洞，坐落在长江三峡下游的西陵山峭壁之上，东有南津关，西临黄牛滩，是一座半岛形的凌空峰峦，一身的"怪怪与奇奇，万状不可名"。

关于这一带的地貌，晋代袁山松的《宜都记》曰："自黄牛滩东入西陵界，至峡口百许里，山水纡曲，而两岸高山重嶂，非日中夜半，不见日月。绝壁或千许丈，其石彩色，形容多所象类。林木高茂，略尽冬春。猿鸣至清，山谷传响，泠泠不绝。"这是包括三游洞在内的百余里西陵峡的景色。又说："其叠崿秀峰，奇构异形，固难以辞叙，林木萧森，离离蔚蔚，乃在霞气之表，仰瞩俯映，弥习弥佳。流连信宿，不觉忘返，目所履历，未尝有也。"

如此赞赏，足以使我感到景色之丽、风光之美。

地势险要的三游洞，是座历史悠久的古洞。三游洞之由来，据史书记载：唐宪宗元和十四年（819），诗人白居易由江州（今江西九江）司马升任忠州（今四川忠县）刺史，正好文学家元稹由通州（今四川达县）司马调任虢州（今河南灵宝）长史。次年3月10日，白居易与其弟白行简（唐贞元进士，官至左拾遗）至夷陵，即现在的宜昌，巧遇顺水而下的元稹。于是在峡口，你返棹送我一程，我回舟陪你半里，泪眼迷离中，瞥见了这个石"如叠如削"、泉"如泻如洒""如不绝线"的三游洞。由它的"寂寥委置"联想到人才不受重视，白老夫子不由发出一声叹息。他们就刈草开路，攀缘直上，同游洞中，酒酣兴浓，通宵不寐，各赋古调诗二十韵，并由白居易作序，书于洞壁。三游洞的名称，即来自此。人们称他们这次聚游为"前三游"。

三游洞有幸，到了白居易等人欢聚230多年后，到了北宋嘉祐元年（1056），"唐宋八大家"中的三家，即著名文学家苏洵携子苏轼、苏辙，从四川家乡眉州（今四川眉山）赴汴京应试，途经夷陵，闻知古洞奇特秀丽，慕名而至，深为洞内美景所吸引，赞叹不已，父子三人遂各题诗一首于洞壁上，畅抒情怀，为"三游洞"增添了新的光彩，后人称之为"后三游"。在此前后，苏轼的老师欧阳修、挚友黄庭坚，也曾到此一游，都在这儿留下了题刻。这个景色奇绝的山洞，就成了过往游客遨游之地而闻名于世了。

在它的附近，还有白马洞与石龙洞，但三游洞比它们更大，更是古今游人常来游览、观光之所在。它历史久远，驰名古今，清代龚绍仁在《三游洞》诗中赞曰："夷陵有名山，夷山多名洞。三游最著名，喧传自唐宋。"自古以来，三游洞最负盛名。

（二）

今日，我游三游古洞，虽不会留下什么痕迹，但心中升起的诗情却不断激荡着我的胸怀。游洞已没当年的艰辛，不必系舟水面，从山脚下向上攀登，现有石阶，栈道有栏杆，无须挥汗如雨，也不必气喘吁吁，仿佛一步便跨到了它的跟前。站在绝壁之上，向上看，西陵峰顶，怪石嶙峋，草木葱郁，各色野花争芳斗艳。下望，一面是奔腾的长江，一面是欧阳修《下牢溪》诗中所描述的下牢溪水。这条清澈宁静的下牢溪，简直像一条碧绿的带子，在深山峡谷中飘浮，忽隐忽现，杜甫曾为它写下"始如云雨峡，忽尽下牢边"的诗句。

从三游洞顶西眺，只见西陵峡口的南津关像被神斧劈开似的，山分左右，大江奔腾咆哮，夺门而出；往东望，葛洲坝水电站像一条巨龙，横卧于长江之上，雄伟壮观。

我沿山崖小路向下攀缘数十步，被一青砖翠瓦山门挡住了去路，山门顶端书有"三游古洞"四个字，字迹端庄洒脱。进山门后，眼前豁然开朗！一巨洞深嵌在绝壁之中，洞屋新奇开阔，深约30米，宽23米，形如覆蓬。石灰岩溶洞地质年代为寒武纪，距今五六亿年了，洞四壁黑中见青，折叠起伏，凹凸不平，千姿百态。洞中，有三根平行垂直的巨大的天然钟乳石，像三根大殿柱支撑着洞顶，将石洞天然地分成了前后两室，前室清旷，四周石壁上刻写的全是诗文题词；后室幽暗，深奥而狭窄。

三游洞的内室，顶端有巨石垂下，敲击若钟鸣，故称之为"天钟"。室内还有一石台，底下有空，重锤之，发声如鼓，称为"地鼓"。这便是洞中特殊的一景"天钟地鼓"。有人拾起石子向顶上扔去，果真"当"响了一声，石子反跳回来，落在地鼓上，继而又"咚"地响了一下。我想，之所以能发出此声响，大概是因为这些石灰岩后面有空隙之故吧。

历代的题记、碑刻、壁刻等，大部分都在前室。最引人注目的一块碑刻立在洞前右侧，一人多高，近一米宽，碑文是正宗楷书，刻痕圆润，尚能依稀辨认。我细细读了之后，方知这是明代重刻的白居易《三游洞序》，距今也有300多年了。唐代的《三游洞》石碑虽然早已失传，但序中记述着白居易等人游三游洞的艰险历程：

初见石如叠如削，其怪者如引臂，如垂幢。次见泉，如泻如洒。

其奇者如悬练，如不绝线。遂相与维舟岩下，率仆夫芟芜刳翳，梯危縆滑，休而复上者凡四五焉。仰睇俯察，绝无人迹，但水石相薄，磷磷凿凿，跳珠溅玉，惊动耳目。

这是大无畏开拓者和发现者欢乐的交响曲。

白居易在长诗《夷陵赠别元微之》中写道：

沣水店头春尽日，送君上马谪通川。
夷陵峡口明月夜，此处逢君是偶然。
一别五年方见面，相携三宿未回船。
坐从日暮唯长叹，语到天明竟未眠。

他将这次巧遇，写得如醉如痴，情真意切，令人生慕。

白居易和元稹的友谊甚深，诗风相似，二者之诗人称"元和体""长庆体"，二人同为"新乐府"运动的倡导者，世称"元白"。白居易在给元稹的《与元九书》中有"诗者，根情，妙言，华声，实义"及"文章合为时而著，歌诗合为事而作"等名言，那一直是我不灭的追求。

"后三游"的苏氏父子都有诗留在三游洞，苏轼的《游三游洞》情景交融：

冻雨霏霏半成雪，游人履冷苍苔滑。
不辞携被岩底眠，洞口云深夜无月。

老父苏洵此次是陪儿赴汴京应试，也留下一首《三游洞壁题》：

洞门苍石流成乳，山下寒溪冷欲冰。
天寒二子苦求去，我欲居之亦不能。

无奈之趣，也颇天真。此次赴京应试，苏轼、苏辙都中了进士，二人与父亲苏洵可谓一门三才子。

总之，摩岸壁刻琳琅满目，历代途经长江三峡的文人墨客，无不被这里的山水佳景所迷恋，除了白居易兄弟、苏氏父子来此一游外，宋代的欧阳修、黄庭坚、赵汴、叶衡、陆游，明代的刘一儒、雷师沛，清代的王士禛等，也来此赏景抒怀，诗兴勃发，留下了用楷、隶、行、草等各种字体的吟咏三游洞的诗歌散文、题记，镌刻于石壁之上，至今洞内外还保留的宋代以来的壁刻、碑刻有一百多件。

这些书法，笔法雄健，结构严谨，气势浑厚，神韵秀逸，令人称颂不已。从中，我们不仅能欣赏古代诗文书法的艺术，也看到了古代镌刻巧匠的高超技艺。这些，都是十分珍贵的古文化遗产。

（三）

沿着三游洞旁一条陡直的石蹬小道，逐级而下约 200 级，在半山腰悬崖下的一座小巧玲珑、半壁嵌进山岩中的石亭里，有一小潭，潭口呈正方形，长与宽约 1.5 米，深近 1 米。潭水晶莹碧透，水平如镜，清澈见底，水质甘甜可口。细看，在潭边岩壁间有一细泉，涓涓流入潭内，冬季也不结冰，常年不枯。亭潭边竹翠苍茂，景色绮丽，这就是著名的"陆游泉"。

陆游在宋乾道元年（1169）10 月 8 日曾来三游洞，他在《入蜀记》中写道："五鼓尽，解船过下牢关。"他见小潭水甚奇，曾在此潭取水煎茶，并赋诗一首，书于石壁上，故名"陆游泉"。其诗云：

苔径芒鞋滑不妨，潭边聊得据胡床。
岩空倒看峰峦影，涧远中含药草香。
汲取满瓶牛乳白，分流触石佩声长。
囊中日铸传天下，不是名泉不合尝。

他在另一首五律诗中，再现了三游洞当初的景象：

久闻三游洞，疾走忘病婴。
窦穴初漆黑，伛偻扪壁行。
方虞触蛰蛇，俯见一点明。
扶接困僮奴，恍然出瓶罂。
穹穹厦屋宽，滴乳成微泓。
题名欧与黄，云蒸苍藓平。
穿林走惊麇，拂面逢飞甤。
息倦盘石上，拾樵置茶铛。
长啸答谷响，清吟和松声。
辞卑不堪刻，犹足寄友生。

现在，泉边的岩壁上还留有陆游当年题诗的摩崖遗迹，由于年代久远，已不可辨，而那座仿宋代风格的石亭亭柱上还刻着陆游"囊中日铸传天下，不是名泉不合尝"的诗句。从陆游泉来到半岛形山岗临长江一边的三国遗迹"齐封城""张飞擂鼓台"，站在雄峙云天的擂鼓台前，一览长江西陵峡那百里秀色，极目下游葛洲坝截流雄姿，再仰望张飞擂鼓助阵冲天威猛，我心潮如激流出峡，一泻千里，一股"折戟沉沙铁未销"的感慨油然而生，使我久久不忍离去。

三游洞，论景色、说古迹，天钟神秀，确实令人赞叹，其有名于世，已有一千多年了。其实，世上少的也许不是美景，而是白居易那双善于发现美的眼睛。有感于此，希望三游洞为更多人知晓，有更多人来探访游玩。来吧，朋友！相信三游洞之行定会让你眼前一亮，陶醉其中，感觉不虚此行。

（1992 年 3 月 27 日）

庐山云雾

庐山，多少人只是在诗文里、彩画上有过一面之缘，甚至是只闻其名，便为之梦绕魂牵。

秋风有情，我终于如愿以偿，和朋友们一起，畅游庐山。

诗的庐山和庐山的诗，同样令人向往。可是，一个问号老是在叩击着我的心扉：庐山究竟有何魅力，居然能吸引那么多的诗人和画家，让他们为它驻足，为它泼墨？

（一）

谁能解除我心中的问号？翻开一本《庐山导游》，庐山依然蒙着一层神秘的面纱，似可窥见，又无影可寻；似可捕捉，又稍纵即逝。我只能在朦胧中追寻。

据说，宋代大诗人苏东坡遍游庐山之后，和友人黄山谷来到西林寺，观看了寺内翰墨淋漓的题诗，却找不到佳作。他感慨之余，遥望寺外青翠的群山，苦思默想，然后，索笔题诗于壁上："横看成岭侧成峰，远近高低各不同。不识庐山真面目，只缘身在此山中。"写前两句时，为他托砚的黄山谷觉得平平，毫无新意，但当看到后两句时，惊叹不已，激动得几乎掉下手中的砚台。

这诗，概括了庐山谲奇的意境。在这其中，最谲奇的莫过于万状云

116

雾了。黄梨洲在他的《庐山游记》中写道："庐山之奇莫若云，或听之有声，或嗅之欲醉，团团然若絮，蓬蓬然如海。"庐山云雾之美，在于它瞬息万变，使景色具有诗般的境界。我既为那景中的诗所吸引，浮想联翩；又为那诗中的景所动容，更添雅兴。云雾，竟使庐山的诗与诗的庐山合而为一了。

庐山莫非是雾的故乡？我的文友中有位是旅游报的副总编辑，他告诉我说：庐山北临长江，东南有全国最大的淡水湖鄱阳河；庐山，又名匡山、匡庐，是中华十大名山、世界文化遗产、中国四大避暑胜地。它地处江西九江庐山市境内，东偎婺源，南靠滕王阁，西邻京九铁路，怀里还抱着许多湖泊山泉飞瀑，所以饱含云雾之气，平均每年190多天有雾。他徐徐道来，吐气如兰："庐山云雾，其静如练，其轻如絮，其厚如毯，其软如绵，其阔如海，其白如雪，其光如银……"

在晴朗的日子，庐山是奔放的。千山万壑层层叠叠的，从高高的峰顶逶迤而下，颇有千万匹脱缰的马群直奔一马平川的鄱阳平野之气势。山突兀峥嵘，令人情绪激越。云雾弥漫之际，庐山却是另一种格调。171峰，云缭雾绕，朴素、柔和而幽深，看山，那山若隐若现，没有际涯；看林，那林恍惚绰约，没有尽头。一峰与一峰之间，明暗不同，色调千差万别。陶渊明的诗说："山气日夕佳，飞鸟相与还。此中有真意，欲辨已忘言。"这云雾早晚都如此美妙，让人陶醉其中，驻足不前！

在山间踽行，林梢薄雾韬晦，流云绕山浮渡，淡霭萦谷游移。轻柔的风，散发着野花的清香；林间的蝉鸣，似乎是这天地间唯一美妙的声音，颇显出"山静似太古，日长如小年"的意味。息肩亭畔的一碗清茶、欢喜岭上的悠然一瞥、锦绣谷中的左顾右盼，让人流连忘返。谷底铺满紫雾，像透明的大海，深不可测；谷面片片浮云，却像披着面纱的少女，时而成群结队翩翩起舞，时而展翅飞翔互相追逐，时而前呼后拥欢跃嬉戏，显得莹洁高雅、妩媚多姿。从中我还闻到了浓郁的芳香，这是野花和绿叶的香，这香味在云雾中发酵，酿出了香醇的美酒……我不停地用口吸着芳香，开怀畅饮，感觉真有点醉了，沉浸在陶渊明田园诗的意境里。

庐山上有不少云雾石刻，如"纵览云飞""日近云低"等等，李白留恋云雾中五老峰的秀色，决心"吾将此地巢云松"；白居易见庐山的清泉白石淡霭，便"若远行客过故乡，恋恋不能去"。两人都在此建过草堂。至于陶渊明，就更不必说了，自从"郡遣督邮至县"，他自解印绶去彭泽令之职，回到庐山脚下（星子县栗里陶村）的故乡，便"既窈窕以寻壑，亦崎岖而经邱"，欣然自得，乐天知命了。他甚至借庐山康王谷中恬淡的境界，来描绘他所憧憬的与世隔绝、自食其力的乌托邦世界，写下了《桃花源记》。毛主席曾对庐山的景色赞叹不已，挥笔写就"一山飞峙大江边，跃上葱茏四百旋……"的诗句，把庐山的云雾和景色，描绘得生动、真切、深刻。

（二）

云和雾，是水的幻影。云雾使山色恬淡，也使飞瀑缥缈。李白的《望庐山瀑布》诗云："日照香炉生紫烟，遥看瀑布挂前川。飞流直下三千尺，疑是银河落九天。"云雾使人间秀峰之瀑染九天缤纷之色，天河里的飞流何等浩荡，三千尺的高度何等壮观！在阳光照耀下，飞流映出七彩的颜色，如紫雾烟笼，使山光敛翠，云壑碧染。特别令人惊叹的是我跋涉了 70 多里，翻过两座大山，走过千级石梯，才到达九叠屏风下的三叠泉。

三叠泉总揽大月山的泉水溪流，从五老峰背后腾空而出，犹如万马奔腾。那巨大的飞瀑，从百米高处飞流直下，中间又被拦腰分成三截，三者形态各异，意境有别。在那形如斧削的千尺悬岩之上的瀑布，若断若续，若明若暗，若飞若舞。三叠泉落差 155 米，每叠都独具特色。一叠直泻而下，二叠弯曲入潭中，三叠凌空飞下，一片轰鸣，让人感到无比的震撼。立于泉下盘石仰观，但见抛珠溅玉的三叠泉宛如白鹭千片，上下争飞，气象万千，令人叹为观止。立于观瀑厅俯视三叠泉，飞瀑四溅，垂帘素练，落入深谷，给人无限遐想。怪不得三叠泉被誉为"庐山第一奇观"，更有"不到三叠泉，不算'庐山客'"之说，它确实独具魅力！

我有幸到三叠泉，亲眼看见了它雄伟壮观的气势，亲耳听到了它雷鸣般的声响，亲身体验了站在三叠泉下的感受，还拍下了满意的照片，收获颇多。宋代诗人白玉蟾的《三叠泉》诗活现了雾中飞瀑的磅礴气势："九层峭壁划青空，三级鸣泉飞暮雨。落日衔山红影湿，冷云抱石苍崖古。激回涧底散冰花，喷上松梢飘雪楼。"

天造庐山，地赐三泉。这条隐身于历史的瀑布，直到南宋时才被发现。当时，正在五老峰下白鹿书院的朱熹，为三叠泉奇胜心动，可因年老多病，不能亲临其境，只能请人作画来欣赏，"摩挲索磨，徒以慨叹"。庐山历来就有"匡庐瀑布，首推三叠"之说。飘着如雪，断着如雾，缀着如不旒，挂着如帘，不愧为"天下第一伟观"。

据说小天池是观赏云雾的胜地，离牯岭住处又不远，为了饱览云雾奇观，我不惜奋力爬上那千级石阶，登上了峰巅，终于看到了瞬息万变的云雾奇景。只见云团携着雾气，在山峡之上升腾，它们互相追逐着，推挤着，弥合着，"静如练，动如烟，轻如絮，阔如海，白如棉"。云雾荡漾着，使峰壑潜形、楼台缥缈，似实而虚，似近而远。

这情景，让我想起了前人的《度含鄱口》绝句："最爱他山云似絮，不知身在絮中行。"人在絮中，似腾云驾雾，感觉飘飘欲仙。云在山中游，山在云中走，云赋予山以活跃的生命，使山成了奔驰的巨人……望着眼前这云海奇观，我简直有点目瞪口呆。庐山仿佛一幅回旋委屈、曲曲传情的长卷，它忽开忽合，忽奇忽正，忽缓忽急，忽实忽虚，展开了一幅令人眼花缭乱的画卷，而我也不再为自己的镜头来不及剪下几朵神奇的云彩而惋惜。

突然，太阳射穿云层，到达山脚下的村庄，那弯弯曲曲的河汊、高高低低的田畴、四四方方的水塘、疏疏密密的房舍，便突然明亮起来，变得晶莹、亮洁而美丽，散发着欢乐的光芒，让我的胸臆为之一爽。一会儿，大月山上一股汹涌澎湃的云流向下飞动，流入东谷，发出闪烁的光彩，这便是庐山有名的瀑布云了。

踩着云雾飘上山去，感觉在一个梦幻的世界里。到庐山的次日，正好昨雨初晴，骄阳似火，于是，浮云四起，几乎每一峡谷都为云雾所弥漫，在峰海之中汪洋一片，只露出一点儿尖顶，恍如无数孤岛在白浪滔滔的汪洋中漂浮，明明灭灭，若隐若现。画面水墨淋漓，云雾是湿漉漉的，山和丛林也是湿漉漉的，水墨正在向四面浸润开来，气势雄阔，意境深远。那浓重云雾，竟从车窗流入车厢之内，使人觉得高车恍如轻帆漂泊于云海雾涛之中。

更令人感到惊奇的，是仙人洞飞渡的乱云。那日正遇天气突变，山雨欲来，狂风乍起，黑压压的云团在锦绣谷升起，涌过那"纵览云飞"的奇石，直扑玉碑亭，一团团地飞突狂奔，似要将那松枝揉断、把亭阁吞噬一样。我被乱云浓雾逼得躲进了仙人洞里，感觉压抑得透不过气来。云雾万状中的庐山，变得谲奇无比。

（三）

庐山，几乎每天都有云雾。石为山之骨，水为山之趣，庐山 90 多座山峰是水的富裕户，它的奇特云雾，也算全国之最。庐山的云雾是祖国锦绣河山的一大奇观，它永远灵动着最新的表情，迎接每一位虔诚的旅行者。

我满怀庐山赠予的浓烈的诗情，踏着山路回来。庐山在我的心上像一座浮雕，朵朵流云是它的生命，巍峨的巨石是它的风骨，苍翠的石松是它的灵魂。这一切，构成了诗的庐山、画的庐山。有人说黄山纵横、峨眉奇秀，我却说庐山神秘、神奇，不过，要捕捉它，把溢满庐山的诗情化成庐山的诗，又十分困难。历代无数才华绝世的诗人和画家来过这里，但在这里留下闪光的诗画者，却寥寥可数。苏东坡游遍庐山，读尽满山题诗，曾发出"好诗难觅"的感叹，最后仰望云雾弥漫的层峦叠翠，无可奈何地写下了"不识庐山真面目"的绝句。是啊，既然"不识庐山"，又何来"好诗"？

多少人怀着这样意犹未尽的情怀，匆匆离开了庐山。我也一直如坠五里云雾之中，始终吟不成句。这时，白居易的"匡庐奇秀甲天下"的诗句浮现于脑海，我才深感我在这里遗落了一颗心。是的，我的心遗落在了锦绣谷开花的山谷里，遗落在了那缥缈的云雾中，遗落在了那难以捕捉的如幻如梦的诗画意境里……

比石头更坚定的，是轻柔的云雾，它把一座山包裹，却又显得若隐若现。是什么留住了雾，又是什么神秘了山？那几片茶在掌杯中漂浮、沉沦，也恍若在思索。

庐山用它浓浓的雾、躲躲闪闪的朦胧迎我上山，又用诡奇、闪电式的狂风暴雨送我下山。庐山，你的云、你的雾、你的雨，都是这样变幻莫测，这样铺天盖地，这样绚丽独特，这样富有个性，我虽被你戏弄得很为狼狈，还是从心底里感谢你，因为你给了我新的感受，我因此会时常不可抑制地深深怀念你了……

登庐山，领略一下那里水的风姿、水的诗意、水的韵味，领略一下那里独特的云和雾吧，那确实是一种难得的享受，让人感到其乐无穷。掬一缕庐山的云雾笔墨，用仙人洞的岩石做砚台，蘸上如琴湖的碧水，写一曲庐山之歌，我要寄给我那未来的岁月！

（2017 年 11 月 5 日于庐山饭店）

铺向天边的彩虹

看不完的岛屿风情，听不厌的普陀梵音，吃不够的东海鱼鲜，这就是舟山，浙江的舟山。1390个大小不一的岛屿，宛如一串串绮丽的翡翠珍珠，散落在万顷碧波的东海海面上，组成了这个中国最大的群岛。

浙江舟山跨海大桥于2009年12月25日午夜正式通车，着实让我兴奋不已，因为从20世纪60年代起，我在该岛的海军某基地干了很多年，对故地有着非常特殊的感情。

舟山，地处我国江南东部黄金海岸线与长江黄金水道的交汇处，背靠长江三角广阔的经济腹地，是我国东部沿海和长江流域走向世界的主要海上门户，与东北亚及西太平洋一线主力港口釜山、长崎、高雄、香港等，构成了一个扇形的海上网络。

（一）

舟山，东海的明珠，宁沪杭的大门。舟山本岛是仅次于台湾、海南和崇明的我国第四大岛，舟山市是国内第一个以群岛建制的地级市，有"东海渔仓"和"祖国渔都"之誉，下辖4个海岛县（区），陆地面积1371平方千米，内海海域面积有2.2万平方千米。舟山港湾众多，航道纵横，水深浪平，是我国屈指可数的天然深水良港，拥有世界四大渔场之一的舟山渔场、世界三大群众性渔港之一的沈家门渔港、中华四大佛教名山之一的普陀山，宁波舟山港已成为世界级的大港。

我是20世纪60年代初到舟山定海当兵的。定海，三面环山，北有晓峰岭，俯瞰县城，岭陡绝，临海有间道；东为竹山门，滨海，港狭水深；西为九安门，山重叠，去海远；南为道头，空旷无蔽，为海陆往来之要道。那时，我们上岛或下岛不像现在有飞机、汽车、快艇这么便捷，出行的交通工具只有船只。30多年前，定海每天上午7点有开往宁波的"前进601"号客货轮，航程4个多小时，抵达宁波港时已是中午时分了。如要当日到上海，得坐下午3点半的火车，到杭州必须过地道，换乘沪杭线双层列车，晚上9点半才能抵达上海北站；或是在宁波再乘船到上海，但到上海时已是第二天的凌晨了。那时候，出差带背包，探家捎土特产，上船下船，连跑带奔，下了码头，还要走一段长长的路，让人腰酸背疼，累得很啊！

此外，温州到上海的工农兵（"文化大革命"前是民主号）十八号轮六天一班，中途停靠定海。其间，由于定海港航道水浅，大客轮进了港也靠不上码头，怎么办？只能采取摆渡的办法。客轮大，摆渡船小，年岁较大者或带了不少东西的人，在风浪中下船上客轮十分危险。

定海到上海的水路是140海里，一般客货轮经济航速为12节（每小时12海里），需要航行12小时，遇到逆水，尤其是行到长江口时需顶水航行，那时间就更长了。还有，属于定海港管理的前进801小型客货轮，每五天一班，从定海经嵊泗菜园上下客，到上海十六铺码头，船速度慢，航程长，条件差（仅设座位），航行中几乎人人晕船，遇风浪更是让人苦不堪言，呕吐、惊恐，险象环生。

（二）

海岛最怕大风和大雾，特别是台风，海面浪高雨大，各类船只需进港避险，岛与岛间无交通可言，岛上人的正常生活完全被打乱，小到往来的信邮、报纸，大到孩子上学、急重病人就医，都只能望海兴叹。有台风的日子，短则一两天，长则五至七天，在此期间，人们无计可施，一筹莫展，只能听天由命了。那时候，部队的官兵探家，大包小包，带舟山海鲜和橘子之类的东西，遇到不测风云，船停航一周，心里的那份急只有自己知道，只能眼巴巴地看着准备捎回家的食品变质腐烂，有限的钱泡汤，有什么办法呢！

在海岛时，我一直希望舟山能够造桥直通陆地！记得 1965 年 8 月下旬，"紧急战备"期间，舰艇全都被疏散到海上锚泊，夜间各部门要轮流值锚更，舰长在半夜巡更时与我聊天，他指着一侧的高山峻岭，说山的那边就是宁波，如果岛上的山里有大的矿藏，那国家就有可能造桥了。此话当时来说是"梦话"，但在今天，居然成真了！

我最近一次离开舟山岛时间是 2003 年 5 月 3 日，当时交通条件已经大为改善。那天，我搭乘军车从定海鸭蛋山轮渡码头上客滚船（装客和汽车），航行不到一小时，就抵达宁波的白峰码头，然后驶经沪杭甬高速公路，用不到六个小时，就抵达上海。与四十多年前比，真是天壤之别啊！

但是，岛上的人仍盼着早日造桥连通陆地。1999 年 9 月 26 日，舟山与陆地连岛工程的壮丽诗歌唱响：岑港大桥正式动工。经过数万人十多年的奋斗，2009 年岑港大桥竣工通车。如今，由金塘大桥、西堠门大桥、桃夭门大桥、响礁门大桥和岑港大桥组成的跨海大桥，气势磅礴，把这"千岛之城"与陆地连为一体，陡然间天堑变通途。

（三）

这条投资逾百亿元、全长 48.16 千米的"海上天路"，使上海与舟山之间通行可以完全离开船了，而且不怕大雾、风雪、台风等恶劣天气，驱车最快只要 3 个半小时，通车一年来，极大促进了当地的建设与发展，提升了老百姓的生活质量。原先一些离岛谋生的人陆续回岛上创业，游人也喜欢上岛游览。从舟山岛远远望去，千姿百态、鬼斧神工的一个个岛屿，似颗颗明珠撒在万顷碧波上。

我们的车子驶入山里，扑入眼帘的是一幅风韵雅致的画卷，高高耸起的电力、通讯铁塔，商场、厂矿、学校、医院、车站等星罗棋布在山顶、山腰、山脚、山岙；雄伟的跨海大桥就像随绵延起伏的群山铺向天边的美丽彩虹，动人心魄……海滩、石壁、海水、白云、大桥、游人，海岛的绮丽风光蔚为壮观，令人目不暇接。

海岛变了，舟山变了，这标志着千年来一直与陆地有着一水之隔的舟山跨入了"大桥时代"，舟山环岛与陆地相连，完全融入了长三角地区，舟山从边缘的海岛地区变成了资源优势明显的沿海地区，从此加入我国东南沿海城市延绵区，成为海洋最前沿的海滨城市。

傍晚，我找了距海岸线不太远的一处民宿，一眼能望到海水漫起的一条白线，港湾里泊着一排排休渔的樯帆，海鸥纷飞翱翔，渔火时隐时现。

"海风你轻轻地吹，海浪你轻轻地摇……"，无线电里传来了熟悉的《军港之夜》的歌声，那么柔美，那么甜蜜，那么动听，我有点醉了。说起来，舟山不仅是个商港、渔港，还是个军港。是的，我一点也不想吵醒睡梦中露出幸福的微笑的水兵，当然，也没有什么人能够阻止我们接受海浪的倾诉和海风的抚慰。

（2011 年 8 月 3 日于浙江定海）

说不尽的黄河

你见过黄河吗？还在孩提时，我常听人们不时传颂着黄河的美谈，还有那震撼人心的《黄河大合唱》。每当唱起这首气势雄伟、激昂澎湃的歌时，我就会热血沸腾，民族自豪感油然而生。可是，几十年来，我却无缘领略那壮丽的奇景。这回，总算趁去郑州参加会议之机，去了黄河。

（一）

郑州，这个黄河边的古城，虽有帝王建都的记载，被称为八大古都之一，在中原占据十分重要的地理位置，现为河南省的省会城市。到了郑州却不去黄河游览区一游的人恐怕不会太多，而到黄河游览区畅游一天之后不说累的人恐怕也很少。我也是这样的平常游客，自然也会有这两种最平凡不过的感受。

黄河游览区规模宏大，像是以黄河中游南岸风光为背景的大沙盘，五龙峰、岳山、大禹山和汉霸二王城，都成了这片天地间的小景点。它又位于郑州市西北 30 千米处京广铁路和陇海铁路的交汇点，交通便利，有得天独厚的地理优势。

郑州很古老，可以说是黄河文化的代表。5000 多年前的贾鲁河一带就有人类活动，大河村文化遗址的房屋遗迹均在 20 平方米以下，特色鲜明；隋代的大运河以洛阳为中心，向东经郑州、商丘等地直达江南。明朝薛瑄的诗这样写郑州："西来驿站临京水，东去人烟接汴河。"写出了它"西控虎牢，东蔽大梁"的险要之势。

我对黄河有一种特殊的情感。二十多年前，曾去淮安采访，脚踩黄河故道的沙土，听当地陪同人说，她奶奶每逢发大水，都要手搭凉棚向西北遥望，嘴里恐惧地喃喃："黄河回老家啰！"因为老一辈说起过黄河改道那不可抗拒的大灾难，令她一生都心惊胆战。十年前北游，夜过徐州，在转车的几十分钟时间里，我还特地急急奔去看黄河故道，结果看到的是被围在水泥堤坝中的一汪清水，很是失望。这次来郑州，怎能放弃亲近黄河的机会呢！因此，我下定决心，非得去黄河游览区一走，觉得这样才能不虚此行。

巧的是，在郑州火车站遇着了一队打红旗的旅游队伍，十来人，旗上几个黄字挺逗人："走着回家去。"我感到奇怪，拉住一个小青年问，才明白他们是上海复旦大学的学生，正在沿黄河向西，考察母亲河。他们知道我是记者后，很快与我热络起来，我笑着问："你们就这样以步代车吗？"他们诚实地回答："真的要是靠走，那有限的时间就不够用了！"

我和这一队雄赳赳、气昂昂的大学生们，来到了气垫船码头附近的北牌楼进山。过了榴园，便是象苑，我想起来河南简称豫，其形状是一个人牵着一头大象，说明河南过去曾是象群出没的地方。如今，大象群消失了，仅存这一信息吸引着人们。再往前去，路边有一座数十米高的假山，清一色是用黄泥浆凝固的泥块垒成。我以为那些泥块一定是结构非常疏松的东西，结果捡起一块黄泥色的碎片，掂掂分量，挺沉，在地上敲敲，很硬。这泥块是万千年前黄土高原的使者，我们嗅到的空气中弥漫着泥土醇香的气息。霎时，一种隽永，一种陶醉，一种唯有与云天对话才能够拥有的旖旎，强烈地叩击着我的心扉。我视其为珍品，将它收进了背囊，留作纪念。

（二）

黄河是一条河。

走向黄河，是一种肃穆的膜拜。

豪饮北风，伫立在高岸，倾听大漠荒原，倾听古战场铁马金戈的长啸，倾听五千年祸福相生、从不静息的声威。苍凉夕阳抚摸傲岸峡谷，抚摸黄河子民青质地的肤色。

黄河百折不回，黄河不废万古流。

山脚下有个公园，林木森森，绿色铺天盖地，完全没有了曾受沙荒折磨的痕迹。公园里有一组母亲抱着婴儿喂奶的纯白的塑像，名叫"哺育"，那是黄河母亲哺育中华民族的象征。

穿过公园上山，攀登那数不尽的石级并不轻松。来到一山冈上，在此可一览北边的黄河，看滔滔河水像黄龙翻滚，势如破竹，滚滚东去，雄姿浩荡，自天际流下，无边无际，波澜壮阔。落日像血一样融入河水，生命好像被重新染色，有奔腾到海的冲动。河南岸的沉沙地上，有人骑马奔驰，河湾上有气垫船飞速往来，再远处又有许多游人在黄河边踏浪嬉戏……真是令人钦羡的天堂。从黄河南岸的这个制高点，坐缆车翻越好几条山梁沟壑，上了另一个制高点，跨出车站，展现在眼前的是高达数十米的大禹塑像。

据史书记载，"大禹塞荥泽，开之以通淮、泗"，古代的荥泽即在郑州西边的荥阳附近。至东汉，王景修复汴渠，1000多千米大堤固若金汤，使黄河800年没有决溢改道。

大禹塑像，矗立在宽阔平坦的峰顶水泥广场上，我们到时，正有上百只鸽子在广场上啄食游客们抛撒的食物，千姿百态，见人不避，有趣极了。大禹像附近的山梁上，到处可见一条条被雨水冲出的裂缝，有的竟深达数米，黄土路面扭曲变形，歪歪斜斜，坑坑洼洼，步行尚且不便，车辆往来更显得艰难。

在桃花峪岗边，我们上了从广武来拉旅客去汉霸二王城参观的小车，在峰回路转中颠簸摇晃，直达项羽霸王城下。该城东西长近千米，南北尚留 400 米左右的城址，宽厚的西南角城墙高十多米。朝西望去，近千米宽的广武涧，数百米深，隔涧山头立一座刘邦汉王城，也是黄土逐层夯实，历经两千多年威风不减。楚汉相争的广武涧留在了象棋的棋盘上，成为"楚河汉界"上一条永远争战不休的鸿沟。

（三）

濒临黄河的广武山削壁顶上，仰天立着一座高 7 米、重 19 吨的战马雕像，题为"战马嘶鸣"。这座雕像，是为了纪念那位"力拔山兮气盖世"而又无可奈何地自刎乌江的英雄。英雄在后人心中，往往不论成败，因为成败里有太多的偶然、必然。试想三国的吴地，有几座孙权庙呢？关羽虽败，但关庙遍地，被尊称为"圣"，历史本身便是一组最难解的方程式吧！

整整一天，我们在黄河南岸的万山中，劳累和欢畅无间融合，去开襟亭，登八角亭，游极目阁，上浮天阁……上上下下于险峻峰峦，一山一岭都得脚步丈量，直至红日西垂，岚烟四起，才匆匆下山。归途中，我一脚发软，歪倒在地，借势坐了下来。同行的人要拉我，我说："让我坐一会儿吧，太累了！"

汽车开动了，司机似乎知道我的心意，把车开得很慢很慢。我频频回首，发现黄河是那么的壮阔和美丽。看着滔滔的河水，翻滚的浊浪从地平线那头流过来，从我的脚下流过，又消失在地平线的另一头，使人无法不感受我们这个星球所蕴含的勃勃生机。我突然意识到，人的生命如果不断地被放大，放大到像黄河一样壮阔，从远古和天边流来，向未来和大海流去，那我们的生命就无所谓幸福和痛苦，而是变成了一曲永远唱不完的雄壮的黄河交响曲。

再次把目光投向黄河，这个发祥于巴颜喀拉山南麓的中华民族诞生地，曾经是中华民族的象征。她那奔腾不息、生命不止的咆哮，让人感受到一个民族给世人所带来的震撼。她历尽艰辛不顾一切奔流到海的精神，不正是改革开放年代我们所必须坚持的吗？她腾起的浪花，在阳光照耀下，五光十色，缤纷交错，既使人感之目眩，也使人感之亲近。

黄河是一个民族的象征，黄河是一个民族的史诗，黄河就是中华民族自身。她的生存、成长、繁衍、变迁，她的命运、性格、特征、精神，同一个民族的生存、成长、繁衍、变迁及命运、性格、特征、精神联结得如此紧密，融为一体。

这条河，就是黄河。

黄河不是普通的河，黄河是中华民族的灵魂，是中华民族文化的积淀、文化的象征。我敬畏奔腾咆哮的黄河，更眷恋祥和宁静的黄河，我听到了她那坚实的心跳，读懂了生命无私的存在。黄河之水天上来，河清海晏，什么时候千百年来的梦想，才能成为现实呢？我祈祷。

（1988 年 7 月 30 日）

三清山秀色

上苍造物，奇绝万象。它总以其多样性、丰富性、不重复性，向人类展示着无尽的深奥与神秘。

（一）

2009 年暮春，我与几位文友小游三清山。一直以为三清山是一座山清、水清、景色清的秀美之山，直到这次三清山之行，才明白以前都是我自以为是。三清山因其主峰玉京、玉虚、玉华三峰峻拔，犹如道教所奉三位天尊（即玉清、上清、太清）列坐山巅，故得名。三清天下秀。三清山又名少华山、丫山，位于江西省东北部的玉山县与德兴市的交界处，景区总面积有 229.5 平方千米，最高峰玉京峰海拔 1819.9 米，是江西第五高峰和环玉山脉的最高峰，也是信江的源头。它集险、奇、绝、秀的自然风光和悠久的道教人文景观为一体，是座寂静神秘的大山，成为世界自然遗产地、世界地质公园。

三清山以"绝"惊世。"峰峦秀中藏秀，奇中藏奇"，它是"云雾的故乡，松石的画廊"。

沿着峡谷向三清山的梯云岭缓缓而上，自缆车窗内向外眺望，三清山迷人的一面开始展现在游人面前。山峦绵延起伏，山岭之间，丛林密布，阵阵劲风掠过，空中的缆车也随之摇动，似林海中穿行的一叶小舟。

坐在舟中，我心中忽然升腾出一股莫名的激动。

缆车越过一座山头，视野豁然开阔，两边的山峦向外伸展，蓝色的天幕上，突兀起一排气势巍峨的石峰，耸入云霄，奔腾峭拔，层峦叠嶂，怪石嶙峋。那峰，那石，或雄踞如兽，或兀立如屏，或拔地如笏，或伸展如旗，姿态各异，景象无限。蓦然间，几缕飘过的轻烟，在山岫空壑间缭绕游弋，尽显仙风道骨之神秘，如同在梦中见过的海市蜃楼般美丽。历经20多分钟的悬空之旅，我们到了三清山的半山腰。我们循着曲折盘旋的羊肠险道，一步步向上挪着（游人太多，步伐缓慢向前）。一路上，苍松翠柏，奇峰指天，头上怪石，摇摇欲坠，遨游于清虚之境，出没于云雾之中，如一副动人心魄的水墨丹青画卷，让人感叹不已。

约半个小时，我们到了日上山庄。当时从下缆车的石坪台仰望上方的日上山庄，感觉日上山庄近在咫尺，我们以为闲步几许便可踏至，谁知虽近犹远，加上赏景拍照，花了半个小时的时间才到达。其间，步履还算较疾，累得我气喘吁吁。

日上山庄，位于梯云峰顶、群峰峻拔的天门峰下，它北倚玉京大峡谷，前瞰南山景，东接奇绝清秀的南清园，西连奇险幽深的西海岸。踏上山庄门前的广场时，已接近正午十一点半，游客如织，目光所及之处，都是人头攒动，熙熙攘攘。这里，景色开阔秀丽，奇峰险叠，山庄周围景点密集，有老道拜月、万寿台、众仙迎客、百岁青兕、三排尖、千年神龟、流霞台等等。在此匆匆午餐后，我们继续向山庄左上方攀越，前往三清山最为开阔的西海岸景区。漫步在万丈绝壁的"云梯"上，脚踏"浮云"，身披"雾纱"，宛如遨游于仙境之间……

晚上夜宿天门宾馆。山里的夜静极了，耳边隐约传来林海涛声和淅淅沥沥的雨声，敲打着屋檐门窗。我躺在床上，在涛声雨滴的催眠中进入梦乡。

（二）

　　清晨，等不及雨停，我便披上雨衣，向景区进发。沿着崎岖陡峭的山间小路，拾级而上，一边是悬崖峭壁，一边是万丈深渊。草深林密，峰回路转，山风裹挟着雨珠，扑打在脸上，感觉冰凉但人却流汗浃背。路边有一小茶馆，几条板凳、一张木桌，我坐下歇口气，品尝一杯清泉泡的山茶，香气怡人，那是一种在城市中难以体会的超凡舒心的感受。

　　攀登上玉皇顶时，雨势渐收。玉皇顶是南山景区最高的一处观景台，晴日在此观景，四周的奇峰异石错落参差，神情毕肖，气势雄伟，变幻万千。此时放眼望去，却白雾弥漫，苍茫一片。我竭力透过它想看清隐藏其后的另一世界，却无功而返；又极力想象另一世界的峥嵘奇境，却又空白一片。无奈之下，怅然离去。

　　路上，我突然想起一位哲人说的一句话："大自然喜欢躲藏起来。"是的，大自然是神秘而捉摸不定的，千百年来，人们寻寻觅觅仍看不清、道不尽大自然之神奇。的确，人在旅途，对世事也并非都能洞察。其实，寻觅的过程就是接近大自然、拥抱大自然的过程。这与道家所悟的"无中有，有中无，有无相依"的至高境界，殊途同归。登上玉皇顶，尽管未领略到奇峰异石的壮观，却感受了雾霭遮天的迷蒙，不也同样有所获吗？

　　路随山转，景随山变。一路上，草木葳蕤，奇峰突兀，流水潺潺，鸟鸣啾啾，步移景异。从高处俯瞰，漫山碧绿中，山石嶙峋，一座座怪石和惊险的悬崖不时在我眼前晃过，如入画中，美轮美奂。当从栈道延伸至峡谷上空的乾坤台时，我依栏俯视，感觉人悬在天空，脚下是危崖峭壁，万丈深渊，漂移的白云在不断悠游。之后，来到三清山标志性景点"司春女神"和"巨蟒出山"所在地。

　　登上女神宾馆前的观景台时，天已放晴。女神峰坐落在四面群峰环抱的坳地中，由两块天然巨石叠合而成，通高86米，远眺近观，整座石峰就像一位秀发披肩的端庄仙女、文静娴熟的女子正在凝眸沉思，默默注视着芸芸众生。世人认为其是东方圣神、春天的化身，因而称之为"东方女神"。

据说，她是王母娘娘第十三女，名瑶姬，为救护众生，避免此地山石被搬走而变成大海，泄露了天机，遭玉帝惩罚，化为一座石峰。女神不仅绰约多姿，她更是光风霁月，让整个三清山为之动容……女神峰的四周，环绕着"天狗望月""万笏朝天"等景观，形象逼真。那巨蟒出山，山峰有数道横断裂痕，虽经亿年风涛雨雪，仍凛然屹立。其高128米，峰腰最细处直径仅约7米，顶部扁平，颈部稍细，状极突兀，形似一硕大蟒蛇，从沟壑深处呼啸而出，如戈似戟，直冲云天，形肖神现，妙趣横生。苍天垂像，大地赋形。我赞叹大自然的鬼斧神工，更惊叹大自然神秘的感召力，将女神的神态与巨蟒的恶气聚在一起，分明在向世人昭示着扬善抑恶的人生真谛。

（三）

三清山以"道"弥彰，我又去寻访神秘的道教文化。三清山为历代道家修炼场所和隐士的世外桃源，自晋朝葛洪开山以来迄今1600多年，为信奉道学的名家所向往，渐成道家的洞天福地。"唐建老子宫观，称三清福地。"宋乾道六年（1170），王霖捐资重建三清观殿宇，供奉三清尊神，后因世乱，观废址毁。明代对三清山道教建筑进行了大规模重建，并将三清观更名为三清宫，如今是三清山道教的标志性建筑，也是山中规模最大、保存最完好的明代风格道观。

三清宫景区平均海拔1500多米，范围南至"九天应元府"，北至"风门"，东至"东海岸"北接口，西至涵星池边"西海岸"。它共有宫、观、殿、府、坊、泉、池、桥、墓、台、塔等三清山石刻古建筑及石雕260多处。这些古建筑及石刻，依据"先天八卦图式"和"后天八卦图式"交相融合，精巧布局，是研究我国道教古建筑的独特典范。以三清宫之名命名的三清宫景区，是三清山厚重人文景观的荟萃福地，也是三清山道教古建筑群的"露天博物馆"。

走进三清宫内，我发现整个殿内梁、柱、墙、池、门均以花岗岩琢磨、铺造，镶嵌得严丝合缝。宫内神像道、佛兼容，和谐地同居一堂。前殿为三清殿，供奉道教玉清、上清、太清三位天尊，后阁为观音堂，中间供奉观音神像，两边供奉佛教十八罗汉塑像。宫殿正门楹联"殿开白昼风来扫，门到黄昏云自封"，与朱元璋龙兴之地凤阳龙兴寺内的一副对联"庙中无僧风扫地，寺中无灯月照明"异联同义，有相承继袭之妙。

　　三清山不仅山美，它的神韵、它的气势、它给人的震撼，更让人无法用文字表述……有人说，三清山有泰山之雄伟、黄山之奇秀、华山之峻险、青城之清幽……我认为这是最恰当不过了！苏东坡曾赞之：揽胜遍五岳，绝景在三清。

　　三清山之行，一路下来，古松林立，姿影婆娑，调侃声不断，山风声不断，照相机的咔嚓声更是不绝于耳……我们步履轻松，神清气闲。丛林幽静，树叶散发着阵阵清香，令人陶醉。太阳在西面云层里探了探脸便渐渐沉了下去，落日余晖将天边烧得绯红，崇山峻岭显得分外妖娆、俊秀，散发着金红明媚的神采。瞬间，大地又转为苍茫。

　　大自然是色彩缤纷的，是自由自在的，是宁静和谐的。此刻，我仿佛感受到了大自然赋予三清山的"仙"气。蓝色的天空，洁白的云雾，褐色的石峰，浓绿的山峦，金红的霞光，多姿多彩而又和谐自然，让我感到难以忘怀的愉悦。

（2009 年 4 月 19 日）

红枫湖畔

1988年初秋，路过贵阳时，当地的一位老战友问我想到哪里走走，织金洞？梵净山？黄果树大瀑布？……我说我不想去这些地方。他就邀我去浏览红枫湖。盛情难却，我只得应允。

红枫湖被誉为"高原明珠"，水域总面积57.2平方千米，分为北湖、中湖、南湖3个湖泊，有大大小小190多个岛屿，是贵阳市国家级风景名胜区，集山、水、溶洞、民族风光于一体，形成了山中湖、湖中岛和洞中湖的奇观。

翌日，天刚蒙蒙亮，我便驱车来到了红枫湖。

晨雾笼罩下的湖面，烟雨蒙蒙，缥缈似纱，不时漾出柔美的涟漪。路边的树林水漉漉的，越发显得葱茏可爱。近处之青山，也拨开云雾，如出浴的少女梳理着容妆。清晨的湖畔，显得十分优雅，林茂树秀，神秘的微风从湖心而来，吹拂我的面颊，抚摸我的心。深深地吸一口清凉潮湿的空气，肺腑间立刻充满温馨，令人有种说不出的酣畅。

红枫湖像一位披着乳白纱裙的新娘，含情脉脉，羞面柔情。不一会儿，云雾偷偷地藏身于山岚之中，红枫湖渐渐露出了真面貌，它是那么清秀，又是那么深邃。一时间，我心醉神迷，像是飞向了那不可测的天涯，仿佛有一种芬芳，在我心里绽放……

这时，一苗家姑娘身着绿荷似的苗家服饰，撑一叶小舟，飘然而至。我跃上小舟，目光禁不住投向两岸的万紫千红，只见青山相对，山上万木争荣，红枫似火，那深深浅浅的红、深深浅浅的绿中，透出金黄，金黄中又透出翠绿，色彩斑斓，生机勃发。这里优美宁静，树木繁茂，花草葳蕤。如此美景，真令人目不暇接。舟行其间，如同在画中游，令人内心感到无比的宽阔。

一潭深深的碧波，山影在翠绿的水中铺金叠彩，红枫湖纳百泉之水，将泉的叮咚之曲积蓄心底，任苗家姑娘之轻舟徜徉其上，偶尔生发一两个琴音，欢快的细浪水花似串串珍珠，追赶着我们，又好像宇宙晶莹的眼睛，这么的亮、这么的美……

弃舟登岸时，已是中午时分了。热情的东道主把我引进了一个苗寨的酒楼时，老战友已点好餐在这儿等我多时了。

客随主便。我也确有些饿了，吃就吃吧，也用不着什么客套，入座后我就开始吃了。菜和我们那里的差不多，其中有一道菜叫"鱼腥草"，有点像北方的"苜蓿芽"，腥味甚浓，很难入口。好客的主人，一再述说这菜的优长之处，可以清心，可以润肺，也可去火，还一个劲儿地劝我多吃点。

谈笑正浓，两位苗家姑娘翩翩起舞，随后，盈盈含笑，彬彬有礼，在我身边站定，郑重宣布劝酒的纪律：客人不能站起来喝酒，客人的手不能触摸酒杯，再就是不能照相。

接着，又蹁跹起舞，跳得尽情尽兴，后又咿咿呀呀唱了起来。唱毕，她们用汉语解释道："你们越过了千山万水，千辛万苦来到苗寨，苗家端酒敬亲人，请接受我们的祝福和爱戴。"

刚才我还目瞪口呆，经过这一翻译，顿感情深意重，只好入乡随俗了。

她们接着又要唱，我双手抱拳（勿忘不能触摸酒杯），连连道谢。当得知她们是民族学院毕业的学生后，我对她们说："我来自黄道婆的家乡，礼仪当然是第一的喽。姑娘盛情已领，莫要再唱了，我实在是不能再饮了，因为我确实不会饮酒，谢谢你们了，谢谢！"

苗家姑娘优美的舞姿、动听的歌曲声、独特的劝酒方式、待人的深情厚谊，久久地留在了我的心头，使我难以忘怀。也许因为这个缘故，红枫湖成了风景名胜旅游区，招来了一批又一批的游览观光者。

之后，我又游览了滴澄关，穿过了小山峡，越过石林山，登上猴岛，再转入将军湾，拜访观音洞。每个景点，各具特色，各领风骚，引人入胜，我久久陶醉于美景之中。

夕阳斜照，湖水光彩夺目，像是被撒了一把金粉，她含情脉脉，将我们的小舟送入了归程。

红枫湖的美，使我有一种幸福感。群山、流水、树木，还有朝霞。我沐浴着阳光，听着你的心语，你也笑了，因为我幻想着世俗的天图。你又与我嬉戏，我悄悄进去，又悄悄出来。就算我远去天涯海角，又怎能把你忘怀！在你的身上，打着多深的时代印记啊！

尘封的往事，打开了一扇窗。历史是现实的一面镜子，现实是历史的继续和延伸。相信人们在观赏湖光山色的同时，更多的是从深邃邈远的历史内涵中得到教益和启迪。

别样的风光，别样的感受。红枫湖，带给我别样的好心情！

（1992 年 10 月 26 日）

八廓街往事

　　雪域高原上的拉萨，是西藏自治区的首府，拉表示佛，萨意是圣地，拉萨就是佛教圣地。拉萨也是座节奏很慢的城市，慢得让人去除杂念，心情坦荡，平静悠然。那些历史悠久的寺庙、那些淳朴的藏胞们、那些和蔼可亲的面庞，他们年龄不同，服饰各异，但有一个共同点，就是虔诚。无论路途多遥远，无论翻越多少山岭，无论经历多大的坎坷，无论遭遇多恶劣的环境，都要从家里出发，一路以跪地磕头的方式，一步一步朝拜至他们心中的圣地——拉萨大昭寺。

　　在拉萨，如果说最神秘的地方是布达拉宫、最迷人的地方是罗布林卡，那最生动的地方就是八廓街（又称八角街）了。八廓街位于拉萨市中心，是拉萨最古老的街道，历史几乎与大昭寺一样久远，松赞干布定都拉萨，修建了大昭寺，就形成了八廓街。那天午后，站在拉萨八廓街，我发了一条短信，给所有知道、不知道我来西藏的朋友："不到西藏，不知道天空有多蓝；不到拉萨，不知道空气有多新鲜；不到大昭寺，不知道信仰有多虔诚；不到八廓街，不知道逛街有多有趣。"

　　八廓街，早已成为拉萨的城市标志，就像王府井之于北京，劝业场之于天津，南京路之于上海一样，都因为自身的历史底蕴而蜚声海内外。来到八廓街，一眼便可发现，街上所有的人，都在围着大昭寺以顺时针方向旋转，如同无数颗星星围着月亮旋转一般。我是初到这条街的远方游客，也情不自禁地随着这股人流按顺时针方向逛街。

虔心的转经人

八廓街，是围绕着大昭寺环形建成的商业街。有一种说法，是因为有了八廓街才成就了拉萨市。八廓街的建筑，都是藏式的两三层小楼，刷得很白的墙，配上红色的房檐和屋顶，略微伸出墙体的窗户同样被刷成红色，有的还被布帘遮挡着。一楼的门面，都被出售各种纪念品的窗口所占据，他们在朝圣者和旅游者的包裹下，享受着日进斗金的快乐！

藏历的每月初八、十五、三十是藏教吉日，在吉日，转经的人就格外多。转经，就是信奉佛教的人环着宗教圣地，按顺时针方向一圈一圈地走，边转边念经，祈求好运，也祷告来世不落入地狱。

阳历 10 月 7 日，是藏历的八月初八。这是秋收后的吉日，从农村或牧区来拉萨的转经人就多了起来。在吉日的前后，拉萨大昭寺正门的石板上，磕长头的信徒络绎不绝，他们绕着大昭寺磕一圈长头，然后再一排一排地汇集在大昭寺门前。我注意到，不少信徒的额头上已经磕出了紫血，他们脚下的青石板也被前人磕出了深深的坑洼。但是，当大昭寺里那感人肺腑的钟声响起之后，那一排排信徒们，仍然像山一样磕下去，又像山一样抬起来，那景象绝对称得上巍然壮观……

拉萨对于更多藏人，是朝圣的终点。这些磕拜的人，既有城市的，也有来自农、牧区的。许多人为表示虔诚，从极遥远的家乡出发，前往拉萨朝圣，与杨丽萍舞剧《藏迷》中所描摹的一样，五体投地，长身跪拜。他们用身体丈量着朝圣的征途，以至费时几个月甚至一年以上的时间。那脚上补了又补的鞋子，让人想起了那漫漫长路的艰辛。

而今，现代化的交通工具给人们带来了便利，人们往往包着车，从青海、昌都藏区来到拉萨。每个日落的黄昏，人们都会去大昭寺转经，看金顶的寺庙下巨大的香炉被香火烧得通红，映出人影幢幢，让人感觉人间与天国仿佛融合在一起。潮水一般的人流，像漩涡一样，在充满了羊膻味的八廓街，循环往复，日复一日。听说藏人每年都要计划出一定时间，来完成他们心中的夙愿。

在绕着大昭寺转经的人中，有需要搀扶的老人，有眸子里还闪着童真的少女，有带着嗷嗷待哺的孩子的妇女，他们或独自一人，或三五结伴而来。人群中，有一位来自青海玉树的老太太，她身材矮小，花了一年多的时间，千里迢迢，磕着等身长头来到拉萨，风餐露宿，一天天匍匐在大昭寺的转经道上。她前身挂一张牛皮，双手套在一对木套里，蓬乱的白发，有点破旧的衣衫下的淳朴、虔诚的心，使人想到一个虔诚的灵魂。面对神圣的殿堂，一切苦难都在跪拜中消磨尽了。门前石板铺就的地面光可鉴人，那深深的凹陷，用空间改写了时间。寺外飘着的层层香火烟雾，还原了这个古老地方千年来不变的精神内核。

看到这一情景，我的心灵不由为此颤动了，人啊，是应该有信仰的，信仰是伟大的、令人折服的，它会成为一个人的精神支柱与行动指南。一个人如果没有信仰，抑或是什么都不信，不信天不信地，不信做了坏事会有报应，什么恶事都敢做，对自己的行为毫无约束，那后果实在可怕……

拉萨城内的年轻人和八廓小学的孩子们，对这样的转经人，似乎有些习以为常了，他们看转经人的脸上熟识中有一种陌生，理解中有一种隔阂。

曾在上海读过大学的藏族女青年曲珍笑着对我说，在现代文明熏陶下的青年一代，不可能倒退到老一辈人的宗教世界中，我们信仰宗教，但不会把世俗生活的期望完全寄托在佛上。

转经跪拜之外

"是谁带来远古的呼唤，是谁留下千年的祈盼。难道说还有无言的歌，那是那久久不能忘怀的眷念。哦！我看见一座座山一座座山川，一座座山川相连，呀啦索，那可是青藏高原。"激扬高亢的歌声把我们带进了青藏高原那广袤无垠、气象万千的大千世界，带进了这个被称之为神仙居住的地方。

这时，我的心灵一片空净。人生还有什么可以耿耿于怀？过去，八廓街两边的房子，都是带天井的藏式楼房，现在看到的都是经过改造的新式楼房，楼层不高，一楼为门面，经营工艺品、藏药和珠宝首饰等。街道中央有统一修建的开放式摊棚，满是各种玛瑙、骨质、木质、银和藏银做的项链、手链、戒指、手镯等，还有香炉、藏刀等。步入八廓街，实际就是进入了一条商业街，街道两边的商店、摊位，分明就是藏族工艺品的博览会。那些转经者，并不是目不斜视地向前走，而是会时时驻足在八廓街的售货摊前。

八廓街是拉萨最繁华的商业区。在这个集市上，宗教文化氛围和商业生活气息奇妙地交融在一起。这里的人们，相识的、不相识的，只要投给对方一个微笑，彼此就自然地攀谈起来。一个挨一个的摊位上，商品琳琅满目，有男人心仪的藏刀、女人满意的首饰。拿起华丽的皮帽戴在头上试试，漂亮的藏袍往身上比比，每个人都乐此不疲。我也被吸引了，四处逛着，与其说是中意这里的商品，不如说是喜欢这里无忧无虑的氛围。我情不自禁地加入购物行列中去。如今看来，不管我付了多少钱、购买了什么商品，最有意义的，莫过于我曾经来过闻名中外的拉萨八廓街，拥有过这段购物的经历。

这里还有一个拉萨最大的农贸市场，给转经祈福者带来方便。他们转一圈经，同时买到了自己所需的物品，也领略了拉萨的风光。

收录机对居住偏远的农牧民而言，过去是奇特的东西，现在已不陌生。在卖音乐磁带的小摊前，总挤着许多转经人，他们先侧着耳朵听摊主用收录机播放的藏族音乐，然后买盒自己喜欢的磁带。

在大昭寺前广场的一株树下，坐着来自当雄县农村的一家六口人，最老的是60多岁的爷爷，最小的是在襁褓里的孙子。他们走了500多里路来到拉萨，却不仅仅是转经。在树下喝酥油茶的时候，中年男子从旁边的民族旅游用品商店里抱来一台双喇叭收录机，全家人围着收录机，不知所措。路过时我稍微指点了一番，收录机终于唱出了悦耳歌曲。这时，一家人都笑了起来。老大爷笑眯眯地告诉我说，他们还要在拉萨逛几天再回去。

这些富起来的农民和牧民，在转经时，无不浏览和尝试拉萨城的"现代生活"。今天，转经给那些居住在边远偏僻地方的人们增加了新的生活内容。这游人满街的景象，不正是祖国强大、人民富裕、社会安泰的写照吗！

转经之外的人

在吉日前两天，大昭寺前卖香草、香蒿和藏香的人，骤然增多。卖苹果的也推着双轮车，跟卖酸奶的小贩一争高低。

这些来自拉萨郊区的小商小贩，最懂得吉日里的买卖和宗教用品的销售。

一位自称来自拉萨郊区来的老尼姑，在大昭寺前，用黄泥在铁模子里翻出许多小塑像，一上午能卖出二十几个。这跟那些只坐在广场上诵经的喇嘛们相比，其化缘的方式，颇具"商业"气息。

吉日，不仅吸引着拉萨的商贩，也吸引着千里之外的皖赣少女。在大昭寺前广场上，一位来自安徽阜阳的少女，正在兜售自己缝制的藏包。我见了便上前搭话，她告诉我，她的姐姐在拉萨工作，她便借机来这里做生意。而她的四五个同伴，也是凭着和她一样的机遇来到拉萨的。她们的生意，做得都很好。

藏族少女也不甘示弱，来自四川甘孜的藏族姑娘们，穿着鲜艳的藏裙，三五成群地穿梭在大昭寺广场。她们臂上挂着几串珍珠、玛瑙或珊瑚项链，手里还用刚买的毛线织着毛衣。一见有小汽车停下，她们就围上去，用斑斓的首饰诱惑外地富足的游客掏腰包。我从她们笑嘻嘻的脸上推断，她们做成了很多生意，也赚了不少钱。

吉日，在每个经商的人心里有一个意义相同，那就是做买卖的好日子。转经人，在各色商贩眼里，都是可以说服的买主。

今天，商品经济的发展与渗透，已悄悄给古老的宗教活动打上新的烙印。

转经之外的之外

漫步在八廓街头，我不仅感受到了西藏的古朴，同时也感受到了今日的文明。尽管现在商业繁盛，但依然有许多外地来的信众，摇着他们的玛尼小经轮，穿行在繁华的闹市里。传统的精神礼赞和现代物质文明，那么和谐地在这里存在，实在让人赞不绝口。

八廓街因大昭寺转经而形成的街道，最引人注目的还是那些金发碧眼的洋人。他们戴着各种各样的西藏民族首饰，一边满脸微笑地和人们"哈罗"打招呼，一边眉飞色舞地到处拍照。

穿藏族服装的人，在雪域高原上，无处不在，无处不有。走在拉萨的大街小巷，街上四处开着川菜馆，大多数人听得懂并说着一口不错的汉语，拉萨的年轻人也追逐潮流，穿品牌服装。我甚至在拉萨电影院里吃了一顿口味不错的尼泊尔菜，在青旅旁的小咖啡馆喝上了与上海接轨的手冲拿铁。旅游业悄悄改变着一个城市，拉萨还是曾经那个拉萨，又不是曾经那个拉萨，它在逐渐变成一个真正的、想象中的城市。

找了一个地方坐下来，坐在靠窗户的位置，太阳晒在身上暖洋洋的，让人感到很舒服，耳边不时传来楼下做买卖的声音和孩童的嬉闹声。这样的场景，让你忘记自己置身哪里。

拉萨需要慢慢体味，慢慢了解。我们一边品尝着美味的藏餐和特别的拉萨啤酒，一面欣赏着各类的留言，体味着这里独有的浪漫……

旅游是个什么过程？我突然有些顿悟，旅游不就是在发现、探索、惊讶、后悔的同时再顿悟，把古老、现代或者时尚、奇特的文化，沉积于心吗？

那天，在八廓街出入口的大昭寺广场留影，凝望那颇为神奇的大昭寺神宫的时候，我猛然间被取景框里的五星红旗深深地触动。

在八廓街，很多屋顶都飘扬着五星红旗，在湛蓝的天空下，五星红旗迎风飘扬，鲜艳夺目，仿佛在诠释着民族团结，引领着中华民族为追求幸福和富强而奋进。这也成为青藏高原一道美丽的风景……

在八廓街，我久久不愿离去，甚至觉得自己应留下来。酥油灯谜一般的光亮，藏香谜一般的诱惑，诵经者谜一般的声调，转经的藏人谜一般的身影，这一切是多么诱人。坐于此，很安静；居于此，一定更静吧？素喜太极拳的我，禁不住在大昭寺广场停下，静静地体验起太极拳来，呼吸，伸展，倾听，真的美极了。呼吸如山脉，伸展达天际，在天地间感受生命，如此清新，如此亲近，我的心啊，装满喜悦。

一两千年的佛教文化，在这里孕育了一个伟大的民族；宗教文化，融进了这个民族的血液，永远在这个民族的血液里流淌，流淌……

有时，我也会想，我在这里的平淡，也许就是另一些人眼中的神奇。

（2004 年 10 月 30 日于昆山花桥）

神游古都洛阳

洛阳，千年帝都，牡丹花城，丝路起点，山水胜景，是国务院首批公布的历史文化名城，也是我国七大古都之一，丝绸之路的东方起点。这座具有5000多年历史的古城，在河南省西部，属天下之中，素有"九州腹地"之称，是我国历史上唯一被命名为"神都"的城市。2011年，被联合国认定为"世界文化名城"。

洛阳是中华民族的文化发祥地，辉煌的历史孕育了灿烂的文化。《河图洛书》就出自洛阳。班固在这里写出了我国第一部断代史《汉书》，司马光在此完成了历史巨著《资治通鉴》。著名的建安七子、竹林七贤都曾云集于此，谱写华彩篇章。左思的一篇《三都赋》，洛阳豪富之家争相传写，以致"洛阳纸贵"……

汉魏以后，这座文化积淀厚重的历史名城洛阳，逐渐成为国际大都市。隋唐时人口逾百万之众，四方纳贡，百国来朝，盛极一时。在相当长的历史时期内，洛阳曾是我国政治、经济、文化中心。

（一）

那是一个云淡风轻的日子，我走进洛阳的龙门石窟，也走进了北魏或唐朝的沧桑岁月。脚踏在光滑圆润的青石板路上，心是安静的，只听见轻缓的足音在光与影下浮起。也许是佛的牵行，在这寂静的千年时光面前，我们平静淡然。

我用目光细细触摸石窟里的佛像，这些佛像在游人眼里被赋予了生命，熠熠发光。它们有的静坐安详，有的目光澄澈，有的衣袂飘飘，有的微笑似莲……仿佛曾经鲜活的生命，在此静止。

龙门石窟，坐落在洛阳城南 12.5 千米的伊河之滨，依山傍水，长约千米。东西两山峭壁上，布满了大大小小的窟龛和佛像、碑铭、题记等，绵延数里，灿若繁星。毫无疑问，龙门石窟是中国古代建筑史上浓墨重彩的一笔，与敦煌莫高窟、大同云冈石窟齐名。传说隋炀帝到此时，脱口赞道："此龙门焉。"龙门因此而得名。诗人白居易曾说："洛都四野山水之首，龙门首焉。"郭沫若先生用"满山松影今图画，夹道泉声故管弦"的诗句，赞美龙门风光。在横跨伊河、连接东西两山的石拱桥上，镶嵌着一块石匾，上有陈毅元帅挺拔有力的题字"龙门"。

龙门石窟，开凿于北魏太和十八年（494）孝文帝迁都洛阳前后，历经东魏、西魏、北齐、北周、隋、唐和北宋等朝，连续大规模建造达 400 年之久。现存石窟 1352 个，佛龛 750 多个，佛塔 70 多座。石窟数量之多，居全国各大石窟之首，主要有潜溪寺、宾阳洞、万佛洞、老龙洞、莲花洞、古阳洞、奉先寺、药方窟、看经寺等，共有佛像十多万尊。石窟内雕像造型精美，最大的石窟像高达 17.14 米，最小的仅有 2 厘米。沿着伊河边走边看，千年奇迹，令人惊叹。这些石刻佛像，栩栩如生，神态各异，展现了古人杰出的艺术创造力，是人类伟大的艺术宝库之一，是中国古代文化艺术的历史瑰宝。

唐代开凿的奉先寺石佛，是龙门石窟中规模最大、艺术水平最高、最具有代表性的石刻群像。石佛之胜，胜在奉先。郭沫若先生有"一寺灵光号奉先"的名句。寺基东西宽 36 米，南北长为 37.7 米。主像卢舍那大佛，高 17.14 米，头高 4 米，耳长 1.9 米。第一眼看到卢舍那大佛时，我整个人被震慑住，不是因其体量，而是因其气场。大佛安坐在由整座山开凿而成的佛龛中，体态丰盈，面目安详，佛髻圆满，耳垂丰厚。无论在哪个方位，只要看到大佛的眼睛，就能感到与之目光的交流，令人瞬间沉静下来。我不是宗教徒，但我尊重并能感受到宗教中蕴含的人性之美和智慧之光。

卢舍那大佛建造于唐高宗年间，那时的皇后是武则天。武后出过家，尊崇佛教。建造大佛的工费，出自武则天的脂粉钱。大佛的相貌，据说也是参考了她的容貌。那怡然自得、圆润丰满的佛相，是需要修炼的。佛非凡人，本无男女之分，卢舍那大佛，男生女相，女生男相，自在圆满，法相庄严。

大佛两旁的迦叶严谨持重，阿难温顺虔诚，菩萨端庄矜持，天王蹙眉怒目，力士威武雄壮。万佛洞两壁的1.5万多尊小佛，壮观地济济一堂，可惜壁下曾有的两头浮雕狮子已被盗，现藏于美国波士顿博物馆和堪萨斯纳尔逊艺术博物馆，让人痛恨。

奉先寺群像，从形象的雕塑到神情的刻画，都达到惟妙惟肖的程度，开凿时间历时3年9个月。无数大小不一的佛像神态雍容，默默地见证了不同朝代的更替，历经千百年风霜洗礼后，依然安闲地俯视众生。这等高超的雕刻技术和精湛的彩绘工艺，体现了古人的杰出智慧，也反映了佛教文化曾经的鼎盛繁荣，值得一看。然而，碑文上却只有"皇后武氏助脂粉钱二万贯"的记载，而伟大的石雕艺术家们，却未曾留下一名一姓。其他尚有宾阳三洞、潜溪寺、看经寺等石窟，也各有千秋。

龙门石窟除了窟龛和佛像以外，还有碑铭题记3600余品，大都是北魏和唐代镌刻的，在书法艺术上有一定的独到之处。清人武亿在《伊阙诸造像记》中说："龙门不仅为石镌佛场，亦古碑林也。"龙门西山南部的古阳洞，可谓佛场碑林的缩影。

古阳洞开凿于北魏迁都洛阳后，是龙门的第一个石窟。在高达11米的石窟内，西壁为主像一佛二菩萨；南北两壁布满层层列龛，直至窟顶，其中列龛雕饰精细，琳琅满目，尤以龛楣的装饰更为富丽多彩。在我国书法艺术史上久负盛名的"龙门二十品"，有十九品在古阳洞，另一品在慈香窟内。龙门二十品，是魏碑体书法艺术的精粹，在我国金石镌刻史上起着承前启后的作用，它继承了汉晋隶书的传统，又直接影响到隋唐的楷体，其特点是字体端正大方，笔势刚健质朴，结体用笔在隶楷之间。书法家赞其"字形大小如星散天，体势顾盼如鱼戏水"，一直被视为珍宝。

伊水汤汤而过，缓缓北流，有着波澜不惊的从容。两岸青山对峙，我漫步于河畔，与古风旧雨对谈。伊河东岸香山的石窟我没有拜谒，听人说比西山更不完整，没有兴致再走下去。一路上，我在众佛陪伴下，览山川之秀美，忆佛教文化之兴盛。

（二）

凡是来洛阳的人，若没有瞻仰白马寺的风采，心里难免会有怅然若失之感。游览了白马寺之后，我感到心旷神怡！

白马寺，位于洛阳东郊，距市区 12 千米，背靠邙山，面临洛河，创建于东汉永平十一年（68），距今已有近 1900 多年的历史，其建筑时间之早，在全国位居第一，号称"中国第一古刹"。它在佛教史上有独特地位，闻名中外。世界佛教源于印度，中国佛教源于洛阳，白马寺一向被誉为中国佛门之"祖庭"、梵语之"释源"，也是我国第一所官办寺院，1961 年，被国务院列为全国重点文物保护单位。

据《魏·释老志》等史书记载，白马寺有段神话般的传说。东汉明帝刘庄夜梦金神，身高丈六，头顶白光，如日月般明亮，绕着宫殿飞行。他醒后问群臣，大臣傅毅答道："历方有神，名佛，形如陛下所梦。"于是，刘庄派郎中蔡愔、中郎将秦景等十余人到天竺（印度）、大月氏国（今阿富汗至中亚一带）拜佛求经，在天竺拜谒了著名高僧摄摩腾、竺法兰。他俩应汉使邀请，以白马驮载佛经和佛像返回京都洛阳。翌年，汉明帝修僧院，以纪念白马驮经之功，故名白马寺。从西方取回的第一部经书《四十二章经》，也是在这里翻译完成的。

白马寺门前，红墙绿树，宝塔梵殿，松柏葱郁，龛阁玲珑，显得庄严静谧。门口，见有两匹青石圆雕马，雄姿轩昂，威严凝重，为这座名刹增添了几分庄严和寂寞。据说这是玄奘当年西天取经的坐骑，因不少游人骑在石马上摄影留念，天长日久，马背明亮光滑。步入山门，只见殿阁层层，飞檐走兽，雕梁画栋，极为壮丽。

白马寺占地面积1300多亩，其中红围墙内古建区现有面积48.6亩。主要建筑多在中轴线上，有五重大殿，从南到北依次有天王殿、大佛殿、大雄殿、接引殿和毗卢阁，各殿建筑在长方形台基之上。台基以砖石砌成，从前到后，依自然地势，渐次略高。中轴线东西两侧为附属建筑，如祖堂、客堂、方丈院、摄摩腾殿和竺法兰殿等。全寺还有殿堂百余间，气势恢宏，蔚为壮观。

正北天王殿，是座五脊六兽的歇山式建筑，正脊是雕花云龙，还刻有"风调雨顺，国泰民安"八个大字，殿内正中的贴金龛里，坐着满面笑容的大肚子弥勒佛。殿内的四大天王，面目凶煞，表情强悍，在佛学经典里，称之为护世四王，"统御诸神恶鬼，令其不敢肆虐"。他们手中各持一种法器，代表东西南北四个方位，象征着来年年景风调雨顺。

大雄宝殿，是白马寺的主殿。殿中，供奉着释迦牟尼佛、药师佛、阿弥陀佛像及十八罗汉像。陪同的人告诉我说，这是艺术价值很高的夹纻脱纱漆像。夹纻脱纱漆像不同于泥塑、石刻、木雕、铜铸，它的制作方法，是先用泥、沙等做成原始框架，然后用苎麻（布）丝、棕等裱裹，再行涂漆，如此多次反复，最后描金绘彩，并脱去原始框架。这种造像，型美，色泽绚丽，防腐防潮，结实坚固。十八罗汉像，虽是元、明时期的遗物，却依然色泽鲜艳，非常珍贵。

殿内，主佛释迦牟尼神情端庄，体态丰硕，含目凝视，温良敦厚，右手拈花，迦叶、阿难两弟子旁立，文殊、普贤两菩萨列坐，两天女后侍。香案上具供齐备，左右钟鼓高悬，幔帐垂挂，蒲团排列，庄重肃穆。东西两侧，排列着十八罗汉像，神气活现，惟妙惟肖，给人以众星捧月之感。唐代诗人李白说"首出众圣，卓称大雄"，这是对佛教创始人释迦牟尼的尊称。千百年来，人们对之顶礼膜拜，络绎不绝，王昌龄的《东京府县诸公与綦毋潜李颀相送至白马寺宿》中"月明见古寺，林外登高楼。南风开长廊，夏夜如凉秋"便是当时对白马寺的生动写照。

令人印象深刻的还有天王殿。殿内正中央放置着木雕的佛龛，龛顶和四周有很多姿态各异的贴金雕龙。龛内供置的弥勒佛，就是传说中的"欢喜佛"了，他笑口常开、赤脚趺坐的形象，生动有趣，令人忍俊不禁。我忍不住驻足佛前，虔诚地双手合十，希望"欢乐佛"赐我力量，忘掉尘世中那些纷纷扰扰的烦恼。

白马寺的清凉台位于寺院后部。院内，古柏苍翠，金桂常青。毗卢殿高大雄伟，气势壮观。古人有诗描绘清凉台："香台宝阁碧玲珑，花雨长年绕梵宫。石磴高悬人罕到，时闻清馨落空蒙。"汉明帝刘庄从西域请来的两位高僧摄摩腾、竺法兰到洛阳后，禅居清凉台同中国官署一起，翻译了《四十二章经》《法海藏经》和《佛本生经》等佛经典籍，为传扬佛教起到了重要作用，这比"唐僧西天取经"，还要早570多年。

为了纪念摄摩腾、竺法兰对我国佛教发展做出的贡献，他俩死后，弟子把他俩的墓安置在寺内的西南两角，墓前石碑系明朝崇祯七年所立。东西两庑，供奉着两位高僧的塑像。现在，不仅殿、像皆存，而且，埋葬他们遗骸的坟墓，也还在寺的山门内。

白马寺东南约200米处，有座巍峨高耸的齐云塔，塔高35米，十三层，是金代建筑的密檐式方形砖塔。它构思别致，建造精致。据史载，此塔建于金大定十五年（1175）。古人曾赋诗赞曰："风回铁马响云间，一柱高标绝陟攀。舍利光含秋色里，峻嶒直欲压嵩峦。"传说，齐云塔下压着个"金蛤蟆"，站在塔前20米处，猛击手掌，塔下就会传来"呱呱"的蛤蟆叫声。其实，这不过是掌声的回音而已，哪里有什么金蛤蟆呢！

白马寺中历代碑刻甚多，其中，较为著名者有金代的《释源白马寺舍利塔灵异记》碑、《断文碑》，元代的《洛阳白马寺祖庭记》碑，系书法大家赵孟頫所书，记述了白马寺的始末，字体遒劲，殊深贵重。还有明代的《重修古刹白马寺记》碑、清代的《白马寺六景》碑等等。

"马寺钟声"，是洛阳八景中的一景。大雄宝殿内有一口明代大钟，造型精美，重达千斤，古时，每当月白风清之夜，僧人击钟伴诵之时，钟声悠扬，四空传响，余音袅袅。明人有"响振松梢惊鹤梦，韵沉潭底扰龙眠……谁谓腾兰衣钵杳，洪钟原寄一枝禅"的诗句，即咏此寺。

传说，古代洛阳城楼上也有一口大钟，当白马寺钟声一响，它便会立刻和鸣。同样，洛阳城楼上的钟声一响，白马寺的钟声也会响起来，这是多么神秘有趣的事呀！不过，也许是这两口钟频率相同，击钟时所产生的共鸣现象而已。但不管怎么说，我觉得这也体现出古人的智慧。

今天，新时代的洪亮钟声，激励洛阳儿女为改革开放、建设小康社会争分夺秒，奋战不息。喜看今日之洛阳，沐浴着时代的阳光，意气风发，斗志昂扬，充满了勃勃生机。

（三）

洛阳城南7千米处的关林，占地面积180多亩，是葬关羽首级的地方，还是我国唯一的冢、庙、林三祀合一的古代建筑群，有一种悲壮的威严，是国家重点文物保护单位，也是吸引国内外游人的一处重要古迹。我到达这里时，只见殿宇森然，肃穆庄重，古柏参天，苍翠蓊郁。

关羽，字长生，后改字云长，山西解州人，是蜀国大将，镇守荆州时遭东吴偷袭，兵败麦城，在湖北当阳被孙权部将潘璋、吕蒙杀害。孙权怕刘备联合曹操攻打东吴，派人星夜把关羽的首级送到魏都洛阳献给曹操。曹操不愧是位老练的政治家，识破东吴嫁祸于人的阴谋，并敬重关羽之忠义，命人用沉香木为关羽雕刻身躯，穿上寿衣，装在上好的棺椁里，令"以诸侯之礼葬之"。其所葬地点在都城之南，葬时曹操令大小官员送殡，并亲自祭拜，差官守墓。据说因关羽兵败伏兵，擒于钩套，因而怒视东南方就擒处，显示了其耿耿傲气。

历代封建帝王，推崇关羽的忠君思想，层层加封，终于把他抬为与孔子齐名的圣人，因而关羽墓被称之为"关林"。在封建社会，同样是死，却有着不同的称谓。《礼记·曲礼》中说"天子死曰崩，诸侯曰薨，大夫曰卒，士曰不禄，庶人曰死"，体现了封建王朝统治的森严等级和阶级压迫。大到坟茔高低、葬墓占地，小到随身陪葬品多少、丧服着装，都体现了死者生前的社会地位和财富多少，也暗含了丧葬"事死如事生"的道理，因而，只有圣人的葬地才能称之为"林"，如孔林、孟林等。皇帝的墓叫陵，王侯的墓为冢，平民百姓的墓只能算坟了。关羽死后，历经"侯而王，王而帝，帝而圣"，到了明朝，万历皇帝朱翊钧封关羽为"关帝圣君"；清顺治五年，顺治皇帝又加封其为"忠义神武灵佑仁勇威显关圣大帝"。所以，关林也是古代"帝王的陵园"。庙宇的每根斗拱尖端都刻有龙头，这在宫殿里也是少有的。关林有副对联："英雄有几称夫子，忠义惟公号帝君。"可谓画龙点睛。

关林的大门为五开间，红漆大门上面镶嵌九行乳钉，每行九个，代表关羽享有最尊贵的品级。走进大殿，月台左右有两棵柏树，右名"龙头"，左名"凤尾"。传说每年祭祀时，天上的龙、地上的凤，都会赶来参加，就落在这两棵树上，久而久之，树上就长出了龙头和凤尾。

仪门前，有铁狮一对，是明朝万历二十五年铸造，重3000多斤，平添了仪门的威严。正门上有慈禧的题匾"威扬六合"（东西南北上下称"六合"）。跨过仪门，是三林：柏林、碑林、狮子林。104个石狮分立在甬道两旁。甬道的尽头是三大殿。第一殿最为雄伟，面阔七间，高26米，顶上琉璃耀眼，五脊横立，六兽扬威。殿正中塑关羽坐像，帝冠龙袍，凤眼蚕眉，红面长髯，关平按剑左立，周仓持刀于右，比我小时候在家乡见过的关庙殿堂更有威慑力。门上还雕刻着十二幅关羽故事画，有桃园三结义、单刀赴会、三战吕布、古城会等，反映了关羽一生骁勇善战的历史。

二殿门上正悬光绪题匾"光昭日月"，前檐下绘着过五关斩六将等著名故事，殿内塑"关羽怒视东吴戎装像"，塑像身着绿袍，头戴纶巾，足蹬战靴，又是另一番威武。三殿又叫寝殿，东面塑关羽"夜读《春秋》像"，西面塑睡像，正面有大幅彩绘关羽出行图。

三殿之后是明代建的石坊，上书"汉寿亭侯墓"，还有康熙建的碑亭。再后边是葬关羽首级的墓冢，高15米，占地面积250平方米，遍植古柏。墓门横额书"钟灵处"三字，冢联写上书：神游上苑乘仙鹤，骨在天中隐睡龙。登上冢顶南望，只见始植于明朝万历年间的近千株古柏，苍翠欲滴，风吹柏叶，碧浪翻卷，整个关林尽收眼底，端庄富丽的殿宇掩蔽在这苍翠的古柏之中，使人感到别有一番诗情画意。"关林叠翠"，名列洛阳八景之一。

此外，在湖北当阳，有葬关羽身躯之处，称为陵。山西解县修建了葬其魂之冢，在四川成都也修建了葬其衣冠之冢。首、身、魂、衣冠冢俱全，这在中国的墓葬史上实属罕见。

面对这满目的郁郁葱葱，更让我对这位"身在曹营心在汉"的忠勇名将，增添了几分尊敬。尽管曹操用"上马金，下马银"来收买他，他仍不为所动。今人也应像关羽一样，对追求应有矢志不移的忠贞，即使会有失败或死亡，也要无所畏惧！在关林，我更坚定了这种信念。

（四）

一座城市，潜藏一部历史，书写一种沧桑；一件文物，承载一种兴衰，铭刻一场过往；一次旅游，领略一种感悟，加深一种考量。此时，我觉得我仿佛不是在洛阳观光赏景，而是在翻阅洛阳深邃的历史。在拜读历史的过程中，我受到深刻启迪，产生了很多感想……

洛阳，一座文化积淀厚重的历史名城，要观察她，感受她，了解她，我认为最好的办法，当然是身临其境，近距离地接触她，走进她……正如古人所云："若问古今兴废事，请君只看洛阳城。"

（2010 年 10 月 5 日）

站在八大山人雕像前

中国历史上有不少传奇式人物，八大山人便是我钦佩的奇人之一。八大山人在艺术创造上有杰出的成就，是一位写意派艺术大师，他的艺术对传承和发扬祖国文化遗产带来了深刻的影响，他以大写意水墨画著称，精于山水、花鸟、人物，尤以花鸟画称美于世。在创作上，他立意精深，构图奇特，笔墨简练，所塑造的艺术形象，具有独特的韵味。由于八大山人画品至上，名满天下，1985 年，联合国教科文组织宣布八大山人为"中国十大文化艺术名人"之一。其纪念馆位于南昌市青云谱，初夏时节，我到南昌游历时，到此瞻仰，徜徉其中，感慨万千。

青云谱位于南昌市郊外南 15 里处的梅河定山桥畔，其前身是一座道观，以关帝殿、绿祖殿、许祖殿三个院落为一体，院外一泓湖水，怀抱着青云谱，平静而悠闲。院内，青砖垒砌的粉刷的白墙，灰褐色的小瓦，再配以朱红色的廊柱，虽不气派宏大，却也有几分壮观，可见当年这里的香火并不旺盛。古樟树、罗汉松，虬枝老干扎根于此，似乎在诉说着几百年来的沧桑。在茂林修竹、树影婆娑、密叶遮日的鹅卵石和石条铺成的小道上行走，幽静无喧闹，寂静鸟传音，极具江南园林秀丽之景。可以想象，八大山人当年在这里修身养性，是何等痛楚，又是何等清贫。

漫步于通往八大山人纪念馆的曲径小道，江南特有的曲水流觞、亭台楼榭以及回行长廊，我有种曲径通幽的神秘感。尽管管理方在周围的空地栽植了许多新的植被，一些秋日的花木植物正绽放着鲜艳的花朵，引来蜜蜂和蝴蝶翻飞其间，但山人纪念馆周围那古朴苍劲的古樟树，依然让我感受到一种历史的厚重与沧桑。

<h1 style="text-align:center">（一）</h1>

进入八大山人纪念馆大门，迎面而立的就是八大山人的雕像。雕像中的他，斜跨斗笠，神情自若，眼睛睥睨前方，面容清瘦，精神矍铄，一副仙风道骨的模样，难怪数百年来，人们总想揭开他那谜一般的身世。他的身上，有许多离奇的故事；他的身上，有着许多值得我们思考的东西。

翻开那尘封已久的历史典籍，你会发现，八大山人的身世，实在不简单。他出生于明朝天启六年（1626），卒于清康熙四十四年（1705），是明太祖朱元璋第十七子宁献王朱权之第九世孙。八大山人的名号非常之多，有雪个、个山、个山驴、人屋、驴屋、八大山人、良月、道朗等，多达 55 个，这在古今书画艺苑中，是名列榜首的。不同时期的名号，都具有隐晦的含义，因此，他给后人留下了很多悬谜与争论。

八大山人出生时，其父见他耳较大，故取名朱耷。他自小聪慧异常，又受过良好的艺术熏陶，8 岁能作诗，11 岁能画青山绿水，能悬腕写米体小楷，并进官学为诸生。王府之中，藏有大量的名人墨迹、珍贵字画，八大山人自幼耳濡目染。他在繁华富贵中成长，过着钟鸣鼎食的生活。他善书法，工篆刻，尤精绘事。

1644 年 3 月，清兵入关，明朝被灭，八大山人的父亲因病离开人间。国破家亡给他以沉重打击。当时，清王朝对明朝宗室采取高压政策，八大山人在 23 岁那年，去奉新县耕香苑削发为僧，"栖隐奉新山，一切此事冥"，由一个风华婉约的才子、锦衣玉食的帝王后裔，变为斋供麦葵、烧火敲钟的僧人，这种生活倾斜和心灵的落差，可谓巨大。他为了活命和保持气节，从浮华的、贵胄的世界，遁入了空门。他凄恻彷徨，愤世嫉俗。心有所积的他，进入了"无行之我"之境界，超越了一切形式，无论是物质形式还是精神形式。长期的积忧，令八大山人患上了癫狂之疾，他忽而大笑，忽而大哭，装束古怪，戴着斗笠，穿着长袍，脚踏布鞋，摇摇晃晃，停停走走，或趴在地上呜呜抽泣，或仰天大笑，笑罢痛哭，哭笑无常，手舞足蹈，癫态百出，甚至撕裂自己的僧衣焚烧。有人用酒将他灌醉，他醉后不哭不笑，醒后又继续大哭大笑。忽兮恍兮，其中有象；恍兮忽兮，其中有道。

八大山人由儒而佛，由佛而道，继而还俗，身心备受折磨，精神恍惚，行为痴癫。他过着非常人生活，恨"清"不灭，复"明"无望，愤世嫉俗的感情交织，将自己的八大山人名号，以草书体连缀起来，形似"哭之""笑之"，表示对清王朝的不满和对故国的怀念，也蕴含了对现实生活"哭笑不得"的深刻含义。其后世知音——清朝书画文学家郑板桥，有一首题八大山人的诗："国破家亡鬓总皤，一囊诗画作头陀。横涂竖抹千千幅，墨点无多泪点多。"

八大山人在这所寺庙里，度过了一段漫长的参禅悟道、晨钟暮鼓的时光。清康熙元年，八大山人离开奉新，来到南昌郊外的天宁观隐居，躬耕悟道，创造书画，并把天宁观改建，更名为"青云圃"。这位前朝王子又成了一所道院的开山祖师，过上了亦僧亦道的清贫生活。62岁那年，他把道院交给徒弟主持，自己离开青云圃，在南昌抚河桥附近修筑"寝歌草堂"，进行晚期的艺术创作，度过了80岁，康熙四十四年初冬，病逝于"寝歌草堂"。

（二）

站在雕像前，我仔细端详、凝视，心有所思。幸好，年轻时的朱耷（也就是后来的八大山人）不是个花花公子，从小受到艺术的熏陶，能诗善画；幸好，他勤勉好学，笔耕不辍，终于大有成就。于是，大明王子"朱耷"消失了，画坛巨匠"八大山人"站起来了。历史的风云，使中国少了一位游手好闲的公子王孙，多了一位享誉中外的杰出画家和写意画艺术大师。

我站在雕像前，八大山人一手持竹杖，一手扶斗笠，静静地站在古树下深思，那表情、那神态，着实让人难忘。实在难以想象，这样一位清瘦的老者，用三寸狼毫，娴熟自如地将中国画特有的笔墨情趣展现得淋漓尽致。带着这些思绪，我走进了他的画作。

中国画讲究的是气韵生动、意境深邃，八大山人这个孤独的灵魂，散发出最灿烂的艺术之光。他笔下的画，最突出的感觉是怪，他画鹰，缩肩；画鸡，只画一足；画八哥，即使张口亦无鸣音。孔雀本是华丽高贵的，在他的世界里，没有漂亮的羽毛和美好的身影，黑乎乎一团，异常的丑陋，尾巴只画三支残破的花翎。

他画的石头，上重下轻，摇摇欲坠。对于这些鸟儿、鱼儿，造型都夸张变形，或拉长身子，或紧缩成一团，特别是眼睛，眼眶为一笔抹成的椭圆形，靠近上眼眶处以重墨点睛，一副"白眼向人"的神色，充满了倔强之气。画面大量的留白，突出主题，具有强烈的穿透力，激活观者的心。"空明孤寂"四字，挥之不去，自始至终占据我的心房。我总觉得有一根主线穿肠过肚，始终被一种空寂、孤助无援的心境所感染。难道他孤寂、颓伤的心绪，几十年来就一直纠缠不清？难道岁月悠长温和的双手，抚平不了他那心灵的创伤？

八大山人品格孤高而笔墨奇逸，当时便有"余尝阅山人诗画，大有唐宋人气魄。至于书法，则胎骨于魏晋矣"（清·陈鼎《八大山人传》）的评价。他在明末清初的绘画领域里，占有重要的一席之地。说得矜持一点，他的画极具个性，以水墨大写意来表现，融会贯通中国古文化的儒家、佛教、道教的思想精髓，践行"意境审美""外师造化，中得心源""书画同源"的艺术规律。他用淳朴圆润的笔势、灵动多变的线条写意、简明深刻的意境构造，将中华文化中的书法、花鸟画、山水画推向了又一个高峰。

八大山人一生创作的艺术瑰宝在古代书画史上，有着标志性的里程碑意义，并以此成为中国画坛的一代宗师，后来者包括吴昌硕、张大千、齐白石、潘天寿、李苦禅等享誉世界的大师，莫不对他推崇备至，对其作品心追手摹，影响所及三百年来领袖群伦，其品行高山仰止，其艺术生命至今不衰，仍焕发出勃勃生机。

可惜的是，八大山人的作品在当时并未得到社会的认可。清末民初时期，受任伯年、吴昌硕、齐白石和张大千等人推崇，八大山人在中国美术史上的地位才日渐显著。之后，中国美术史在介绍八大山人的绘画和书法时，都用了一个词：彪炳千古。中国美术史若无八大山人，绝对是会黯然失色的。

人，总想找到自己的位置，总想给后人留下点什么。那么，什么才是最有价值的东西呢？金钱吗？权力吗？我想，这些都不是，唯有精神的东西，才能穿越时空，流芳千古。"朱耷"这个名字，并没有多少人能够记住，虽贵为王子，也不免让人失去记忆；而"八大山人"呢，一介草莽画师，却享誉古今，名留青史，"朱耷"和"八大山人"，相同的一副皮囊，两个不同的身份，两个不同的符号，在世人心中分量相差竟如此之大，为什么呢？因为人们记忆的、在乎的，并不是他曾拥有的显赫王室身份，而是他为人类绘画艺术做出的杰出贡献。"八大山人"这个响亮的名字，盖住了"朱耷"这个原名也就在情理之中了。

青云谱陈列着八大山人书画碑刻作品及衣冠冢等珍贵的历史文物，让人游览之余，铭记住大师那落魄的岁月，以及汲取天地点化的艺术灵气，感受大师那贴近生活、贴近大地的幽深的艺术风格。漫步于青云圃，湖水在微风的推动下，轻轻地拍打着湖岸，更映衬出青云圃寂静的美。

（三）

300 多年的岁月，静静地流过，对于八大山人与他的作品，后世的研究者早已理解并称赞其人与画。然而，研究者大多心境坦然，少有"遏火"与"窒泉"之感，研究他时如同摩挲一只古老的鼎，很难在煎熬里与他认同。在青云圃，我力图与八大山人沟通，但心境更多的还是闲适，对他的遭遇，至多有一种凭吊的微澜。

世上的艺术家各种各样，在艺术与金钱的关系上无外乎三种：第一种是只知艺术不知钱，到了知钱的时候，也不知怎样赚钱；第二种是既知艺术也知钱，不必说，其日子过得如同公卿；第三种是靠炒作钻营，可以赚得盆满钵满。最惨的就是第一种了，而八大山人恰恰属于第一种。

晚年的八大山人"常忧冻馁"，且常常生病（清·程廷祚《先考袚斋府君行状》），不能不以画谋生，但书画的卖价却低得可怜。他在回复画商的一封信札中说自己的书画廉价得与一担河水差不多——"河水一担值三文"。一幅881字的《滕王阁序》，卖价不过"半百开元钞"，就是这样的价格，也已经让他喜出望外了。

八大山人曾经借东方朔的"拔剑割肉……割之不多，又何廉也；归遗细君，又何仁也"的话自嘲和自我安慰，让人心酸，又让人欣慰。艺术家正是在追逐功利还是专注唯美、出卖技法还是激扬性灵、取悦邀宠还是特立独行上，划分出了平庸和非凡。八大山人品格孤高而笔墨奇逸，其作乃是生命的寄托、心血的物化，这才让后世的许多大师们甘愿也只能匍匐在他的脚下吧。

一代又一代的人来了，一代又一代的人去了，他们的生命价值何在？有的人有一个轰轰烈烈的生，却留下一个默默无闻的死；有的人有一个默默无闻的生，却有一个轰轰烈烈的死。有的人显赫一时，却只能成为匆匆的历史过客；有的人潦倒终生，却成为历史灿烂星空的泰斗。当年的权贵与富豪，皆与时俱去，被写进历史、永远被人记住的，却是八大山人老先生。这不以个人意志为转移的生命价值的客观性和历史性，使不绝于耳的喧嚣，显得微不足道。多少年后的今天，我们一遍遍地阅读、欣赏着无比动人的画，忘记了那个时候的帝王将相。

时间的力量是伟大的，它不会因为你是帝王将相而让你发光，也不会因为你是平民百姓而将你湮没。一遍遍淘洗后，才能觉出永恒。时光如流水般消逝，而消逝并不等于湮没于无闻，消逝中存在永恒。八大山人的作品，今天仍被人们分享，他的名字还为当今的人们所传扬。他的书画在国内外市场上，奇货可居，成为史上最贵的中国画。这就是消逝中的行走，行走中的永恒。

走出纪念馆的大门，门前西南面的梅湖，在秋阳的照耀下波光粼粼，数点秋荷在湖面摇曳。穿越时空，似乎看到那位形态清癯的孑然老者，依然衣袂飘飘地徜徉于湖畔，孤寂地行走在他独自构建的精神世界里。

历史沧桑，岁月匆匆；大浪淘沙，斗转星移。八大山人纪念馆几百年的历史、几百年的文化，昭示的不仅是积淀几百年的深厚文化底蕴，更是启迪我们站在世纪的起点，为中华振兴而努力。

（2001 年 6 月 25 日）

勇攀西岳华山

游华山，是我心仪已久的事。读中学时，我看过《智取华山》的电影。影片讲了1949年国民党军残部数百人逃窜华山，我军侦察参谋刘小尧等八位勇士，从东侧的黄埔峪以竹竿绳索攀登北峰，捣毁敌巢，"智取华山"的故事，打破了"自古华山一条路"的传说。看完电影，我是多么渴望到华山去！而今，我趁去渭南之机缘，驱车前往华山，总算是圆了我多年的梦。

险峻峭拔、伟岸豪迈的华山，根植于渭南大地，吮吸着渭河的乳汁，有丰厚的关中文化底蕴润泽。

极目华山，晨曦中的苍山松柏，宛若一个个顶天立地的勇士，一拨又一拨的游客向着北峰、向着险峰，开始了他们的登攀。当太阳跃上山巅，仰望华山，依旧是这样一道壮丽的景观：五颜六色的人流，沿着蜿蜒的石阶和游龙般的索道向前，向上……

（一）

华山是一座宏伟秀丽的名山。"西岳峥嵘何壮哉，黄河如丝天际来。"这是唐代诗人李白对华山的咏叹名句。华山是我国五岳中的西岳，高耸在关中东部，华阴市以南，北临黄河，南接秦岭，是座花岗岩隆起的断块山。导游介绍说，整个华山的山体，是一块浑然天成的巨石，四面如削，通天拔地，浑然天成。在巨石顶部有东西南北中五峰环耸，俯瞰恰如一朵凌空怒放的雪莲，古时"花""华"同用，故名华山。

华山是中华民族的圣山。据清代国学大师章太炎和历代专家学者考证："华夏民族最初形成并居住于'华山之周'，名其国土曰华，其后人迹所至，遍及九州，华之名始广。"中华之"华"，源于华山。由此，华山有了"华夏之根"之称。我国史籍最早记载华山的，是《书经·禹贡篇》。司马迁在《史记·封禅记》上说黄帝游华山与神相会，又说舜八月"巡狩"华岳，虽为传说，但也说明古代记载华山至少有两千多年的历史了。据史书载，我国最早只有东岳泰山、西岳华山之称，到汉武帝时建立五岳制度，汉宣帝正式确立了五岳方位后，华山被钦定为五岳之一，特别是汉光帝迁都洛阳后，称华山为西岳就沿袭至今了。

华山的山势雄奇，是中华五岳的最高峰，峭壁险峻异常，素有"奇险天下第一山"之誉。"峻极于天"的泰山、"高出五岳"的峨眉山，都有几条山路可走，可从前山上去，后山下来。唯有华山，东、西、南均是悬崖峭壁，极难攀登，只有北侧山势稍缓，有一条阶梯石路可以登山。"自古华山一条路"之说，即来源于此。

我上山时仍是只有一条小路可循。在这一条路上，千尺幢、百尺峡、老君犁沟、擦耳崖、上天梯、苍龙岭，都是壁立千仞、宽仅可容身的险道。华山的山势，就像一个"乞"字："乞"字的顶端是华山的主峰——高2160.5米的南峰（落雁峰），左边是东峰（朝阳峰），右边是西峰（莲花峰）；两笔相交处是三峰咽喉的金锁关（通天门），俗话说"过了金锁关，另是一重天"；下面的"乙"，就是登山的南北一线；"乞"中间的一横，相当于千尺幢和百尺峡的所在了。

从峪口进山的20里路，是在山谷里行走。到了素有"四望群山绕，千盘一路通"之称的青柯坪，峪道已尽，上去就是险路了。看了坪上的摩崖题刻"脚踏实地，步步留神"，不禁有些提心吊胆。没有多远，又是一块"回心石"，要我回心转意，不要轻易冒险，但旁边"余勇可嘉""英豪迈步"等题刻，却鼓励我要继续前进。从"回心石"上去，就是千尺幢了。

千尺幢，是两块峭壁中一条又长又狭又陡的石巷，凿了370多级石阶，两旁有铁索护驾，是有名的"太华咽喉"。我手攀铁索、脚踩石窝，由下仰望，一线天开，俯视脚下，如临深渊。爬到顶端，有洞口，《水经注》称之为"天井"。在电影《智取华山》中可以看到，井口原有一块可以开闭的铁板，只要把铁板盖上，华山的咽喉孔道就被堵住。千尺幢旁刻有"试试一夫把喉口，看看诸君奈何渡"，在这井口似的通道上，我真有"一夫当关，万人莫敌"之慨。

千尺幢上去是百尺峡，也是两壁相夹，山崖陡绝。虽没有千尺幢那么长，却三面临空，比千尺幢更险，头顶上还有一块夹在石缝里的"惊心石"，好像随时有掉下来的危险。"惊心石"的另一面，已换上了"平心石"——逃过了悬在头上的达摩克利斯之剑，可以宽一下我的心了。

百尺峡一过，就是依山建筑的庙宇群仙观，现在是环境优美的招待所。再上去就是老君犁沟。左面是峭壁，右面是深沟，坡度也足有60°。相传上古时代，开凿华山，昼开夜合，劳而无功，但人们还是不知疲倦地合了再凿。这事感动了老君，他骑着青牛，挽着铁犁，帮助人们劈开了这条沟。现在北峰西部还有"老君挂犁处"，但犁已没有了。犁沟中间有一块平地，据说老君就是在这里得道升天的。石上刻有"离垢"二字，这显然是"犁沟"的音转，而这一转，又巧妙地和老君"离"开尘"垢"飞天的传说联系起来了。

从千尺幢到犁沟，已经走了连二连三的险道，但这不过才刚刚开始渐入佳境，诱人的奇景还在高处。

（二）

老君犁沟上去就是北峰。北峰，虽比不上东峰、南峰、西峰高，但景色秀丽，山势峥嵘，三面悬绝，巍然独秀，犹若云状，恰似一座云台，故名云台峰，是总辖四峰的要冲处所。李白的诗中有"白帝金精远元气，石作莲花云作台"之句，就是指远望诸峰，宛如青色莲花开于云台之上。

这里，奇峰耸立，直刺云天，山风徐来，云缠雾绕，令人觉得仿佛进入仙境。

从北峰沿山脊可通南峰诸峰。中间要经过"擦耳崖""天梯路""阎王砭"，光听这些名字，就令人心惊，更甭说在山脊上行走了。过了苍龙岭往南还要爬高，这里也是通向东、西、南三峰之巅的必经之路。仰望苍龙岭，只见一道黑色的山脊宛如一条青龙横卧空中，龙头和龙尾各搭一山，窄路就在龙脊上，需手脚并用才能攀登。窄路两边均是悬崖峭壁，谷壑深不见底，让人不敢往下看。

这时，天上一片硕大的云在迅速流动，云影从深深的沟壑中越过山脊，正攀登的我大吃一惊。突然，我看见右边的石壁上有六个字：韩退之投书处。相传，韩愈上华山，在这好比腾空而起的苍龙又从云雾间跃入深渊的狭径上，艰难行走，一时心跳不已，头晕目眩，只好投书求救。这种传说的真实性，我看未必可靠，但韩愈一番惊惧之后却有诗留于世："俄然神功就，峻拔在寥廓。灵迹露指爪，杀气见棱角。"可不，在高山深谷面前，官大气粗者也好，钱多势重者也好，才高傲世者也好，甚或曼妙峨眉、出身高贵骄人者也罢，都一时"望峰息心"，回到人的本真上来。

山脊渐渐厚起来，路边也出现了一些杂树，攀登虽然很费力气，但历险的紧张心情却全没啦。路上有个道观，上山的路就从道观穿过，道观内有茶水、瓶装饮料、食杂、汤面等供应，也出售华山风景光碟等文化用品。而我最感兴趣的，是道观柜台中陈列着的各种各样的锁，铜的、铁的、铅皮的、挂式的、链式的、马蹄形的，用钥匙开的、用密码开的，大大小小，一应俱全。自古华山一条路，山上不过住些僧侣女尼而已，用得着买锁吗？这么多的锁，需要多少人才能从山下挑上来啊？

我记得佛道圣地，是用不了多少锁的。"峰影不随流水去，鹤声犹带夕阳飞。""古庙无灯凭月照，山门不锁待云封。""净地何须扫，空门不用关。""云封天际路，烟锁梵宫楼。"我想找个人问一下，只见一个中年妇女匆匆走进柜台，高呼："买锁啦，买锁啦！锁住你的财宝，锁住你的幸福！"她转过身去对女游客喊道："锁住你的爱情，锁住你的丈夫！"虽然没有明说，但那锁的用途，我已明白了。

向上走不远，山路两边的铁链上，层层叠叠，挂着许多各式各样的锁。这就是华山的"金锁关"，有的锁已经生锈，有的刚刚锁上。有的人上完锁，正向悬崖深处抛钥匙；还有的人用结婚纪念日、生日等，给自己的锁上密码。我不知道这么多的锁，到底起了多大的作用，但我真心希望它们能发挥应有的作用，要是真的如此，那天底下就不会有夫妻反目的情况发生。我站在金锁前，对着那千千万万的锁深思：千百年来，中国的封建家庭就有无数大大小小的锁，可它并没有给家庭带来幸福。爱情如此，财富也不例外。因此，在金锁关上加锁抛钥匙的人，是不会有坏心思的。于是，我不再看锁了，加快了脚步，继续攀登。

　　东峰，又名朝阳峰。东峰尽处有"清虚洞"，由洞前青龙潭向东转去，山峰突然裁断，上凸下凹，三面临空，峰的东南角是最惊险的"鹞子翻身"，我两手拉住铁索，踏着绝壁上的脚窝垂直而下，到达东峰下面的山岭，这就是"博台"。"博台"俗名下棋亭，传说宋朝开国皇帝赵匡胤曾在这个亭子里和陈抟老祖下棋，陈为神仙，赵自然输个精光，他输了马匹、宝刀后，又压上了华山，结果又输了。陈抟老祖怕赵匡胤反悔，把他所给的文书贴在南山对面山崖上的一块白石上。现在每逢晴天，从南峰雷神洞南望，还可以看到这块白石。民间有"华山自古不纳粮"之说，就是从赵匡胤把华山输给陈抟老祖的传说而来的。现在，玉泉院的石窟里塑有陈抟老祖的塑像。

（三）

　　南峰，是华山的最高峰，高约2154.9米，也是华山数一数二的险景，明代有人题"登峰造极"石刻来形容它的高。我站在峰顶，感觉如古诗形容的那样："唯有天在上，更无山与齐。举头红日近，回首白云低。"此处东西两峰相接，形成靠椅形。峰之南侧为一断层深堑，与南面山峰相隔，更突出华山的孤峰突兀。峰四周遍布苍松劲柏，灌木墨绿葱茂，常有白云环绕；南望秦岭，青翠层峦，列如峻屏，横烟飞雾，像天上垂下的一幅巨大的山水画展现在我们的眼前。啊，真的太美了，我简直无法形容它的高、它的奇、它的险……

岭南面有最险要的"长空栈道"，俗称"九节慑慑椽"，每根椽插入岩壁，上铺木板，长约50米。上了栈道，抓住铁索，我踏着摇摇晃晃、叮当作响、宽不盈尺的木板前进，就像在万丈深渊的独木桥上行走。偶尔伸头向下一看，天哪！那是一个占据了整个视野的山谷，深达几千米，崖壁呈大锅状往下凹进去，且有一条条黑白相间的线，自山顶到山脚披挂下去，纵横交叉，人已完全置身虚空，若不是两手紧紧握在铁链上，感觉真会随山风飞去，飘落谷底。

西峰又名莲花峰，因峰顶有巨石似莲花而得名，海拔2086.6米。峰顶之西，有巨灵足迹和"斧劈石"遗址。传说华山三圣母的二子沉香，由父亲带往人间抚养。沉香因为路见不平，打死了权相的儿子，后来，知道母亲被舅父二郎神压在华山下，就力战二郎神，斧劈华山的巨石，救出了母亲。现见缝裂可容二人行走，长达几十米，几乎让我相信这神话的真实性了。元朝时就有《沉香太子劈华山》的杂剧，京剧《宝莲灯》演的也是这个故事。

西峰南崖有山脊与南峰相连，脊长300米，也称小苍龙岭。这是一条窄窄的、斜斜的山坡，中间挤满了游人，两边是白茫茫的雾气，还有一些松木和巨石陪衬，简直是拍照的绝佳之地。小苍龙岭上令我们印象深刻的，除了山石、松木和雾气外，就数蚂蚁了，而且是长着翅膀会叮人的那种。开始时，我以为是蚊子或蜜蜂，细看才知是会飞的蚂蚁，而且成群结队的。人站一会儿满身爬的都是蚂蚁，连续拍打着都赶不走。这让我想起了一个网名叫"飞翔蚂蚁"的军网编辑，不知其取名是否与此有关？

西峰之东北有巨崖直垂，黄白相间，旭日照射，赤光灿烂，远而望之，形如巨掌，因名"仙掌崖"，关中八景之一"华岳仙掌"，即谓此处也。唐代诗人崔颢《行经华阴》的诗中，有"武帝祠前云欲散，仙人掌上雨初晴"之句。所谓"仙掌"，是指陡峭的崖壁经过风化，产生裂缝，在裂缝地方被雨水冲成细微的小沟,同时,水流与岩石矿物质发生化学作用,所产生的溶液在岩壁上染色,在青黑色的崖壁上形成若干条悬垂的色带,远望之,犹如人的手指。古人联想到黄河成因,说是巨灵手劈华山,黄河从而向东归海。其实,两者的形成并不相关。

华山不仅险峻峭丽、巍峨壮观,而且各种景物都和瑰丽动人的民间传说联系在一起。登上华山,好像走进了一个神话世界。华山三峰鼎立,群峦拱秀,攀登绝顶,但见"只有天在上,更无山与齐",让你深感"无限风光在险峰"的乐趣。一路上,虽遇到崎岖艰险,但不虚此行,观世间之奇景异观,如读万卷书也。

巍峨华山,山之旷野是那孕育历史、繁衍儿女的关中大地。多情的渭河水,千百年来不息流淌。

仰望华山,啊,真太美了!我简直无法形容它的高、它的奇、它的险……是植根于渭南大地的人杰地灵增添了华山的光环,还是华山启迪了圣贤们的心智?答案写在青山绿水间。

(1990 年 3 月 27 日)

北纬 23° 的鼎湖山

江水轻轻地拍打着船舷，珠江两岸的万家灯火，在浓郁的暮色中渐渐隐去了。我搭乘一叶江轮，离开广州，朝着久已向往的肇庆缓缓驶去……

（一）

说起来也可笑，我这次去肇庆的心情，颇有点像当年朝拜佛家圣山的善男信女，我是千里迢迢，专为访问坐落在肇庆的鼎湖山而来的。和我同船结伴的游客，少说也有 100 多位，可惜我不懂他们的粤语，也没有特异功能去揣测他们各人的心思，但从他们的言语中听得出来，他们和我一样，也是奔着鼎湖山而去的。

话要说回来，虽然目的地相同，但我们着眼点却未必是一样的。我私下里揣摩，去鼎湖山的人，大概不外乎以下几种：一种就是去玩，说得文雅一点就是去旅游。鼎湖山是岭南著名风景区之一，我看过一份资料，上面形容鼎湖山有"层峦叠嶂的山势，浓荫蔽日的丛林，气象万千的飞瀑，瞬息万变的烟云"，这寥寥数语，却也道出了鼎湖山的妙处。加上它东距广州不过 118 千米，水路交通极为便利，那些生活在大城市，整天被嘈杂的噪音和污浊的空气弄得头昏脑涨的人，趁节假日之便，来到这个山明水秀、风景绝佳之地，松弛神经，舒展筋骨，领略大自然的风光，确也是一种娱乐和休息的极好方式。

另一种是朝山拜佛的。大凡"天下明山僧占多"，鼎湖山也不例外。早在1300多年前的唐代，禅宗创始人六祖慧能的弟子智常，开创了龙兴寺（现名白云寺），随即高僧云聚，寺院迭兴，号称"三十六招提"。明崇祯六年（1633），莲花峰又修建了莲花庵，后扩建为庆云寺，最盛之时有僧人800多名，为岭南四大名刹之一。自从改革开放，落实党的宗教政策后，明山开放，古刹生辉，来自广州、顺德、南海、中山、番禺、东莞等地的群众，以及港澳同胞和东南亚的华侨，前来朝山拜佛者，更是络绎不绝。

鼎湖山，因湖得名。传说，原来山巅有湖，叫作"顶湖"。后人根据黄帝铸鼎的神话，就易名为"鼎湖"。多少年来，它一直享有着鼎鼎盛名。在方圆百余里的范围内，竟然包括了江、湖、山、峡、瀑、潭、洞等多种天然景致，难怪有人把它称作"风景集锦"，说"鼎湖山兼有桂林的山、杭州的湖、黄山的雾、庐山的瀑"。我身临其境，细细品味，也觉名不虚传，确有同感。

鼎湖山地处北纬23°08′，属北回归线南亚热带地区。这里有满山葱茏苍翠的古木、四周缭绕轻袅的烟霭、侧畔叮咚悦耳的清泉、断崖溅珠撒玉的飞瀑，仿佛是一幅构思奇巧的山水画卷，缓缓地展现在我们眼前。有人把这俯临西江的宝地，比作"碧玉举上镶翡翠"，珍爱之情，可以想见。

在整个北回归带几乎被沙漠占据的今天，鼎湖山是不可多得的绿洲。这里气候常年温润，雨量充沛，为植物生长和动物繁衍提供了得天独厚的良好条件。

（二）

我是从大蕉园村进山，循着苍苔斑驳的磴道往上走，不出数百步，就进入林区，被包围在那无边的绿色海洋中了。这时，环顾四周，只见野芳幽香，古木繁茂，一切显得那样清冷、静穆、深邃。我仿佛与这绿色的世界融为一体，连我的心也染上了翠绿的颜色。我感到超尘物外，遗世独立，平素的一切忧愁烦恼，霎时间都被这汹涌的绿色荡涤净尽了。

鼎湖山具备多种植被类型，以亚热带季风常绿阔叶林为代表。此外，还有沟谷雨林、针叶林、针叶阔叶混交林等。据《鼎湖山植物手册》统计，鼎湖山共有植物 2400 多种，分隶 270 多科 1100 多属，其中有被列为国家一级保护珍贵树种的格木，号称"活化石"的孑遗植物苏铁、桫椤，以我国植物学家钟观光命名的特种树钟观光木；区域性稀有树种鼎湖钓樟、鼎湖冬青等，还有名目繁多的材用、药用、淀粉、油脂、纤维、鞣料等植物资源。

抬头仰望郁郁葱葱的桫椤，树木很高大，有的三四米，有的七八米，枝丫像伞那样撑开着遮挡着，叶子整齐有序，左一片，右一片，很对称。桫椤是一种很不好伺候的濒危植物，适合生长在气候温和、日照短、湿度大、无污染的地方，适合生长地林下或溪边阴地或地势险要、山高坡陡、河谷深邃的偏远处……如果它们生长在人迹很容易到达的地方，比如广州、福州等地，也许早就绝迹了。这次远行能观赏到这古老植物，实属万幸。鼎湖与其他河泊一样没什么特别，唯有这桫椤，给了我意外的惊喜。

踏进人迹罕至的自然保护区腹地，多年的落叶在脚下铺成了迎客的地毯，林中奇特的植物群落，缠绕纠葛，遮天蔽日，变幻多姿。群木中的"巨人"——人面子树和野荔枝，以挺拔的身躯，雄居林木之首，有的高达四五十米。别具意趣的板根，如鸟展翼，向四周伸张，用于支撑沉重的树干。让人感到十分有趣的"茎花植物"，茎干上开花结果，仿佛缀着一串串绿色的念珠。藤本植物纵横攀缘，与林木盘旋纽结。形态不一的附生植物，悬挂枝干，蔚为奇观。体形庞大的榕树，盘根错节，其根垂吊而下，无情地绞杀了邻近的树木，扩张着自己的地盘。

丰饶繁多的植物品种，错落有致，构成了层次相间的典型亚热林带，为各类动物的栖息创造了优越的生活条件。据调查，鼎湖山存有鸟类 100 多种，兽类 30 多种，爬行动物 20 多种，是华南地区生态保护较好的地区之一。

（三）

鼎湖山自然保护区有得天独厚的自然条件，然而在自然条件相似甚至比它还要优越得多的地方，童山濯濯，山穷水尽的山岭岗阜比比皆是，鼎湖山何以会与众不同，独享"回归线上的绿洲"之盛名呢？

在庆云寺香烟缭绕的大雄宝殿，在古朴淡雅的客堂和游人如织的山门两侧，我从那一块块镶嵌在墙壁上的碑记中找到了答案。这些碑记，年代有近有远，但内容大多是历代寺庙和地方官府有关保护山林、严禁采伐的法规，它的文字虽然不可避免地带有鲜明的时代烙印，但其中爱护草木、永葆山清水秀的信念，却不变如一，贯穿始终。

乾隆八年立的一块碑记是这样写的："鼎湖之庆云，乃要邑之名刹。上而宰官，下而文人秀士，往来诵经礼佛，皆造于斯。务必山清水秀，树木森蔚，乃像丛林丰度。身任知山，必要铁面，不容稍私。即凡寺内居僧，亦宜齐心戮力，卫护山场，使勿剪伐，以致濯濯，庶有相当于祖宗百年树木之意。"

所谓知山，说得通俗一点，就是保护山林的和尚。原来，庆云寺的众多僧人中，有一部分和尚就是专职的护林员，他们日夜巡山，不许他人擅自采伐山上的一草一木。碑记中还要求附近的老百姓"为父者，戒其子；为兄者，戒其弟。为夫者，戒其妇，使其知界内竹木，系佛门有主之物，俗人不可斩伐私取"……

由此，我悟到，鼎湖山能历经千百年而保持林木茂密，绿满青山，寺庙的和尚和附近百姓齐心爱护山中草木恐怕是最主要的原因吧。

当然，中华人民共和国成立以来，鼎湖山能够幸免于难，应归功于肇庆的人民群众，还有鼎湖山树木园的职工和科技人员、庆云寺的僧人，他们都是付出了辛勤劳动的。想到这一点，我打心眼里深深地感谢他们。

鼎湖山自然保护区，为保护生物资源、提供新种源和品种改良复壮，奠定了雄厚的物质基础，科学家们称它为"活的自然博物馆"。1979年底，它与吉林的长白山、四川的卧龙山一起，正式加入了联合国教科文组织的世界自然保护区网，并成为联合国"人与生物圈"生态系统定位研究站，在全国森林生态系统定位研究中也具有重要地位。

来到鼎湖山，徜徉在云烟缭绕的峰峦间，流连于喷玉撒珠的飞瀑流泉下，或者是沿着路隘苔滑的林中小道穿行在浓荫蔽日的密林深处，或者徘徊于金碧流辉的佛堂斋宫聆听空山幽谷的晨钟暮鼓……每当此刻，我的目光都会久久凝视眼前莽莽苍苍的山林。这碧绿滴翠的树林，密密匝匝，从深邃的山谷逶迤伸展到陡峭的峰峦，在清溪萦回的山涧和飞瀑凌空的绝壁，到处都是它们的世界。

是它们，点燃着秀丽的山峰，使无生命的奇岩怪石充满无限生机。

是它们，吮吸着天际的烟云雾水，使淙淙的山泉四时不绝。

也是它们，使历史悠远的名山古刹增添了神奇的宗教氛围。

目睹这些，我的思绪越过了时空，想了很多，也想得很远很远……

（1996 年 8 月 27 日）

夜游娘子关

车在夜色中缓缓前行，周围一片漆黑，偶尔见到一星灯光，我有点昏昏欲睡。到娘子关时，已是午夜时分了。橘黄色的路灯，轻柔地照着地面，四周极静，树影摇动，我在树影上轻盈地踏过，东张西望地搜寻着住宿地，幸有家小旅店，尚肯留客，便草草宿下。

（一）

不知睡了多久，懵懵懂懂地醒了，似有一阵阵隆隆战车声在耳边回荡，时有时无，摇摇头，声音便消失了。是长途旅行后借宿在这古战场，疲惫的神经产生的幻觉吧？辗转身，欲再入梦，那隆隆声又隐隐约约响起来了。侧耳听，一串颤悠悠的单弦弹拨声，在黑沉沉的房间里来回滑动，像清秋时节不甘寂寞的蛐蛐的叫声。

隔窗望去，夜色茫茫，刚想入睡，隆隆声又起，细听，复又沉匿，如此循环不绝。这是什么呢？我穿好衣服，走出了旅店。

月是残的，夜空蔚蓝蔚蓝，一颗最小的星星也可将之点燃。

烈焰、空幻、时光大片沉落，已碰到古远的寒凉了，挤痛的白云从回忆里飘出，它和它的飞翔，在我的眼里渐渐地蓝了。也许是为了证明大自然的脉搏尚在跳动，那神秘的隆隆声时断时续，很有规律地变换着。我走走停停，听听望望，寻寻觅觅，慢慢到了一个蓄满了水的水泥池前，恰恰那声音沉匿了，无从判断那奇异的声响是否源自这儿……

忽然，一丝若无若有的蚊翅翕动般的嘤嘤声从大地深处传来，片刻过后，声音愈来愈浑厚，愈来愈雄壮，如一串闷雷，从遥远的天际滚滚而来，在眼前轰然炸响，轰隆、轰隆……应和着泉流的轰鸣，四野山峦都发出浑厚的回声，一时间兵马啸嚣，车炮滚滚，宛若平阳公主催动千军万马奋战关山那遥远的史实重现。泉声又沉默了，秋夜再次归入了宁静，我怅然若失。

踏着古道厚厚的尘埃，我去探访早已在史书上读过的天险娘子关。娘子关在穿越太行山陉道的井陉西端，是正太路上冀晋两省交界的要冲，也是万里长城十三关中最美的一段风景。现有东、南两座关门和650米城墙，南门城楼之上，长匾上书蓝底金字的"天下第九关"，东门上书"娘子关"。这几个字，雄健、浑厚，写得有筋有骨，不知出自何人之手。再观墙体，坚固、凝练、庄重，如在古代，定可作"一夫当关，万夫莫开"之范本。它与我见到的山海关、嘉峪关和同在晋地的雁门关，并无多大差异，但气势雄伟，地形险要，从春秋战国时起，人们就在这里修筑长城，临近20世纪中期仍烽烟不断。两千年风云变幻，使这古老关隘蓄积了复杂内涵。

现存的娘子关为明朝嘉靖二十一年（1542）所筑。关楼的结构，其实并不复杂，分为上下两个部分，其下为墙，其上为楼，墙由硕大的青砖彻就，楼由原木构建，整座建筑三四十米高，面朝河北，背对三晋，威严地守护着这里的山山水水。想当年，这里烽火连天，或御外，或平乱，娘子关饱受了战争的洗礼。

哦，娘子关，都说你是太行锁钥、晋冀咽喉，几千年来把来犯之敌锁在关外，让人自豪。

（二）

这么一座巍巍雄关，为什么偏偏叫"娘子关"呢？说起来话就长了。

此地隋时设苇泽县，关随县名，故而自隋以降，一直称其为"苇泽关"。到了初唐，唐高祖李渊三女儿、唐太宗李世民之姐平阳公主，率兵驻扎于此。山西自古出名将，如战国的廉颇、汉代的霍去病、三国的关羽等，他们的英名家喻户晓。与这些七尺男儿相比，平阳公主毫不逊色，她是中国历史上杰出的女性将领，其"巾帼不让须眉"的英勇气概和豪迈情怀，让后人追忆。

传说平阳公主在娘子关挂帅期间，常常马不离鞍、手不离刀，阳刚之气溢满全身，即使嫁了柴绍将军后，仍习武领兵，驰骋疆场，是中国历史上有名的女中豪杰。此事，关楼上有副对联足以为证："雄关百二谁为最？要塞三千此关名。"

人们称她所率领的女兵为"娘子军"，后来也就将这座在她的镇守下固若金汤的"苇泽关"叫成了"娘子关"。娘子关与她的英名共存，一直延续至今，这一带尚留有"点将台""避暑亭"及"洗脸潭"等与平阳公主有关的遗迹。同时，留下了许多店铺、古客栈，由此形成了娘子关特有的建筑。

平阳公主自幼习武，长大后屡获战功。她死后，李渊派了一支40多人的鼓乐队去奏哀乐。然按唐朝礼制，妇人丧葬不得用鼓乐队，朝内有人反对，李渊指出此非一般鼓乐，而是军乐，并说："公主过去统率千军万马，有克定之勋，非常妇人之所匹也，何得无鼓吹！"可见，平阳公主确是一位巾帼豪杰。这一边防重地名叫"娘子关"，确实名不虚传啊，并无意间叫出了一种美丽，叫出了一道风景。

行至荒野，还没见到关楼，我止步了。残月照古道，阒无人踪，只有路左边一小堆篝火，在怯怯地舔着漠漠的夜色，不时有羊咩咩的叫声从那儿传来。我断定那是牧民在圈羊卧地，便前去问路。轻轻的脚步声，还是惊动了火堆旁打盹的人。我说我迷路了，他挪开一片地方，让我坐下取暖。在这寒峭的秋夜里，拦羊卧地，足见他生活的艰辛。

这时，月亮露出了圆脸，静如处子，皓如玉镜，仿佛离我很近很近，耸肩能碰，触手可及，如此裹满绿野灵气的月亮，顿时让人神归自然……

顺着老人指的路，我来到这座夜色中的关楼前。这就是当年平阳公主得以扬名天下的娘子关？关楼怅然独立，静默无语，那块"京畿藩屏"石匾，似乎还沉浸在往事的硝烟里，拼凑着支离破碎的记忆……

（三）

娘子关古城堡依山傍水，居高临下，建有关门两座。东门为一般砖券城门，额题"直隶娘子关"数个大字，似为检阅兵士和瞭望敌情之所。南门上为门楼，气宇轩昂，城门上"宿将楼"巍然屹立，相传为平阳公主聚将御敌之所；覆檐则雄伟高大，蔚为壮观。

我走过门洞，从其背后踅上关楼。关楼的左边是绵山之脉，万里长城的其中一段。长城似是近年修过的，砌得十分规整，绵延出一道风景：右边是宽阔的桃河，深深地沉在高坡之下。娘子关凭借这道天然屏障，保卫一方安宁。如今，在右边的崖下，修了一条公路，让关山与桃河，不意分隔，这样虽便利了不少，防御能力也由此变得薄弱。

关楼上的三间阁楼雕梁画栋，翘檐伸展，古朴得让人顿生一种厚重的敬意。此阁外观两层，其实只有十分通透的一楼。内有平阳公主塑像，高2.5米，塑像上的平阳公主英姿飒爽。明代王世贞《娘子关偶成》云："夫人城北走降氏，娘子军前高义旗。今日关头成独笑，可无巾帼赠男儿？"娘子关属于山西平定，清乾隆年间《平定州志》说："娘子关……唐平阳公主驻兵于此，故名。"但平阳公主仍没将名字留下来，也没留下完整的生平，使娘子关这个万里长城上最女性化的地名由来笼上一团迷雾。

娘子关的城楼下，不时有旅游客车停下，开走。我沿着镇上的小街，慢慢地走了一段。小街方石路面，也就二三百米，十几家店面，一家邮局。地面灰黄，两边的房子很斑驳，偶有轿车开过。一切带着尘灰，带着铁锈。这里的小街，幽静、宁远，让我想到了我的童年和少年。

我在楼下徘徊，追溯关楼那悠悠千年的历史雄姿。这关楼毕竟是千年前的建筑了，箭镞穿透大漠雄风，金戈铁马淹没在自己的喧嚣里。漠风是重复的，且与铃铛有关。砖木血肉筑成的关楼，还在守望疼痛或辉煌吗？月色楼下雄壮的剪影，感动了无数胡笳。桃河水在哗哗地响着，心跳还在频频追撵着悠悠的晚唱。千年沧桑，千年风雨，有什么样的建筑，能永久地点缀历史呢？

我在基石上摩挲了很久很久。1200多年了，在世事的兴兴衰衰中，它缄口不语，见证了沧桑的历史。我今天见到的关楼，是1542年明朝的作品。关外，古道悠悠，蜿蜒起伏，抚弄出一条柔美的曲线，著名的燕赵古道于是活在了时间的纯粹里。关城内却不同了，悠然延伸的是碎石砌成的小街，两旁民宅依旧保持着唐时的风貌。关帝庙、真武阁，就在关城楼阁的近旁，如影随形地护卫着近处、远方的日月。

岁月不留情面。娘子关，正如那关楼的上半部，拆毁几方石料便败落了，就像平阳公主离开那冲锋陷阵的娘子军就无法建树她名垂青史的赫赫功勋一样……

我怀着所有的虔诚和发自心底的悚悚情怀，不禁再次仰望茫茫夜空，漫无边际畅想开去，那湿润的残月、灿烂的繁星、熠熠闪亮的篝火、默默的关楼和无限的眷恋，深深地烙在了我的记忆深处……

(1991年1月19日于风荷苑)

琼岛碧海连天远

　　蓝色的爽风穿过狭长的南国，迎面扑来，海面湛蓝湛蓝的，随处可见的沙滩、大海，满眼的碧波荡漾，这是海南给我的第一印象。赤脚走在海边，感受海水阵阵拍打，看着自己身后一长串的脚印，真的觉得不枉此行了。我自小生长在江南的吴淞江畔，很少能有机会一睹大海的风采，南海对我来说，是一个梦幻，一个向往，一个期待！

　　这个梦在2010年春节即将到来之际实现了。在看到那一湾碧蓝的海时，我像孩子般兴奋地尖叫。坐在快艇上，海风吹乱了头发，海水打在脸上，嘴唇感觉又咸又涩，十分刺激。亚龙湾的沙子，很软很细，踩在上面，有种被温暖包围的感觉。要是在海边有一所房子，小屋凭窗，面朝蓝色的大海和银色的沙滩，背后是绿色的木棉、椰林、槟榔以及蔚蓝色的海风，那将是多美的享受！到了海南，感觉就像浸在了蓝色的蜜罐里。

（一）

　　游山，览尽天下奇胜；玩水，不乏稚趣泛身。亚龙湾风景宜人，海滩上到处是穿着泳衣玩沙嬉水的游客，即便是二月天，北国已是冰天雪地，可处在热带季风气候带的亚龙湾，真是理想中的天堂！阳光、沙滩、海风，湛蓝的天空下，有巨大的海轮，帆船俱乐部的勇士、戏水的人们轻松惬意，远处临海而建的别墅及沿海风景美不胜收！在同伴的怂恿下，我跃入海水，这是人工围起的海滨泳场，水温已是28°，正适宜游泳。海水是咸的，它的含盐量超过11.5%，有时呛一口海水，那滋味竟比含盐还咸。然而，在海里畅游，是室内抑或室外游泳池游泳所不能比的。游泳池里那些人工波浪是机械式的，一层层打来，总有种不能尽兴的感觉。在海里就完全不同了，那些波浪，时而如温婉的女子，时而如刚烈的猛士，时而像调皮的孩童，一波未平，一波又起。在海里起起伏伏，有着不曾有过的刺激，又夹杂着些许期盼，总希望下个浪来得更猛烈些。

此刻，我不由得想起伟人的诗句："不管风吹浪打，胜似闲庭信步。"真正练胆量、练气魄，非下海不可。从海中游到岸边，我兴趣盎然地与素不相识的游客攀谈在海水中游泳的体会，彼此惺惺相惜，相见恨晚，少了几分隔膜，多了几分英雄气概。这时，一阵浪涛袭来，海水给脚掌以轻柔抚摸，那真叫一个"爽"字了得！

望着这浩瀚的大海，人会变得很渺小，小得把自己都忘了。忘了自己，心胸也就突然变得开阔无比，仿佛融化在大自然中了。

我去了玉带滩和博鳌论坛会址。

博鳌，这个原本宁静的小镇，因举办"博鳌亚洲论坛"而热闹起来，使其声名远播。会议中心没有我想象的那么高大，北面一个透明的长廊通向与会者下榻的别墅，高高的绿树几乎掩盖了它。会议中心座位整齐，我在第一排坐下来休息拍照。主席台是不能上的，周围用红线拦起来。参观后，我从南面的正门大厅出来时，站在门厅放眼望去，就可以看见万泉河、玉带滩、圣公石。从高高的台阶下来，经过喷泉，就可以漫步到海边。

《我爱五指山，我爱万泉河》这一耳熟能详的歌曲，让每个中国人都知道了万泉河。借着博鳌亚洲论坛，万泉河又走向了世界。她发源于五指山，蜿蜒而下160多千米。上游群山起伏，乔木参天，景色迷人；下游河面开阔，水流缓舒，椰姿帆影，槟榔飘香，从小溪入海，汇成一幅迷人的热带画卷。

来万泉河，除了看她美丽的热带风情，再就是想感受一下漂流的滋味。导游告诉我，漂流本身就是一个充满刺激和诱惑的字眼，在被誉为中国亚马孙的万泉河上漂流，有着不曾有过的刺激，也是我终生难忘的经历。

我坐在一个长长的竹筏上，看到岸边男人在整理渔网，女人在刷洗东西，还有嬉戏的孩童、逐浪翻飞的野鸭白鹭，真是一幅情趣盎然、清新隽永的水墨画。在河中心，年轻人用竹竿水枪打起水仗，我们来不及躲闪，衣服几乎湿透了漂流在河面上，欣赏着两岸的田园风光，或同对面竹筏的游客泼水相戏，我仿佛回到了自己的孩童时代。

用勤劳、贤惠、善良、能干、热爱生活、重感情、顾家等赞美之词来褒奖海南女人，我觉得是很贴切的。她们皮肤黝黑，穿着简单，虽然谈不上花枝招展，但是她们美好的心灵是任何东西也替代不了的。

（二）

到海南，不能不去三亚，去三亚不能不去天之涯、海之角。车出三亚市区，举目远眺窗外椰岛风光，感觉大地格外清新，空气里弥漫着菠萝香味。大大小小的滨海沙滩，宛如旖旎秀丽的翡翠玉带，红土地栽种一年四季的稻谷，乡民大都头戴斗笠，肩挑小挂件或一些南方水果，其中沿街叫卖最多的是椰子。随处可见的椰树，亭亭玉立，直耸云天，枝叶随风婆娑起舞，娇美多姿，最具热带风光。

我们来到海边，眼前细沙铺地，数尺之外就是大海。临海远眺，水天一色，浩渺辽阔，波涛起伏。蔚蓝的大海上，征帆片片；湛蓝的天空中，白鸥点点。不远处，一尊高大独立的圆锥形巨石，像一头石狮，气势雄伟，坐镇南海，这就是"南天一柱"景观。它擎天拔地，有独立南天之势，充满了生机和活力，被誉为"财富石"或是"发财石"，其风景曾被用于第四套人民币纸币的背面。

再往前，一组奇石，嶙峋兀立，雄峙海边，其中有清雍正年间崖州知州程哲题刻的"天涯"二字手迹的巨石，高高地矗立着，昂首苍穹；写着"海角"的巨石稳稳地站立着，俯瞰沧海。

天一样的自信，海一样的气概，天海之间，风光无限。

引云涛阵阵，唤浪潮滚滚，日光翻影，海鸥竞翔；蔚蓝的海面，辽远的天边，豪迈抒情，壮阔襟怀。

凝视"天涯"，眺望"海角"。天之茫茫，海之迢迢，何处有涯，何处有边？

纵是天涯，纵是海角，天之外还是天，海之外仍是海。

"海角"群石与"天涯"石间有空隙，我遂向北欲往游客休息处小憩。在"天涯"石北侧面，上端有郭沫若先生于1961年春所题"天涯海角游览区"行书手迹，其下则是郭老《游天涯海角诗三首》行草手迹。往游客休息处小坐，再向南望，又是一幅阳光、沙滩、海浪、仙人掌的美丽画卷……

900多年前，目睹这些怪石头，触景生情，谪居海南的苏东坡吟咏仕途的遭遇："突兀隘空虚，他山总不如。君看道傍石，尽是补天余。"现在的天涯海角，蓝天、碧海、怪石依旧。眼前游人如织，阳光明媚，海浪轻轻拍打岩底，很难找到古人来此的悲苦和无助，到处充盈着浪漫的诗情画意。我想，人生总有迷茫的时候，需要走出去换一种心情，舒缓一下情绪，迎着海呼喊，踩着浪一扫心中的不快，把胸中的郁积统统抛向大海，接受海浪的荡涤。你的痛苦只是一勺盐，把它放在大海中，痛苦就渺小了，乃至消逝于无。天涯海角，我想，就充当了这么一个调节器的作用。

（三）

海鲜和水果是到海南不能不尝的两样东西，但如果让我在海鲜和水果里选一个的话，我更青睐于后者。从没见过这么多椰子，无论在哪个地方，到处可见整齐堆放叫卖的卖椰人。捧着这样一个个形态可爱的椰子，吸吮着里面甜甜的椰汁，会有种幸福的感觉。导游说椰子能降暑，解渴的效果比矿泉水要好，果不其然。海南的杧果很多，有很大青色的，也有小小黄色的，这些杧果大多很甜，最有名的是"台农一号"，着实让我回味无穷。除此之外，不得不提的就是木瓜了，这个在上海算是比较稀有的水果，在海南却遍地都是。不同于杧果，木瓜更多的是淡淡的甜、浑厚的香，吃在嘴里，回味在心里。吃过把木瓜和杧果打在一起的炒冰，加了很多炼乳，真是别有一番风味。我赶紧买了些木瓜准备带回上海，回去后好坐在家中好好品尝这些热带水果。在海南岛，还有荔枝、杧果、龙眼、阳桃、人形果、香蕉和菠萝蜜等水果。

海南岛的观赏植物和花卉也极其丰富，美不胜收。东山岭海拔只有百余米，方圆也不大，但这里集中了许多珍贵的树木花卉，其中有相思树、朱蕉、紫荆花……

不仅如此，这里的树，一个科目还分成许多品种，比如葵树就分散尾葵、剑葵、蒲葵、佛肚葵等。海南岛的花卉，还有一个特点，那就是颜色极其鲜艳。在整个旅游途中，我们在坐车穿越海岛时，高速公路两侧不时会有一团团火红的颜色映入眼帘，那高大的木棉树，一身红叶，那火凤凰的花朵，更是红得像燃烧的火，在风中跳跃着，分外娇美。

看着这样一些花卉树木，我感到从未有过的生机和活力。说实话，这里的有些植物、花卉，以前不是没有见过，但通常只是在植物园的苗圃里或者暖棚中才能与之照面，而海南岛，整个就是一座天然的热带植物园，各种各样的树木和花卉集中在一起，葱茏葳蕤，形态极妍，显得十分气派！

细细回味，海南犹如一名温婉的女子，拥有浑然天成的美，时刻舒展着自己无尽的魅力，让人神思徘徊，意犹未尽。海南的山，海南的海，请接受我这个远方朋友的敬意。

（2000 年 6 月 26 日于风荷苑）

攀登十八盘

三面是坦坦荡荡的平原，一面是比坦坦荡荡的平原还要浩瀚无际的海面。而这无边无际的浩瀚环绕、烘托着的，就是泰山，一座蕴藏着中华民族悠久历史的文化名山。

泰山高 1545 米，方圆面积 400 余平方千米，在山的家族中，算不得伟丈夫，在那些庞然的山岳峰峦中，泰山却成为五岳独尊的山，世界自然、文化双遗产的山。

泰山，是一种文化，厚而又韵味无穷。文人墨客歌咏感叹，秦皇汉武封禅告祀。泰山拥有丰厚、深邃的文化积淀，更具有刚强奇伟的意志，是我们中华民族的骄傲，是灿烂东方文化的缩影。

（一）

这次登泰山，有人告诉我，从岱宗至玉皇顶，全程有 9000 余米、6293 级石阶。我踏上石阶，沿着山腰，曲折盘旋而上，到达中天门。中天门也叫二天门，处在山腰间，正好为旅程的一半，山势也越来越陡了。

翘首北望，高耸云天的南天门，恰似一颗迷人的宝石，镶嵌在两峰衔接处，云梯从天而降，万仞千级，蜿蜒曲折。盘道奇险，峭壁排戟。为了不减游兴，磨炼攀登意志，我决定不乘缆车索道，还是徒步登山。从中天门出发，走过平坦的"快活三里"，爬过曲折的盘道，到了云步桥。

尽管今年开春以来，天气干旱，但这里水声淙淙，一股清泉在光洁的巨石上飞淌而下。明朝诗人有"天晴六月常飞雨，风静三更自奏弦"之诗，这是绝好的描绘。

叠叠石阶，又把我送到"五松亭"。传说中秦始皇封的"五大夫"松，早已沧桑物故，现三株古松也是200多年前补栽的。在古松荫下，清茶一杯，稍息片刻，便起身告辞，无暇观赏这雄奇景色，继续攀登。

前面就是"对松山"，也叫"万松山"。首先引我注目的是一棵傲然挺立在悬崖上的"望人松"（又称"迎客松"），它铁骨铮铮而又绰约多姿，展开双臂，迎接游人。接着，便是两峰对峙，万松叠翠，蜿蜒起伏，山谷风来，松涛滚滚。泰山苍松，千姿百态，逞异争奇，引起多少诗人、画家的喜爱和赞叹。它是刚毅、坚贞的写意，又是高洁、常青的象征，清朝乾隆皇帝称之为"岱岳最佳处"。

走过"对松亭"，峰回路转，别有天地，猛抬头，就到了泰山著名的登山险道"十八盘"。当地人有一个顺口溜："慢十八，紧十八，不紧不慢又十八。"

"十八盘"，本是登山的通道。陡峭的石阶，如云梯飞挂，一步变换，一次景观，十分雄奇壮美。有石刻楹联，生动描绘了这里的景色："门辟九霄，仰步三天胜迹；阶崇万级，俯临千嶂奇观。"但是，"十八盘"山势高，山路陡，共有1633级台阶，后473级称紧十八盘，前393级称慢十八盘，中767级称不紧不慢又十八盘。这些台阶又窄又陡，最陡处竟然可达80°，这是何等险峻，又是何等艰巨！郭沫若有诗云："危岩森壁垒，盘道上天梯。"

我仰望天梯云路，不由想起刘鹗的《老残游记》中有一段关于攀登"十八盘"的有趣描述：当时，有钱的小姐太太们上山进香，照例是坐轿子的，但到了"十八盘"，眼看这高耸入云的山路，直上直下，顿觉害怕万分，怕轿夫万一失足，连人带轿摔将下去，岂不成了肉酱！于是，她们想出了一个"绝招"，干脆用绢子把自己的眼睛蒙上，听天由命。轿子上了南天门，落地后，太太或小姐们，惊魂未定，问道："我没摔下去吧？"嗨，这是还不知道自己是人还是鬼呢！

（二）

当下的"十八盘"，石阶已经整修宽阔，有些地段还安了铁扶手，比之刘鹗写书的那个年代，确实是要安全多了，但攀登中的险峻、艰难，仍一如当年。

遥望直插云端的"天梯"，怀着"攀登绝顶"的决心，我一步一步地登上了"慢十八盘"后已汗流浃背了。向前就是"不紧不慢十八盘"，在三个"十八盘"中，它是最长的一段。这时，我心跳怦然，汗珠滚落，上两步咬咬牙，爬几级鼓鼓劲，一步步挺进，一阶阶攀爬。假如说其他地方都是登，那这里就是在爬。两侧崖壁如削，陡峭的盘路镶嵌其中，远看恰似登天云梯。我想，这些后凿的石阶尚如此险绝陡峭，在这些石阶没开凿前，那些古人们又是如何攀登的呢，而攀登又该需要多大的勇气和毅力啊！

"拜山的路呀，万阶长！赶山的人噢，在前方……"我又登了将近一小时，就进入最后一个"十八盘"。靠在升仙坊上，仰望南天门之际，我颇为"下悬万壑，高路入云端"的险境所惊，心中不免悸动不安。此时，却见右侧岩上镌刻着"山险心平"四个大字，于是受到启示，得到鼓舞。心，静下来了，重振精神，向最后山道攀登。

尽管已是气喘吁吁，累得腰酸腿痛，举步维艰，却还得继续往上爬。我看到一些年逾古稀的老大爷、老太太，有的结伴同行，有的在孙儿的扶持下走十几步歇一口气，正在顽强地一步一步地向上攀登，几乎没有一个人退缩或中途而返。他们的毅力和耐力，真令我钦佩。我们一路汗水淋漓，走走停停，一边观看那青山叠翠一边听那流泉淙淙；我们手把扶手，脚踏石阶，沿着蜿蜒陡峭的山路，躬身奋臂，一步一步小心翼翼地向上缓行。经过两个多小时的奋力攀登，终于渐入佳境，到达南天门的时候，我终于体会到了历经登山途中种种艰难后的乐趣。

心还在跳，腿还在抖，人到底还是上来了，低头回望整然而长极的盘道，我奇怪自己居然能上来。此时，每一个登上南天门的人，都有说不出的快慰和骄傲。南天门是对北天门而言，建于元朝，有600多年的历史。由此回望危峭崎岖的登山盘迮，实有置身云霄之感。涉步"天街"，而后到玉皇顶，但已经没有险途了，拾级而上，终于登上了海拔1545米的玉皇顶。玉皇顶，又叫天柱峰，上刻有"极顶"二字的巨石，气势雄伟，拔地而起，有"天下第一山峰"之美誉。

峰顶建有"玉皇观"正殿三间，祀玉皇大帝之铜像及两侍童铜像，玉皇大帝美目圆睁，似在时刻注视着人寰。站在殿前，似乎看不见什么参拜者。高约一米半的刻有"古封禅台"大字的石禅，瑟缩于庙门边，也并未引起游人们的特别注意，只是偶尔有人拍张照而已。

（三）

无限风光在险峰。登上山顶，如天官仙境，绝顶鸟瞰，顿感太阳近，云彩低，千峰奇观尽收眼底，白云缭绕，飘忽脚下，众山如丘，汶河如带，一幅巨画铺展在齐鲁大地上。我不由得感慨大地之广阔、林海之苍茫、苍穹之浩瀚、宇宙之博大；抚胸抒发凌云壮志、勃勃雄心，精神更加振奋，有一种人间天上的感觉。孔子所说的"登泰山而小天下"，不是他把天下看小了，而是赞叹岱宗的巍峨啊！

古今登泰山者多矣，然登临之目的各有不同：帝王们之登泰山，为了祭天，证明自己是所谓天子，证明自己统治的合法性。他们大约不会想到，百姓对这些御封的威严神灵，漫不经心甚至视而不见，而且他们竟然改造了帝王钦封的神灵，将之变成自己的保护神——泰山老母。这大约可以说明，我们的百姓早已有所不信，说明他们不乏智慧。碧霞元君还有泰山娘娘之称，老百姓似乎也摒弃不用，娘娘一词具贵族气味，也易于理解。下山时，又在老母庙前流连一番。老母的传说让我咀嚼不尽，而此刻我眼中的泰山，没有了严峻高骏与威严肃穆，而唯觉是苍翠满面、秀柔可亲了。

天下虽大，登高而望始知其小；泰山虽高，勇敢的攀登者却可以把它踩在脚下。中华儿女向建设小康社会进军之历程，多像登泰山啊！在这个伟大的征途中，也会有一个又一个的"十八盘"，需要我们去征服。我坚信，只要有信心，坚持不懈，一定能到达玉皇顶！

泰山，是一种人生的信仰。向往泰山，能给你一种理想；攀登泰山，能给你一种力量；思念泰山，能给你一种心境。泰山的永恒，连着永恒的生命，也连着永恒的信念、永恒的感动。

泰山之雄伟，尽在十八盘；泰山之壮丽，尽在攀登中。

（1996 年 3 月 27 日）

风光旖旎清西陵

又是秋风瑟瑟枫叶红的季节，忽在书架上瞥见《清西陵纵横》一书，脑海中油然浮现多年前的此刻，在河北易县清西陵走访时的情景，想到要为那位王姓导游写篇短文的承诺迄今未曾兑现，不由得拧灯端坐，握笔沉思……

（一）

那日，我们几位在涿州开经济信息报刊讨论会的同行应邀游览清西陵。走进清西陵之一的泰陵，一眼望去，四周松柏环抱，内中红墙黄瓦，宫殿琼宇依南北中轴线排列。尽管帝王已乘黄鹤去，陵宫却依然金碧辉煌，皇气浩荡。耳畔松涛飒飒，更见庄严肃穆，令人凝神屏息，心驰神往。

蓦然，清西陵接待处小门开后，走出一男一女。男青年介绍，这位女士姓王，是当地最佳导游。果不其然，王女士对清史了然于胸。西陵始建于雍正八年（1730），位于易县城西30多千米的永宁山下，整个陵区方圆200里，有华北地区最大的人工古松林。西陵背山面水，松柏葱郁，山清水秀，风景优美。现存千余间宫殿建筑和百余座古建筑、古石雕刻，构成了一个气势磅礴、富丽堂皇的古建筑群，代表了我国古代建筑那个时代的特征，反映了我国古代建筑的高超艺术，但面积略小于清东陵。古建筑群掩映在松林之中，若隐若现，俨然一幅绚丽的山水画。

清西陵，这片清王朝继关外三陵和清东陵之后的最后一座帝王陵寝建筑群里，有清帝陵四座，分别是第三帝雍正帝的泰陵、第五帝嘉庆帝的昌陵、第六帝道光帝的慕陵及第九帝光绪帝的崇陵。王女士吸了一口气，又一口气报出了乾隆帝生母、嘉庆帝皇后和道光帝皇后陵。这里埋葬着清王朝皇帝 4 个、皇后 9 个、嫔妃 57 个及王爷 2 位、公主 2 位、阿哥 6 个，共计 80 人，形成了以陵寝为主，行宫、永福寺、营房、衙署为辅的 83 平方千米的广袤陵区，是现存规模最大、陵寝建筑类型最齐全、保存最完整的古代皇家陵墓群，1961 年，被国务院公布为第一批全国重点文物保护单位；2000 年，被第 24 届世界遗产委员会列入世界文化遗产名录。

清西陵建筑最早，规模最大的是泰陵，居于陵区的中心位置，其余各陵分布在东西两侧。整个工程历时 8 年才完工，全长达 5 里，由神道贯通。泰陵的神道，由三层巨砖铺成，两边苍松翠柏，由南往北，分布着 40 多座大大小小的建筑。第一座建筑是进入陵区的一座五孔石拱桥，该桥跨越北易水河。五孔桥后建有三座高大的汉白玉石牌坊，牌坊上雕刻龙、兽，形象极为生动。再后是大红门，大红门是西陵的总门，建筑形式是单檐庑殿顶，辟三巷门，前后古松相衬，左右山水环绕，气势雄伟。大红门内右侧有一个小院为更衣殿，据说是皇帝谒陵时更换衣服的地方。大红门内中轴线上，建有高达 30 米的大碑楼（亭），重檐歇山顶，黄琉璃瓦盖顶，内有两通巨大的龟驮碑，碑上分别刻写满、蒙、汉三种文字。我努力辨认上面的汉字，其内容也没有多少实质性的东西，无非是歌颂皇帝的功德。碑楼四角矗立着石刻华表，以示帝威。

距大碑楼数十米处，建有七孔石拱桥。过桥是相对排列在御路两旁的石像和文臣武将。每个石像连座在内由整块的石料琢成，有狮子、大象、骏马这些动物，被石雕匠师们雕成驯良可爱的形象，富有静态之美。文臣武将造型严谨，形态逼真，文臣手捧朝珠，温文尔雅；武将身披盔甲，威风凛凛。御路由此绕蜘蛛山伸展，蜿蜒曲折，使陵墓显得深远。

过了蜘蛛山，位于中轴线上有一座华丽的琉璃门，叫龙凤门，四壁三门，两面都有由琉砖瓦制成的云龙花卉等。距龙凤门不远是三孔石拱桥，在桥上可以看到整个泰陵后部建筑：三路三孔石拱桥、小碑楼（亭）、神厨库、东西朝房、宫门、大殿、明楼等，以永宁山为屏障。仰望这些建筑，觉得它们格外的雄伟高大。

泰陵建在依山傍水之地，为保护建筑还建造了各式桥梁，用于防洪泄水。石桥和各式建筑互相联系，浑然一体，这正是建筑师们在建筑布局艺术上的独到之处。

（二）

清西陵另外一处建筑较为特殊的陵墓是慕陵。慕陵原建于东陵，建成后因地宫出水，经过七年营建工程后在道光一怒之下，全部拆毁，后改建于西陵。当时，清代已日渐衰落，但妄自尊大的道光帝毫不考虑国计民生，耗银240多万两，重建慕陵。这笔款项，按当时物价折合为百万人一年的口粮。慕陵规模较小，不建方城明楼，但建筑工艺极为精致，隆恩殿、两配殿均为金丝楠木，不饰油漆，保持原木本色，打开殿门，楠木香气扑鼻而来。天花板、雀替等，雕刻着云、龙，形象生动活泼。

慕陵与其他帝陵不同，以精美小巧的建筑模式、清丽淡雅的建筑风格、工艺卓绝的楠木雕龙成为清帝陵中最具特色的一例，是道光帝别出心裁之作。楠木烫蜡后褐然的色泽、灰黄交融的墙垣，配以蓝天白云、绿树金顶，典雅肃穆，清碧绝尘，自有一番幽远神秘、古朴超然的气度。围墙砖为"磨砖对缝，干摆灌浆"，墙身光滑整齐，感觉新颖。慕陵，是我国较为少见的古代有美感的精致建筑。

昌陵、崇陵，我觉得没有什么特别之处，基本上与泰陵相似。妃子、王爷、公主等陵规模较小，绿琉璃瓦盖顶，以示区别。崇妃陵埋葬着光绪帝的珍妃和瑾妃，这两位妃子是亲姐妹，珍妃支持光绪帝变法遭慈禧忌恨。1900年9月，八国联军攻陷北京，西太后携光绪避难西安，临行前，令人将珍妃投入井内。第二年，她的尸体才从井中捞出，埋在京西田村，后来移葬于崇妃陵。

清代皇室为修建西陵耗费了巨大的人力和物力。王女士告诉我说，据清室档案记载，雍正八年初建泰陵时，平毁村庄 19 处，圈民地 6093 亩，使当地大量居民流离失所。建陵所需楠木伐自湖广，石料采自房山等地，墁地砖从苏州、临清运来，琉璃瓦在北京烧造。清西陵的一砖一瓦，都凝结着人民辛劳的血汗。

清朝当时在西陵设立了东西王府、内务、礼部、办事务、关防、工部、兵部、衙门，驻扎了约一万清政府机构人员，负责陵寝的日常维修和祭祀。为满足西陵的祭祀经费，仅泰陵一处就在天津、保定等 20 多个州县占有庄园土地 125000 多亩。据记载，乾隆四年，仅泰陵一处祭祀用银就达 2 万两，其中一次小祭用银 570 两，按当时市价，可买米 85000 斤，相当于 10 万人一天的口粮呢！

真是"导游领进门，旅游看自身"，王女士细致清晰的讲解，大家听了，犹如走进了清代历史。

听着她对大家的解答与介绍，我问及她的学历、家境及其他情况。到底是燕赵女子，多有豪爽之风，她对我的礼貌关心与垂询，坦然得很，说自己是满族人，是守陵人，也是八旗子弟。

（三）

守陵人，就是清西陵始建以来，从北京和东北陆续派调而来专门负责看守陵寝的人，几乎全为八旗子弟，相当一部分为皇帝的近亲，以朝廷俸禄为生。历史上，清政府给守陵人以优厚的待遇和清闲的工作，可以按照品级高低，按月领取俸饷，有着特殊的政治地位。辛亥革命兴起，大清王朝崩溃，王女士祖上未曾离开，仍在此守护皇陵。80 多年来，尽管有不少至亲同族远走他乡，另择他业，到她这一代，在易县清西陵从业于国家文物保护工作与旅游资源开发的，已是屈指可数。

王女士感慨地对我说："求业，无非为谋生。百业中旅游是无烟工业，而且，我身居清西陵福地，能向国内外游客讲述清王朝的历史，也是长我中华民族志气、扬我华夏子孙威风的爱国之举，何乐而不为呢！"

王女士滔滔不绝，两颊绯红。她说，她已经有个5岁的女儿，从小生长、生活在这块土地上，对西陵的一山一水、一草一木挺熟悉，富有感情，"如果有缘，让她将来也考旅游学校，学当导游，毕业归来接我的班，讲中华民族过去的事情——清王朝的兴衰胜败，以史为镜，展示当代，昭示未来"。

听她口出此言，我耳畔顿时响起了一句古诗："风萧萧兮易水寒，壮士一去兮不复返。"参观完清西陵，我们一行随着她在陵区景点走马观花。绵绵山岭成为陵寝的天然屏障，登高放目，但见陵区一片碧海绿涛，陵殿如同绿海中的岛屿，时显时隐，金黄琉璃的殿顶在午后斜阳照射下闪闪发光。蓦然回首，王女士与护陵卫士石雕三点成一线，此时此地、此景此情，我突然发现清西陵女导游，是那么聪慧秀灵，又那样英武有力，至今定格在我的脑海中……

中华文明源远流长，历史长河淘尽了让人扼腕叹息的精美陵寝建筑，想到现存的以及即将考古发掘的陵寝文化，我们不禁感叹历史发展的无情，多少雄伟的陵墓毁于战火、偷盗；同时我们也暗自庆幸，多少陵墓又完整地保存了下来，它们留存于世的不仅仅是陵墓建筑，更是一段历史、一段逝去的无言文明。

（1993年10月30日写，2001年05月11日改定）

海底的精彩

说起青岛，人们想到更多的是其自然环境和美丽的风光。的确，青岛是一座驰名中外、具有欧亚风情的沿海城市，它三面环海，一面连接大地，既有漫长的海岸线、金色的沙滩、别致的岛屿，又有异峰突起的崂山、充满异国情调的欧式建筑。康有为曾旅居青岛，留下许多赞美青岛的诗文，其中最为著名的便是："青岛之红瓦绿树、青山碧海，为中国第一……恐昔人之仙山楼阁亦比不及，诗文不足形容之。"

青岛的风光固然充满魅力，然而，最令我难忘的却是海产博物馆。

（一）

海产博物馆，坐落在依山傍海、景色迷人的鲁迅公园内，它由两个姐妹馆组成：水族馆及标本陈列馆。

典雅富丽的水族馆建于 1931 年，距今已有 60 多年的历史了。这里设有 50 多个装满海水的"水晶间"，饲养的鱼类、虾蟹、贝类等，门目繁多，各自有着不同的生活情趣和生存本能。

章鱼，在海底世界是个强盗式的软体动物，头上长着八只布满吸盘的腕手。当它某只腕手被敌人捉住，它便将这只腕手断下而逃之夭夭。章鱼有钻夹缝的本领，一个身长 0.305 米的章鱼，可把自己挤压成一张薄纸的大小。章鱼还能变换自身颜色，与周围环境协调一致。当感到自己处境危急时，便喷出墨汁状的"烟幕弹"，掩护自己迅速逃离。

大对虾，是黄海、渤海特有的珍品，头部有两根长须和一个锐利的额剑，两只带柄的眼睛经常转动，显得十分英武。每当春暖时节，它们便从黄海南部的深海醒来，成群结队地经过山东半岛到渤海湾产卵；秋冬季节塞外寒风袭来，又携儿带女沿着老路，返回黄海南部越冬。

在"水晶间"里，缓缓蠕动着的鲍鱼、海参和漂泊自如的海蜇，也是非常引人注意的。我见到的鲍鱼只有一片介壳，但它有发达的腹足。据说，一条壳长15厘米的鲍鱼，竟有200千克的附着力呢！渔民在海底采捕鲍鱼时，必须趁其不备，突然袭击，否则，即使把它的外壳铲碎，它的腹足仍会牢牢吸附在岩石上。尼克松访问中国时，周总理以鲍鱼作为国宴的主角，鲍鱼在我国饮食文化中的尊贵地位由此可见一斑。现实生活中，鲍鱼的出现，往往代表着一桌饭菜的档次。我国一年的鲍鱼消费量，要超过1万吨，占全世界销量的三分之一左右。

暗绿色的海参，是海底世界的弱者，行动似乎颇为笨拙，几乎没有御敌的本领，只能在石缝中生存。但它却有自己的一套"绝招"，就是在遇到危险时，就把肠胃吐出一部分，引诱敌人去吃，它则趁机逃走。海蜇身上有许多刺细胞，上面长着刺丝，能放出毒液，这便是它的御敌武器。海蜇还是个天气"预报员"，能接收到人和一般动物根本接受不到的"次声波"（每秒钟振动8到13次的声波），凭着这种本领，每当海上风暴要来时，它总是先知先觉。人们受到启示，设计制造了一种叫"水母耳"的仪器，用来预测海上风暴。

（二）

标本陈列馆，则是另有一番天地，有布景箱、电动模型、浸制和剥制的各种标本等。陈列在这儿的珠宝贝螺多达几百种，五光十色，使人眼花缭乱。那宝塔般的海锥、那喇叭般的海螺、那孔雀开屏般的凤尾、那真的如同秀目圆睁般的猫眼，还有那黑鳎、血鹦鹉、海苹果、狮子鱼等稀奇古怪的鱼类，色彩缤纷，给海底世界增添了色彩。我国以贝壳为原料制成的贝雕工艺品，在世界上享有很高的声誉。

这里展出的珊瑚，可爱极了，有的像鹿角枝丫和管风琴的风管，有的像薄薄的易碎的花边水果盘和玻璃茶几，有的洁白晶莹似象牙雕出的茶花，有的像仙人掌丛林，有的似被挤变形的盛满小圆饼干的托盘，或像长长的、光滑的多米诺骨牌方阵，还有的像沾满了杏仁和奇特叶子的大面团……

浩瀚的大海孕育着各种神奇，散布在海底的那些色彩斑斓、形态万千的珊瑚，令人惊奇，它们白的晶莹剔透，红的艳丽如火，粉的含娇带羞……很长时间，人们并不清楚，那样幽深冰冷的海水下面，没有阳光，缺少氧气，那些珊瑚是怎么生出如此斑斓色彩的呢？

珊瑚是生长在热带和亚热带海底岩礁上的海洋生物，是珊瑚虫向体外分泌的外骨骼形成的。珊瑚虫是一种腔肠动物，许多珊瑚虫聚在一起形成群体，每一个珊瑚虫个体都能向外分泌钙质或角质的外骨骼，珊瑚就是这些外骨骼堆积而成的。老一代的珊瑚虫死去了，新一代的珊瑚虫又在其祖先的遗骸上生长起来，一代又一代，珊瑚的骨骼越堆越高，便形成了形状各异、体积庞大的珊瑚丛。而在珊瑚分布的海底，经常发生火山活动，在大量的火山活动中，不计其数的鱼类不幸身亡，而每一次火山活动所释放出的大量火山灰，也常常成为一些生物的杀手，珊瑚也难以幸免。但奇迹出现了，因珊瑚在死亡的过程中吸附进海水中的火山灰，而火山灰蕴含着一定数量的常量元素及微量元素，这些元素一旦被吸进珊瑚里，珊瑚就将改变自身的颜色：如果吸附的元素以铁为主，珊瑚玉石的颜色就是红色；如果吸附的元素以镁为主，兼有少量铁质，珊瑚玉石的颜色就会是粉红色或是粉白色；如果吸附的元素以镁为主，几乎没有其他杂质，珊瑚玉石的颜色可能是白色……

原来，色彩斑斓、美丽神奇的珊瑚是吸附了含有不同元素的火山灰的缘故。

了解了珊瑚斑斓色彩形成的原因后，我常常想：珊瑚是不是在给人类上课，它告诉我们：多么深重的灾难，都蕴含着改变命运的机会。

（三）

鮟鱇鱼，名字蛮好听，但人们叫它"魔鬼鱼"，还有人称它蛤蟆鱼、海蛤蟆、老头鱼、灯笼鱼等等，而比较传神的名字数海蛤蟆。它确实长得跟癞蛤蟆很像，只不过体积大了十至数十倍而已。在海底世界，鮟鱇鱼过得安稳而又康乐。许是上天特别眷顾它，它头顶上长着一根长而柔软的鳍棘，鳍棘顶端有一片发光的皮瓣，像是带"灯笼"的鱼竿。它懒散地将身子半埋于泥沙，守在青青海草边，"灯笼"闪烁，引诱着小鱼小虾不知死活地游进它那簸箕一样张开的大嘴中，喜滋滋饱餐一顿。有了这盏"灯笼"，它的身体吃得壮硕肥大。当凶猛的大鱼冲着它游来，它会马上机警地将"灯笼"熄灭，转身逃走，大鱼只得悻悻然离去。

更令人称奇的是，鮟鱇鱼的女鱼体形比男鱼大几十倍，男鱼一出生就要找太太，不然就会饿死。一旦找到女鱼，就立即冲到人家肚子上，一口咬住挂上，再把生殖器插进去，做完了也不再分开，而是连在母鱼身体上，由母鱼带着游，并满足母鱼一生的交配需求。一旦男鱼挂上女鱼，血管就会连在一起，时间长了，除了生殖器之外，其他器官就会渐渐融入母鱼身体，和母鱼一起吸收养分。当下，被切割成薄片的鮟鱇鱼，是畅销鱼品，在火锅店尤其受欢迎，吃的人出奇得多。

在大型动物的展室里，我看到了海中的庞然大物——鲸、海狮和大鲨鱼。一般说来鲸的性情是温顺的，但有人将鲸都说成了"鲸鱼"，这显然是错误的。鲸是生活在海洋中的哺乳动物，是世界上哺乳动物中体形最大的一种，不属于鱼类。鲸的祖先生活在靠近陆地的浅海里，经过很长很长的年代，它的前肢和尾巴渐渐成了鳍，后肢完全退化，整个身子成了鱼的样子，因此，人们常将其误认成鱼。

其实，鲸还是具有和陆上哺乳动物相同的生理特征的，如用肺呼吸、胎生等，也有一些为适应水生环境演化出的特殊生理构造，所以，作为哺乳动物的鲸，不能说成"鲸鱼"。另外，人们发现鲸会唱歌。若把鲸歌唱的录音用 14 倍的快速播放，听起来就像清脆的鸟鸣。所有的鲸唱的都是同样的歌，只是节奏不同，唱一次用时 6 至 30 分钟。有趣的是，鲸是"每年一歌"，就是一年换一首新的歌。那个振鬃欲吼的大海狮，看上去酷似陆地雄狮，不过，为了适应海洋生活，它的前肢和后肢早已变成鳍脚。

鲨鱼是海上霸王，好莱坞著名导演斯皮尔伯格指导的影片《大白鲨》中，凶残恐怖的大白鲨的形象，给我留下了深刻印象。不过，英国研究人员发现，鲨鱼可以充当天气预报员的角色，因为它们能够预知暴风雨的来临。更令人惊奇的是，这个"霸王"从不生病。生物学家觉得有研究价值的是，鲨鱼血液里的免疫体能抑制恶性肿瘤的发展和危害人体的病毒、细菌的繁殖，因此，可利用它来为人类健康服务。

（1992 年 5 月 11 日）

桐城六尺巷故事

在安徽游历时，途经桐城，我想起了从古传扬至今的六尺巷的故事。于是，决定下车，前去游览。

桐城市的城区并不大，走走看看，看看走走，经路人指点，在桐城的西后街，我寻到了这条貌不惊人、极其平常的小巷。两旁樟树浓郁，桂花清香，六尺多宽，百来米长，因是用鹅卵石铺就的，路面有些高低不平。

六尺巷的由来，是有一段佳话的。据史料记载："张文瑞公居宅旁有隙地，与吴氏邻，吴氏越用之。家人驰书于都，公批书于后寄归。家人得书，遂撤让三尺，故六尺巷遂以为名焉。"

这里的张文瑞公，即是清代康熙年间担任文华殿大学士兼礼部尚书的桐城人张英（清代名臣张廷玉的父亲）。他老家与邻居吴家为邻，两家院落之间有条巷子，供双方出入。后吴家要建新房，想占这条巷子，张家人不同意。因两家宅基都是祖上基业，时间又久远，对于宅界，谁也不肯相让。双方将官司打到县衙。又因双方都是官位显赫的名门望族，县官也不敢轻易了断，于是，张家人千里传书到京城，想请张英出面干预。张英看罢来信，只是淡然一笑，挥起大笔，写诗一首：

千里家书只为墙，让他三尺又何妨？
万里长城今犹在，不见当年秦始皇。

书毕，张英命人快速寄回家。家里人一见书信，喜不自禁，认为张英一定会帮自己家人。然而，拆开书信，家人看到的只是一首诗。后张家人听从张英之言，主动后退三尺筑墙。张家的忍让行为，感动了吴家，吴家既感佩宰相气量，也不失小城淳朴古风，也慨然让出三尺，两家之间，空出了一条巷子，共六尺宽。这条几十米的巷子虽不长，但留给人们的思考却很长很长。当地人知悉后，纷纷传颂此事，传为美谈，并给这条小巷子取名"六尺巷"。

在前法治时代的传统等级社会，官大一级压死人，朝中有人不仅好做官，其荫庇之下，族亲实际上在方方面面都很有权势。而张英，不以权重，不与民争，以和为贵，清直做人，着实让人感佩。这样的故事之所以会成为美谈佳话，也反证了其在传统社会并非常态。张英也不失为谦谦君子，张家失去的是祖传几分宅基地，换来的却是邻里和睦和流芳百世的美名。

巷口有棵老槐树，有两人环抱之粗，高十几米，枝叶繁茂，遮蔽了一片荫凉。树下，石桌石凳，围树而造。几位老人，悠闲地摇着蒲扇，谈笑风生。见我走近，其中白发苍苍的一位，神情淡定地说："争一争，行不通；让一让，六尺巷啊！"我回之以微笑。老人如禅的话，一语道出了六尺巷传唱千古的缘由，这与中国传统的儒家思想，一脉相承，因此，倍受尊崇，影响深远。

六尺巷的故事，核心词是官德，但不仅限于官德，强调用权要慎。每个人都可能会遇到自己占理的事情，但哪怕再理直气壮，也要得让人时且让人。无论做官还是做人，永远都要保持一分清醒的克制。

缓缓漫步，走入巷中，鹅卵石光滑的地面在脚底间游走。此起彼伏的蝉鸣从槐树上传来，在巷子里左跌右撞地回荡，声声敲击耳膜。望着斑驳的墙壁，我情不自禁地伸出手去抚摸，青砖石上，沟壑纵横，残留着历史的沧桑。不知不觉，时光流转，仿佛又回到了几百年前，但我听到的不是争，不是权，不是以官欺民，不是鱼死网破，而是一种阳光般的豁达、月光般的宁静。我仿佛亲眼看见张、吴二府化干戈为玉帛的感人情景，成了中国千古美谈。

现今，当地政府在六尺巷旧址前，修筑了一座高大的石牌坊，上面刻着"礼让"两个大字。礼让是心灵的丰盈、精神的成熟、生存的智慧，礼让是对别人的释怀、对自己的善待。能弯曲的树，不一定是廉价的木，如榕树；有礼让之心，不一定是柔弱之人，如张英。礼让是大海，有海纳百川的胸怀；礼让是蓝天，有高远不俗的境界。礼让的别名是宽容、自信和超然。时任国务委员唐家璇在参观六尺巷后，题词曰："桐城六尺巷，和谐名城扬。"当下，我们重温这个"六尺巷"的故事，依旧很有意味。

我踩着鹅卵石，一寸一寸地扶着石壁，向前走……眼前饱经风霜的六尺巷，令人思绪万千，浮想联翩。如果没有当年的那首诗，如今怎么会有这条幽幽的六尺小巷呢！在构建和谐社会的今天，我们面对矛盾和摩擦时，不妨想想上述故事，用宽容的心去处理事情，得饶人处且饶人，这就是"退一步海阔天空，让三分心平气和"。一个真正懂得礼让、宽厚待人的人，往往能得到人们的崇敬。六尺小巷，已成为标尺，成为典范，成为桐城朴素而令人回味无穷的传奇……

（2014 年 8 月 13 日于风荷苑）

青川山里

　　像我这样长期蜗居在城市里的人，难得乘车翻山越岭。在旅途中，兴奋代替了疲劳，好奇洗刷了风尘。

　　我兴致勃勃，东张西望。窗外绿水环绕着青山，紧紧相依，直到消失在看不见的尽头。"嗖"的一声，鸟儿像箭一样射向蓝天，随即又降落下来。呵，这里是它们生活的乐园、理想的天国啊！

（一）

　　汽车穿行在依山傍水的公路上。公路环绕着山峰，一层层地向上，左转一个弯儿，右转一个弯儿，弯弯曲曲，曲曲弯弯，向上盘旋，一边是悬崖怪石，峥嵘嶙峋，另一边是百丈深渊。我坐在车里，也是心惊肉跳的。山上，是望不尽的苍翠碧秀，郁郁葱葱，岚气云海，苍茫弥漫，仿佛在向我们频频点头，招手致意。深谷里，倾泻奔腾的银链，向我们报以不绝的掌声，偶尔也有一两个樵夫牧子，悠悠上下，望着汽车出神。

　　呵，这不改的青山、长流的绿水，诗人吟咏，画家挥毫，难道你的真正价值，就是那沉睡中的美吗？眼前那一簇簇、一丛丛开得如火如荼的杜鹃花没有给我回答。

　　汽车在山间盘旋前进，发着如负重担的喘息声，公路似乎到了尽头。突然，一阵喇叭声，只见车身顺势一转，眼前顿时豁然开朗，又出现了一个山自青青花自红的世界。

就在这转弯处，在这狭窄公路沿深谷的这一边，立着一排坚实的石桩，整整齐齐，不断地向前延伸着。它们像一列忠实履行责任的哨兵，在岗位上坚守着自己的阵地。

它们是安宁的化身、顺利的象征、安全的保证。石桩的形象，格外令人震撼。

衷心地感谢，这是一车人共同的心声。也许，经过这里的人，都会有这发自心底的声音。

从它们的身旁经过时，我蓦然回首，看到它们身上有累累的伤痕，它们有的被冲得东倒西歪、肢残体缺，有的甚至粉身碎骨，葬身万丈深渊。

石桩用自己的忠诚阐释了什么是担当，更显示了忠诚的可贵。

（二）

一路上，我算是真正见识了大山的雄浑苍茫。出发的时候，司机告诉我，一共要翻越三座山，最高的山峰海拔达到两三千米。山路百转千回，有时候我甚至怀疑是在云中穿行。

汽车在悬崖峭壁上奔驰，我的心始终是提在嗓子眼的。好在司机是当地人，技术过硬，开得又快又稳。一路颠簸，七拐八弯，还绕过了一个危险的滑坡点，直到隐隐约约看到了县城，我的心才真正放下来。

回过头想想，正是因为那些弯道，才让我的旅途变得新鲜而刺激。旅途最美妙的，就是期待的心情和历尽艰险到达顶峰后的喜悦。山重水复疑无路，柳暗花明又一村。如果一眼就能够望见尽头，谁还有探索的心情呢？

一路上偶尔会见到小孩子远远地朝我们的车敬礼。司机说，这是山里的孩子，在感谢外来的人们带给他们新的生活。以前这里几十千米范围内才有一所小学，那里的孩子去上学，每天要走上两个多小时的山路才能到学校，放学再走几十里山路回家，很多孩子因此放弃了读书，但大多数人坚持了下来。

只是这里的山，时时在提醒人们对于外面那个世界的渴望！

身处富饶四川的"穷山僻壤"，今日今时，这里也在悄悄改变，似乎外面的世界，与这里渐渐靠拢……

我曾经看过一张图片，一望无际的沙漠里，一条公路如蛇一般弯曲延伸。看后，我百思不得其解，那么平坦的沙漠，为什么不省点钱，建成笔直的公路呢？

人们告诉我说，因为沙漠里枯燥单调的旅途，很容易让司机放松警惕，无限制地加速，最后导致车祸发生。而那些弯道，会让司机提高警惕，同时也能减慢车速。

其实，人生就如同这沙漠里的公路，顺风顺水的人生，其实并不美丽。人们常说，上帝关上一扇门时，总会留着一扇窗。同样，上帝不会总是为人们留着门的，门总有关上的时候。

其实，在我们的生活中，总避免不了会出现一些弯道。

感谢这些生活中的弯道吧，因为正是这些弯道，提醒我们要时刻警惕；正是这些弯道，让我们不畏艰险，勇往直前；正是这些弯道，让我们的人生更美好。

（三）

人在景中游，车在路上爬；风景眼中移，闲意心中过。汽车行驶在大山之间，我心中产生了顿悟。

进入国道之后，四周的环境有了很大的变化，没有高楼大厦，连绵的山，青山绿水，蓝天白云，带给路人几分舒爽。

带着满满回忆的我，偶尔会从幸福的空隙间，偷窥几眼这不一样的风光。

路过山间那些不知名的小镇，会专注于路上的行人，会觉得他们与自己来的那个都市的人们并无太多的差别……

经过一天的长途跋涉，终于在傍晚时分到达了目的地青川，投宿在县政府的招待所里。

青川，原称清川，始名于唐代，县名是因"其水清美"而得名，古时是秦陇人入蜀之咽喉、历代兵家必争之地。她地处四川西南，与甘肃、陕西接壤。县城不大，远不及苏南地区的乡镇那样繁华，但街道整洁，空气清新，民风淳朴，给人以世外桃源的感觉。我们走走停停，看看聊聊，心情十分愉悦。兴奋过后是疲劳，但万千思绪又使我无法入睡。我翻看随身带着的地图，在微弱的灯光下，按着比例，推算着大致路程，终于发现，从出发地到这里，如果画一条直线，实际上并没有多少路程，但我却已经风尘仆仆，汗流浃背，在车上颠了整整十多个小时了。

呵，我走过的，是一条迂回曲折、忽高忽低的山路。

我忽然觉得，这多像我已经走过的大半世的人生，耗去了很大的精力，有时甚至是日夜兼程，但是今天回首一看，我走过的路却很近很近……

从青年时代，我们就心悦诚服地听取先贤的忠告，在前进的道路上进行着艰苦的攀登，但今夜，我却是那样向往坦途、平原、双轨的铁路、笔直的高速公路……在我心里，唱着一支这样的畅想曲。

许多事，如油纸过水，了无印迹，有些事，只是耗损了生命，而青川之行，给生命留下的刻痕，我永远难忘！

（1984 年 10 月 23 日）

香山叶正红

　　"西山景色当春好，闻说往游兴爽然"的古诗，唤起了我的游趣，我兴冲冲地来到了北京的香山。

　　香山公园始建于金朝大定二十六年（1186），是一座皇家寺院，明朝时，曾进行过大规模的修建，到清代又进一步扩建，乾隆皇帝御笔题名为"静宜园"，成了他的行宫。园内曾有28景，后遭八国联军焚掠，名胜古迹损失了大半。辛亥革命后，达官贵人又将其割据为私人别墅。中华人民共和国成立后，这里才成为人民大众的旅游休闲之地。

　　香山脚下，到处热闹非凡，小商店、小吃部、特色货物专卖店，充斥着各个角落。我花10元钱买了门票，走进东大门，抬头一望，香山像一幅巨大的画屏映入眼帘：苍松翠柏、绿柳白杨，郁郁葱葱；花团簇拥，姹紫嫣红，百鸟欢歌；古寺殿宇，台榭塔坊，飞阁流丹，依山傍水，半藏半露在悬崖绝壁之上。看到这样的美景，我登高望远的兴致，油然而生。

（一）

　　进门朝南，步步登高。缓缓升高的山上、游人如织的场地，喧腾起一股热闹的景象。虽说气温不低，但有这么多郁郁葱葱的景色作陪衬，自然舒心轻快许多。静翠湖的景观，别出心裁，植物茂盛，身临其境后才知道，有湖水的地方，便可衍生出别样的风采，湖水涟漪，苍翠掩映，翠鸟飞低，行人在开心就地旅游时，将繁杂事务丢在脑后，眼前的事物，给游人以新的视角。

我来到幽静雅致的双清别墅。这是一块宁静而丰富的历史传奇之地，一种绵长厚重的感动和熟悉的韵味迎面而至。这是一个修筑在小山角的庭院，风不来，树不响，只有两股清泉，潺潺有声。泉旁有口古井，名曰丹井。院内有水池一方，几片水莲的紫叶刚刚出水，数群红鱼浮游水面。临池有一亭，亭后有雅室三间。园内工作人员介绍说，中华人民共和国成立前夕，这里是毛泽东曾经工作生活的地方，这间别墅庄严肃穆的一隅，记载着当年的点滴故事和非凡经历。在此，记者曾拍下毛泽东主席拿报纸看南京解放的消息和照片。"钟山风雨起苍黄，百万雄师过大江"，这气壮山河的诗篇《人民解放军占领南京》，就是在这座玲珑宁静的小院里写的。虽然时光远去，但毛泽东主席的足迹却永远镌刻在了香山。

从双清向西，我来到了香山寺。令人感到惋惜的是，寺已不见，只留下断墙残壁。这一带的古迹保存完好的只有白松亭。在15株参天白皮松旁边，有一处人工砌成的三层半圆形梯田，只见小马尾松，亭亭玉立，娇娜之态，逗人喜爱，这是日本小客人赠送的，现在成了香山的小主人。

过了白松亭，山越来越险，树也越来越密，路也越来越难走了。我只听见轻风细语，却看不见人在何处。那盘山小路，上有密叶遮天，下有浓荫铺地，左右树林如墙似壁。因急于走出这九曲通幽的胡同，放开视野去看大千世界，所以，眼下的阆风亭、森玉笏、朝阳洞、西山晴雪碑，我都无心去观赏，径直来到绝壁之下，香炉峰就在山顶。这是香山的最高峰，瞧那崎岖险要的山路，我却有点发愁了，怪不得人们称这里为"鬼见愁"。可喜的是，公园管理处正在筹建载人索道，把游人从山下一直送到山顶，到那时，这"鬼见愁"就成为"人见喜"了。想到这也许是最后一次愁了吧，我精神倍增，一口气爬上了山顶。

香炉峰上，我凭栏望远，苍穹边缘正飘起缕缕云丝，华北平原从天际延伸至山脚下，整个京城，任日月梭行返照，它的悠悠岁月，带着一种神秘诱惑、一种怀古幽情，就这样随风四面袭来。我望着这莽莽群山，秋阳下，清风扑面，天地开阔，层峦起伏，姹紫嫣红，五彩斑斓，真是一片锦绣河山，令人感到心旷神怡。俯视山脚，群塔簇拥的是碧云寺，远望那湖光山影，是玉泉山、颐和园；南面是古刹八大处，北边是闻名中外的卧佛寺。所以，这里又有"古寺博物馆"之称。

下山时，我是从北面山坡走下去的。过了梯云仙馆、多景亭，路过看红叶的玉华山庄，见到不少人在看红叶。

（二）

京华秋色好，香山叶正红。重阳一过，满山的那些树叶，在秋风中渐渐红遍枝头，秋的景象，在我的眼中凝固了。远远望去，那红叶一簇簇，轰轰烈烈，红得让人心醉；一团团，红红艳艳，红得让人痴迷；一片片，红红火火，红得让人眷恋。那黄绿相间、层林尽染的山坡，那湛蓝的天空和洁白的云彩，那突兀的山峰和陡峭的悬崖，那清澈的碧潭和欢快的流泉，那神秘的洞穴和清脆的鸟鸣，那珍奇的树木和人工的雕琢，交相辉映，相得益彰，把香山装点得一派喜庆、一派吉祥，美不胜收，形成了一副绝美的自然水墨秋韵画。

闻名寰宇的北京香山红叶，给人的感觉是满山的红叶是成片成片的红，尤其到了白露过后浓霜侵入之时，叶子会由黄变橙，转红。阳光直射林中，整个香山树叶鲜红如火，闪烁金辉，像猎猎红旗、熊熊烈火、灿灿霞光、款款杜鹃，此时陈毅"西山红叶好，霜重色愈浓。革命亦如此，斗争见英雄"的《题西山红叶》诗句，更使人浮想联翩。

当走进其中，用心欣赏红叶时，只见满山的红叶，有桃红，有紫红，有猩红，五彩缤纷，在阳光的照耀下，在金灿灿的栌树叶映衬下，像盛开的花朵，像跳跃的火焰，像飘荡的彩霞，红得烂漫，红得热烈，红得奔放。我的前面是红色，后面是红色，左右也是红色，我仿佛也被染成了红色。秋风袭来，满山红叶蹁跹起舞，五彩斑斓，婀娜多姿，让人激动，我情不自禁地面对群山，大声地吟咏起"看万山红遍，层林尽染"的诗句来。望着眼前满山的红叶，重重叠叠，我想到我的憧憬、我的梦想，顿时忘记了秋日的惆怅，满怀激情地去收获生命的辉煌。

红叶，南北都有，我所居住的江南，大都是枫叶、乌桕，而香山的红叶却不是这些，除了主体树种黄栌外，还有火炬树、红枫、迎红杜鹃等树种，虽都为红色，却有不同的色调，相互陪衬，横贯秋野，光炫碧空，绣山绘岭，层林尽染，红霞满眼，正是"人入霜林疑仙境，赤橙黄绿五彩中"。

红叶，那一丛丛的红叶，便是一团团的激情、一首首的诗。香山一带，还有不少果树，其中柿子树是栽种数量最多的树木，它们一棵挨着一棵，撑起了一片片绿色，经霜之后，渐渐变红，秋越是深，越是红得如鲜血、如烈焰，让人敬畏，让人感叹。到了农历九月中旬之后，直到十月小阳春，漫山遍野，都是娇红，闪烁在秋阳中，烂漫在西风中，萧萧瑟瑟，衬着缥缈的蓝天、浮动的白云、点点的旅雁，其辽阔而又艳丽的景色，格外惊艳，格外壮丽，格外撼人心魄。

不论是枫叶还是黄栌叶，那一片片红叶，或深或浅，或浓或淡，浓的似咖啡，似赭石；淡的像胭脂，呈粉红。那景色，似油画，密密层层地点彩；如水彩，浓浓淡淡地浸洇；像水墨，飘飘洒洒地恣意。这样富有质感、韵味不同的枫林，也让它有了愈加丰盈的色彩与内涵，也只有自然的魔笔，才能把它的美艳表现得淋漓尽致。

（三）

秋色方酣，天空蔚蓝，那如火如血的片片红叶，令人惊艳，让人难忘。置身其间，目之所及，不仅是一步一景，即便是在原地三百六十度转动，都有着不同寻常的感受与感动，让人感恩自然的赐予，对生命产生敬畏。

那片片红叶，正是上苍送给人们人生旅途的礼物。红叶，是秋的另一种名片，是秋的灵魂、秋的胸怀，更是秋的风采；红叶，是一种精神象征，是对人生的沉淀和生命轮回的探求，诠释着秋天的最终哲理与生命的全部意义。我穿行其间，被这一片片红叶感动。

　　在北京重阳之后到香山看红叶，最是一时胜游。谁不想趁着大好秋光，一览香山秀色呢？过去最讲究骑小驴逛香山，这些小驴都是香山附近山村中的农民养的，真是小得可怜。从香山脚下静宜园门口骑上，沿着上山大路缓缓而行，这时如能拍张彩照，那该是多美好、多富有诗意啊！若摘下一片叶子，题上诗句，夹在一本书中，也许能给来年带来好运。因为，一片片红叶，就是一片片深情；一树树红叶，构成一堆堆梦想……多少年后，无意中翻到了，那颜色还是娇红的，让你记起当年的胜游，想起香山看红叶的快乐，心中升腾起一种难以言表的享受。

　　从昭庙遗迹七级八角琉璃塔下，来到幽雅的见心斋。院里有个半圆形水池，泉水从石雕龙头里流出，池水清澈见底，倒映着蓝天白云。青山古松，多美的景色啊！

　　深秋时节，去看看红叶吧。赏一场红叶，受一次洗礼，多一分安然，少一些不平，我们的心灵会变得轻盈无比。香山，看不够色彩斑斓的红叶，品不完醉人的红叶韵味。那个秋日，崇山峻岭中怒放的红叶，让我震撼、感动、迷恋，深深地印在了我的记忆中。香山，真不愧是一处富有天然景色的山林公园啊！

（1985 年 10 月 25 日）

黄河跳壶口

壶口，黄河直立！黄土地划出长长的弧线，坚岩劈出狰狞的裂痕，石破天惊，鱼龙跳峡，狂涛扑岸，霹雳腾空，集大河峡谷、黄土高坡、古塬窑洞为一体，凝聚了丰富深厚的历史文脉及壮美多姿的自然景观。

壶口之名很古老，战国时代的《尚书·禹贡》曰"盖河漩涡，如一壶然"，壶口由此得名。以"黄河奇观"闻名遐迩的壶口瀑布，流传五千年，同禹的功德一起世代相传。金色大瀑，世界唯一；旅游圣景，环球称奇。

（一）

清晨，我从陕西省宜川县城驱车出发，东行120里，奔流跳跃的黄河扑面而来，阵阵轰鸣，滚滚涛声，在耳边响起。两岸横崖千尺，奇形异状，群峰肃立，红叶迎秋，以"黄河奇观"闻名遐迩的壶口瀑布，不仅是中国第二大瀑布，也是世界上唯一的金黄色瀑布，就在这晋陕大峡谷之中。

黄河，是我们中华民族的母亲河。我记得，毛泽东主席在世时曾经说过：你们藐视谁都可以，但是不能蔑视黄河。蔑视黄河，就是蔑视我们这个民族。华国锋生前题写的黄河壶口拱门，一边写有"母亲河"，一边写有"民族魂"，这六个大字，足见黄河的凝重和庄严，因为它是孕育中华文明的摇篮。

黄河从远山之中，不，从天边滚滚而来。那河水平缓、悠然，是缠绕在青山中的一根金腰带，汹涌奔腾，经晋陕大峡谷到达吉县、宜川县境内，一条宽400多米的浑黄河床，浩浩荡荡，豪迈地涌动着，吟唱着。待到我眼前不远处，突然收缩成仅40多米宽，狂泻而下，落差达50米，水的流量为9000立方米／秒，相挤相撞着，跌跌撺撺地跳下，其形态如巨壶收口，一下子沸腾起来，形成横崖千尺，悬水奔流，咆哮怒吼，排山倒海。它挣扎，怒吼，咆哮，那震耳欲聋的吼声，伴随着两岸千万游人兴奋的呼唤、呐喊，形成了雄壮的黄河大合唱，只听水怒涛啸，势如万钧，山鸣谷应，声如奔雷，惊天动地，威武雄壮，不由使人心率加快，热血沸腾。

瀑布轰鸣着，激起百丈高的水柱，铺天盖地，变成了烟，变成了雾，又变成了雨，经风一吹，透过阳光，折射出鎏金般的璀璨光泽，显得那么壮丽而辉煌。随后，在水光映照下，放射出一道道彩虹，五彩斑斓而空灵绚丽。任凭水雾喷在面颊，喷在身上，我同人们一起呼喊，一起跳跃，一起歌唱。那一刻，我忘记了年龄，忘却了自我！

壶口之美，美在雄雄山水。万里黄河涛涌涛，百尺悬流浪赶浪，两岸高山雄对雄，四季奇景美更美。清代举人刘志诚看了这种场景，题诗曰："涌来万岛排山势，卷作千雷震地声。"河在震动，岩石在震动，大地在震动，耳朵在震动，人的心也在震动啊！站在壶口瀑布的山崖边时，那种"黄河之水天上来"的壮阔景象、那种"奔流到海不复回"的豪迈气概，令人惊心动魄，给人以巨大震撼，那感觉非亲历不可感，非言语能及之。

（二）

《楚辞》曰："沧浪之水清兮，可以濯吾缨。"壶口瀑布的水，乃"九曲黄河万里沙"，几乎是一碗河水半碗泥。就是这母亲河的水流，她是哺育先祖和传统文化的乳汁，是奔流着的民族热血。看到眼前排山倒海的滚滚浊浪和奔流到海的气势，我深深感到，只有壶口瀑布，才有这粗犷、豪放的大气派！

黄水汤汤，浊浪滔滔。黄河呀黄河，你出青海，穿甘肃，奔宁夏，进内蒙古，入陕西，来到壶口，已奔流了1000多千米，千次万次从壶口北侧跳下，再万次千次从壶口南侧跳出，跳得惊心动魄、白烟万丈，接着，还要一泻千里东流入海。陕北名歌《天下黄河九十九道弯》，形象地展现了黄河从远古的天边流来，向未来的大海奔去时的高亢豪迈和无比自信。它一路滋养着平川谷地，孕育着华夏文明。

壶口之深，深在悠悠人文。人文因山水而深厚，山水缘人文而名胜。一壶黄水万古流，千秋青史眼底收。尧帝、舜帝和人祖山水可以作证，大禹治水来到这里，有"禹治水，壶口始"之说。孔子观"悬水三十仞，流沫四十里"来过这里，郦道元注《水经》来过这里……壶口早就在华夏经典《山海经》《尚书》《吕氏春秋》《水经注》和许多志书里出现，成为一个古老民族的文明之渊。她如陕北悲情的信天游、酣畅淋漓的秦腔，原始而豪放，其声、其势、其景，壮、秀、奇，让人不能不为之陶醉。

站在壶口瀑布的肩头，听着那滔滔不绝的轰隆轰隆声，我不由想起历年来所见到的黄河，曾以多种多样的姿态迎接我，且表情多变：在青海的黄河之源，河道时而像小溪淙淙，时而如河流漫步。在兰州的黄河第一桥下，百十米宽的清流上，有羊皮筏来来往往，水底铺满了晶亮迷人的玉色卵石。在黄河第一坝的三门峡电站，我的白衬衣上曾被中流砥柱边泥浆般的激浪染黄。在古都开封，城外的黄河水面高及城内铁塔半腰，惊险无比。而在徐州，几段黄河古道被封在了一方方水泥池子中，平静如镜，仿佛在默默反思着往昔的奔放和狂暴……

在种种难以描述的感受中，最让我难忘的，当数和瀑布贴身站立又抬头仰望的时刻。相信那一刻，我们全看呆了。或许世界上还存在着许许多多的伟大力量，或许生活中还有着无数撼人心魄的壮丽冲击，但没有哪一种能像眼前这样，让人感受到一种空前的震撼。那是愤怒的极致、激昂的顶端、凶猛的无限、力量的空前！那是我们永远体味和追求的精神之全部！

"黄水劈门千声雷，狂风万里走东海。"黄河亿万年来在神州不断奔流，点燃了中华文明之火，又为它的未来献身，永不松懈，永不疲惫，勇往直前！

（三）

黄河之水，身披黄金铠甲，下跨黄鬃烈马，从天际扬鞭而跳下，面对着悬崖绝壁，没有犹豫，没有退缩，不屈不挠，无惧无畏，慷慨纵身跳落。从壶口形成瀑布奔涌而下后，她以每秒数千立方米的巨大水量，冲刷成一条"十里龙槽"。龙槽中的黄河之水，涛鸣浪急，像一条浮游奔腾的黄龙，向着东方，一路高歌，砥砺前行。

我不禁想问：黄河为什么非要跳入壶口而不绕过它呢？若在上游改变方向，不就没有跳向壶口这粉身碎骨、灵魂出窍的危险了吗？面对万丈壶口深渊，黄河是否怀着勇士赴汤蹈火的献身精神而跳？她浩浩荡荡，飞跃跳过，永不回头，不曾停息，向前，向前！

黄河不语，继续往无底的壶口里跳着，跳着，跳得匆匆忙忙、跌跌撞撞，再跳上岸时，已撞得伤痕累累，浑身流着白色的血沫，仍然向大海奔流而去。她仿佛在告诉我：还有哪里比壶口更能奔向大海啊！

凝视壶口之上舞动的白烟和黄色巨龙跳跃的身姿，我想到了前几天瞻仰过的黄帝陵、西安的兵马俑、延安的宝塔山，想到了屈原、李白、杜甫等人的不朽诗篇，想到了白羊肚手巾、红高粱、羊肉泡馍和信天游，还有那首代表了中华民族复兴强盛这宏大愿望的《黄河大合唱》，顿时，热血沸腾，民族自豪感油然而生。这部震撼人心的划时代音乐巨著，以它激越深沉的优美旋律、磅礴的气势，颂扬了黄河的雄姿，表现了中华民族不畏艰险、坚毅乐观和坚强不屈的伟大精神。

黄河之水天上来，壶口惊涛入我心。在这里，我更听到了亿万人民自强不息的心声，比瀑布更烈，比炮声更响，那雄壮的回音，不正像黄河向前的激流巨浪，让人感觉在生命中流入了一曲永远唱不完的黄河壶口交响乐曲！

然后，最使人浮想联翩、胸臆纵横、心潮澎湃、精神振奋的，还是那壶口瀑布。你看它，纬地经天，飞泻千里，跌宕奇崛，万代不息，从混沌初开的远古滔滔而来，向着光辉灿烂的未来滚滚而去。它从崎岖狭窄的高山峡谷发源，到宽阔浩瀚的大海汪洋中汇集，以坚定的意志、顽强的毅力，在艰难险阻面前不屈不挠，在百般顺利之时也从不休止，这是何等的气概，又是何等的胆识！我们难道不应从中得到启发和鼓舞吗？

哦，千古黄河，伟大的河，我们的母亲河！此刻，在壶口的一个高坡上，响起了节奏明快、铿锵粗犷的安塞锣鼓，然后是一声直冲云霄的唢呐声，引出一位陕北民歌手豪放高亢的信天游："天下黄河九十九道弯……"，伴着黄河的浪鸣涛吼，在天地间形组成一曲奋战新时代的豪迈乐曲。

嗟乎！流水相聚而势壮，民心相融而国强。愿我壶口，永世飞腾，满载吉祥，不分昼夜，不改初心，永不停息地奋勇向前奔流，一往无前，再铸辉煌！

（1989 年 7 月 29 日于风荷苑）

五大连池——大自然的杰作

　　总有一些地方，来了，就不忍离去；总有一些风景，进入了，便想融化其中。

　　被美景唤起的感动总是相似的，而唤起感动的美景却各不相同。风景，也是有性格的。盛夏时节，我一路乘火车来到了祖国北疆，要去亲近的，是五大连池。

　　五大连池，多么让人兴奋的名字。它在哈尔滨正北 350 多千米外的德都县境内，是火山活动给人类留下的珍贵遗产，因火山喷发时熔岩堵塞河道形成了五个串珠般的湖泊而得名。14 座火山呈"井"字状排列，方圆 800 平方千米。当年，火山喷发的岩浆冲撞着向山下奔涌，逐渐冷却凝固，形成"石海"。这里的"石海"分成几片，每个面积都能以平方千米计算，看上去像黑色石涛翻滚，与蓝天相连，举世罕见。现在，这里山秀、水幽、泉奇、石怪、洞异，是集生态旅游、度假休闲、地质考察为一体的"火山公园"。

　　踏上这片土地，我就感受到了天然氧吧的熏陶；喝了这里的泉水，就补充了各种微量元素。也许真的是这样，一到这里，我就觉得心旷神怡，旅途的劳累竟然消失得无影无踪。

　　我首先来到南北泉公园。这里是大大小小凹凸不平的火山岩，整个地面像波浪一样，层叠斑斓。让人惊叹的是，它们形态各异，有的似飞禽走兽，有的似花卉鱼虫，有的似重山叠岭，鳞次栉比，即使人间最优秀的能工巧匠，也难夺此天工，只有大自然才能雕塑出这样完美无瑕的图景。南北泉公园，最值得称道的还是源源不断的矿泉，泉水可浴可饮，人们称之为"神水""圣水"。人们围聚在饮泉旁，笑声不断，喝了一杯又一杯。

龙门石寨是近年来开发的一处景点。石寨的石海面积约5平方千米，是由大块火山巨石组成的熔岩台地。它的奇妙在于，随着时间的流逝，熔岩覆盖的不毛之地被莽莽森林包围，石海林海交相辉映，形成了独特的自然景观。

走进石寨，映入眼帘的是茂密的树林，白桦、蒙古栎、山杨、樟子松筑起了一道树墙。穿过林带，来到石海的边缘，举目望去，黑压压的火山石，如波涛滚滚而下，又如神兵天将布下的重重石阵，一眼望不到边。

沿着搭在火山石上的七曲八折的木栈道前行，犹如一叶小舟在黑色汪洋中起伏，周遭熔岩造型奇绝，千姿百态，如象鼻吸水，若瀑布飞泻，像黑熊咆哮，间杂着数以千计的喷气锥、喷气碟……

波澜壮阔的卷花石海、急翻直滚的石流瀑布、惟妙惟肖的龙腾虎跃、妙趣横生的石猿拜佛等，尽收眼底。可以想见，几十万年前的岩浆，是以何等的摧枯拉朽之势，浩浩荡荡顺坡而下，喷涌，奔流，翻腾……熔岩周围生长着北方特有的树木，其中不乏珍贵品种，令人感受到原始古朴的美丽。

五大连池最精彩、最美丽的还是黑龙山。黑龙山也称老黑山，之所以说它"黑"，是因为它是一座由深色的火山熔岩堆积起来的山，海拔只有515.9米，算不上高大峻峭，却是世界上保存最完整、品类最齐全、状貌最典型的"打开的火山教科书"。它的最后一次喷发是在康熙五十八年，即1719年。据《黑龙江外记》载："墨尔根东南，一日地中忽出火，石块飞腾，声震四野，越数日火熄，其地遂成池沼。"

我从龙门石寨转到这里时，只见满天乌云滚滚。上山的石阶陡而窄，据说一共768阶，谐音"齐顺发"。石阶两边的松树傲然屹立，生命力极强，有的根部竟裸露在外，艰难地吸吮渗入石缝中的水分。尤为奇特的是一棵长寿松，树龄已在 260 年以上。当年火山初喷，草木不长，渐有了生机之后，它抢先落户在峭壁悬崖，正值壮年时突被拦腰斩断，后又长出新枝，从树干的另一断面奇迹般地生长。它是大自然的杰作，也是老黑山的骄傲。

虽然是盛夏时节，但是登老黑山却不会大汗淋漓。这里有林木遮天蔽日，溪水潺潺流淌，山风凉爽宜人，荡尽了游人所有的烦恼与疲倦，让人一路看不够，也走不够。

终于登上了火山口。火山口呈漏斗形，直径 350 多米，最深处达 140 多米，内壁陡峭，全是紫色、褐色、红色及黑色的火山岩碎块及碎石，且南北高、东西低，犹如一个巨大的黑洞，森森然令人生畏。290 多年前洞中曾腾起烈焰，飞弹四射，至今洞口外坡还铺满了焦黑的岩渣和火山弹。我俯身捡起一颗碎石，觉得很轻，细看，上有众多气孔，状如蜂窝。询问方知，它叫"浮石"，置水里不沉，用来搓脚可治病，山上有小贩将其制成肥皂大小叫卖，一元一块。

在老黑山山顶，五大连池五个堰塞湖的全貌尽收眼底。极目远眺，五个珍珠般的湖泊，环环相衔，安详、舒展，就像懒洋洋的孩子躺在母亲的怀里。头池、二池、三池……五个池子，都是晶莹透亮的白，万顷碧波，一平如镜。呵，这五个美丽的湖又如五个温柔恬雅的少女，为五大连池的火出熔岩地貌平添了几分秀美，构成了一幅刚柔并济、水火交融的山水画卷。

没来由的，就是一阵雨，雨水铺天盖地，刹那间点燃连池的激情，连池遂回应以一派勃勃生机。不知何时，我已不觉自身的存在了，感觉只有风，只有水，只有草，只有游云，只有远山，只有一场连池与水的无止无休的爱恋……

我不由感慨，大自然是最卓越的建筑师。人与自然和谐相处，才是遵循自然法则的真谛。我呢，是化身为一道水纹、一缕清风还是一抹池影？

（2001 年 8 月 16 日）

那无法淡去的满目的绿

"天苍苍，野茫茫，风吹草低见牛羊。"

新的一天开始了，一轮红日冉冉升起，马群、牛群、羊群，在广阔的草原上开始蠕动，形成草原特有风景。

不知怎么的，我一来到这辽阔无垠的草原上，就有这样一种感觉，总觉得草原像我们的母亲，有着慈母般的宽阔胸怀。

（一）

我乘坐的汽车在草原的脊背上奔驰，目的地译成汉语叫"月亮升起的地方"。那里，有一个大牧场和一个现代化又十分著名的乳制品公司。这对一切感到新鲜的我来说，无疑是很有吸引力的，因而我的心情分外急切。

望着窗外，想起了十多年前的七月，在牧区草原，我见过各色各样的花。草原上，有牧民们深深喜爱的格桑花、达玛花、马兰花，有金黄的鞭麻花、浅黄色的野葱花、粉红色的曼陀花，有经得起干旱和风沙的苦豆花、花柳花和沙蒿花，还有那些叫不上名字的花，处处皆是。千紫万红的花儿，一丛丛、一簇簇，在流水潺潺的渠道边、在绿茵无际的牧场上、在牧民住的牛毛帐房四周，伴着青青的草叶和透亮的露水，争相张开了鲜艳的花瓣，绽放出璀璨的花朵，千丽万俏，五彩斑斓，简直是一片花的世界、花的海洋！

我爱这鲜花盛开的草原，遍野的花卉仿佛是对牧民崭新生活的赞美。几千种野生植物，或黄披绿，或开花吐蕊，或争奇斗艳，为这美丽的山水画卷增添了几分姿色。几百种野生动物，深藏在草丛下、山林间，或饮水觅食，或嬉戏打闹，给宁静的大草原带来了勃勃生机。

飞奔的车轮将这美丽的自然风光无情地抛向身后，可惜，太可惜了。倘若时间充裕，我一定要用脚去丈量，用手去抚摸，用肌肤去感受，在草地上坐一坐，躺一会儿，打个滚儿，和每一棵草、每一朵花、每一棵树零距离接触。我爱这草原上盛开的鲜花，芬芳、斑斓，把锦绣的祖国装扮得格外美丽……

草原之美，美在辽阔。行走在草原上，随意站在高处极目远眺，辽阔的大草原宛如绿色的大海，波涛起伏，浩瀚无边。无边无际的绿色，与蓝天、白云和太阳的余晖交织起来，色彩纷呈，绚丽夺目。汽车在草原上疾行，我试图寻找到这绿色的边界，可是几百千米后，依然是碧草连天，不见尽头。此时此刻，我真正体会到"辽阔"一词的含义。

草原之美，美在自然天成，并非哪位画家神笔，画出五彩斑斓的草原。啊，多姿多彩的草原，美得奇特，美得迷人！

"到底，还有多少路？"坐在我旁边的同伴推了推我，问道。他的提问，把我从记忆中拉了回来。

（二）

是啊，车行了好几个小时，仍然看不到目的地的身影。草原是这样空旷无涯，完全让人找不到方向。我在读书时读到草原景象：蓝天白云下，青青的草原，奔驰的骏马，洁白的羊群，宁静的湖泊，纯真可爱的少女……这到底是在哪里呢？在这里，除了天地相接处那条神秘的线，四周什么目标也没有。

聪明的司机似乎理解我们急着到达目的地的心情，他把车速加快到每小时 80 千米，但加力又是那么均匀，车行驶起来依然平稳而不颠。车快了，而头上的蓝天、宁静的云团，却依然一动不动，雍容安详，就像慈母的眼波。这时，透过车窗，我看到不远处正在拐弯的又一辆汽车，在草原宽广的胸怀中显得是那么的渺小，好似弹射出去的一枚弹丸。

这里的草原，与我十多年前去过的牧区草原有着很大的不同，现在，我们行驶在内蒙古的大草原上，而不是藏牧民放牧的藏北大草原。

这里的草原，看不到都市的高楼大厦、滚滚车流和熙熙攘攘的人群，听不到马达轰鸣、市井喧嚣和工地上的嘈杂之音。湛蓝湛蓝的天空离地面很近，几乎伸手便可触摸，洁白的云朵好似在头顶上漂浮，挥挥手便可改变它行走的方向。好一片宁静而又美丽的大草原。

车窗外，地上的花草越来越浓密繁茂，从草地到河流湖泊，都有花开。七月的草原，是花的世界，白的水蓼花、紫的水葱花、黄的金莲花竞相绽放。其中，要数金莲花最让人数不清，它娇艳芬芳，光鲜亮丽，格外引人注目。肆意怒放的野花，把这儿当成舞台，炫耀着它的青春和神采。

走进草原，我才感觉到她的神奇。一路上在好似单调的草丛中，偶尔可看到各种色彩不同的花和澄蓝吐翠的阔叶。我想，除了勤劳的母亲，谁能编织出如此和谐不俗的花的图案？它打破了我过去草原是单调的空间的认识——母亲的内心应该是丰富的，也是多彩的。

怎么，云团真的像诗歌中写的那样，落到地上了吗？看，一朵朵、一片片，等走近了，才发现原来是一群群的奶牛在聚餐。它们是那样无忧无虑、悠然自得，看见汽车开近，并不大惊小怪，仿佛见过大世面似的，偶尔抬起头来，轻轻摇摇脑袋，友善地哞哞两声。车上人凭窗引逗它们，它们又甩甩尾巴，继续津津有味地享受丰美的牧草。这时，我忽然意识到，离那个"月亮升起的地方"不太远了，这一群群可爱的乳牛，不就是迎接客人的先使吗？

终于到达了畜牧场和高度现代化的乳制品公司。因是在白天，所以我们无缘领略这"月亮升起的地方"的夜间景色，但我们看到了该公司在生产上井然有序的管理，看到了它们运转中的新式设备、丰足的产品，使我们大开眼界。

（三）

在这里刚刚还是奶流的长河，一眨眼又变成洁爽的小溪，再转向另一道工序，就喷出银色的雾。一会儿，便亲眼看到质量上好的成品自动装进塑料袋里，鼻息间闻到了一种甘醇的清香。尽管平时对牛奶的味道并不十分喜欢，此时我却产生了一种亲切感。从公司方的介绍中得知，这里出产的乳制品，行销全国各地，在我所居住的城市上海，他们的产品在市场上占有很大的份额，我家所购的乳制品，就是这个公司生产的。而且，该公司产品在出口中还占有不小的份额呢！

由此，我又想起了刚刚看见的那些哞哞叫着的奶牛，想起它们正在咀嚼肥美的草料的样子，也想到了滋养这些花草的大地。我们乘坐的汽车需要加油，我们参观者需要这样或那样的条件，可是我们经过的草原，除了大自然赐给它的雨雪冰霜外，它得不到任何额外的东西。而在这些大自然的"赏赐"中，有时还会受到无情的伤害，但它经受住了。到了春暖时节，它才稍稍得以宽舒，获得春雨的滋润，而它就以此为乳浆，哺育了花草，送给辛劳的人们。由此，我不由深情赞叹草原的无私！

泰戈尔说："天空中没有留下翅膀的痕迹，而我已经飞过。"这片花的草原，我悄悄地来到了你的身旁，就像欣赏心中女神一样看着你；我静静地离开你，带不走头顶上的朵朵白云，但我留下了对你美好的回忆，留下了与你数十张合影后的眷恋，留下了那永远无法淡去的满目的绿……

内蒙古大草原，令人流连忘返。但我知道，下一站有更美的诗和远方，正向我招手！

（2004 年 9 月 27 日）

说无字碑

到了西安，我听到了这样一句话：陕西的黄土埋皇帝。这句话其实说得不无道理，中国历史上，出现了众多的王朝，3000多年的时间里，大约有13个王朝在西安建都，那得有多少皇帝埋在这儿啊！因此，陕西帝王将相陵墓之多，可以说是居全国各地之首。

到了乾陵，我最想看的是唐高宗李治和女皇武则天的合葬陵墓前的那块无字碑。无字碑名扬天下，千百年来不知引来多少人驻足观看。无字碑也令我神往，对它我有一种莫名的敬意。武则天，这位中国历史上唯一的女皇，上承"贞观之治"，下启"开元盛世"，世称"贞观遗风"，是封建时代杰出的女政治家，却在自己的墓前立了块不书一字的碑，这是何等的气概！

（一）

乾陵，位于陕西乾县北的梁山上，距西安80多千米。车出乾县县城，向北望去，就看到梁山三峰。其中，北峰最高，是陵寝所在地，远远望去，高耸的陵墓凸起在渭河平原上，蔚为壮观，令人遐思，其工程之巨，由此可见一斑。

乾陵陵园周长40千米，有17座陪葬墓，如永泰公主墓、章怀太子墓及懿德太子墓等。这些陪葬墓全被盗过，已发掘清理5座，其中永泰公主墓中出土文物 800 多件。

　　乾陵正南 11 米宽的御道，砌有 526 级台阶和 18 个平台，比南京中山陵多 134 级，是我国皇陵前最大的石阶通道。山坡两侧，柏树林高大浓密，绿荫深深，在唐代有"柏城"之说。白居易咏乾陵墓曰："陵上有老柏，柯叶寒苍苍。朝为风烟树，暮为宴寝床。"清人有"乾陵松柏遭兵燹，满野牛羊春草齐"之句。可见，今日所见之柏林，乃为后人所植。上了第九道坡的平台，东侧有一座凌空西傍山崖，东边脚下有凭深谷一石柱托举的玲珑亭阁，我登阁四望，八百里秦川，历历在目；千余年烟云，涌上心头。

　　沿着 780 米长的司马道向北峰走去，夹道有肃立的石人、石马、石鸵鸟、石翼马等大型石雕，共 103 件，长达 1 千米。最南的一对华表，高 8 米，直径 1.12 米，数十里外就能看到。华表里边的一对翼马，是我国皇陵前竖立最早、最大，用神话手法表现的石刻，供两位皇帝骑游。依次向北，有 1 对外国品种的鸵鸟石刻、5 对石马及 10 个牵马人、10 对翁仲等，显示出皇家禁苑的庄严肃穆。司马道成了我国最大的露天石雕艺术博物馆。

　　据史书记载，公元 684 年高宗李治葬于乾陵。公元 690 年，武则天改唐为周，正式登上皇帝的宝座。她即位时已 67 岁，是我国历史上即位年龄最大的皇帝。她当女皇 15 年，实际执政时间却长达半个世纪之久。

（二）

　　武则天，中国历史上是第一位也是唯一的一位登上帝王宝座的女人，并州文水人，于唐高祖武德七年生于长安，唐中宗神龙元年（705），崩于洛阳上阳宫，时年 82 岁。武则天逝世后，根据她的遗愿，唐朝君臣将她的灵柩与唐高宗李治合葬于乾陵。司马道西侧的《述圣纪》碑，又名七节碑，高 6.3 米，宽 1.86 米，阳面的《述圣纪》为武则天所撰，中宗李显书丹，颂扬了李治的文治武功，每字都曾"填以金屑"，至今尚留

1500 字。

《述圣纪》碑的东侧重达百吨、用一块完整巨石雕成的石碑，据清乾隆年间的《雍州金石记》记载，"碑侧镌龙凤形，其面及阴俱无字"，这就是"无字碑"。碑高 7.53 米，宽 2.1 米，碑首刻有 8 条相互缠绕的螭首，饰以天应龙纹。两侧厚 1.49 米，上刻《升龙图》，碑座上有《狮马图》，还有许多花草纹饰，均系线画，精美流畅。宋金之后，许多诗文不断往上镌刻，年久磨灭，又有重新刻上的，确已模糊难认了。

无字碑在乾陵石雕中处于显著位置，引人注目，而且雕刻精湛、风姿韵味独特，富有传奇色彩，倍受游客青睐，名播八方。游客们到乾陵，几乎都要在无字碑前驻足，或凝眸注视，或摄影留念，或指点评说。无字碑在人们的心中，不仅是乾陵的象征，更是女皇武则天的象征。

依据乾陵建设布局对称之特点，"无字碑"与"述圣碑"显然是高宗去世时由武则天主持所立。而这块"无字碑"，自然是武则天预先为自己准备的。一游人在碑前叹道："无字碑变有字碑，有字碑变无字碑！"话里有深奥的哲理。郭沫若先生也曾无可奈何地吟出："没字碑头镌满字，谁人能识古坤元。"由于承载了太多的历史记忆，无字碑成了一种独特的文化观象。

碑上为何无字，史书上也找不到相关记载，后人对其有颇多的猜测和争论。最具代表性的说法是：武则天公德之高，难以用文字表达。也有人说这是在骂武则天的恶行罄竹难书。当年，武则天留有遗言："己之功过，让后人评说。"应该说，在男尊女卑的封建社会里，武则天能当上中国历史上唯一的女皇帝，只此一点就很了不起。

在我眼里，无字碑是一座巍峨的醒世丰碑，尽管碑上空无一字，却抵得上一部万卷史书。据史记载，武则天称帝期间，对大唐时期各种制度进行过被后人赞誉的改革，这位封建时代的女皇，虽不完美，但她的丰功伟绩却是不容置疑的。

（三）

也有人说，无字碑昭示了唐中宗李显深深的无奈。皇帝母亲去世，作为儿子的唐中宗李显，在碑上能写什么呢？说她不是个好皇帝吧，她确实做出了了不起的政绩。李显左右为难，无奈之下才有了这块"无字碑"。这些猜测和争论，无疑给无字碑增添了神秘的色彩。

穿过两碑，有61尊王宾石像，可惜的是，只有一二尊有头。继续向上，便是不复存在的朱雀门、献殿、灵亭及峰顶上的上仙观。

乾陵位于梁山主峰南坡的山腰，1966年找到的墓道呈斜坡形。据《旧唐书·严善思传》中记载：墓道长63.1米，宽3.9米，墓道与墓门间有39层石条填砌，缝隙间都用锡铁溶液灌注，坚固异常，看上去毫无斧凿之迹，同梁山的其他地方一样，荒草、乱石、黄土覆盖。乾陵是唯一未被盗过的唐陵，一旦重启，定会震撼世界。

历史上的无字碑，据我所知很多，武则天的无字碑不是最早立的，明朝十三陵的碑也多半无字，但武则天的无字碑是中国历史上唯一的女皇所立，且造型奇特，所以声望最高。自古以来，历代帝王圣贤都逃不过后人评说，武则天的无字碑，是她赫赫一生最为神奇的句号。

历史的车轮滚滚向前，没有什么是永恒的，唯有传说，在历史中、在人民的口中变得鲜活。就好像我这次来西安，不是为了品尝美食，而是为了品尝历史。

（1995年7月12日）

镇北堡西部影视城

　　塞上，一个多么神秘的字眼！它也许把你的思绪引向千古空旷的蛮荒，没有青的山，没有绿的水，也没有多少生机勃勃的城市。然而，这一切都已成为历史，沿着长城一路走下去，你会发现，塞上，既有大漠孤烟、长河落日，也不乏"江南"柳色点染的"边陲"重镇。这些城镇，往往是古老的，却又是十分年轻的。宁夏回族自治区的银川市，正是它们当中的一个。

　　银川的确是年轻的，就像屏障着她的那高耸的贺兰山，石色里带着童真。中华人民共和国成立时，这里"三里之城，五里之廓"，居住着数万人家。20 世纪 80 年代，也不过 40 多万人，分布在新、旧两个城区。现在这里工厂是新建的，楼房是新盖的，街道是新扩展的，公园也是新修的……可是，她的古老又像眼前的黄河，泛着远来的波涛，流溢着民族文明的光彩。至于那城中流过的"唐徕渠"、稍远的"汉渠""秦渠"，更是在有意提醒我，它们不仅滋润了数百万亩良田，亦流过了一千几百个年头了。

（一）

　　我这次从兰州出发，准备到银川，临启程前，朋友说，那里的文物遗迹很多，但一定要看看"东方好莱坞"，否则会很遗憾。因此，到了银川后，我就直奔"东方好莱坞"——镇北堡西部影视城。

贺兰山下，戈壁滩上，一座荒废了数百年的明代戍边城堡，摇身一变成了享誉中外的"东方好莱坞"。惊叹、好奇之余，我不由钦佩著名作家——宁夏回族自治区文联主席张贤亮先生的眼光和胆识了。

贺兰山下的镇北堡，原本是明清时期修筑的一座戍塞边城，在历史的烟尘、岁月的风雨里，早已闲置，销蚀成荒凉、破烂不堪的废堡。对镇北堡遗址，当地流行着这么一句戏谑而形象的话："远看是土堆，近看还是土堆。"不知多少年了，这里已被牧民们当成避风的羊圈。就是这样一处行将毁灭在戈壁滩深处的古堡遗迹，被以写小说著称于世的张贤亮先生慧眼发现，接着构思酝酿出另一"佳篇杰作"——一座化腐朽为神奇的海市蜃楼般的影视城出现在影视艺术的平台上，展现在观众和游人面前，令人感动，令人惊奇，也令人赞叹。

从历史废墟，到时代前沿影视基地，它的蜕变和涅槃，居然起始于一位作家！张贤亮先生卧薪尝胆，匠心独运，像写小说一样把荒凉演绎成艺术瑰宝，把废墟点化成聚宝盆。1961年，正在"劳动改造"的张贤亮发现了这片风水宝地，那时，镇北堡经过岁月的侵蚀，已破败不堪，里面住着二十几户牧民，唯一保留下来的是破羊圈，但张贤亮却"从中感受到一股不屈不挠的、发自黄土地深处的顽强生命力"。当时由于历史的原因，他不能把自己的想法立即付诸行动，只能等待时机，他多次在自己的小说里描述它，希望有一天能把它开发出来，让梦想变为现实。1992年，改革开放的春风终于吹过了玉门关，张先生喜出望外，下定决心，果断行动，抵押了自己的全部资产，义无反顾地办起了影视城。

在一些电影人和观众眼里，镇北堡西部影城几乎是"苍凉"的代名词。一片荒凉也能卖钱？很多人感慨于这个创意的独特，但张贤亮却认为影城出卖的并非荒凉本身，而是荒凉的地貌和古堡中的文化和艺术内涵。他说："文化产业大量投入的是文化艺术的创意、设计、构思和经营管理的策略，说到底呢，也是一种心智的创造。"

受资金限制，也为了保持荒凉的特色，影城开创之初，张贤亮干脆"放水养鱼"，就这一片荒凉、两座废堡，让影视剧组任意搭景。一般来说，剧组撤了，场景也就作废了，可是，如果把它们当作艺术看待，就极具价值了。基于这种认识，张贤亮要求必须保留原有场景造型，但必须更换其使用的简陋材料，固化为永久性的景点。

（二）

张贤亮是个很有成就的作家，他的人生经历十分丰富，在劳改农场改造过，蹲过监狱，在编辑部干过，上过国家领奖台，后来在商海遨游，创办影视城。他在天地间任意驰骋奔突，将磕磕碰碰撞出的鲜血化作笔墨，尽情地书写人间真情。他创作了《青春期》《我的菩提树》《肖尔布拉克》等小说。1979年9月，张贤亮得以平反，随后调至宁夏《朔方》文学杂志社任编辑，不久发表了《刑老汉和狗的故事》《灵与肉》等短篇小说，后来《灵与肉》还被改编成为电影《牧马人》。1985年，他推出了备受争议的长篇小说《男人的一半是女人》。张贤亮个性化的写作风格，使其独树一帜，成为一个时代的印记。

镇北堡西部影视城，成了张贤亮的化身，其中粗狂古朴的景点，都透着作家不屈的身影。十几年"拼着命"走来，成绩斐然：2000年，影城获评国家级4A级景区。经过一番呕心沥血的努力和持续不断的发展，这座占地1100亩、在一片废墟上建造起来的影视城，从最初的78万元投资，到现在总资产超过2个亿，成为名扬中外的影视城，被视为我国文化产业"低投入，高产出"的范例。

西部影视城是一个很现代的名字，却在展示沧桑，展示古老。这是一片充满神奇和神秘的土地，大自然的手指在这里偏了一下，那些生动的、惟妙惟肖的天然雕饰就给了人类一个特大的拥抱。影视城像一个高产的母亲，多部充满神秘色彩的影片和多名耀眼的明星从古堡中走出。莫不是古堡内有什么神灵，亲近它的人们有了神给予的力量和智慧？

西部影视城，据导游马小姐介绍说，影视城分为清城、明城和老银川一条街三部分。清城以各种民间、民俗工艺表演为主，主要景点有瓮城、幸运之门、神秘山洞、百花堂、都督府、牛魔王宫、观音阁等。明城是影视剧主要的取景地，有聚宝盆、牧马人、文革大院、月亮门、关中城门、柴草店、盘丝洞、定州总管府、酒作坊、九儿居室、铁匠营、遗址廊、招亲台、龙门客栈等景点。老银川一条街是以中华人民共和国成立前银川市最繁华的"柳树巷"为蓝本打造的，再现了当年的老商铺、老街巷。影视城突出了风沙、砾石、土堡、不毛之地等西北特色，具有浓郁的孤独、沧桑、悲怆情调，成为中国十大影视基地之一。

西部影视城开办后，生意十分火爆，截至目前，已有近百部影片在这里拍摄：《双旗镇刀客》《边走边唱》《五个女人和一条绳子》《荒原女神》《新龙门客栈》《东邪西毒》《大话西游》……到这里采景拍摄的摄制组络绎不绝。《牧马人》《红高粱》《黄河谣》《黄河绝恋》《老人与狗》《红河谷》《方世玉之英雄出少年》等影片，都是从这里走向世界，荣获一项项国内、国际影视大奖的。还有许多非常优秀的影视剧也是在这里拍摄的，如《书剑恩仇录》《虎兄豹弟》等等。正准备在这里拍摄的影视剧，还有很多很多……

有外国记者说张贤亮的作为是在推销荒凉，我则感叹于张先生的眼光和胆识。是他，给那片亘古的荒凉镀上了黄金，把古堡遗迹变成了影城。西部影城，以原始、苍凉为主要特色，极具远古风韵和塞外地貌特征，它以无与伦比的特色优势，展现了无与伦比的魅力，成为中国西部题材、边塞题材和古代题材电影影视最佳外景拍摄基地，成为宁夏回族自治区集观光旅游、休闲娱乐于一体的远近闻名的特色旅游景点，成为越来越多的旅游者、寻梦者的青睐之地。在这里拍摄的影片，在这里升起的明星，在这里拍摄而获得的国际、国内大奖，均居中国各地影城的首位……

镇北堡西部影视城，让人最高兴的就是游览老银川一条街了。因为，这条老街，再现的是60多年前老银川市的风貌：街道上没有高楼大厦，不论是店铺、茶馆还是邮局、银行，不论是书店、旅社还是珠宝店、骡马店，全是砖墙瓦顶的平房，就连当时宁夏地区最高军政长官马鸿逵的官邸，

230

也只是一座青瓦砖墙的平房而已。

在这里，有许多展现中华文化的展厅和旅游纪念品店，还有捏面人、皮影、拉洋片、糖画、草编、烫画、剪纸、刺绣、杂耍等民族艺术家的表演，精彩纷呈。最可贵的是，旅客可参与其中，自得其乐。在这条街上，到处充满了欢笑，到处洋溢着欢乐与开心，我感觉我也成为西部影视城的一员了。

镇北堡，这座影视城的董事长张贤亮先生，也被戏称为"堡主"，他从一位著名作家"变身"，成为成功的实业家。年近73岁的张贤亮凭借独特的眼光、智慧和胆识，在不同领域取得了不俗的成就，使他成为中国作家的骄傲。

当然，并不是所有的影视城都能赚钱。据我所知，包括影视城在内，目前全国共有各类主题公园2000多处，其中70%亏损，20%持平，只有10%左右盈利，约有2/3无望收回成本。与动辄投入几亿元、十几亿元的影视城相比，镇北堡西部影视城的投入产出比之高，在全国应是首屈一指的。

（三）

游侠的风，吹起黑风寨的旗幡，木车吱吱呀呀地在黄昏里响起，这是某一处玄关在启动。一堵墙就是一个传奇，一捧沙就书写了一段历史。真真假假的江湖、敌我难分的世事，站在"新龙门客栈"的西北风里，我恍惚了。满眼荒凉里，我有时候听到的是《夕阳箫鼓》的平水调，有时候听到的是《十面埋伏》的大轮指。

我是带领一群"泥腿子"在致富。母亲出身名门，祖父和父亲都毕业于哈佛大学，小时候住在上海小洋房里，有绝对贵族经历的张贤亮坦承，由于地处高素质人才匮乏的西部地区，影视城员工的文化水平及拥有专业技术人员的比例，大概是全国同类影视城中最低的。然而，民营体制能充分挖掘一点一滴的资源，使资金的运作产生出最高效益。他说，我们不做任何用来应付上级的空头规划，完全按照市场形势和游客的要求，修建适销对路的、旅游与影视拍摄兼用的景点。此外，我们实行公开竞争上岗，奖惩机制都很明确。

"影视城今后的定位是中国西部一个农村化、民间化的古代小城镇，并逐渐发展成旅游特色城。"张贤亮相信，随着时间的流逝，文化产品不应贬值，而应该越来越增值。

转型初见成效，2009 年，影视城的游客预计超过 70 万人次。现在，镇北堡不仅仅是影视城，还是国家 5A 级旅游区、国家文化产业示范基地、亚洲金旅奖•最具特色魅力风景名胜区。

世间无处不黄金，天地到处有白银，但需要敏锐的眼光去发现，需要果断的行动去挖掘。财富和成功只属于那些有眼光、有毅力和充满智慧的人们。

啊，镇北堡，塞上古堡，你以自己特有的魅力，将中华悠久文化与现代艺术相结合，焕发出新的生命力，闪耀着璀璨的光华！

一座墙壁前，上面用几种中外文字书写着"中国电影从这里走向世界"，这是炫耀，这是骄傲，这是自豪。我们在这里合影留念，也分享影视城的骄傲、自豪和欢乐。

银川，既古老又年轻，也很迷人。镇北堡，这个西部影视城，这个"东方的好莱坞"，景色是这样美好，这样迷人，这样苍翠而澎湃。她又像一颗"塞上江南"明珠，闪烁出夺目的光彩，让人感动，让人流连忘返……如此文化和历史丰厚之地、如此神采与想象丰满之地，岂是我这篇短文能说尽的？！

（2010 年 11 月 9 日）

追寻失落的圆明园

圆明园之行，虽已时过多年，但我对壮美瑰奇的圆明园，却留有深刻的记忆。那是 1993 年深秋，我和《中国劳动报》老总田小宝、专刊部主编高协光等一起，怀着对历史的凭吊之情，驱车来到了断柱残石、千疮百孔、片瓦无存的圆明园遗址。

（一）

我们去圆明园那天，天很阴，云很沉很沉，间或还落着毛毛细雨。我的心情也像这天气一样，很阴很沉，心头也滴着小雨。走在园内水泥铺筑的路面上，我努力将脚步放慢放轻。然而，我的努力无用，因为我做不到。沉重的脚步，总不由自主地把清冷的路面和旷寂的湖山扣动，发出声声单调而沉郁的声响。这响声，是今天对于往昔的追问还是往昔对今天的回应，这一切，我并不知晓。

迎着萧瑟的秋风，缓缓穿过一丛又一丛桉树、杉树和白杨树林。我想，这也许是当年建园子时栽下的吧，如今已是葱郁苍茂、兀立参天，它们站在这里，无声无息，像一个具有象征意义的惊叹号。树叶开始飘落了，护园老人开始清扫地面，而后用火焚之，像焚着一片片死去的岁月。青烟袅袅，火光噼噼啪啪，这情形犹似 19 世纪末在这里发生的那场大火的一个场景、一个历史的缩影。我久久地沉思着。

圆明园是清朝鼎盛时期在北京郊外兴建的一座规模宏伟的皇家园林，由圆明、长春、绮春三园组成，占地面积约 350 公顷，有风景建筑组群 150 余处。圆明园继承和发展了中国建筑艺术和园林艺术的优良传统，使建筑、山水、花木有机地结合起来，构成一个个诗情画意的景区。然而，这座被欧洲人誉为"万园之园"和"一切造园典范"的圆明园，却被一场大火化作一片余烟、一堆灰烬。

圆明园作为清朝皇家御园，为什么百余年来中国人代代为之伤痛，有如此浓厚的情结？答案是，圆明园不仅仅是皇家园林，也是中华造园艺术的精品，形成了中国建筑史上独特的风格。清代年间，前后经历了 6 个皇帝，花了 150 年时间，圆明园达到登峰造极的造园境界，更何况，园内珍藏无数中华文物典籍，确实是名副其实的"万园之园"，连身历其境的西洋传教士王致诚也惊为"人间天堂"。这里也是传说中的雍正暴毙处、咸丰出逃处、康熙选定乾隆处……仅 1.8 万字的《中华世纪坛青铜甬道铭文》中，就有 4 处、31 字记载了圆明园的兴废。令人想不到的是，圆明园咸丰十年即遭英法联军纵火焚烧，其寿何其之短！如今，圆明园遗址乃高居《北京四十景旅游指南》之首。在示意图上，"圆明园遗址"这五个令人触目惊心的黑体字，沉沉地横贯在北京市海淀区的版图之上。此情此景，令人产生强烈的兴亡之感。

"有一座言语无法形容的建筑、某种恍如月宫的建筑，这就是圆明园。"这是雨果先生眼中的圆明园。如今一个多世纪过去了，那场大火也遥远了，但血的耻辱和记忆，仍铭刻在这所园子里，陈列于世人的面前。累累白骨似的残垣断壁暴露于荒野，在向世人诉说着受欺凌的历史。历史，就在这样默然中，让人清醒。

大门在哪里？看到我疑惑的样子，友人告诉我说："这儿曾是西园，它和东园、南园一样，三座辉煌的大宫门早已倾圮，现在是只留下深埋荒芜的路口了。"

沿着串联起湖山残迹和废墟的小路，向北踏勘，左侧现出一条九曲十八弯的小河，路也因之忽东忽西，有断桥柱石歪斜，树林掩映，有"柳暗花明又一村"之妙。友人感叹道:"圆明园的架构,比颐和园要高明多了!"

"高在何处?"

"颐和园单面向水,景物显露,放眼全收;而圆明园却是羊肠曲径绕楼台,星罗岛屿伴湖山,性格内向,耐人寻味。"

(二)

自河畔东折,步入西园腹地,曲径如网,四通八达,回环相扣,覆盖湖山。触目皆是荒草荆丛,楼宇荡然无存,乱世颓壁狼藉,确有"花草埋幽径,衣冠成古丘"之惨。路旁一道秃岗下,竟有一座完整雕像,让人十分意外,它顶着个承接露水的盘子,独立岸边,不知在等待什么、期盼什么。再向前去,又一溜荒岗,杂草较稀,登高一望,墙基巨石俯仰草窝,爬满藤萝。友人说这便是旧城,南门叫舍卫,北门称惹润。城西南原有佛爷楼等台榭,如今也只剩下石柱废垣了。

我们在空留其名的安荣宫断壁上,见到了残裂的石刻画像和模糊的字迹。蓬蒿缝隙中,隐隐显露出石阶、池沿,竟与太和殿之制相仿,供人遥祭它昔日的瑰玮艳丽。南面曾有一楼,高宗题过"山高水长",今日物移景非。紧靠该处的是优雅景区清静地,可叹那天游人稀少,唯有风声呼号、狐鼠出没,清静得有点可怕。万园之园的圆明园,不管过去有多么富丽堂皇,终归是被英法联军的铁蹄践踏,那一把火烧掉的是中华民族的尊严,留下的是民族之耻和国家之恨。

穿过东南一山峡,即来到曾名为万春园的南园,这里小丘环立,蒲叶萧索,湖水被浓绿深埋,隐约看见堤址纵横呈"X"字形。据介绍,东丘曾有一片崇楼叫春云轩,连着金鱼池,慈禧常到这儿观鱼。顺"X"字堤至后湖,落虹桥后有假山怪石,零乱遍布,湖东的五福堂旧址,墙基历历,巨石方方,余盛尚在。后湖正南有一大片旷野,断柱残壁,东倒西歪,令人生恨。

后湖曾名福海，却并未洪福齐天。它的东侧即是东园，又叫长春园，有好大个四方形湖，中有三岛，曾有诗这样描写其景："湖心构舍规三岛，湖畔开亭号望瀛。"据说夕阳楼、后寿宫和许多宏伟殿堂，都在湖心。如今，仙境似的蓬岛瑶台，早已灰飞烟灭。湖四面原有亭四座，分别用"留""香""驻""月"为名，可惜香难留，唯千载明月空落湖心，孤单岑寂，不知可有人曾为此吟咏过？

从东园斜穿南园路上，在前湖附近又有累累废墟，门框及大厅一角，尚耸天兀立，像就义的英雄中弹后不肯倒下。厅壁还留着几朵百合花浮雕，友人说这大概便是正大光明殿，南面那一片破败之地，曾叫久驻清源，是皇帝驻跸处。附近有玩山岛、珠宝山、九孔桥、圆光门，现在知道这些名称的人，也越来越少了！

语毕，他摇头长叹。我们缓步从南园已不存在的大宫门出来，回身怅望，眼前似乎还有火势漫卷。我痴痴呆立，久久没有离开。

我将一只手轻轻放在那凹凸不平的墙上，静静地感受着，一股凉气从指间传来，刹那间，我似乎穿越了时空，从那汉白玉的墙被皇帝下令垒起到被英法联军纵火焚毁，从中国人民屈辱的叹息到今日的游人如织，冷冰冰的残墙断壁，告诉了我们那么多、那么多……

（三）

为什么叫"圆明园"？"圆而入神，君子之时中也；明而普照，达人之睿智也。"康熙皇帝命名，取为"圆明园"。"圆"是指个人品德完美无缺，超越常人；"明"是指绩明光普照，完美明智。因此，这可以说是封建时代明君贤相的理想，也是统治者的自我标榜。

在圆明园全景展示馆里，有个硕大沙盘，在默默讲述着 150 多年前的故事。圆明园里依旧吹着荒野的风，呜咽地讲述着中华民族曾经的痛苦和耻辱，讲述着一个国家的悲剧记忆。雨果先生说，这个奇迹已经消失了，的确消失了，"有一天，两个强盗闯进了圆明园。一个强盗洗劫，另一个强盗放火。一个叫法兰西,另一个叫英吉利"。

凭吊了圆明园,感受了那段耻辱的历史,我只想说,我们应该记住那 20 多位太监,当英法联军闯入圆明园时,园中的清廷士兵都逃之夭夭的时候,他们依然用腰刀和弓箭奋起抵抗,面对英法列强的长枪大炮,他们没有退缩;我们应该记住,当英法联军大火焚毁圆明园的时候,那 300 多宫女和太监依然守在正大光明的朝廷宫殿,与宫殿共存亡,一起化作云烟。

徜徉在令人心痛的圆明园,看着眼前残缺不全的图画,那残缺的美,让人震撼。

走出圆明园时,雨依然下着,我的心依然很阴很沉。看门的老人告诉我,眼下正在集资,拟修复圆明园,让我以后再来看看。我没见过圆明园的原貌,也想象不出它修复后的模样,但我总觉得,多一处园或少一处园并不重要,对于今天来说,更重要的是精神,是一种奋发向上、自强不息的民族精神。否则,无论什么样的园,也经受不起一场焚烧浩劫。我深信,我们的人民,是有着这种精神的。

有人提出要重建圆明园,殊不知,圆明园是北京最具有历史感的文化遗址之一,是一座烧不化的纪念碑,无声讲述着"挨打"的历史和民族的遗恨。我觉得应让废墟带着不会风化、不会变质的血迹,置身于祖国现代化的行列,鞭策着我们努力向上,尽快摆脱贫穷,成为自立于世界民族之林的强国。

1997 年 6 月,我从报纸上看到,圆明园遗址现已成为全国 100 个爱国主义教育示范基地之一。至此,这处被废弃了 150 多年的皇家园林,终于找到了自己新的位置。

(1998 年 3 月 29 日于风荷苑)

厦门之美

城在海中，海在城中。厦门是一座美丽的花园城市，也是闻名遐迩的旅游胜地。我年轻当兵时的美好时光是在厦门度过的，现在回想起来，最动情的还是那热情似火的凤凰花、七八月的倾盆大雨。传说中厦门曾是白鹭栖息的地方，所以又称为鹭岛。如今美丽的鹭岛，是全国第一批文明城市，经济蓬勃，城市建设日新月异，气候宜人，一年四季鲜花盛开，到处洋溢着整洁、清新的气息。浓郁的闽南风情，更是展现了厦门这座海滨城市的魅力。

（一）

美妙的时光，像一幅幅珍贵的油画，值得永远珍藏，一辈子回味。那时，我喜欢和战友们在假日里去鼓浪屿游玩。鼓浪屿位于厦门的西南方，与金门岛隔海相望，面积为 1.83 平方千米。岛上海礁嶙峋，岸线逶迤，重峦叠嶂，峰岩跌宕，大自然的鬼斧神工造就了鼓浪屿明丽隽永的海岛风光，故有海上花园之誉，被《中国国家地理》杂志评为"中国最美城区"之首。现在去厦门旅游的人，我想是不会不去鼓浪屿的，况且，坐渡船仅 5 分钟便可上岛。

鼓浪屿，这个弹丸小岛，宋元时称"圆沙洲"，寥寥三个字就把海岛的形状和性质生动地表现出来了。元末明初，一批内地渔民在出海途中遇到风暴，舍舟登陆定居，荒岛始得开发，至明代方改名为"鼓浪屿"。

鼓浪屿的得名，还因岛的西南方有一块巨大的礁石，由于长期受到海水的侵蚀，中间形成了一个竖洞，人可穿过，每当潮起之时，都会发出"隆隆"的冲击，声如擂鼓，人们叫它鼓浪石，便将这个小岛更名为"鼓浪屿"。说来也怪，在它还被称作"圆沙洲"的时候，真的只是一片寂寂无闻的海上沙洲；在它更名了"鼓浪屿"之后，却在中国的历史上留下了许多浓墨重彩的印记。时至今日，鼓浪屿上的生活已十分现代化了，可"鼓浪"之声，却一如当年。如今，岛上有钢琴600多台，有音乐学校、音乐厅、交响乐团、钢琴博物馆及风琴博物馆。漫步在鼓浪屿的洋楼古厝中，会不时听到悦耳的钢琴声、悠扬的小提琴声、轻快的吉他声、优美动听的歌声，加以涛声的节拍，让人感觉似乎行走在朝思暮想的梦幻中。

那天，蓝得碧透；那水，碧得纯净；轻云绵软，飘逸、白净、悠闲，在头顶上随意飘来散去……一方水土养一方人。鼓浪屿正因有了这迷人的风情，才孕育了林语堂、殷承宗、郑小瑛等文学音乐大师，让这美妙小岛散发着别样的迷人神韵。现在的鼓浪屿轮渡码头，建筑造型就像一架平台钢琴。

多好啊，鼓浪屿，漂浮在东海的一个永不泯灭的音符！我国乐坛上一颗永放光芒的明珠！不少喜欢旅游的人，深爱鼓浪屿，由此也喜爱上了那首《鼓浪屿之歌》。

日光岩是鼓浪屿上最负盛名的旅游景点了。日光岩过去被叫作"岩仔山"，别名"晃岩"。据说当郑成功初次来到晃岩，看到这里的景色更胜过日本的日光山，于是便把"晃"字一分为二，改名叫作"日光岩"。大约是由于风景秀色可餐，再加上郑成功的赫赫大名，日光岩就这样成了鼓浪屿上不容错过的去处了。

海拔92.7米的日光岩，山势雄伟，奇石磊磊，洞壑天成，绿树成荫。抬头仰望主峰，巨石上的"日月巨悬""与日争光"的题刻，赫然在目。站在岩顶，凭栏远眺，海天一线，金门岛隐约可见。我从山下的日光寺拾级而上，跨进一座石门，就是明末清初郑成功屯兵的营寨、训练水师的水操台。1661年，郑成功从金门料罗湾挥师驱逐荷兰侵略者，翌年就收复了台湾。1962年2月，为了纪念这位民族英雄收复台湾三百周年，在日光岩北麓修建了一座宏伟的建筑物：郑成功纪念馆。馆内，郑成功的塑像高15.7米，重140吨，是由625块白色花岗岩雕刻而成。他身穿战袍，手按宝剑，头戴帽盔，凝目远眺台湾方向，威武地屹立在崖头，拔地凌空，气宇轩昂，成为厦门的重要标志和象征。馆内还展出了郑成功一生历史及其照片、模型、遗物等，其中，还有郑成功书写《复台》一诗的珍贵手迹：

开辟荆榛逐荷夷，十年始克复先基。
田横尚有三千客，菇苦间关不忍离。

缅怀先烈的功绩，我不禁想起谢觉哉老先生留下的诗篇："春风吹上日光岩，老树犹龙石有瘢。三百年前遗垒在，英灵长共海涛还。"

（二）

离开日光岩，登上胡里山炮台，眺望金门及大旦二旦岛上那"三民主义"的醒目标语。炮击金门已成过去……我默默吟诵着余光中的乡愁：我在这头，母亲在那头……

我来到鼓浪屿的另一处名胜——菽庄花园。台湾富绅林尔嘉在清光绪二十一年携眷内渡，寓居鼓浪屿，于1913年始建此园，以寄托对台北板桥故园的怀念，并以其号"叔臧"谐音为园名。这个花园，是仿照《红楼梦》大观园中贾宝玉居住的怡红院设计的，充分利用自然环境巧妙布局，极臻"人工自然"之致。园内分为"藏海园"和"补山园"两部分，建有优雅、秀丽的亭、台、楼、阁、桥等景，其中尤为别致的是"四十四桥"，全长100多米，结构奇特新颖，分别建亭、台、阶、池，曲折相连，宛如游龙，凌波卧海，使小巧玲珑的菽庄花园显得格外深远、开阔。

在这里，我不由钦佩设计者独具的匠心。

走进老旧的别墅，高高的围墙，门户闭锁，庭院深深。走到窄窄的小巷里，恍惚迷失了时空概念。面对这些锈迹斑斑的门窗、雕刻玲珑的屋檐和镂空精致的回廊，我的思绪穿越时空，想象着曾居住在这些老屋子里的旧人。他们曾那么奢华显贵，这里曾喧闹繁华，如今人去楼空，仅留下荒草连天的空寂，还有萧瑟旧败的颓废。

避开了游人，走进一个小巷，就有了另一番体味。这里，可以看到殖民者留下来的，由凤凰木、棕榈、相思树点缀的一幢幢深宅大院，高高的台阶，隐约留着年代的字样。小巷两边建筑风格各异，或是哥特式的尖顶，或是拜占庭式的圆顶，或瓦红波折、拱券宽廊，或铁铸画栏、山花楣饰，一路走来，风景看不够，让人不由想到当年的豪华。如今这里已是古榕如盖，合欢树细枝密叶，柔柔地沿巷飘拂，影影绰绰。墙头藤萝蔓生，间或有一丛丛早开的象牙红悄然探出头来，喜滋滋的，红艳照人。长巷仄径，庭院深锁，隔窗而望，院内野草萋萋，一派幽寂、凄凉景象。静心细听，脚步声、鸟叫声，偶尔还有自行车清脆的铃声，置身其间，深感难得的空灵妙境。

小巷路面的小砖块，大多有些破裂，却很干净，一路行来，看不见任何垃圾。小巷也不宽，巷宽大约只有 2 米，且曲曲折折，呈圆弧形。朝前看，视线往往被斑驳的老墙、精巧的小楼、茂盛的榕树挡住，看上去"山穷水尽"似的，走过去呢，又是一道曲曲折折的弧线，仍看不多远。就这么一曲一折、一折一曲，牵着你走进一个"禅房花木深"的意境，充满了南国的风情和勃发生机。

鼓浪屿，精致而原始，幽静而热烈，高雅而平和，仿佛每一块石头都是一个文化典故，每一处房子都有自己的辉煌，每一条小巷都连接着一段不同寻常的历史……

每去一次鼓浪屿，犹如经历一次灵魂的洗涤，犹如神游一次世外的桃源。高高的日光岩、郑成功雕像，让人赏心悦目。夜晚，空气里流淌着馥郁的花香，潮声传来了大海有节奏的歌唱……一切是那么的阔静、幽邃。忽然，从哪里一处人家，飘来了李斯特《爱之梦》的乐曲声，那深情曼妙的琴声弥漫着，让人听后感觉如梦如幻，仿佛自己也化作一段优美的旋律，随风飘散在这琴岛的夜色里。

如果说鼓浪屿的海如一位迷人的少女，那鼓浪屿的海滩则有点像阳刚少年。鼓浪屿海边的沙滩，广袤无边，由于海浪的冲击，留下了一圈又一圈犹如梯田状的痕迹，颗颗细粒，在阳光的照耀下，晶莹细致，充满了阳刚的力量，我不由自主被吸引着向它走去。踩在沙滩上，软绵绵的，宛如母亲细心织的棉鞋垫，有种热烘烘的感觉。冷不丁，沙滩里冒出一两只被岁月风浪剥尽了年轮的贝壳，色彩斑斓，玲珑别致。这时候，醉卧沙滩，小心用手掘着它，仔细端详、品尝着它，站起来，走向海边，放眼一滩阳光，让思想的帆在广袤无际的海洋里徜徉，荡尽心中无限往事，你会感觉到"天地悠悠，过客匆匆"，人的一生短暂渺小，万事渺渺，功名利禄只不过是眼前浮云而已。

鼓浪屿的名胜古迹很多，婀娜多姿的自然风光和积淀深厚的文化底蕴，让它骄傲地成为全国 35 个王牌风景区之一。

在游览鼓浪屿的过程中，我参观了林巧稚纪念馆。林巧稚是土生土长的鼓浪屿人，享年 82 岁。她自幼刻苦学习，从教会学院毕业后，又到美国留学。在美读完医学博士，回国后成为一名卓越的妇产科专家。她一生无儿无女，但她大慈大爱，她亲手接生的生命有 1795 个，人们亲切地称她为"林妈妈""林奶奶"。鉴于她的杰出贡献，中华人民共和国成立以后，党和政府给予她很高的荣誉，多年来她一直是全国人大代表或全国政协委员，曾受到周总理和邓颖超的接见。她和冰心、巴金是同一时代受尊敬的人。仰望纪念馆里那清癯和善的面容，我对林巧稚产生了由衷的敬仰之情。

（三）

气势宏伟的海沧大桥是厦门的又一美景，它横跨厦门与海沧，远远看去像是人间的海市蜃楼。厦门还有万岩石植物园、湖里山炮台，最值一提的是厦门的南普陀寺。

南普陀寺是闽南的名刹。此寺始建于唐代，宋代重建，称普照寺，清康熙年间，由靖海侯施琅重建，是观音菩萨的主要道场之一，也是佛教在闽南一带的传播基地。南普陀寺背倚层峦耸翠、岩壑幽美的五老峰，每逢仲春时节，五个山头显露在霭霭的云雾中，恰似五位老人凌空而坐。

这座雄伟壮观的古刹，除了天王、大雄宝殿外，还有一座构筑别致的大悲殿。这座八角形的建筑有三丈多高，全以斗拱架叠而成，三层飞檐，金碧辉煌，生动地展现了我国古代的建筑艺术。大悲殿后的藏经阁里，珍藏着数万卷中外佛典经书，其中有著名高僧弘一法师的手稿《佛说阿弥陀经》和日本赠送的《日本大藏经》等，还有宋代的古钟、香炉等文物。南普陀寺周围的岩石上，至今保留着许多有历史价值的题刻，如明代抗倭名将俞大猷的诗，第一位到台湾的福建学者、《东蕃记》的作者陈第的石刻等。

寺内，每日拜佛求福的人络绎不绝，尤其是菩萨生日那天，人们从四面八方涌来，手举香火，面向心中的神像许下自己的心愿，直到半夜两三点这里还热闹非凡。在放生池边，看看游人和池中跳跃的鱼儿，以及那亭亭玉立、婀娜多姿、清香四溢、晶亮闪光的荷花，让人心情无比放松。佛学院的师生们三五成群，漫步其间，又为胜景增添了几分浪漫。

不能不说的是，厦门港不冻不淤，是我国的天然深水良港之一，外港水域宽阔，面积达275平方千米；内港水深浪小，万吨巨轮可随进随出。厦门港自明清以来，一直是我国对外交通和贸易的重要港口之一，孙中山先生曾计划在这里建设东方大港，如今已成为现实。

椰子、木棉、棕榈、芭蕉、榕树……这些树以前只能偶尔在书里看到，现在却都摆在了我们的眼前，在心里幻化成了一支支歌、一行行诗、一段段乐曲，愉悦着我们的心，点缀着我们的梦。

阳光、沙滩、海风、海浪、白帆……我感觉自己似乎在梦境中一般。厦门的海，是我记忆中最美的，在古老的海滩上散步、奔跑，带着热情的目光窃窃私语，这一切还如昨日，依稀可见。

厦门，一个安静优雅的城市，一个飞速成长的城市，一个美妙的现代都市。厦门之美，难以尽言！就冲这，现代人谁不想踏看这充满诗意的厦门，体验这现代的畅想呢！

（2006 年 7 月 17 日）

古城最胜数平遥

早晨乘车离开太原，一路南下，傍晚时分，来到了我梦寐以求的平遥古城。我从车窗里就看到威武壮观的古城墙。平遥古城墙，是山西乃至全国历史最早、规模最大的县城砖石城墙。周长 6.4 千米的城墙，四隅均有角楼。墙高 12 米左右，外表全部砖砌，墙上筑有垛口，墙外有护城河，深广各 4 米。城周辟有六道，东西各二，南北各一。六个城门外又筑以瓮城，以利于防守。城墙上的 3000 个垛口和 72 座蝶楼，象征着孔子的三千弟子和七十二贤人。这是这座古城尊重本民族文化的一种外在表达。城墙历经 600 余年的风雨沧桑，至今雄风犹存。

因汽车不能入城，我就改乘人力车从西城（凤仪门）进入，住进平遥明清街上的协同庆钱庄客栈。稍事休息后，我便迫不及待地去逛古城了。

（一）

平遥位于山西省中部，太原盆地西南端，汾河中游，距省城太原 100 千米。这儿旧称"古陶"，北魏时为避太武帝名讳，改称"平遥"，迄今已沿用 1500 多年。它声名远播，不仅是历史文化名城，还在 1997 年 12 月 3 日被世界遗产委员会列入世界文化遗产名录。

平遥古城是我国保存最为完整的一座古代县城，青砖黛瓦，褐色城墙，黯淡、沉稳、沧桑、颓旧，像是被岁月浸染了一层釉色包浆。它是汉民族城市在明清时期的杰出范例，在我国历史发展中，为我们展示了一幅非同寻常的文化、社会、经济及宗教发展的完整画卷。平均海拔1300多米的平遥，也是一座生活在历史和现代之间的城市，过去和现代的影像，在这座城市中清晰重叠。我觉得，如果说丽江是一位纯美的少女，那平遥则是底蕴厚泽的乱世佳人。

平遥是一座具有2800多年历史的文化名城，与同为第二批国家历史文化名城的四川阆中、云南丽江、安徽歙县并称为"保存最为完好的四大古城"之一，始建于西周时期，于明洪武三年扩建。建筑是以封建传统礼制"左祖右社"和朱元璋"高筑墙"之策，以有高12米的城墙和六道城门构成。南门为头，北门为尾，东西各二为四足，像个欲动未行的乌龟，取其"吉祥长寿"意，寓意固如金汤、长治久安。所以，平遥古俗称"龟城"。古城4大街8小街72小巷，大街宽不过5米，小街宽不过3米，小巷宽2米，有的只有1米，像龟甲上的八卦图，是研究中国历史的一座珍稀的建筑实物标本。

登临巍峨的平遥古城墙，纵目远眺，城墙逶迤，青砾灰瓦，层层叠叠，绵延至天际。那城楼也称"谯楼"（谯，音乔），共有6座，重檐歇山阁式建筑，显得厚重稳健而古朴典雅。城墙东侧有点将台，东南角有魁星楼，楼高24米，顶层有八角攒尖亭，造型精巧，玻璃顶瓦，亮丽炫目，满满都是东方传统文化的韵味。凝神倾听，山西梆子那独特而浓郁的腔调从远处老街传来，仿佛和着市井叫卖的熙攘声，和着古远的打更声，和着那金戈铁马声，忽远忽近，亦真亦幻，飘荡在平遥邈远的长空里……眼前的平遥古城，静看繁华沉浮寂寥，阅尽历史风雨烟云，我自岿然不动。

平遥古城城墙以内的街道、铺面、市楼，保留着明清形制，城墙以外称新城，是一座古代与现代建筑各成一体，交相辉映，令人遐思不已的城市。我在城楼的炮台前留影后，便去明清街观光。

步入东西走向的明清街，感觉古老而新鲜：那雄姿壮观、飞檐翘角的市楼，那街道两旁点的红灯笼、历史浓厚的字号和传统风格的建筑，让人目不暇接。若不是飞驰而过的三轮车和摩托车提醒我，我还觉得自己置身于几个世纪以前的一段旅途之中，恍惚间又回到了一两百年前的晋商辉煌时代。市楼建于何时，已无法考证，但名气很大，央视敬一丹和凤凰卫视吴小莉都曾在这里做过现场直播。

平遥曾是商贾云集的繁华之地，是晋商辉煌传奇故事的源头，就像平遥经典纱阁戏中演绎的那般，在历史舞台上，各色人物兴衰更迭，故事精彩纷呈。明清街，这条长750米的古街上，铺着青石板，两边招牌林立，灯笼高悬，汇集着大小店铺70余家，其中最著名的便是中国第一票号——日升昌。据说，当时中国仅有53家票号，32家总号汇聚于平遥，因而平遥在明清时被称为全国金融业中心，而这条明清街控制着全国50%以上的金融机构，被誉为"中国的华尔街"。平遥人善经商，又被冠之"中国的犹太人"之称。《龚自珍全集》中有载："山西号称海内最富，土著者不愿徙，毋庸议。"

那时，山西财富中心在平遥、祁县和太谷，以平遥为最。由于晋商富裕，故南大街两侧建了很多店铺和四合院，沿街的店铺与民居，店铺气派非凡，民居古雅有致。那明柱上有雀替和木雕，大户人家有照壁和风水楼，像这种有保护价值的青砖灰瓦的四合院，有3797处，其中保存完好的有400多处，轴线明确，左右对称，整个古城呈现出一派古朴的风貌。

（二）

漫步于平遥，古风古韵扑面而来。它的美，敦实浑厚，粗犷大气。明清遗风的南大街是古城的中轴线，大街两旁老字号商铺鳞次栉比，当年票号林立，车水马龙，曾被誉为"大清金融第一街"。平遥的精美古建筑随处可见，有建于五代的古木建筑镇国寺大殿、建于金代的文庙大成殿，还有古县衙、清虚观等；雕梁画栋的民宅院落是古城又一笔浓墨重彩的风景，步入一家又一家古宅大院，精巧的山西木雕、斑驳的砖雕照壁、晋中风格的剪纸窗花让人眼花缭乱……平遥的古意古美值得我细细品读。

古街上最威风的当数那些银号和镖局，一间间流光溢彩，华丽照人。迈步跨进一家老字号，原来这是有名的长升源。我仿佛跟在一个商人背后，辗转几条古朴街道，漫步于林立的店铺门口，眼前仍旧晃动着平遥商人印制的银票，这些砖木斑驳的古老民居，历经历史变化和人事兴衰的沧桑，成为中国古代民居建筑的荟萃，令人流连忘返。

走在古城巷道里，和平遥一起追忆，追忆那一条条的辙印。辙印里，那些辉煌的梦想与揪心的思念在串串绕城风铃中摇于八方，响于异域，依然高高悬挂。晋商，一个如雷贯耳又悄然消失的名字，漫漫商途上他们的身影倔强而坚强，艰难地行走着，从明初到清末，一直走进民国暮色里。商号更迭，延续的是至死不渝的诚信，一个强大的商业帝国，竟崛起于一座弹丸小城、一群布衣百姓。神话诞生的地方，横卧着几条普通街巷。这就是千载不毁的古城，这就是百年不灭的平遥。

平遥游览的另一看点是县衙。县衙躲在西南的小巷间，许多县城的衙门往往都在城的西南一隅，不知何有讲究。这个威武端庄的清代县衙，据说是我国现存规模最大、保护最完好的古县衙。我看了大堂、二堂和三堂。据说，大堂审理刑事案件，二堂审理民事案件，三堂为县太爷会客、休息之所。那错落有致、搭配有序的衙堂，曾有过几多官吏风流云散的传奇！站在大门外，两侧立着押犯人示众的木笼，高及屋顶，约2米宽，阴森恐怖。从大门外，一眼便能望穿两进大院，能清楚地看到后院审案的大堂及其两旁立着的棍棒、刑具和"肃静""回避"等木牌，空气中仿佛仍回响着惊堂木的啪啪声。明清两代的知县，规定必须是500里以外的异地官员，且不许带家眷，每年只有一个月的假期可回家探亲。

（三）

在平遥古城玩了大半天，我们下午又去了乔家大院。乔家大院位于祁县古城东北12千米处，始建于清康熙末年，占地面积8725平方米，分6个大院，内套3个小院，共有313个房间，亭台楼阁，雕梁画栋，花样百出，门窗样式也别出心裁，其中仅木雕艺术品就有300余件，被誉为"北方民居建筑史上罕见的一颗明珠"。我们走进一座又一座院落，观看一个又一个门匾，欣赏一副又一副楹联，品味一块又一块砖雕，在长廊的大红灯笼前，徘徊遐想，追寻历史院落中那晋商大院的格调生活，领略山西民居特有的艺术魅力。

夜晚返回平遥，我们住的客栈是在协同庆钱庄旧址上改建的。旧址是一座保存极其完整的古店铺院落，极具历史文化和欣赏价值。协同庆钱庄开业于清咸丰六年，歇业于民国二年，曾为平遥十大票号之一。钱庄与票号相同，都是经营银钱汇兑业务的，相当于今天的银行。旧址是一进三串大院，前院、中院开设铺面及协同庆博物馆，后院原为业务客户以及下班伙计住宿的地方，后来增添了一些现代设置，改为旅馆，楼上楼下有40多个床位，连过去的金库里也设有床位，被称为窑洞式客房。

我们的导游和司机就住在金库里。院子里方砖铺地，花圃中鲜花盛开。房檐下的挡板和走廊护板上画着《杨家将》和《红楼梦》连环画，共有60多幅，很有情趣。小院通前门的是一包厦亭建筑，亭式精巧大方。亭柱上有副黑底金字对联：寄情楚水云天外，得意唐诗晋帖间。

住在这里，我觉得比住在星级宾馆还有意思呢。

晚饭吃的是平遥特产冠云牛肉和山西面食，风味独特。饭后，谁也不想待在屋子里，都跑到街上逛街去了。夜间，街上灯火辉煌，商店鳞次栉比，行人摩肩接踵，传统小吃、民俗工艺、古玩佩饰，琳琅满目，有身穿古装的更夫在打更，还有迎亲的花轿、悠扬的唢呐声……如果不是游人穿着漂亮的时装，带着数码相机在摄影，我简直以为回到了遥远的明清时代！这两夜，我睡在古城的怀抱里，做着古色古香的梦。

平遥晋商是靠经商致富的。作为一个个商业世家，能把店宅建得如此有文化气息，实在是难能可贵。中国向来有儒商之说，从平遥可以看出，平遥的山西晋商是真正的儒商，他们不仅为自己创造了无限的家业，同时也为山西人乃至中华民族留下了一份丰厚宝贵的历史文化遗产。我为平遥的晋商而骄傲，也为我们中华民族而骄傲，更为我们中华民族拥有如此丰厚的文化艺术遗产而自豪！

旅程匆匆，一天半的游览，让人目不暇接。我痴迷于这山水相依的平遥，钟情于这城中景、景中城的平遥。明清街的古老魅力、威严城门的奇险峻丽、胡同巷弄两边风光，虽只在匆匆中浮掠，却已叠成底片，印在了心中。别了，明清街；走了，平遥！有机会，与你再续前缘。

（1983 年 4 月 12 日初稿，2011 年 6 月 17 日改定）

西递这块地方

烟花三月，我来到皖南，烟雨朦胧中，走进了古老的村落，走进了淳朴的人家，古风、古韵、古朴、古貌，领略皖南的山、皖南的水、皖南的村落、皖南的风俗，更领略了皖南西递古村落的委婉含蓄和徽文化的深邃隽永。

西递，原名西川，自古天下水往东流，而此处周围河水往西流，东水西递，因而改称西递。它位于安徽黟县东北，被世人赞为"桃花源里人家"。联合国教科文组织经过严格考察、评审，确认其为"世界文化遗产"，并给予极高评价。

（一）

刚刚走进西递，就可以看到一座高高耸立在村口的雄伟牌楼，这便是兴建于明朝万历年间的青石牌楼，也称西递牌楼。牌楼不同于牌坊，其美学与观赏价值恐怕要远胜于后者。这座因当朝皇帝褒奖胶州刺史胡文光而兴建的"恩荣"牌楼，三间四柱五层，雕刻着"胶州刺史""荆藩首相"以及表彰其生平的联语，盘龙鳌鱼浮雕，檐下圆形花翘，石狮倒挂俯冲，其峥嵘巍峨与精雕细刻，无不体现着胡文光当年的风光显赫。这座被称之为"全国十大牌楼之一"的建筑，虽已经历了四百多年的风风雨雨，但仍威严地屹立着，成了西递村的标志性建筑。

据说，类似的牌楼原有十几座，历经岁月沧桑，仅存这一座。

西递始建于北宋年间，村落依山傍水而建，平面布局如船型，村中的古民居建筑群，像一个个船舱；村周围连绵起伏的层层山峦，状如大海的波涛；而村前的月湖和大片沃野簇拥着的村子，宛如一艘远航的巨轮，停泊在宁静的港湾。这座颇具规模而典雅的古村落，犹如艺术精品呈现在人们面前，那份淡淡的安逸，让人沉迷；身在其中，令人有晕然陶醉之感。

西递历史悠久，文化底蕴深厚，湖光山影，古树参天，粉墙黛瓦，云蒸霞蔚，真可谓"处处是景，处处入画"。它的一砖一瓦、一石一木，都刻上了历史的痕迹，闪耀着丰厚的古文化光泽。我信步来到西递的民居，村中街巷沿溪而设，均用青石铺地，整个村落空间，自然流畅，动静相宜。街巷两旁的古建筑，淡雅朴素，错落有致。古民居大部分建于明清时期，虽历经沧桑，旧痕累累，仍难掩当年的富丽堂皇，保存也较完好。

悠久的历史，更展现着徽州古文化的魅力，令人回味无穷。它的古民居门头，一般都有马头墙，建筑者别具匠心，在墙上雕刻了猪马牛羊狮等奇形怪状的动物，神态各异，千姿百态，令人拍案叫绝。

（二）

西递有224幢清代民居，3幢清代祠堂，99条高墙深巷。细雨绵绵，撑一把油纸伞，沿着青石板铺成的小路，漫步在蜿蜒曲折的巷子里，但见那一幢幢错落有致的民居，鳞次栉比，古色古香，飞檐翘角，古朴典雅。踏入任意一座民居，庭院里都是花台水池，水池里鱼儿畅游，花台里种植着各种花木，四周是各色砖木石雕，古朴中孕育着蓬勃的生机。建造于康熙年间的履福堂，陈设典雅，满堂书香，厅堂题有"诗书经世文章，孝悌传家根本"等联语。大夫第为临街亭阁式建筑，原用于观景，门额有"作退一步想"之题匾，语意深刻，耐人咀嚼。

西递的魅力，不光是现在流淌着的这一切，它的魅力，还在于村子里无处不在的文化底蕴。每户人家的门楣上，都镌刻着精美的楹联，如"世事让三分天宽地阔，心田存一点子种孙耕""善为至宝一生用，心作良田百世耕""几百年人家无非积善，第一等好事只是读书""世人厚德传家，儒雅修身为本"等等。这些楹联，都是西递的先人们留给子孙后代的处世哲理，虽然先人们已经作古，但这些楹联，却时刻散发着清幽的暗香，熏陶着一辈辈的西递人，传递着崇尚知识、崇尚经商、奋发向上的理念，也给我们留下了深刻的印象。

村落深宅处处，庭院深深，高大的马头墙，错落有致。西递村的美丽，不止在它的外表，更在于它的内涵。多数人家的宅院面积不大，但布局别致，尽显气派，又不失书香味。走进"旷古斋"古民居，我不禁对它那精巧的门头称奇：大门上有个徽派建筑的马头墙，共九层，这大约和中国古代"九九"象征富贵、吉利、高寿的寓意相关吧。两边低角是两个对称的中国古代万字结构，第一层是狮、海马、乌龟等动物，驮着一些贡品，动物中有几个花瓶、鼎，两个对称的月牙盘子，盘中摆放有仙桃等贡品，祭奠古代神话传说中的神兽。动物和鼎之间是用花瓶相隔的，拐角处有中国结相连。

第二层的正中是一朵大荷花。两旁是对称的26朵荷花。第三层是两扇关闭的家门，门上各有两个扣环，门旁是空心砖墙，门上方还有2个小马头墙。第四层分别是圆形门、长方形门、斜形门3个小门，圆形门旁是一个"万"字，真是巧夺天工。

第五层是十二属相中的牛、马、羊，它们分列两旁，牛居首位，细细品味，象征着这户人家是四世同堂，大约是因为四世人中每代人的尊者属相分别是牛、龙、马、羊的缘故，所以按此顺序排列。第六层是3组荷花，每组有5朵，"5"在中国古代有五福临门的含意。第七层是18幅神态各异的图画，也许是一个人从出生到懂事、到长大后谋生、再到老态龙钟的生活历程吧。

第八层上面是15个圆弧砖，下面是16个圆弧砖，相互映衬，31块圆弧砖上分别有一些各式各样的花草。由于年代久远，一些圆弧砖已开始脱落，一些野花草便从砖块缝隙间发出。第九层是 9 个不同形状的空心砖，空心砖象征着家中晚辈生活在不同的空间，有希望家人兴旺发达、健康长寿的寓意。

（三）

西递村崇尚"学而优则仕"。纵观村史，西递确乎地杰人灵。据介绍，以前有村民们总把十三四岁的孩子送出去读书经商，这是颇具远见之举。所以，明清时代，这村里"知县"以上的官，就出了 115 人。不过，他们为官一任，都能造福一方。西递人在外奔波劳碌于生意、官场的同时，亦把徽文化传播开来。

屋内楹联处处有，家训格言代代传。我在古老院落之间徜徉，一句句意味隽永的楹联屏似醒世恒言，令游客久久驻足。"万事莫于疑处动，一生常向吉中行""饶读书气有子必贤，得山水情其人多寿"……最让人回味无穷的是被誉为"西递第一楼"的瑞玉庭楹联，联曰："快乐每从辛苦得，便宜多是吃亏来。"

有趣的是，作者将"快乐"中的"快"字少写一点，而"辛苦"中的"辛"字故意多写一笔，下联中的"多"字故意少写一点，而繁体字的"亏"字却多了一点，其寓意是：只有多一点辛苦，才能获得快乐；只有肯吃亏，才能占到便宜。对此，观者个个啧啧称赞。听说有关方面正在为这副巧妙创意的变体字联申请专利。

"敬爱堂"的后厅里，还有一个斗大的"孝"字，据说是南宋理学家朱熹的墨迹。"孝"字上部酷似一个仰面作揖敬老的后生形象，人面后则是一个猴头形象，意为敬老孝顺者为人，忤逆不孝者为猴狲。观之形象逼真，思之意蕴深刻，我猜当年朱熹未必是故意为之，但如今看来，却意趣横生。

西递大规模古民居群，为国内仅存，其布局之工、结构之巧、装饰之妙、营造之精，令人叹为观止；而悬挂在深宅大院厅堂内满是警句箴言的楹联，则让我仿佛悟到了当年徽商胡氏家族富甲一方的缘由与鼎盛一时的原因，不禁感慨万分。

"黟县小桃源，烟霞百里间。地多灵草木，人尚古衣冠。"这是唐朝大诗人李白对这片风景的赞颂。这样优美的风景，再加上古老的文化和民风，不禁让人沉醉于西递这块地方，久久不忍离去。

（2014 年 5 月 12 日于风荷苑）

白洋淀芦苇

　　我曾在莽莽的原始森林跋涉，目睹过那参天大树的巍巍英姿；也漫游过广袤的大草原，领略过"风吹草低见牛羊"的诗情画意；还曾在滔滔的大海乘船，观赏过白浪翻滚、海鸥翱翔……这些，都曾使我心潮澎湃，赞叹不已。这次到了纵横数百里的白洋淀，却被满淀青青的芦苇所迷醉了。

　　白洋淀是华北平原上最大的淡水湖，地处京津石腹地，共有大小淀泊 143 个，纵横交叉的沟壕有 3700 多条，芦苇荡 12 万亩，面积 336 平方千米。就这几个数字，就叫人晕了，不是当地的船家，进入这片水面，肯定迷路无疑——因为淀淀相通，形成巨大的迷宫。淀区景色秀丽，物产丰富，尤其在夏季，莲菱蒲苇随风摇曳，满淀荷花盛开，湖内白帆点点，使人暑意顿消，故有"北地西湖""鱼米之乡"之称，为国家 5A 级景区。

（一）

　　我去白洋淀之前，总以为白洋淀就是一片白茫茫。其实不然。站在淀边，根本就看不到连成一片的水面，而是一个淀泊连着另一个淀泊，整个白洋淀，就是一个莽莽苍苍的芦苇世界，只有摇着船儿，进入了苇荡的深处，才能看到一个个大大小小的淀子，碧蓝碧蓝的，波光激滟，给人一种旷达、豪迈的感觉。再看那淀中的芦苇，却是另一番模样。一簇一簇，似棋子一样，散落在湖水中，浑然天成，充满野趣。单看一簇芦丛，像被巧媳妇梳理过，整整齐齐拥抱在一起，上面的叶儿如蓬松的长发，随风飘逸，响成一片；芦苇通体墨绿，伸出水面足有两米多高。无尽的芦苇从眼前滑过，令人心情大为舒畅！这许许多多的淀泊，还有那纵横交错的壕沟、港汊，都完全隐蔽淹没在了这奇妙而浩瀚的绿色海洋里。不是当地的船家，进入这片水面，必定迷路无疑。

这绿野千里，像南方层层叠叠的甘蔗田，也像北方辽阔的大草原；像茂密的丛林，又像蔚蓝色的大海，时而静穆如山岳，那样清幽神秘，时而翻起万绿浪，发出阵阵涛声，那样声势浩大。这浩如烟海的芦苇荡，是绝妙的青纱帐，也是曾经威震全国的水上抗日游击队——雁翎队的故乡。他们的民族骨气和血性，让日寇闻风丧胆，叫他们晕头转向。他们用血肉拼杀，使白洋淀终于又爆发出勃勃的生机！时光流转，虽然暗淡了刀光剑影，远离了血雨腥风，但白洋淀的抗战事迹，已成为中华儿女心中一道抹不去的记忆。

芦苇，实在是平凡的禾苗植物，古称蒹葭，没有长穗的谓"蒹"，初生的称"葭"。它的根，潜滋暗长，抱土缠绕；它的茎，节节拔高，挺直俊俏；它的叶，苗条俊秀，婀娜多娇。

"这根芦苇送给你！"陪同我们游览时，那位导游送给我一根芦苇和一支像笋壳样的芦笛。

陶陶然，我吹起了芦笛。

虽不如当地人吹得响，然却别有一种韵味、一缕诗情在芦苇丛中荡漾开来，飘扬在这淡淡的天空里……

我举着青青的芦苇走在小路上，想到古往今来，这鲜花、芳草、青松、翠竹、骄杨、垂柳……曾经扣动过多少诗人和画家的心灵，促使他们用绚丽色彩给它们浓妆淡抹，用优美的诗句把它们讴歌颂扬。而芦苇，往往很少被注意和重视，常常只被当作某种风景的点缀出现在画图的诗文里。

其实，这平平凡凡、朴实无华的芦苇，是非常值得人们赞美的。

那茂密青青的芦苇、舒展恬淡的荷莲，生长在弯弯曲曲的水道里，那年乘小船在白洋淀漂游，我触景生情，想起作家孙犁，还有他那篇不朽之作《荷花淀》，由此也产生了中国文学以孙犁为代表的"白洋淀派"。我记得，韩愈在咏叹早春的时候说"草色遥看近却无"，这苇荡也受到了先生诗歌的滋润，春天一到，整个苇荡在满淀的绿色中，充满了幻想和迷恋，在风中肆意喧哗，毫无顾忌地生长，享受春天的阳光，活泼健康且充满野性。

（二）

白洋淀是鸟的天堂，白洋淀人也离不开鸟。白洋淀的芦芽一天一个样儿，没有多少天苇就半人高了。当桃花盛开的时候，苇荡已经到达生命最旺盛的阶段，各种各样的鸟儿从四面八方赶过来，无论是高贵的还是低下的，无论是姿势优雅的还是丑陋的，一律和平共处，其中麻雀最多。麻雀是鸟中的百姓，它们随遇而安，喜欢凑热闹，但苇荡似乎并不是它们的舞台。苇荡中的贵族是燕子，它们一早从村子里赶来，便在苇荡上空不间断地表演，它们的舞姿也的确是麻雀不能比的。当然，还有布谷鸟、乌鸦、喜鹊、野鸡、野鸭等。在它们的心灵深处，芦苇不仅仅是嬉戏的乐园、安宁的梦乡，更是生存的依靠。

白洋淀人最能理解百鸟争鸣的含义，那是鸟儿们回报大自然的一场场露天音乐会！干活累了，坐在田垄地边抽根烟，听着那鸟儿的欢唱是一种享受；心情快要下雨时，听着那鸟儿的欢唱是一种慰藉。从鸟儿的鸣叫中，白洋淀人知道什么时候刮风下雨，什么时候插田收割，甚至还能从鸟语中揣测到年成的丰歉。

盛夏时节，碧蓝的湖水荡漾粼粼，青青的芦苇随风摇曳。每根芦苇，从秆到叶都是翠绿翠绿的，绿得闪闪发光，嫩得每片叶子都要滴出水来，潇洒淡雅，绚丽多姿，一片生机勃勃的景象。芦苇的繁盛与它的守弱观念有关。弱者一般能屈能伸，那易折的芦苇每当风雨来袭，皆低下头去，疾风过后，又重新挺立。它不与鲜花争宠，不与劲松攀绕，无欲、守柔、退让、自然、无为，亘古不变，在历史的硝烟中，以一种昂然的姿态，见证着世事变幻、沧海桑田。

芦苇喜水，也是智者。一根芦苇，很渺小的，微不足道，也是很脆弱的、无力的，也许芦苇深知自身之弱点，因而从来不单独存在，总是集群而生，聚众而长，只要有芦苇的地方，就是一个家族、一个部落，繁繁茂茂，蓬蓬勃勃，向着湖水，一波一波地伸展，成林似海，风吹不断，浪打不倒。这时候，我一点也不觉得芦苇弱小，倒是感觉到它们众志成城、气势磅礴之壮观。

微风轻轻地吹，躲在芦苇下的湖水涌起细密的波澜，芦苇更是直摇晃。四周静极了，只有一阵阵鸟叫声时不时地打破这惊心动魄的宁静。身旁的小河边，三五成群的鸟儿相互追逐，它们扇动翅膀疾飞，却调皮地把脚留在水里，河面上被哗啦啦犁出几道长长的水线。鸟儿们嘎嘎叫着，你忽上，我忽下，低低地掠过水面。呵呵，原来鸟儿们也会成群嬉戏、结伴玩耍啊。看来，这里的鸟儿衣食无忧，不像我在别处看到的那样，惊恐慌张，只知道为吃饱肚子而忙碌。

（三）

"春去苇叶青，秋来芦花白。"金秋，是白洋淀苇荡最亮丽、可人和富足的时节，芦苇经历了乍暖还寒的春天、张扬炽热的盛夏考验后，开始变得成熟起来。苇叶渐白，苇穗裹实，亭亭玉立。饱满的苇穗，由淡紫色转为粉白，芦花像伞一样盛开，蓬蓬松松，白花花的一片，风乍起时，风吹花动，此起彼伏。在这苍茫辽远、水波涟漪、秋雪飞舞的景致中，苇絮随风在天空悠悠然飘飞，白茫茫如雪，轻软软似云，这就是那令人心醉的"芦花飞雪"。芦花飞雪，似世外仙境，有多少的烦恼和忧伤，在这样的画卷里都会忘却。我也记得《诗经》里有"蒹葭苍苍，白露为霜"这动人的诗句，那饱胀的光泽和摇曳的媚姿，似在挽留走进淀苇的人驻足。

芦苇，品种多达十余种，是白洋淀一大宝。作为青纱帐，在烽火连天的20世纪三四十年代，它曾是抗日儿女的天然屏障，在这里，抗日儿女神出鬼没地打击日本侵略者。作为野生植物，它不仅给了世世代代白洋淀人生活的养源，也赋予了他们豪气、奔放、坚定、柔韧、生机勃勃的品格。它易生易长，每年冬天会全部被砍光，第二年春风吹过又发笋冒尖，一年又一年，总是蓬蓬勃勃，有多少植物能做到？它汲取得很少，贡献给世界的却很多，难道不是我们应该发扬光大的精神吗？

芦苇的品质是高尚的，洁白的苇根是它们品性的象征。尽管它们从不炫耀自己，但人们总能在不经意间发现芦根、芦叶、芦花的独特价值，并被人们所利用。那些芦苇，纵使被割倒了，被折成一片片，也会在那些水生女人们的怀里跳跃，"这女人编着席。不久在她的身子下面，就编成了一大片。她像坐在一片洁白的雪地上，也像坐在一片洁白的云彩上"。在孙犁笔下，苇还是一种柔韧，"大白皮和大头栽因为色白、高大，多用来织小花边的炕席；正苇因为有骨性，则多用来铺房、填房碱；白毛子只有漂亮的外形，却只能当柴烧；假皮织篮捉鱼用"。

可见，这里是我国芦苇的重要产地，年产芦苇7500万千克，占全国产量的40%左右。白洋淀芦苇以皮白质优而享誉全国，闻名世界，这里年产苇席600万片、苇箔50万片，畅销日本及东南亚等国家和地区。

白洋淀的芦苇，年复一年，并不引人注目，在《诗经》的相思中兀立，在如烟的意境中迷离，"迎风摇曳多姿态，质朴无华野趣浓"，那也是一首抒情的诗啊！

是的，诗人的灵感、哲学家的辩证、发明家的创造，无不源于生活的启迪。

哦，白洋淀那无边无际的芦苇所给予人们的，远不止这些物质的数据。那一片片芦苇，给人们的联想更多、更深、更远。

我凝望着这青青的芦苇沉思：任何一个人必有所长，只要各尽其才，对人类就有贡献，就应受到表扬。我要赞美白洋淀的芦苇朴实、倔强、不张扬的品格，严谨、忠于职守的作风，团结友爱的集体主义精神。我呵，也愿做这绿色海洋中那一根小小的芦苇……

（2006 年 6 月 19 日）

闽南安笠

　　远处，青山如黛，绵延的雾岚翩翩起舞，舞出万种姿态；近处，田垄似棋盘，众多农家女，棋子般缓缓挪移。她们大都戴着笠帽忙活农活，遮阳避雨兼得，抬眼望去，恍若浮萍漂浮在广袤的原野之上。偶尔，晴朗的天空滑过一阵太阳雨，敲击着笠帽，一串细碎轻灵的旋律，穿越湿润的空气，抵达五线谱一样伸向山旮旯的电线上，引起了紫燕的兴致，它们亦附和着呢喃。

　　在闽南沿海旅游时，我常常被一种独特的笠帽所吸引。特别是在崇武时，沿途遇到了不少"惠安女"。她们是我国仅有的有女儿蒙头的习俗的地区，还戴了个笠帽，看过电影《寡妇村》的应该知道，惠安女，藏头遮面戴笠帽，男人捕鱼她种地，寒来暑往风和雨，望郎归，宁愿守寡不忍去。她们戴着配花的笠帽，笠帽下裹着花花绿绿的头巾，每个人都穿着紧窄短小的露脐装，每个人都有一种从骨子里散发出来的美，一种与生俱来的时尚。问及当地人，回答说这帽叫作"安笠"。

　　这安笠是采用闽南山区特产的青竹篾编成，细细的竹篾为经纬，中间夹几层油纸竹叶，状如硕大的圆锥形大漏斗，远远望去，其形状颇似埃及金字塔。安笠直径一般为五六十厘米，尖顶，圆边，低垂，戴上它可遮住半个脸庞，既遮阳又挡雨，防风性能还特别好。夏天戴着，因极好的透气性，没有普通笠帽的那种闷热感，还可当扇摇。

　　这安笠跟我家乡的斗笠有些相似。小时候，我在乡下读书时，遇到

262

下雨天，下田干活的人，穿着用棕毛做成的蓑衣，戴着斗笠。不过，斗笠没有安笠那样扎实，也浅一些。作用也不同，人们平时是不会戴斗笠的，只有下雨天才会戴。而安笠，是闽南妇女形影不离的生活伴侣。说到安笠的用处，还真是很多。赶集时，想买海鲜山货不愁没有盛器，只要你把安笠反过来，铺垫上菜叶或纸张就可以充当菜篮子了。

安笠的作用，体现在一个"安"字。我的两位老战友的爱人，她们当年在填海造田时，一天歇工时坐在一起喝水，远处山头因为采石炸炮飞来一些碎石，像弹片似的，噼里啪啦落到她们头顶，因为她们头戴安笠，结果虽吓了一大跳，却安然无恙，躲过了危险。

姑娘们对安笠情有独钟。对少女来说，戴上安笠她看得见别人，别人却不容易瞅见她的芳容。她们顶多露出鼻子和嘴，这样不免平添了几分神秘感，这种朦胧之美，的确是别有一番情趣。

我发觉，这安笠的笠檐还可以放梳子、小手镜之类的化妆用品，这样便于随时梳妆打扮一下。姑娘情窦初开时，倘若想窥视"白马王子"而又不便于让人看见，也可借助安笠内的小手镜，像汽车的反光镜一样，选个角度，就可以仔细观察一番了。一些老人说，她们当年就是借安笠的掩饰，偷偷相中如意郎君的。

据载，旧时闽南沿海地区草木稀疏，风沙肆虐，人们外出劳作时常被晒黑，患眼疾、皮肤病者甚多。明代时，闽南人从当地军队使用的大藤牌（一种手持盾牌，形似安笠）得到启示，便破竹制笠，出门以戴，取名"安笠"，从此染疾者渐少。

民间流传一首《咏安笠》的歌谣：

安笠圆圆戴头端，遮阳挡风又美妆。
大人细囝皆喜欢，保健防病渡难关。

骄阳烈日下，安笠更起着防晒降温的作用，若想散散热，也可把安笠当扇子摇，十分方便。

值得一提的是，有了安笠，姑娘们脸部便少了风沙侵袭和日晒之苦。这安笠，光是名字就惹人爱，"安"字，不但形似妇女头戴帽子，而且蕴含着吉祥之意。

因此，姑娘们对安笠更加喜爱，有的涂以桐油，使之坚固耐用；有的买来彩线在笠檐、笠尖编织缀饰，使安笠更加妩媚动人。如今，徜徉在闽南城镇街市，各式各样的新潮笠帽令我眼花缭乱。不过，尽显女性妩媚且实用的安笠，仍深得当地女性的青睐。

（1994 年 8 月 21 日）

坝上的金莲花

初次见到这种野生在塞外草原上的花朵，是在一位植物学家的书斋里。

那次，我因为写稿时遇到了植物学上的难题去请教他时，他从写字台抽屉里拿出了一个纸包包，小心地打开，捏出三五朵晒干了的花骨朵，扔进了玻璃杯中，然后往里冲下开水，原先干缩的花骨朵，渐渐绽放了，一朵朵，开得团团圆圆，在水中微微摇曳，很像凡·高画的向日葵。金灿灿的小花，那片片花瓣，点点花蕊，如金翼，似小金星，在水中展示了那娇娆的姿容。随着杯中热气的升腾，一股只有草原上才有的袅袅清香，亦随之飘来。那水的颜色，也泛出淡淡的黄，晶亮亮的，慢慢地变成了暖橙色，且由淡而浓，看上去有点像橘子汁。

"金莲花！我从坝上草原带回来的。"他告诉我说，"这可是好东西，喝，喝了，你就知道了！"

从他那里，我晓得了，这是生长在海拔1000多米高原上的植物，它不止一个名字，还叫旱金莲、旱地莲、金枝草、金疙瘩、金芙蓉，属毛莨科，是多年生草本植物，可供观赏，又可入药，有清热消炎的功效呢！

（一）

我在承德市图书馆查阅《承德府志》和有关热河的资料时，偶然发现了《热河志》里曾这样描绘如意洲上的"金莲映日"："延薰山馆之右，有殿五楹西向，环莳金莲花。花出五台，移植山庄。叶亚枝交，含风挹露，晨景初出，金彩鲜新。"康熙时代，这里的金莲花曾盛极一时，"广庭数亩，植金莲花万本……日光照射，精彩焕目。登楼下视，直作黄金布地观"。

现在我想来，那景象一定是十分华美的，难怪乾隆写出了富丽堂皇而又引人遐想的诗篇："辉煌丽晓日，璀璨映重台。布地黄金满，只园此处开。"

秋天，我和几位作家和史学家的朋友，循着200多年前康熙去木兰围场的古道，凭吊乌兰布通古战场。车子开到了河北省围场满族蒙古族自治县境内的"木兰围场"，据说这里是清朝历代皇帝围捕、狩猎的地方。这里有山，燕山山脉雄浑、阳刚；有草，坝上草原星星点点之野花一望无际；有水，海子、湖泊镶嵌草地，尽显优雅之风韵。那里是河北、内蒙古交界的一道亮丽风景。

我们乘坐的越野车来到坝上草原时，视野立即开阔，《敕勒歌》里那千古绝唱，顿时变成了立体画面呈现在我们眼前，真是"天似苍穹，笼盖四野。天苍苍，野茫茫，风吹草低见牛羊"。

不过，且莫把这茫茫草原想象成一片单调的颜色。不，它绿草如毡，坦荡无际，极目远眺，蓝天、白云与森林、草原、羊群相融，间或有骏马的嘶鸣和牧羊人的音哨声，和着鸟声，让人如入了桃花源。还有那无边的花的原野上花儿如火如荼地开放。我们的车从花海中走过时，整个车厢都灌满了花的馨香。如若下车在花丛中打个滚，那多情的坝上鲜花，定会留在我们的裙裾间、袖筒中……蓝得发亮的是鸽子兰，瑞雪铺地似的是走马芹，像红火苗儿一样随风摇曳的肯定是山棉花，最为精巧玲珑的是荷包花，那像天上的繁星数也数不清的想必是质朴无华的紫藤萝了……

还有一种就是橙黄的亭亭玉立的金莲花。有谁能够想象出，秋天的坝上，竟然是黄花的天下——金莲花生长在茂盛的草丛中。无边无际的金莲花啊，把这绿色的草原镀上了一层斑斓的金色。这金色，是那样的耀眼，那样辽阔，那样令人惊喜神飞，一时间竟使我感到眼前出现了黄金色的海洋，仿佛置身于童话世界。

坝上汉人不少，开小饭馆的、开小杂货店的、开小旅馆的，都是汉人。旅游业已很发达了，坝上人还是很腼腆，一车的客人下车来，她们只远远地候着，等你去问："大妈家有住的地方吗？"绝无争客吵嘴之举。我告诉他们："我不是找住宿的，是想喝点茶。"

（二）

这时，有位姓马的大妈把我领到了她家，请我喝她今年刚收获的金莲花。她说，她在此生活多年，酒楼和花园也已经经营多年、因为这里风调雨顺，金莲花每年的收成很好，无须费力劳神去喷药施肥。酒楼因旅客来往不息，生意自然也不用发愁。

嘿，不到她家，不坐下喝茶，我就不会知道坝上的金莲花有这么多花色。有一种名叫"精华"的金莲花，泡开后的花径竟有 6 厘米，花色除了橙、橙红、金黄以外，居然还有罕见的黑紫色，冲出来的花茶，茶色如桑葚水；有一种金莲花是橙黄色的，花心有橙色斑点，名叫"冰草莓"。大妈说，这种金莲花开在草原上才好看，叶子绿中发蓝，奶牛最爱吃，挤出来的奶，有凉丝丝的花香气；还有一种金莲花，叫作"Whirly-bird"，见我发愣，大妈笑："就是'直升机'呀，就是说这花亭亭的，单朵花开在梢头，像直升机停在楼顶一样。"坝上经常接待国外的摄影家，故开旅店、饭馆的大妈，都会秀几句英文，发音也是很标准的。

我想，她定也品尝到了这坝上的味道了。一年之初，在肥沃湿润的土地上耕耘，至年末终于获得这片天地给她的馈赠。生活就如那金莲花茶一样，越嚼越有味，也越让人懂得回味。

捧盏茶，再望望这片陶然之地，我们也品到了坝上的特殊味道。当人真正回归自然，将世俗功利之心放下时，崇敬将取代傲视，满足将取代不屑，淡泊将取代贪婪，一切都变得那么宁静、单纯而芬芳。这味道漫溢周边，你的鼻腔可以嗅到它，你的味蕾可以尝到它，你的眼睛可以看到它。哦，这坝上的味道！

喝完茶，我告别了马大妈。车子继续向金色的海洋深处驶去，广垠无边的草原，看芳草长到天边，草甸上开满了无名的野花，点点缀缀，或连成片，或聚成块，犹如绿毯中绣上了七彩图案。忽有棕色的马群在连天的绿野中悠闲地散步，那画面、那情调，像是美国画家安德鲁·怀斯笔下的油画。

（三）

坝上草原在历史上，曾发生过多次战争，现存很多战争遗迹。越过一条澄碧的小河，驶到了离内蒙古自治区克什腾旗不远的地方。前方，出现了红褐色的坛形山，那就是乌兰布通古战场了。正当史学界的朋友们为即将到达目的地而兴奋的时候，车子猛然停了下来，和我们打招呼的，是站在金莲花丛中的几位年轻的姑娘，她们每人手里攥着一把鲜艳的金莲花，显然是刚刚采撷下来的。她们的脚下，都有一个鼓囊囊的大布袋，一望便知，那里边装的也是金莲花。

在广袤碧绿的草原上，遍布着点点金莲。我也跳下车子，采起金莲花来，这时，我才看见，原来近处还有不少在花丛中忙碌的采花人。

当我们又坐上汽车前进的时候，我脑海里浮现出第一次看见金莲花的情景：那漂浮在水中的花瓣，像金翼，那花蕊，像金星。可是，同伴微微一笑，说："有人说，像金钉。"

"像金钉？"我觉得这个比喻颇为古怪，也有点难以理解，一时怔住了。

他告诉我说："说这话的，是乾隆。他在'木兰围场'时，一时来了诗兴，随口吟出一个上联'塞外黄花恰似金钉钉地'，让随行的人应对，纪晓岚就给他对了一个'京中白塔犹如银钻钻天'。"

对这段清代脍炙人口的千古佳对轶事，车上的人齐声称妙。不过，它却使我产生了一点联想：康熙在热河行宫专门建造了以金莲为主的山庄一景，他和乾隆都写过多首咏金莲花的诗章，可见这两位皇帝对金莲花是情有独钟、有点偏爱的。金莲花一身高洁，光明磊落，不谄媚，不逢迎，喜欢在广阔的田地里繁衍生长，在这无垠的大草原上，展现了蓬勃的生命力！

在明媚的阳光照耀下，株株金莲，金黄鲜艳，极目远眺，辉煌璀璨，我觉得这才是真正的"金莲映日"之奇观啊！

（1989 年 10 月 21 日）

岳阳天下楼

　　岳阳楼，是我国优秀的古建筑，江南三大名楼之一，可谓天下之名楼。主楼才三层，并不高大，范围也不广，三层四角，说是楼，也近乎亭，淳朴宽厚，红黄两色相宜，是三座名楼中唯一保持原貌的一座古代建筑，是自然和人文合一的万世杰作。其独特的盔顶建筑，更体现了古代劳动人民的聪明智慧和能工巧匠的设计技能。我多次去湖南开会，总是来去匆匆，虽然到过岳阳，却没有领略过岳阳楼的风采。这次，总算能借在岳阳停留半天之机，游了岳阳楼。

（一）

　　岳阳楼古称巴陵，巴陵有洞庭。现存岳阳楼重建于清光绪五年（1879）。岳阳古城西门的城墙，东倚巴陵山，下瞰洞庭，前望君山。由于其造型庄严、厚实、凝重而大气，这才镇住了烟波浩渺的洞庭湖。至西门，见青石匾上三个大字"岳阳楼"，笔力遒劲厚重，系清朝岳阳知府黄凝道手书。此楼踏洞庭波涛，同君山遥遥相对，远远望去，霞光楼影，金辉熠熠，巍峨峥嵘，风姿万千，楼与湖浑然一体，岳阳楼仿佛是洞庭湖上的天然楼宇。

　　岳阳楼始建于公元 220 年的三国年代。鲁肃擅长水战，为西御关羽、北防曹操，在洞庭湖入长江的咽喉之地，修筑了一座阅军楼，此乃岳阳楼之前身，时称"巴陵城楼"，也不过是一个观水、听涛、吟诗、会友之地。南朝诗人颜延之最早登楼吟诗。唐朝开元四年，中书令张说谪守巴陵（曾名岳州，即今岳阳）扩建阅军楼，易名为岳阳楼。这山水之胜赢得诗人骚客纷至沓来，留下不少名篇。

不过，岳阳楼真正成为一种文化符号，始自北宋。宋庆历五年，滕子京贬守巴陵郡，把岳州治理得"政通人和，百废俱兴"，为重修岳阳楼创造了条件。司又迁《涑水记闻》曰："滕宗谅知岳州，修岳阳楼不用省库银，不敛于民。但榜民间，有宿债不肯偿者，官为督之。民负债者争献之。所得近万缗……州人不以为非，皆称其能。"岳阳楼修后，他在《与范经略求记书》中说："楼观非有文字称记者不为久，文字非出于雄才巨卿者不成著。"

重建岳阳楼，滕子京与工匠们付出了大量心血，增其旧制，又刻唐贤今人诗赋于其上，还央人画了幅《洞庭晚秋图》，将画及书札送至邓州，请范仲淹为楼作记。

岳阳楼名传万代，正是因为范仲淹的文章。范仲淹是北宋名相和大文学家，他与滕子京相交相知三十年。两人均为幼年丧父，苦读入仕，同为大中祥符八年进士；二人又都做过朝廷的言官，耿直不阿，疾恶如仇，率性任侠，范公是四进京堂四次被贬，滕子京三进朝堂三次被贬。朝野尽知，"范讽"被贬，子京遭殃；子京被贬，"范讽"无常。正所谓，同是天涯沦落人！范仲淹虽未到过岳阳，但从画中领悟其妙，一挥而就，一气呵成，美文流千古！于是，中华民族思想史上、文学史上，就产生了《岳阳楼记》这样一篇闪耀着思想光芒的篇章。星斗转移，岁月沧桑，文学，只有文学才是不朽的。

至于为什么称为岳阳楼，这恐怕要归功于李白了。公元759年，李白到了岳阳，与好友夏十二一起登了岳阳楼，和诗一首，起名叫《与夏十二登岳阳楼》，这是迄今为止明确以岳阳楼入诗入文的最早记载了。

（二）

岳阳楼是名副其实的名胜古迹，1700多年的历史沧桑，楼址始终不变，且演绎了许许多多神奇的故事。

诗圣杜甫穷困潦倒登此楼，回顾生平，感慨万千，留下了五言绝笔，不久后溘然长逝。"亲朋无一家，老病有孤舟"，世态炎凉，令人歔歟。范仲淹登所写《岳阳楼记》，几百年来不知激励了多少炎黄精英，清朝大书法家张照所书《岳阳楼记》成为此楼珍宝，后来，一个县官用伪作调包，离任窃宝而去。谁知天意难违，路遇大风，12块真迹雕屏和该县官同沉江底，使今天楼中真假雕屏故事更有警世意义。

据说，在明代，重修岳阳楼挖地基时，发现了一边石板上有纹路，酷似一枝枯梅，遂奉为仙迹，在左旁建亭以纪，名曰"仙梅亭"。又传道家祖师吕洞宾曾"三醉岳阳楼"，并作诗一绝：朝游北越暮苍梧，袖里青蛇胆气粗。三醉岳阳人不识，朗吟飞过洞庭湖。因而，楼右又建有"三醉亭"。二亭宛若两位侍女，把岳阳楼衬托得更加雄伟壮观。

岳阳楼的建筑具有独特的风格，纯木结构，飞檐盔顶，闩缝对榫，结构严整，工艺精巧，造型庄重。楼平面矩形，正面三间，四周围廊三层三檐，通高20米，中间8根楠木柱从地面通到楼顶，承载全楼主力；再用12根柱作为内圈，支撑二楼；周围绕以32根木柱，彼此牵制，结为整体。三楼楼顶，玲珑剔透，状如蜂窝，恰似古代将军的头盔，称之为"盔顶"。而承接楼顶的，则是富有民族特色的如意斗拱。这些在我国古代建筑中都是极为罕见的。

再看飞檐，第一层脊上饰以荷花、莲蓬，翘首者为凤凰；第二层则为昂首的龙头；第三层饰以卷草，翘首为回纹形如意祥云。整个建筑雄伟中透着精细，秀美中显现庄严。

总之，岳阳楼重檐鳌突，藻井锁窗，雕梁画栋，丹柱彩楹，金碧辉煌，庄严美丽。整个建筑，没用一根铁钉、一道巨梁，工艺精巧，结构严谨，在美学、力学、建筑学、工艺学等方面有着惊人的创造，"岳阳天下楼"算是实至名归。

进入楼内，如入对联与诗词歌赋的世界。木刻的对联，悬于四壁，各有千秋，其中长的有 102 字，短的仅 8 个字。古代著名诗人如张九龄、孟浩然、李白、杜甫、韩愈、刘锡禹、白居易、李商稳等游览岳阳楼时，都写下了不少诗作。范仲淹的《岳阳楼记》先后由米芾、祝枝山、董其昌、张照等书法家书写，其书法艺术各尽其妙，其中最合我口味者，当推张照书写的《岳阳楼记》与窦兰泉撰、何兆基书写的岳阳楼对联。在楼头购得张照手书的《岳阳楼记》印拓本与岳阳楼书画诗文图集，我欣喜不已。

洞庭天下水，岳阳天下楼。《岳阳楼记》，千百年来，引得多少名流贤达对岳阳楼趋之若鹜，虔诚朝圣；又使多少文人骚客，吟诗作画，尽显风流。杜甫千古名篇《登岳阳楼》，诗中"吴楚东南坼，乾坤日夜浮"与孟浩然的"气蒸云梦泽，波撼岳阳城"（《临洞庭上张丞相》）、刘长卿的"叠浪浮元气，中流没太阳"（《岳阳楼中望洞庭湖》），为咏写岳阳楼上观洞庭湖景色的三大名联。但孟浩然、刘长卿两诗于此气力用尽，而杜诗下文仍绰有余力。高耸云霄，胸襟气象，故古人推杜甫《登岳阳楼》诗为"盛唐第一"（胡应麟《诗薮》）。李白曾手书了一副妙联"水天一色，风月无边"，摹写可称绝矣，但依我之见，还是杜甫的诗更亲切感人。

（三）

楼以文胜，地以人名。范仲淹的《岳阳楼记》，通篇只有 368 个字，却写得摇曳多姿，十分了得！这是一篇借题发挥的千古绝唱，也是一篇借景抒情的典范之作，文中的"先天下之忧而忧，后天下之乐而乐"更为世人所传诵，随名楼誉满天下，成为人们心中永恒的憧憬，也是一个古老民族伟大精神的象征，是中国文人不朽人格和崇高境界的体现，是对天下昌盛不息的祈祝。

中国文化史上有一种所谓"贬官文化"，我觉得岳阳楼也属于这一类。尽管范仲淹当时远在邓州，但他因倡导变革被贬后仍给人带来不乏美感和愉悦的文字。"不以物喜，不以己悲"，心系天下，感时抚世，这种先忧后乐的忧患意识和宽阔的胸襟，在范仲淹的《岳阳楼记》里，跃然纸上，见心明志。全文流泻出的文人风范和品格精神，就像一面高高悬着、永不会蒙尘的镜子，映照出一个人品质的高下、胸襟的大小，令人敬仰。

　　岳阳楼景区的民本广场上，一幅"政通人和"浮雕再现了当年的兴盛与繁荣，沿湖140余尊麻石的石碑上，刻着从古至今诗人们题咏洞庭的华彩诗篇，仿若一册册打开的诗卷铺陈在眼前，让人们在随意漫步中，一路品读、欣赏古雅幽美的清香，悠远而浑厚。似乎诗人们并没离去，那镌刻着的诗行里，还隐隐有他们身上的缕缕气息。我抬头放眼江天，便是一泻千里、碧波万顷的湖水。人们在这样诗情画意的文化氛围和情景中濡染，朝朝暮暮，天长日久，不可能不滋生一种文化意识，一种穿越时空，摆脱庸俗，超越寻常的憬悟和启示。借用圣严法师的话"提升人的品质，建设人间净土"概括这处景致的功用，应是颇为恰切的。

　　岳阳楼历经沧桑，在元、明、清时，几遭水患、火灾和兵燹，倾圮坍塌，后又重建、修葺，仅有史可查的就有32次之多，至今仍巍然屹立在洞庭湖畔。时至今日，范仲淹、滕子京的文墨，使其成为一种境界、一种精神，深入人们心中，成为永远的存在，并不断地延续、传承下去。

　　站在岳阳楼上，凭栏远眺，寂然孤舟往还，天地间疏旷只剩一人，恨不得李杜复生、范仲淹再世，彼此把酒诗文，邻湖而立，与天地共语。几只水鸟掠水飞过，洞庭水连成一片，青山携阳，渔人逐日，一痕远山，孤岛影影绰绰，旧时景象大抵如此。而身后的岳阳城人来人往，不知换了多少容颜了。

　　上次来岳阳，正值万里无云，洞庭湖水天一线，远处的君山，青碧如描，活脱脱如刘禹锡诗："白银盘里一青螺。"这番登楼，细雨霏霏，俯瞰湖水，胸襟为之顿开，心中有八面来风。细观楼下之碑廊、牌坊与仙梅亭、三醉亭、怀甫亭及名人蜡像馆、小乔墓，乃至远方水中的君山，若隐若现，一直若朦胧裙裾映湘妃，道一声"斑竹一枝千滴泪"，情思绵绵，烘托出岳阳楼的非凡气势。

岳阳楼，华彩照人，气象万千，这次来造访，我深为它重返年轻而深深感动。我深信，岳阳楼不倒，《岳阳楼记》的思想光芒不灭，中华民族永远有复兴、崛起之希望，实现中国梦！

岳阳是个好地方，岳阳楼留给我们的何止《岳阳楼记》！

（2010 年 6 月 23 日）

黄山峰林多奇观

　　"薄海内外之名山，无如徽之黄山。登黄山，天下无山，观止矣！"这是明代旅行家、地理学家徐霞客两登黄山后的感慨和赞美。

　　黄山，对于国人来说，再熟悉不过，为国家级风景区。五岳归来不看山，黄山归来不看岳。我却是倒过来的，首先去了黄山，然后才是东岳、西岳、泰岳、华山，虽说每一处都有惊奇，但最后总会叹一句，还是黄山好！因为，自然与历史的多重偏爱、山水与人文的绝美融合，赋予了黄山无限神奇和魅力，游黄山，就会感之时时在梦境变幻之中，每游一次受一次精神洗礼，添一分文化自信。

（一）

　　黄山原名黟山，因峰岩青黑、遥望苍黛而得名。之后因有轩辕黄帝曾在此炼丹的传说，所以有了现在"黄山"的名字。黄山的胜景，以山峰为体——多、奇、高、陡、险，座座如顶天立地的巨人，令人望而生畏之时又不得不佩服大自然的鬼斧神工。

　　在这茫茫似海的峰林中，山峰知多少？"奇峰虽云大小七十二，实则七十二万尚有奇"，这是郭沫若先生的诗句。我想这"七十二万"之说，无疑是对奇峰众多的夸张，但足以说明黄山峰峦布局极为严谨，又群峰比高，大起大落，奇趣天成，多得难以数计。长期以来，人们根据峰的形象、位置和神话传说，给这些山峰命名，形成了三十六大峰、三十六小峰之传说。峰海中，只有主峰莲花、天都、光明和始信、丹霞、狮子、棋石、眉毛、桃花等峰，人迹可至，其余的则可望而不可即也。

黄山可分前后两部分，前山雄伟，后山秀丽，三大主峰——莲花峰、光明顶、天都峰，海拔均在1800米以上。遥望黄山，三大主峰拔地而起，直冲云霄，气势磅礴，雄姿灵秀。大峰小峰，座座陡峭挺拔，伟岸险峻。黄山油松，顶风破雾，或立于山峰之巅，或挤在石缝之中，或厕身于绝壁之上，苍翠虬枝，千姿百态，令人瞩目，可以说是无峰不石，无石不峰，无松不奇。它们雄踞华东，群峰围拱，搭配巧妙，前山诸峰，壁立千仞，巍峨挺拔，气势雄伟；后山隽秀活泼，玲珑剔透，姿态秀丽。而各山又有各山的特点，诸峰又各有诸峰的色彩，绝非乱世陈杂，也非千佛一面，而似名画天降。

黄山的奇峰怪石，形状奇巧，千姿百态，以奇取胜，以多著称，简直是一群活跃在千山万壑之中的精灵。有的峰峦似苍天尖塔，壁立千仞；有的翠岭如垂地巨帐，连绵不绝；有的牌楼石如街衢所建之坊；有的如尖石，长短攒集，像巨大的笙……岩阵变化出万千形状，在云天雾海斗奇，如载如林，如结晶石英，形象逼真，情态各异，美不胜收，移步换景，妙趣天成。它们也就有了各自的名字——尽管大都是三分形象、七分想象，但却使冥顽不灵的石头有了跳脱的生命。同时，使人们在旅途中，四面皆奇，大开眼界，获得更高的审美享受。

莲花峰，位于黄山中部，在黄山诸峰中最高，海拔1864.8米。明代画家石涛赞叹："壁立不知顶，崔嵬势接天。"它直插苍穹，独出群峰之上，浩渺无际，云雾缭绕，主峰犹如一朵绽放的莲花；四周小峰像莲瓣拥衬，巧生九瓣，仰天怒放，恰似一朵出水的金莲。登上峰顶，如置身云霄，居高临下，一览众山小。

天都峰，位于黄山东部，为黄山的三大主峰之一。它孤傲突兀，矫矫不群，鹤立于万峰之中。古人视其为高耸天上的都市，传说那里是神仙聚会的场所，为"天府都市"，故名天都。天都最险，陡壁几乎垂直，人们凿壁为阶，狭窄处仅容一足，但沿途有栏杆或铁索可凭抓握，还是很安全的。山顶上有处地方一米来宽、两米来长，中间稍凸，向两边微倾，两边都是万丈深渊，左右无凭，前后失据，向下瞟一眼，便觉头皮发麻、脊背发凉，令人毛骨悚然，万一脚下不稳，手又无处抓握，滑向哪一边后果都不可想象！我两手两膝同时着地，像乌龟那样爬了过去，逃离了鬼门关，不由大舒一口长气。倚石闭目，稍憩片刻，才觉心归位、魂附体。这时才发现，天竟是这样蓝，云竟是这样白，阳光竟是这样灿烂！曾经令人望而生畏的插天群峰，此刻一一匍伏在脚下，原来，高不可及的飞云，如今就漂浮在眼底。

（二）

啊！我要高歌！我要长啸！天都之神威，让人藐生眼睫，傲荡胸中，飘飘然如凌虚出世。真想跨上云头，在天之都、云之海，随容成子、浮丘公遨游一番，去看看戏云之怪石、藏雾之奇松，做一次神仙，过一过瘾。

天都峰顶，气象万千，变化莫测，忽隐忽现，虚无缥缈，如临仙境。我曾在玉屏楼前那著名的迎客松旁，读到了刘伯承元帅在 1957 年与皖南抗日诸老同志游黄山时留下的壮丽诗篇："抗日之军昔北去，大旱云霓望如何？黄山自古云成海，从此云天雨也多。"

吟咏着这隽永的诗篇，站在天都峰顶眺望，但见千万奇峰，像一尊尊奇异的雕像，或如莲花怒放（莲花峰、芙蓉峰），或如战马腾飞（立马峰），或蛾眉翠黛（眉毛峰），或如玉宇琼宫（玉屏峰）……远远近近，天开云低，江河一线，云山相接，山河壮丽，可谓一览无余。

光明顶海拔 1860 米，仅次于莲花峰，为黄山的第二高峰，是前、后山的分界岭。它地势高突，在峰上平展着大块广阔地。当地导游说其名有两种说法，一是顶上开阔，日照长久，日落之后，仍有余晖；二是"光明顶"为佛教语，指佛头肉髻部位，意思是最高处，指此地视野开阔，居高临下，东可望"东海"奇景，西可视"西海"群峰，展眺日出，一片光明，呈现雄伟、壮观、博大之风采。

山体的花岗岩性质同中有异，前山以粗糙花岗岩为主，垂直节理极为发育，呈直立柱状，突兀高峻；后山为细粒花岗岩，节理旁伸屈展，蜿蜒平缓。这就形成了黄山"前山雄伟，后山秀丽"的特有风采，使黄山的峰林世界变化多姿，奇特至极，真个是"横看成岭侧成峰，远近高低各不同"。

登上后山的始信峰，展现在眼前的是一幅清新淡远的水墨画，上升峰灵秀绰约，云雾簇拥，沉浮不定，如仙魂悠悠，充满了水灵秀逸，风姿独秀，如临画境。芙蓉峰旁的引针峰，封顶细石竖起，纤巧玲珑。脚下的千山万壑奇境，"巧石石巅仍累石，奇峰峰外更藏峰"。

辗转攀爬，来到梦笔生花的观景点，眺望长空，烟云浮动，只见"梦笔生花"的奇景时隐时现。北海景区竖立着醒目的白板上有江泽民《登黄山有感》七律中的末句"且持梦笔书奇景"，很传神，让人领略到了"日破云涛万里红"的磅礴气势。

（三）

最能体现后山之秀丽的当属西海群峰，现已开发成西海大峡谷，位于黄山西部的西海门，前人赞之"千峰划然开，紫翠呈万状"。这里，群峰错列，海拔多在 1500 米左右，沿着山峰峡谷，从北海行二里至排云楼，西海峡谷那深邃莫测的壮观雄姿，长虹飞溅那跨越峡谷的凌空豪气，仙人晒靴、仙女晒鞋的奇探幻境，那千锁锁心、终身不移的憧憬，令人目不暇接。无数山峰坐落于山谷中，峰峦直插云霄，最著名的有双笋峰、尖刀峰、飞来峰、石床峰等等。座座峰林，如雕如刻，且峰峰相依，清新靓丽，栩栩如生，极像是艺术大师精心安排的灵秀超群的盆景展览！

奇峰怪石和古松隐现其中，云海将黄山峰林带入了梦幻空间，置身其中，我神思飞越，浮想联翩。游过黄山的人都说黄山的主旋律是在云雾中，诗人名句中的神奇和"仙境"，就是由云海所装扮，峰石实景和云海虚幻绝妙的搭配、烟水迷离的诗情画意，让人心神驰骋，思想飞翔。

清代学者刘熙载在《艺概》中有一段话："怀素自述草书所得，谓观夏云多奇峰，尝师之。然则学草书者径师奇峰可乎？曰：不可。盖奇峰有定质，不若夏云之奇峰无定质也。"我想，云雾中黄山诸峰峦变化，大概亦蕴含着"无定质"之审美吧。

千峰竞列，劈地摩天，危崖突兀，幽壑纵横，构成了黄山峰林如海的壮观世界。黄山，是一座巨大无比的峰林大观园，目之所及，如云涛泛舟，壮丽多姿，气象万千。黄山的美，在无穷无尽的变化中，让人着迷，让人向往，也让人期待。

黄山美，美得深入骨髓；黄山静，静得渗透心魂；黄山淳，淳得温厚清新。在这里，可以穿越都市的喧嚣与尘埃，放下心中的繁芜，投身大自然的怀抱，看花开花落，望云卷云舒，享受难得的随性、朴实和闲寂。

（2008 年 6 月 30 日）

青海湖鸟岛行

阳春三月，大地复苏。每当孟加拉湾吹起暖流、菩提树萌发的时候，为避严寒而远居南亚的斑头雁、棕头鸥、鱼鹰和鸬鹚等鸟禽，就敏锐地感觉到春天的来临，开始飞回故乡青海湖之旅。尽管喜马拉雅山脉的群峰还是白雪皑皑，寒气袭人，但又怎能阻挡这些"游子"的急切回归之心呢！

鸟禽都有特殊的记忆。飞到高原后，它们分手道别，各自寻找家园故里。在江河源头的崖边，在宽阔河湖的沙滩，都能发现鸟儿们的踪迹。青海湖的几个大小不同、形状各异的岛屿——鸟岛、蛋岛、海心山、三块石和沙岛，都是候鸟们聚居的乐园。

（一）

青海湖，位于青藏高原的东北边缘——祁连山东南部的盆地里，是我国最大的内陆咸水湖和重要湿地。它曾经是浩瀚地中海的一部分，无情的地壳运动，使它变成地中海的"遗孤"。千万年来，它像大海母亲离别时掉在地上的一滴眼泪，随着母亲的渐行渐远，接纳这滴眼泪的大地，也相应地渐渐提升，如今已升至海拔 3196 米，比两个东岳泰山还要高。它浩瀚缥缈，波澜壮阔，是上苍镶嵌在青藏高原的一颗璀璨的明珠，是献给高原众生的一件最宝贵的礼物。

青海湖作为璀璨的高原明珠，面积 4625.6 平方千米，环湖周长 360多千米，比包孕吴越的太湖大两倍多。湖面略呈椭圆形，东西长，南北窄，像是一片肥大的白杨树叶子。传说中的西海，蒙语称库库诺尔，藏语称错温布，意为青色的海，俗称青海湖。区域内独有的湖泊湿地，不仅为鸟类提供了绝佳的生态环境，成为鸟儿的天堂，还为人类提供了高原旅游观光胜地，是人们心目中的"圣湖"。

　　我从西宁坐车出发，沿着被称之为"天路"的青藏公路，向青海湖一路前行，沿途不时看到刻有经文的各种造型的玛尼堆，特别是五彩缤纷的经幡在风中舞动，似呵护着我们的旅途。进入青海湖的主干道，迎面就是一座高大雄伟、雕刻精美的大白塔。塔的上方有一佛龛，下面是红、黄、蓝相间的藏族纹饰，在蓝天白云下流光溢彩。而塔的四周是经轮，据说顺着经轮转一圈，可赐福保平安。塔边的草场上，一群骏马正悠闲地吃草，这就是青海湖的良种马，古代称之为"秦马"，《诗经》曾吟咏过秦马的英武与善战。穿越了日月山和倒淌湖，便到了青海湖。扑入我们眼帘的是从湖畔到山脚那广袤无垠的大草原，在群山的环抱中，就像是一只巨大的翡翠玉盘，镶嵌在高山、草原之间，形成了一幅山、湖、草原相映成趣的壮美画卷。

　　初夏的青海湖畔，山清水秀，天高气爽，景色绚丽。辽阔起伏的千里草原就像是铺上一层厚厚的绿色的绒毯，那五彩缤纷的野花，把绿色的绒毯点缀得如锦似缎；湖畔大片整齐如画的油菜花金浪翻滚，芳香四溢；那碧波万顷、水天一色的青海湖，好似一泓玻璃琼浆在轻轻荡漾。草原上的牛羊成群，帐篷点点，炊烟袅袅，呈现出一派生机勃勃的景象。

　　这一刻，我们被青海湖的惊艳震慑了。且不说青海湖有多浩瀚深远，单就它明丽清纯的水质而言，已足以使人惊叹。巨大的湖面，好似一幅宝蓝色的绸缎，摊铺在洁净的碧空下，看不见半丝漂浮污染物，给人以绝美的视觉享受与无限遐想；艳阳下，青海湖犹如一块硕大的碧玉，泛青透绿，闪烁变幻，色彩纷呈，神奇无比。宁静的湖面上，涟漪微漾，更如温润的玉那般，惹人爱怜。沿湖边的湿地上，羞花闭月般的油菜花，若隐若现，似有似无，更增添了娇媚的神韵。我笨拙的笔触和粗糙的文字，难以表达青海湖的绚丽多姿与高雅圣洁之万一，可我依然无法克制自己的情感，由衷地在心底喊道：青海湖，你好大好美！

那里，地，极其开阔；天，非常高远；湖水，清澈而透明，纯净且圣洁；空气，清新而湿润，温和又暧昧。丽景置身边，人在画中行，我们深深陶醉在青海湖诗画般的景色里，尽情享受着它的宁静与博大，真想一直醉着都不醒来。

居住在这里的汉、藏、蒙古等各族人民，将青海湖视作"圣湖"，湖边飘扬的五彩经幡，糅合着空气中弥漫的青稞酒的香味，让人看到了他们对"圣湖"最原始的膜拜。而长年飞翔在青海湖上空的鸟儿，却带给人们别样的湖上风情。当地人把鸟儿看作是庇佑青海湖的神灵。

青海湖中的鸟究竟有多少，至今仍是个谜。但从生物学者的多次调查中，已知的鸟类就有60多种，其中生活在青藏高原的斑头雁就有100多万只。以珍贵的天鹅来说，一群就有800多只。青海湖，确实是鸟儿的天堂。据查，我国有记载的15种鸭科动物，仅青海湖就有10种。这对我们进行鸟类研究，该是多么难得啊！

青海湖的岛屿中，最令人神往的，当然是被誉为"鸟儿天堂"的鸟岛。如果想一睹鸟岛的绰约风姿，我觉得最好选择在春末夏初时节来游。

（二）

鸟岛，位于青海湖的西北角的布哈河三角洲，面积约5平方千米，水域有鸟类繁殖生长所必需的淡水鱼虾、浮游生物、水草和矿物质，气候适宜，环境幽静，成为近20种禽鸟的栖息地。这里天上飞的、地上卧的、湖里游的，千姿百态，非常动人。到了这里，如同到了鸟的世界。

此时，正是"鸟城"繁忙季节。顽皮的鸬鹚，在悬崖峭壁筑窝，密密麻麻，形似城堡；气宇轩昂的斑头雁，衔枝运草，穿梭来往，忙造新居；爱斗的鱼鹰、棕头鸥，常为抢占地盘吵闹不休。还有燕鸥、黑颈鹤、赤麻鸭，以及玉带金雕等猛禽，戴胜等攀禽和百灵、云雀等各种小鸣禽等。据鸟类专家估计，生活在这儿的"居民"就有10多万只！这里也是亚洲地区密度最大的一个鸟禽繁殖场所，成为青藏高原一大奇观。

由于鸟性格独特，这里流传着许多关于鸟的佳话。值得一提的是斑头雁。它长长的脖颈，灰褐夹杂着白色、黑色的羽毛，黄色的嘴巴，引人注目的是，它们从头部到脖颈都有两圈白色的茸毛，是鸟岛夏日最多的"居民"。你看，它们收敛着肥硕的翅膀，高昂着头，目不斜视甚至是目中无人地以蓝天、湖水、五彩经幡为背景，稳健傲然地进入人们的视线。

长长的斑头雁一队足有几十只吧，整齐有序地走过，偏有两只磨磨蹭蹭掉队了，在那玛尼堆彩色经幡、绿茵茵的茇茇草、金灿灿的格桑花间，这两只掉队的斑头雁竟然屈腿席地而卧，忽而相互对视着轻啄对方的羽毛，忽而颈绕着颈，忽而头抵着头，是在说悄悄话吧？看情形，这该是一双情侣雁了。它们就这么在浩瀚的蓝天下，缠缠绵绵，依依恋恋。对爱情极为忠贞的斑头雁，相遇相爱后，恩爱非常又相濡以沫。我曾从纪录片中看到，雌雁负伤或是孵化小雁时，雄雁一次又一次觅来食物，衔来一片一片不知从哪儿找到的棉絮或是羽毛、碎布头，那么轻柔地一片又一片往爱人身边堆垒，满是关爱和怜惜。然后，双腿卧下，张开大大的翅翼，尽可能地覆在爱人的身上。

就这样，在青海湖零下五十多度的寒冷天气里，在空蒙凛冽的苍穹下，一对斑头雁情侣，就这么静静地相依相偎，彼此取暖。斑头雁情侣，若一方遇难或是去世，另一方则绕着其遗体，哀鸣多日，终身不再选择爱人，然后在孤寂与思念中，将爱与情完全奉献给这个家，担当起警卫与守护的职责，引颈肃立，矢志不移。

一只丰满的斑头雁摇摇晃晃、得意扬扬地走了过来，它的身后，竟跟着二三十只黄绒绒的小鸡崽般的小斑头雁。都是它的孩子吗？不是，在阔大青海湖怀抱里的斑头雁母性十足，有着博大的胸怀，攀坡爬石飞翔，携带着自己的儿女，但只要见到别人家丢失或是受伤的小雁，不管它来自哪个家族，斑头雁妈妈总会伸展开温暖的翅翼，将幼雁轻柔拥入自己的怀中。小雁们也就欢天喜地地跟着"爱心妈妈"，行走或飞翔在蓝天白水与格桑花之间了。

如同天有不测风云，鸟类中也有强盗与杀手的。斑头雁们齐心协力共同御敌的场景，令人震撼与赞叹。秃鹫黑色的身影，在远方湖面上方不怀好意地盘旋，忽地就直直冲向在金黄格桑花间与妈妈嬉戏游玩的幼雁群。守卫的雁儿们瞬间凄厉长鸣，斑头雁似听见集结令，从湖面、山间、草地石块间，迅速聚集，形成天罗地网，向秃鹫铺天盖地地压过来。秃鹫衔着挣扎的小雁，左看右看，几分迷茫，几分惶惑，它转向东，是密密麻麻的斑头雁阵，它转向西，是步步紧趋的斑头雁们，北边的玛尼堆上同样是虎视眈眈的斑头雁，并且这些斑头雁一步一步地向前缩小着包围圈子。秃鹫最终放下小雁，无奈地"嘎—嘎"一声长叹，向湖面落荒而逃……

阴霾褪去，青海湖水轻回荡漾，在金色的阳光下泛起潋滟波光；仰望天空，柔曼白云与斑头雁们翩翩同舞，好一幅祥瑞和谐的图景。

（三）

走了不一会儿，来到了岛的尽头——青海湖边。嘿，只见离岛一两米远的一个小山矾上，密密麻麻站满了鱼鹰，中间夹着一些雪白的海鸥，嘎嘎之声不绝于耳。在山矾腰间的小凹凸里，还有那一窠一窠的小鸟，出壳的，正张着小嘴，嗷嗷待哺；正在破壳而出的，小眼睛还没有睁开，只是闭着眼睛顽强地往外钻，力求在这个天地间争一块生存的空间。对于这些"襁褓"中的小宝贝，"妈妈"们看护得细心极了，有的衔着小鱼，耐心地喂自己的子女；有的站在旁边，屏息静气地看着未出壳的小宝宝，流露出焦急、期待、忧虑的神态。我粗略数了一下，在这个不过60平方米的小山矾上，大小鱼鹰、海鸥等鸟类，数以千百计。

在离小山矾100多米的地方，还有一个高低、大小、形状都相仿的小山矶，顶上也停满了鱼鹰和海鸥等鸟类，情形也类似。

成鸟和小雏在岛上活动，最忌人到跟前。常常出现可怕的场面：成百上千的鸟儿，在头顶盘旋呼叫，拉粪如下雪，并做俯冲状，使人不敢近前。管理处的人告诉我，有一次，他将两只奄奄一息的小鸟捧回那间小木屋里饲养，不料，引来了两只大鸟，接连好几天，它们在屋顶上飞来飞去，且鸣声凄切，听来回肠荡气。可见，它们母子情深啊！

我站在湖边，真的很难确定，这究竟是海还是湖。一望无际的水，直连向天，难怪古人叫它海。说它是海，其实是湖，湖中蕴藏着巨大的生物资源湟鱼。这种鱼无鳞，又名裸鲤，是我国主要的水产品种之一。湖中，湟鱼成群结队，优哉游哉，我看得清清楚楚，数以百计的鱼鹰，不断掠水而过，有的甚至一头扎进水里，一眨眼就衔出一条鱼来。我看了大半天，简直看得出了神。

鸟岛的风光是很美的，但因近年来注入湖的水量少于蒸发量，湖水逐年下降，鸟岛开始向半岛过渡。五六月间，汽车可以驶进岛上，这对鸟类的生存是一个很大的威胁。对付猛禽入侵，鸟儿们个个顽强，一呼百应，海雕或大鵟，想掳走一两只幼雏也是很难的，但对付陆地来的狐、鼬等野兽，却常常要付出血的代价。

庞大的鸟群，能够生活在一起，可能和它们的食性有关。如斑头雁等，喜食植物嫩草、淡水的眼子菜和浮游藻类；而鸥类鸟禽，则爱吃鱼虾肉食，但并不影响青海湖渔业的发展。棕头鸥由于不能潜入深水，只好在水面捕捉浮鱼——这种浮鱼不少患有绦虫病，对发展渔业是极为不利的。同时，它们还能把捕鱼队丢在渔场的腐臭残鱼，处理得干干净净，避免了湖水污染和鱼病蔓延，实际上起到了保护渔场的作用。

置身在这个鸟的世界，目睹这鸟类社会的"鸟情""鸟性"，我有颇多感叹：凡是生物，不论动物植物、高级的或低级的，都有两个最基本的欲望：一是尽可能地延长自身的生命，二是尽可能地繁衍其种族。不要说人类，就是兽类、鸟类、树类、草类，莫不如此啊！

这里，已被青海省列为自然保护区，加强了对鸟类的保护，让鸟儿与人们和睦相处，让青海湖变得更为秀美！

这就是青海湖的春天。

白雪中看到大地返绿，劲风中听湖水绽开，微风中迎来飞翔的候鸟。在这样的地方，如果是一棵小草、一朵小花、一只小鸟，那该是多么幸福啊！

青海湖呵，说你是海，你却有湖的温柔与情感；说你是湖，你又有海的气质和精神。白色的云朵、蓝蓝的湖水、迷人的岛屿、低飞的鸟儿，构成了一幅美丽的水墨画。美丽而神奇的青海湖，让人为之陶醉。

壮哉，青海湖鸟岛！美哉，青海湖鸟岛！

（1988 年 6 月 12 日）

牡丹春色动洛城

牡丹，是春天的笑脸。四月的洛阳，满城无处不飞花。在城区广场、街头绿地，随处可见"花中之王"的美姿。满城次第开放的牡丹，姹紫嫣红，雍容华贵，清丽淡雅，千姿百态，争艳斗丽，倚栏细赏，令人难忘。

洛阳，是一座有着 5000 多年文明史、4000 多年建城史、1500 多年建都史的城市，是国务院公布的历史文化名城之一。我知道这里不仅名胜古迹多，且有"花城"之誉，久负"天下名园重洛阳"之盛名。"洛阳春日最繁华，红绿丛中十万家"，"洛阳三月花如锦，多少功夫织得成"。洛阳现今每年要办两次花会，春天叫牡丹花会，秋天叫赏菊花会。其花市盛况，堪与南国（广州）花城媲美，尤其是春天牡丹花会。2008 年，洛阳牡丹入选国家级非物质文化遗产，成为国家级的文化品牌。

（一）

春天谁做韶华主，总领群芳是牡丹。牡丹，株形端庄，花姿典雅，色彩绚丽，幽香馥郁，姿、色、香兼备，也有"国色天香"之称。《本草纲目》中说："群花品种，以牡丹为第一……故世谓牡丹花王。""牡丹乃天地之精，为群花之首。"牡丹一直被视为吉祥的象征，难怪达·尔文把我国培养牡丹的事，写进了他的《物种起源》。

洛阳地脉花最宜，牡丹尤为天下奇。洛阳牡丹属中原牡丹品种群，栽培历史悠久，品种数量多，花色丰富，花型齐全，雍容华贵，花海香波，美轮美奂，被称为"万花一品""冠艳群芳"之花。

洛阳人爱花，自古如此，尤爱牡丹。牡丹又名木芍药、百两金、鼠姑、鹿韭、洛阳花等，为多年生落叶灌木，花芽为混合芽，有休眠特性。欧阳修在《风俗记》中说："洛阳之俗，大抵好花。春时城中无贵贱，皆插花。"传说唐宋时，洛阳周围和洛河两岸，家家魏紫，户户姚黄，花连阡陌，牡丹一开，翠羽丹霞，流芳溢馨，满城飘香，连洛水都变成五彩缤纷的了。太平年景，每到牡丹绽蕊，街头巷尾、市井寺院，皆置帐幕卖牡丹，"士庶竟为遨游""笙歌之声相闻"。正如白居易描述的那样："帝城春欲暮，喧喧车马度。共道牡丹时，相随买花去。"各种花会、花市、花宴、花舞，往往都在赏牡丹时进行。

牡丹在中国有着悠久的历史，据说至少已经栽培了 1600 多年。从南北朝起，牡丹就成为观赏花卉。到了唐代，牡丹成为皇宫珍贵的花卉，应诏入宫的诗人李白，为此写下了千古名句："名花倾国两相欢，常得君王带笑看。解释春风无限恨，沉香亭北倚阑干。"历代有许多文人学士，以牡丹为题，吟诗作赋，抒发对牡丹的赞美之情。司马光《看花诗》写道："洛阳春日最繁华，红绿荫中十万家。谁道群花如锦绣，人将锦绣学群花。"刘禹锡《赏牡丹》诗写道："庭前芍药妖无格，池上芙蕖净少情。唯有牡丹真国色，花开时节动京城。"

（二）

洛阳，是牡丹花的故乡，初植于隋，始盛于唐，而"甲天下"于宋。有许多神话般的传说，其《镜花缘》记载"武后焚花"的轶事，令人寻味：武则天登基改朝，冬日酒后去上苑，一时兴起，昭曰："明朝游上苑，火急报春知。花须连夜发，莫待晓风吹。"众花屈从于淫威，反季烂漫，唯有"刚心劲骨"的牡丹，不着一花，不绿一叶。次日清晨，"武后诏游后苑，百花俱开，牡丹独迟，遂贬于洛阳"（宋·吴淑《江淮异人录》）。

谁知，这些烧焦的树木，来年花枝上竟开出了艳丽的花朵，这就是"洛阳红"，而洛阳也成了"牡丹花城"。我想，这正是洛阳牡丹格外受人喜欢的缘由：不畏权势，不畏艰险，铁骨铮铮，风骨卓然，顽强地坚守自己的个性，决不仰人鼻息，意志坚定。这是洛阳牡丹的风骨，令天下英雄折腰。至此，牡丹花开洛阳为最，其历经纷乱而不改雍容华贵的性格，与我们生于斯、长于斯的华夏大地，何其相似。怪不得人们如此喜欢她呢！

　　然而，在封建帝王统治的年代里，牡丹的美名，也给洛阳带来了无穷的灾难。唐代诗人白居易在他的《买花》诗中写道："一丛深色花，十户中人赋。"可见，当时牡丹价格之昂贵和人民负担之沉重。由于历代统治者屡次在此交兵，到了中华人民共和国成立前夕，洛阳牡丹已濒于绝境了。

　　改革开放的春风，使古老的牡丹重放光彩，蓬勃发展。全市牡丹种植面积达3万多亩，观赏园20多个，年产盆栽催花牡丹近300万盆，牡丹种苗100多万株，品种达1200多个，鹅黄、豆绿、粉白、紫红、粉紫、墨紫（黑）、雪青（粉蓝）、猩红及橙红等，诸色纷呈，花团簇拥，成为一片花的海洋。花型可分单瓣、半重瓣、重瓣等，花色奇丽，品种繁多，数量达百万株。花瓣最多的要数魏紫，有六七百片之多，光彩照人，丽质无双。最绝要数间色牡丹二乔，一朵花上两种颜色，相互媲美，绰约俊俏，奇美艳世。还有那白玉似的雪塔、翡翠般的豆绿、高贵的黑花魁、出水洛神、峨眉天子……放眼望去，有的灿如朝霞，有的粉雕玉琢，有的恰像华丽皇冠，有的又似翡翠雕成，姹紫嫣红，五彩缤纷，白的清纯，黑的神秘，紫的高雅，粉的娇美，绿的脱俗……团团簇簇，灼灼烈烈，绮丽绚烂，分外妖娆，让人尽享牡丹的雍容华贵和国色天香的独特风韵。

　　微风徐来，牡丹枝叶轻摇，花朵慢摆。忽然，一阵悠扬的乐曲由远而近，缓缓飘来，辨不清是筝是琴，只觉得好悦耳、好动听。听着听着，我明白了，这不正是牡丹仙子在弹奏仙曲吗？！

　　这时，你也许会埋怨罗隐写牡丹"任是无情也动人"，认为他有失公允，谁说牡丹无情？若是无情，怎么开得如此娇媚灿烂？若是无情，怎会开得这般风华绝代？若是无情，怎会开得这般艳冠群芳？它雍容华贵，娇羞满面，含情带笑，迎接着四海宾客、八方亲朋！牡丹是亲民的公主，倔强、内敛、高雅而又善解人意，懂得怎样把最美的一面展示给每一个喜爱她的人！此时，我对生于斯、长于斯、终老于斯的洛阳人心生羡慕，能与古色古香的洛阳相伴，能与千娇百媚的牡丹相伴，真是上天的恩赐、莫大的荣幸。

（三）

牡丹虽好，还须绿叶扶。观赏牡丹，不能仅看其花而舍其叶。牡丹品种繁多，花叶往往各异，叶色有暗绿、黄绿、墨绿等。叶形有奇叶与偶叶之不同，奇叶有笔架形、钟形、鹅掌形、重爪形，偶叶有椭圆形、齿牙形等多种。认识了叶的形，才能领会它的烘托之美。再看那些花，红艳艳，光闪闪，如绸似绢，一朵鲜花，一束辉煌，一团催人奋进的火。

交谈间，看见同伴们正端着相机，时而站着，时而蹲着，时而匍匐着，并不时变换各种长短镜头，从各个角度展现不同花色牡丹的迷人风姿。此时的我也顾不上矜持了，欣赏陶醉于其中，一边看一边闻一边吻，整个身心已在不知不觉中融入花的海洋，陶醉在花的芳香里，如醉如痴。一阵微风吹过，花枝乱摇，花粉飘洒开来，引来无数小蜜蜂、小蝴蝶在花丛中翩翩起舞。是天上还是人间，我已不想弄明白，只想把这满园芳菲全部掠入我的脑海中珍藏起来。

国色天香赏牡丹。洛阳每年都会举办爱花活动，古有牡丹花会，今有牡丹文化节。清明一过，谷雨将近，日色已华，天地也丽，富其丽者，为牡丹也。初见牡丹，雷霆乍惊，红丹吐盘，牡丹丛中，日色见淡。有日月丽于天，有山川丽于地，都比不得牡丹丽于春。在洛阳牡丹盛开的日子里，赏的是牡丹的色、牡丹的形、牡丹的香、牡丹的韵，各种牡丹争奇斗艳，与洛阳花浪中的景点交相辉映。在西苑公园、隋唐城遗址植物园、王城公园、国家牡丹园、中国国花园及国际牡丹园等地，车水马龙，花开如海，人似潮涌，赶花市、赏花展，更有丰富的活动——牡丹婚礼、牡丹笔会、牡丹音乐会等等，每天游人达 10 多万。外国朋友和侨胞，远涉重洋，慕名而来，都为这"花中之王"所倾倒、所陶醉，真乃是"花开花落二十日，一城之人皆若狂""不在此时至洛阳，更待何时来看花"！令赏花人，足也流连，心也流连。行走于其间，我不敢加快脚步，怕惊扰了如此优雅的花儿、如此专心的蜂蝶。

牡丹，让我看到了洛阳的美丽，让我看到了洛阳的精彩。绿叶托举着花瓣，花瓣簇拥着花蕊，一阵又一阵芬芳，也许是牡丹发自内心的和谐颂歌。植物有灵，花卉有情。今日的洛阳牡丹，春夏秋冬均可开花，并已成为中华民族繁荣昌盛的象征。相信它会把我们伟大的社会主义祖国装点得更加灿烂、更加夺目！

（2013 年 5 月 16 日于风荷苑）

龚贤和他的扫叶楼

我这次到南京，纯粹是玩，用时髦一点的话来说，是旅游，顺便拜访一下江苏省新闻出版局副局长戴金生先生。我与他在喝茶闲聊时，他告诉我："清凉山上有个扫叶楼，是明末清初著名画家和诗人龚贤先生的故居，是你的老乡，同为昆山人，要不要去看看？"

我说："好啊！"

于是，我们两人就驱车直奔清凉山。

车上，我们谈起龚贤先生。我知道，他是一个很有民族气节的人，山水画卓有造诣，被推为"金陵八大家"之首，诗词也具有独特风格，著有《香草堂集》等。他原籍昆山，确实与我是同乡，但现在的年轻人，特别是他家乡的年轻人，恐怕没有几人知道这位乡贤名人了，真是十分可惜。

龚贤（1618—1689），字半千，号野遗，出生于一个家庭中落的官宦之家。他幼年随父迁居金陵，在父亲的牵线下，13岁时师从名家董其昌习书画，21岁时已在艺坛崭露头角。后在秦淮河畔，结社赋诗，讲学论艺，并参加复社活动，抒发救国抱负，力图挽救国家危机。随后，福王称帝，南明弘光元年（1645），清兵攻陷金陵，龚贤则在海安、泰州及扬州一带逃难漂泊。二十年后，潜回金陵，选择清凉山作为隐居之地。

清凉山地处金陵郊外，龚贤购买了一方荒地，建造了几间小屋，并以屋旁空地半亩建园，栽花种竹，名之为半亩园。他曾自写小照，着僧服，做扫落叶状，因名所居之所为扫叶楼。

当年，龚贤绘半亩园图，曾这样详细介绍说："清凉山上有台，亦名清凉台。登台而观，大江横于前，钟阜枕于后，左有莫愁，勺水如镜，右有狮岭，撮土若眉。余家即在此台之下。"他决定不入清廷，以示热爱明廷的忠贞气节。

从此，龚贤在扫叶楼中，专心艺事，修身养性。迫于生计，他靠卖字、卖画和卖文，苦度时光。同时，招收学生，教书创收。他还著书立说，留下了具有独特见解的《画块》《柴文画说》等专著。他还创作了很多诗词。这些著作和诗词，由于观点新颖，好评如潮，这无疑给身处逆境的龚贤带来许多慰藉和鼓舞。后来，龚贤隐居的消息不胫而走，人们都欣赏他淡泊名利的人生境界。

然而，龚贤并非耽于云霞，与世相忘，相反，他热爱国家和人民，他的大量诗作就是明证。如《与费密登清凉台》，写得悲慨苍凉，表现了他缅怀故国的强烈感情。诗云：

> 登览伤心处，台城与石城。
> 雄关迷虎踞，破寺入鸡鸣。
> 一夕金笳引，无边秋草生。
> 橐驼尔何物，驱入汉家营。

在龚贤生命的最后阶段，曾有一位颇有权势的奸官，向他强索书画，龚贤坚决拒绝，为此受到对方的刁难。龚贤因受到精神折磨而贫病交加，卧床不起，不久便含恨离世。龚贤死后，家里无钱买棺下葬，丧事全由好友——《桃花扇》作者孔尚任包办料理。孔尚任把龚贤扶柩归葬在其祖籍地江苏昆山，还帮他抚养遗子，一时被传为文坛佳话。

龚贤故居，年久废圮。清光绪十五年重建，曰"古扫叶楼"。中华人民共和国成立后，人民政府出资进行了维修和整治，将其故居列入了江苏省文物保护单位，并开放供人参观。"文化大革命"时遭到破坏，现经过修缮整理，又重新开放。

走过竹园，梅香优雅，香得好似一段传奇，伫立再闻，忽复不见，这际遇在似有还无中，可遇不可求。从雕花的木窗往外看，竹影稀疏，梅枝遒劲，竹和梅都是有气节的植物，也配得上主人的身份——金陵八大家之首的龚贤先生。或许就是因为竹的静、梅的香，书屋才得名扫叶楼——这是我的揣想。

门是开着的，但古旧的气息不散。缓步入内，案台洁净，笔筒花瓶，置于临窗的案台上，似乎主人不久之前刚刚用过。迎面可见嵌在壁间的"龚贤故居"石刻，是1979年3月由书法大家、"草圣"林散之先生所书。楼下正中悬挂着新近据原图印象绘制的扫叶僧像和新书的旧联，联云："老不白头因水好，冬犹赤脚为师高。"

有人认为，这副对联是龚贤当年自撰。其实，这完全是误会。原来，抗战前所悬此联，乃为近人易顺鼎先生撰并书。

扫叶楼前后三进，分别陈列龚贤山水画、书法和信札的摹品和复制品、当代书法家所书龚贤的诗作以及金陵八大家中其他人的绘画摹品。登临观览，帆影江涛，湖光山色，风景绝佳，赏心悦目，从此可了解龚贤当年的生活、创作的环境，想象他的生平风貌。

龚贤善用积墨法画山水。他的山水，由简到繁、由白到黑，从历历分明到混沌神秘，再到深不可测。龚贤对于墨色的运用和把握，是在传统笔墨基础上升华了的视觉理念，其中包含的变化丰富而神秘，微妙的灰色中的黑与白的构图方式与传统的绘画有着很大差别。平心静气地赏阅，你也许会发现，传统山水的现代性，似乎从龚贤始。龚贤以自己的经验来完成笔墨描绘，这经验有自身修养的成分，也有西方绘画的影子。中国绘画，历来主张意在笔先，在意无刻意的状态下，以心来引导画的创作，是绘画的极致。但当我循着龚贤先生的笔痕，去体验那些存在于意识之外的东西时，却并未体验到。相反，我能体会视觉的意图。在他的作品里，所有的笔墨都是有明确经验的。水汽淋漓的墨色，呈现出他个人独有的语言，在墨色积累的过程中，体现了一种严谨的艺术态度！

他倾向于在画中突出浓墨色彩，给人一种深沉之美，不拘于古法而自成一派，后人给予了极高的赞誉。

我深深钦佩龚贤在诗画方面取得的杰出成就。历朝历代，从昆山走出去并在朝廷当大官者为数不少，成为学问大家者也为数不少，但在书画方面取得杰出成就的，并不是很多。为了让更多的人知道龚贤及他的故居扫叶楼，让更多的人去参观游览，我写下此文，送给龚贤，送给已经富起来的我的乡亲们。

（2001 年 2 月 13 日）

泥土锻造建筑神话

一座土楼，一段历史，一种生活，凝固了美好时光，留给人们无限沉思……

在福建西南有数万座土楼，有泥土锻造的建筑神话。2008年7月，土楼被正式列入世界文化遗产名录。入选世界遗产名录的"福建土楼"，由永定、南靖、华安的"六群四楼"共46座土楼组成，包括永定县的初溪土楼群、洪坑土楼群、高北土楼群、衍香楼、振福楼、南靖县的田螺坑土楼群、河坑土群楼、和贵楼、怀远楼、华安县的大地土楼群。于是，土楼声名鹊起，四面八方的游客纷至沓来。

溯源于福建的土楼，是世界上独一无二的山区大型夯土民居建筑，是创造性的生土建筑艺术杰作。土楼以神奇的聚落环境、特有的空间美、巧夺天工的建造艺术和深邃的客家文化内涵，被誉为"东方神堡""世界建筑奇葩"，也被称为世界古民居建筑的"活化石"。

（一）

那是初秋的一个清晨，从厦门坐上大巴旅游车，一路疾驶，穿过漳州市区后，我们盘旋在崇山峻岭之中，一个急拐弯儿进入了永定县。突然，全车人异口同声发出"哇"的惊叹声——看到跃入眼帘的雄浑质朴的土楼，大家欣喜若狂。文友告诉我，集团式浓缩村落的形成，不是为了节省土地，楼墙上的方形洞，诉说着土楼主人的初衷：山野之地，为防止兽类和盗匪的侵袭，便有了此种具有自卫功能、也便于族群管理的特殊民居。一座土楼，就是一座防御外强入侵的城堡。看楼如同逛城，让人如醉如痴，心旷神怡。

福建土楼有 5 万多座，其中以永定地区的土楼最多，有 2 万多座。那里山势蜿蜒，峰峦叠嶂，山岙里、坡地上的土楼，繁星般密集，千姿百态，庄重又壮观，别具一格，令人震撼。

以前，我只在电视里、小说里见到，现在亲眼见到，那一座座依山偎翠、方圆错落的土楼，形状各异，规模恢宏，颇具匠心，不由由衷感慨：这不是一颗颗深藏在峰峦叠嶂里的千姿百态的明珠吗？这简直是一个能令人生发出无限遐思的神话！

那一座座掩藏在崇山峻岭之中的土楼，原来是普通村民的家园，依傍着青山，依偎着清溪而建。近处山岳绵延，远处峰峦叠嶂，黄色的土墙、黑色的瓦片与一望无际的青山绿水交相辉映，其间还点缀着小桥、楼阁、翠绿，浑然一体，构成了一幅幅风光旖旎的土楼画卷，吸引着游人前来。我们的祖先太伟大了，先人的智慧、才华和创造力，让人敬仰。

文友给我们讲了一个小故事：在 1985 年，美国航天卫星在我国福建拍到了一堆"怪异建筑群"，一座座圆形土楼就像从地下冒出来的"蘑菇"，又如同自天而降的"飞碟"。他们把一份内参放在卡特总统的桌子上，美国中情局误认为中国东南有大群核反应堆，建议卡特尽快派人去了解察看。美国记者来到中国，到深山实地游览后，方知是虚惊一场，也由此揭开了土楼的神秘面纱，惊艳了世界建筑界。1986 年，国家发行土楼纪念邮票。2008 年，福建土楼被列入世界文化遗产名录，成为 5A 级旅游胜地。现在，来此游览的人特别多。

踏着鹅卵石铺成的小道，走进了一幢土楼，犹如走进了一座城。环形排列的房舍、环形伸展的通道，都在圆状的平面上展开。绵长的时间线，在这个特定空间绕成一个巨大的圆，仿佛无始也无终。你若喜思考和想象，顺着那幽深的通廊进入历史的回忆，也是可以的。每座土楼的楼名，都有深意，如"承启楼"，楼门联是"承前祖德勤和俭，启后孙谋读与耕"，楼名的得来、用意都在里面了。该楼占地面积不算最大，面积最大的土楼有10000多平方米，但承启楼至今住人最多，有300多人，还上过邮票，是座名楼。

承启楼，以其恢宏、奇特和古朴被誉为"土楼王"，"高四层，楼四圈，上上下下四百间；圆中圆，圈套圈，历经沧桑三百年"。于是乎，一圈圈、一层层，一幅幅楹联，一路看过去，户与户间，有拱门相隔，远远望去，像是一只大的蜂窝。楼中，人丁兴旺，据传，新媳妇嫁到承启楼一年多，还无法认识全楼的人。据说，承启楼是从明代崇祯年间破土奠基，到清代康熙四十八年才竣工的，历经三代人，历时半个多世纪，建成了这座古色古香的巨大江姓圆楼。

每一座土楼都是一个整体，全楼一扇大门，门闩是用一根六寸见方的丈把长的硬木插入墙内，没有两个人根本就开不了楼门。土楼的特点是全楼贯通，每层有走马廊，畅通无阻；但每户人家也有独特的小天地，把自家的小楼门关上，就是一个相对独立私密的家。楼中人既聚族而居，又彼此独立，公私兼顾，两全其美。

（二）

在我国传统民居建筑中，福建土楼的外形最是变化多端，具有圆、方、椭圆、交椅、八卦、五凤、桃形等形状，令人目不暇接。圆形楼是闽西土楼中最出名的一种，分为单环、多环、圆中套方等，其中多环最为常见，其平面为一圈圈同心圆，楼体外高内低，楼内有楼，环环相套。中心的祠堂，通常是族人进行重大活动的公共场所。方楼的起源最早，也是至今保存最完整、最坚固的土楼，其结构简洁，却更注重防卫性。这种土楼很高，可达五至六层，通常一座方楼可容纳好几百户人家。比起闽南来，闽西的土楼要多一些。两地现存土楼中，永定一地就占3群2楼。

洪坑土楼群，数量众多，规模宏大，风格独特，结构精巧，内涵丰富。

村边清澈的洪川溪，轻盈地穿过村庄，村头大桥、月娥桥、万基桥，大大小小5座桥，连接着整个村庄。这里青山如黛，溪流潺潺，阡陌纵横，古色古香的土楼星罗棋布，像是点缀在青山绿水间的宝珠，这就是洪坑土楼群。这里有46座明清土楼，雄伟古朴，富丽堂皇，颇为引人注目。

洪坑土楼群中的振成楼，是林氏家族历时五年最终在1917年建成的，如今已闻名遐迩，远远望去，气势磅礴。这座巨大的土楼占地面积5000平方米，是座八卦形的同圆心建筑。一楼是厨房，二楼是粮仓，三、四楼是卧室，每个房间有一个小窗，房间大小相等，生活设施一应俱全。内外两环的土楼，外环四层高16米，内环两层，从一层通向四层，有拱门相通，关起门来便自成院落，互不干扰。开门则全楼贯通，连成整体。穿过两环两重大门，便是全楼的核心祖堂大厅，可供全楼人家婚丧喜庆聚会议事。内外环楼的东西两侧，各有一口水井，恰好位于八卦的阴阳两极上，井水清澈甘甜，都说喝了这里的水，聪明美容呢。土楼里门内有门，楼内有楼，真让人有点看不透，太神奇了。

土楼人好客，参观过程中，每一家都对我们笑脸相迎，楼梯上贴着"欢迎参观"的红纸，让游客自由出入，上下观赏，尽兴而归。

在这些土楼中，唯一一座没有整修过的，是建于元末明初的"裕昌楼"，又名"东倒西歪楼"。裕昌楼的独特之处是楼的"倒"和"歪"，它从柱到梁全是倾斜的，左右不一，角度不同，最大的倾斜角度为15°，每层间、每层的每根柱子间、每根柱子上的横档间，全是没有规则的倾斜，看上去整个土楼是由一些大小不一、形状不同的无数个不规则的四边形甚至是多边形组成。而让人意想不到的是，这些倾斜的每根柱子间、每个横档间，都接衔得非常缜密吻合，细微的衔接处的榫头非常巧妙地把这些不规则的四边形或多边形分割成无数个潜藏着的三角形。一根歪斜的柱子，它下面的支撑根据上面的角度做出相应的变化，所以整座裕昌楼看起来倾斜不堪，摇摇欲坠，东倒西歪，十分危险，但底楼和五楼柱木，仍保持在同一轴线上，总体平衡，楼内居民安然无恙，绵延繁衍二十余代。当然，再伟岸的风华，都将渐渐老去，然这些风华中，却包含着一代代先人的心血，他们在一声声夯造的号子里，创造着朴素的民居建筑，诠释着"客而家焉"的意义。土木垒筑的物质外壳里，跳荡着一个伟大民族的灵魂。

（三）

土楼，顾名思义，是以土为主要建筑材料。土楼冬暖夏凉，盖出于土。土楼，是客家人聚族而居的建筑，与北方四合院的建筑风格一脉相承，表现为纯正而独特的中原遗风和强烈的宗族等级观念，也凝聚了"天、地、人"等多种元素，形成了独树一帜的建筑风格。

土楼不土，更非原始和低俗。我看到几座土楼，室内装饰都很精美，雕梁画栋，有字匾、楹联、题诗题画、彩绘壁画，不少还是古代名人或高官的手笔，有着了不得的文物价值。据说有的楼还画着西洋美女、古罗马钟，这说明先辈们已接受外来新事物。同时，土楼也传承着中国厚重的文化底蕴，在这些民居里，随处可见发人深省的楹联匾额、与楼共存的私塾学堂，展示了历代土楼人家俯仰间对"修身齐家"的文化追求。

这样的土楼一般住多少人家、多少人？土楼有大有小，大的土楼有至少两百多个房间，小的也有一百多个房间，每座土楼可住两三百人到六七百人。

土楼的历史最早可追溯到唐宋，那时从北方来的客家人，一路往南迁移，终于在这里找到了风水宝地，于是，就地取材，从山里挖土，然后在这块土地上开始建造独特的土楼。据说，土楼的墙壁，集中了黄土、石块、沙砾、竹条、木板，甚至还有糯米饭、红糖拌在一起，以增加黏性。土楼类似黄土高原上的窑洞，真可以说是因地制宜，适合居住，并有防震、防火、防御外侵等多种功能，通风和采光很好，蕴藏着中国人的建筑、生活、美学智慧。

客家人以顽强的毅力筑造起雄实的土楼建筑体，土楼墙身浑圆，线条简括流畅，充满张力，那片纯粹的灿黄更是最美的肤色。我轻轻触叩粗厚的土壁，一种硬度迅速从指尖导入我的全部神经。一阵风吹来，墙的那边忽然飞起快乐的谈笑。一扇扇敞开的门窗，一张张欢愉的面庞！我分明又感到血脉的弹性，指下便格外柔软了。聚族而居的楼宅，延嗣着子孙，也凝聚着情感。从太阳底下看它，一个巨大的生命光环明亮而轻盈，像要飞到天上去，在云中飘展一面农耕文明的古老旗帜。

一座座土楼，是那么美丽，又那么神奇，让人感觉既真实又梦幻。一群群参观游览的人，都惊叹不已。如今，土楼发酵着"围城"现象：楼内的一对对年轻人拜堂成亲后，纷纷迁出土楼，住进现代化的别墅、公寓。而来自全国各地及世界各地不同肤色的人们，参观土楼后，总想在这座"城"内住上几天，享受如"城"般的土楼生活的乐趣。由此可见，土楼其实不是一栋楼，而是一座城。1995年，它与北京天坛一起作为中国南北圆形建筑的典型代表，参加了美国洛杉矶世界建筑展览会，引起了轰动，被冠以"东方建筑明珠"的桂冠。

当我们离开时，土楼的主人还以赞许的微笑。土楼斑驳的是一段历史，褪去的是一段岁月，留下的是一段记忆，但有一种传承，不会老去……

（1994年8月11日）

后记

    风轻日暖的四月，花蕾待放，嫩绿抽芽，世间的一切，显得那么美好、那么令人感动，让人赞叹。在这美好的春光里，我完成了这本《缘行神州》游记散文集，心里是很高兴的。

    我生活在"桨声灯影""荇风荷雨"的江南。我喜欢旅游，从东到西、由北到南，足迹几乎遍及全国。途中所见所闻，生动丰饶，因此在散文集中，一景一物，力求在富有张力的语言中，扩大想象之空间，力求让某一个名胜古迹或一个典故、一段历史，在思想中解读或感悟……如同一首首边塞诗、一篇篇历史散文、一幅幅大气淋漓的风景图，令人心驰神往，豪气倍增。

    华盛顿·欧文把旅游看作是赚取暂时的一点独立自尊的筹码，他说："让外面的尘世滚得远远的吧，王国的兴替也由它吧。只要有钱付账，他暂时就是眼前一切的主宰……这是变幻莫测的生活中所能捞到的一点点实惠，是阴霾的天空中闪现出的几缕阳光。"这话说得多好呀！任何一个旅行者，具备这种胸襟气度，就不至于为了那一丁点能否兑现的尚存疑问的所谓"眼福"而怨声载道。

    "青山看不厌，流水趣何长。"风霜雨雪、烈日飞瀑，风一程，雨一程，自然山水间发生的一切让我着迷。山水间，草长莺飞，花香鸟语，花开花落，一切都是自然而然的。山水间，传递出来的人们的欢声笑语，也是清清朗朗的，就像那清清的山泉水，叮叮咚咚……一切的一切，自然纯然，坦然本真而不违背造物界的法则。山水如阳光，山水如雨露，山水间也无风雨也无晴。穿梭于山水间，我自知、自适又自明，如行走于明镜里。有人说，取悦山水，是人生最大的幸福。我叹而赞之，就像遇见了陶潜渊明。

旅游与文化如影随形，密不可分。文化是旅游的无形灵魂，旅游是文化有形的身躯，文化活动天然地贯穿于旅游活动的全过程。旅游从本质上来说，是一种文化活动，是传播、展示、弘扬、推动文化建设的重要途径。如果能尽个人绵薄之力，以游记之方式，通过对旅游景点丰富内涵的挖掘、提炼、讴歌，将文化与旅游有机结合，达到一种深度的融合，必将有利于推动旅游事业的健康持续发展。

文章千古事，得失寸心知。《缘行神州》是我游记散文系列中的一本，尚有《神州古韵》《神州美味》《神州红旅》及《江南散记》等作品集，百余万字。我深知自己才疏学浅，功夫不深，虽很努力，但有些文稿明显不够精练，挖掘不深，今不揣浅陋，以期抛砖引玉，就教于各位方家。

《缘行神州》的出版，得益于中国散文学会会员、上海市作家协会会员、"中国龙文学奖"组委会秘书长朱超群先生的鼎力相助，上海市委党史研究室原副主任吴振兴先生审读了此书，在此，我对他们表示真挚的感谢。感谢冰心散文奖获得者、中国作协会员魏丽饶倾情作序，评勉有加，很受感动。中国散文学会名誉会长、鲁迅文学奖获得者、中国人民解放军原总后勤部创作室原主任王宗仁先生为本书题写了书名，深表感谢。还要感谢本书的责任编辑，没有她的支持和帮助，本书不可能这么快与读者见面。

本书还得到了上海紫澜门实业发展有限公司董事长缪国庆先生、上海东海不锈钢制品有限公司董事长范玉祥先生的帮助与支持，在此向他们表示诚挚的谢意！

同时，还要感谢始终如一支持、帮助我的挚友、亲人。也愿这本游记散文集的出版，能够引发读者阅读游记散文的兴趣。真如是，我会感到十分欣慰的。

沈裕慎

2022 年 4 月 22 日